# 어란

# 어란

ぎょらん

마치다 소노코

전화영 옮김

직선과곡선

일러두기

※ 본문에 있는 모든 주석은 옮긴이의 것입니다.

※ 이 작품은 픽션입니다. 실재하는 인물, 단체 등과는 아무런 관련이 없습니다.

# 차 례


- 어란 6
- 새벽의 끝자락 46
- 겨울 너머 벚꽃 110
- 실을 건네다 184
- 파란 낙엽 255
- 구슬 저편 330
- 빨강은 앞으로도 415

## ● 어란

집에 오니 토키가 거실에서 미친 듯이 날뛰고 있다.

저렇게 날뛰는 모습을 보는 것도 근 10년 만이다. 한동안 뒷방 늙은이처럼 쥐 죽은 듯 지낸다 싶었더니, 그래도 꼴에 서른 살 남자라고 체력과 기력은 아직 죽지 않은 모양이다. 난장판이 따로 없다고 감탄이 나올 만큼 집 안을 온통 헤집어 놓았다.

토키는 목욕수건을 휘두르며 뭐라고 소리치고 있었다. 소리를 입 밖으로 내는 일이 잘 없어서인지 목소리는 가성이었고 그마저도 쉰 소리가 났다. 간혹가다 듣는 '돼지 멱따는 소리'란 표현은 이런 소리를 두고 하는 말이리라. 시끄럽고, 하여간 귀에 거슬렸다. 그런 생각을 하는데, 목에 가래가 차서 숨쉬기가 힘든지 토키가 깡마른 몸을 굽혀 기침을 심하게 해댔다. 입에서 흘러내린 침을 체육복 소매로 닦고는 다시 소리를 질렀다.

"더러워 죽겠네. 저 인간, 왜 저러는 건데?"

구석에서 커피를 마시고 있는 엄마에게 물었다. 벽에 기대어 상황을 관망하던 엄마는 무심하게 어깨를 으쓱해 보였다.

"토키 책을 팔았거든. 그 왜, 응접실에 있던."

"아, 결국 칼을 빼 들었네."

토키는 2년 전쯤부터 응접실에 책을 쌓기 시작했다. 토키의 방에서 포화 상태에 이른 책은 약 13제곱미터 크기의 응접실을 순식간에 잠식했고, 사람을 집에 초대하기 좋아하는 엄마의 고민거리가 되었다. 여기 계속 두면 내다 버릴 거라고 누차 경고했지만, 토키는 들은 척도 하지 않았고 책은 오히려 늘어만 갔다. 엄마의 인내심이 한계에 도달한 날이 바로 오늘이었나 보다.

"귀중한 책이었으면 잘 좀 간수하지. 이제 와서 화내도 버스는 지나갔어."

"어? 뭐야? 비싸게 팔렸어?"

"전혀. 후하게 쳤다면서 딱 4천 엔 주더라."

"그렇게나 많았는데? 다 쓰레기였네."

내가 코웃음 치며 한 말을 들었는지 토키가 "그 입 닥쳐"라고 소리쳤다.

"돈으로 매길 수 있는 물건이 아니라고오옷!"

'아니라고오옷'이란다. 도저히 못 들어주겠다. 인간아, 평소 얼마나 입을 처닫고 살았으면 말하는 법까지 잊어버렸냐.

손에 든 검은색 핸드백을 힘껏 집어 던져 토키의 배에 명중시켰다. 핸드백 안에서 떨어진 휴대폰에 발등을 찧은 토키가 그대로 자리에 주저앉았다.

"너나 닥쳐! 버린다고 여러 번 경고한 엄마 말 무시한 사람이 누군데? 애처럼 징징대지 좀 마! 그리고 나는 좀 있다가 여기서 저녁 먹어야 하니까 지금 당장 치워!"

큰 소리로 말을 쏟아내자 토키가 당황하기 시작했다. 발등을 문지르며 한심하게 중얼거렸다.

"하나코, 오, 오빠한테 '너'가 뭐야?"

"오빠 소리 듣고 싶으면 오빠답게 나보다 돈을 더 많이 벌어오든가."

대꾸도 못 하고 토키가 끙끙댔다.

토키는 내 두 살 위 오빠다. 서른이 되도록 직업은커녕 일을 해 본 경험조차 없다. 입학하고 반년도 되지 않아 대학을 자퇴한 후로 줄곧 집구석에 틀어박혀 있는, 흔히 말하는 니트족이다. 취미는 만화. 그리기보다 수집하는 쪽이다. 원화가 어떻다는 둥, 초판이 어떻다는 둥, 헛소리만 지껄이는 오타쿠. 어디서 쌈짓돈을 구하는지는 모르겠지만 백수 주제에 오래된 만화책을 사 모은다.

"휴일에 직장 상사 장례식에 다녀와서 피곤하고 배도 고프다고. 그러니까 빨리 해. 얼른 치우라고!"

토키는 세게 내지르는 말, 특히 명령조에 약하다. 길길이 날뛰는 것도 집에서나 그러지, 절대 남을 해할 위인은 아니다. 태어나기를 소심하게 태어났다. 지금도 주뼛대며 입만 몇 번 뻥긋거리다가 천천히 고개를 끄덕인다.

"욕조에 뜨거운 물 받아 놓은 거 있으니까 먼저 씻어. 그동안, 응, 알았어. 치울게."

"그리고 엄마한테 사과해. 잘못은 네가 했잖아."

내 강경한 말투에 토키가 원망스러운 눈빛으로 쳐다본다. 주먹을 들어 보이자 그제야 "죄송합니다"라며 마지못해 머리를 숙였다. 그러고는 주변을 둘러보더니 엉망진창이 된 실내가 이제야 눈에 들어오는지 얼굴을 찌푸렸다. 바닥에 흩어진 거베라(오늘 아침 식탁을 장식하고 있던 꽃일 것이다)를 느릿느릿 줍기 시작하는 모습을 확인하고 나는 몸을 돌려 욕실로 향했다.

어제 애인이 세상을 떠났다. 사귄 지 4년 된, 내가 사랑하는 사람. 취미인 대형 오토바이를 몰고 도로를 달리다가 졸음운전을 하던 트럭과 정면충돌했다고 한다. 그는 말쑥한 얼굴로 깊은 잠에 빠진 사람처럼 관 속에 누워 있어서 끔찍한 사고의 흔적은 찾아보기 힘들었다. 하지만 그것은 풀페이스 헬멧을 쓴 덕분이고 목 아래로는 차마 눈 뜨고 볼 수 없을 만큼 처참하게 짓이겨졌다더라고 알려준 사람은 회사 동기인 우에스기였다. 붉게 충혈된 눈으로 울음을 삼키는 내 모습이 보이지 않는지, 묻지도 않은 말을 술술 쏟아냈다. 사고가 일어난 곳이 집에서 멀리 떨어진 데라 아무래도 불륜 상대를 만나러 가는 길이지 않았겠느냐는 거지. 저기 봐, 작은애는 태어난 지 아직 한 달밖에 안 됐대. 토끼 같은 자식이 둘이나 있고 저렇게 예쁜 부인을 둔 사람이 왜 바람을 피울까. 당최 이해할 수가 없어.

시신의 가장 가까운 곳에 있는 여자는 나보다 몇 살 많은, 그의 아내였다. 한때 일반인 모델을 했었다는 그녀는 미인이었고 아이를 둘이나 낳았다고는 믿기지 않을 정도로 몸매에 균형이 잡혀 있었다. 얼굴은 핏기 없이 창백했지만, 허리를 꼿꼿이 세우고 조문객에게 인사하는 모습이 무척 우아해 보였다. 옆에는 그 사람을 닮아 눈망울이 똘망똘망한 남자아이가 있었다. 아빠의 죽음을 잘 이해하지 못한 아이는 엄마의 상복 자락을 불안한 듯 꽉 쥐고 있었다. 우에스기는 남겨진 가족에게 마음이 가는지, 회사에서 그렇게 예쁨 받았으면서 개쓰레기라고 내뱉고는 역겹다는 듯 영정사진을 노려보았다. 검은색 띠를 두른 액자 안에서 그는 싱그럽게 웃고 있었다. 보는 사람의 마음을 무장 해제시키고 어디서든 호감을 사는 해맑은 미소. 사진은 작년에 회사 여름 야유회 때 찍은 것이었는데, 그 사람 옆에는 내가 서 있었다.

야, 알고 있어? 저 인간 불륜 상대가 우리 회사 사람이래.

우에스기의 날카로운 목소리가 심장에 꽂혔다.

욕조 물에 머리까지 집어넣고 천천히 눈을 뜬다. 눈앞에서 머리카락이 미역처럼 흔들린다. 따뜻하고 부드러운 막이 귀를 덮고 귀 안쪽에서 미나기 씨의 목소리가 들린다.

하나는 예뻐. 내 안식처야. 누구랑 다르게 착하고 무엇이든 이해하고 받아줘. 정말이지 사랑스럽다니까. 사랑해.

회사에서 본 미나기 씨는 온화하고 자상하며 일에 열심이었다. 유머러스하고 부하 직원들도 잘 챙겨서 인기가 많았다. 사람이 어쩌면 저렇게 멋있지. 입사 초부터 선망의 대상으로 내 안에 자리하던 그에게 어느새 사랑의 감정을 품게 되었다. 유부남을 좋아해서는 행복해질 수 없다는 것쯤은 알고 있었다. 그냥 마음만이라도 고백하고 단념하려 했는데, 실은 그도 매번 남몰래 나를 지켜보고 있었다고 했다. 가슴이 벅차오르고도 남을 말이었다. 그러면 안 되는 줄 알면서도 그의 요구에 몸을 허락했다. 초반에 가슴을 무겁게 짓누르던 죄책감도 그에게 받은 행복감과 뒤섞여 어느덧 사라지고 없었다.

그는 내 앞에서만 꾸미지 않은 본모습을 보였다. 열 살이나 어린 나에게 아이처럼 어리광을 부리고 앙탈을 떨었다. 그리고 섹스는 언제나 탐욕스럽고 거칠었다. 난폭하게 내 위에 올라타 쾌락을 탐하는 그는 마치 야수와 같아서 잡아먹힐 듯한 느낌마저 들었다. 떡 벌어진 가슴도, 복근이 살짝 드러난 배도, 내 안을 마구 휘젓던 손가락도 이제는 형체를 잃고 그대로 움직임을 멈췄다. 달콤한 속삭임이 내 고막을 흔드는 일도 더는 없다.

"……컥! 크헙, 푸아."

콧속이 찌릿하고 화끈거려 무의식중에 숨을 들이마셨다. 코로 많은 물이 흘러 들어와 허겁지겁 욕조에서 몸을 일으켰다. 눈물과 콧물로 뒤범벅된 얼굴로 연신 기침을 하며 어깨로 숨을 내쉬었다.

그가 죽었다니 믿을 수 없다. 한 번만 더 보고 싶다. 한 번만 더 팔에 안겨 사랑한다는 속삭임을 듣고 싶다. 이름을 부르며 예쁘다고 해 주면 좋겠다. 날 사랑했다는 믿음을 주면 좋겠다.

욕조 가장자리에 기대 흐느꼈다.

"……정리 다 했어."

북받치는 감정에 몸을 맡기고 있는데 갑자기 저음의 목소리가 들려 비명을 질렀다. 몸을 어깨까지 물에 집어넣고 파우더룸으로 이어지는 문 쪽을 쳐다보니, 간유리 너머로 길쭉한 사람의 형상이 어른거렸다. 토키가 즐겨 입는 고교 시절 연지색 체육복이 흐릿하게 비쳤다.

"집 치웠어. 엄마가 저녁 다 됐다고 이제 그만 나오래."

"누가 여기까지 들어오래!"

"화장실 문에서 계속 불렀는데 대답이 없길래."

"이 백수야! 안 꺼져?"

근처에 있던 샴푸통을 집어 문에 던졌다. 연지색 체육복은 말없이 사라졌다.

저녁은 닭날개로 만든 탄두리 치킨과 무 샐러드, 두부 튀김, 된장국이었다. 한바탕 난리굿을 친 토키도 밥을 먹지 않았는지 다소곳이 앉아 된장국을 먹고 있었다. 그 모습을 곁눈질하며 냉장고에서 캔맥주를 꺼냈다. 그대로 서서 마시려는데 못 배운 행동이라고 엄마에게 한 소리 들었다.

"네네, 죄송합니다."

토키의 맞은편에 앉아 캔을 반쯤 비웠다. 그리고 손으로 치킨을 집어 입에 넣었다. 엄마의 전매특허 요리인 탄두리 치킨은 향신료가 어우러져 맛이 기가 막힌다. 그러나 오늘만은 맛이 거의 느껴지지 않았다. 이도 저도 아닌 맛이 어렴풋이 혀에 전해질 뿐이었다.

"……뭘 봐."

토키의 치렁치렁한 앞머리는 잘 감지도 않아 기름기로 번들거렸다. 떡져서 바퀴벌레 날개처럼 보이는 머리카락 사이로 나를 살핀다는 것을 알아차리고 쏘아보자 토키가 황급히 시선을 피했다.

"배고프다더니 되게 맛없게 먹고 있어서."

"네가 앞에 있으니까 그런 거 아냐? 좀 씻어. 냄새 나."

토키가 당황하며 오른쪽 겨드랑이의 냄새를 맡았다. 왼쪽 겨드랑이에도 코를 박고 킁킁대더니 작게 고개를 끄덕였다. 내가 냄새 난다고 한 번 더 말하자 토키도 또다시 고개를 끄덕였다.

냄새 나는 줄도 몰랐느냐고 쏘아붙이려다가 그냥 참았다. 평소 같으면 나는 안중에도 없이 만화책 이야기만 주저리주저리 떠들면서 이럴 때만 관찰하지 마, 짜증나니까. 그나저나 음식물이 당최 넘어가질 않는다. 고형물을 삼킬 수가 없어 맥주만 들이켰다. 하나로는 부족해 냉장고에서 새 캔을 가져와 땄다. 맥주도 딱히 맛있지는 않다. 그저 목구멍으로 넘길 수 있다는 데 만족할 뿐이다. 얼굴을 찌푸리며 술을 마실 동안 토키의 식사가 끝났다. 밥그릇은 밥알 하나 남아 있지 않고, 치킨은 골격 표본이냐고 빈정거리고 싶을 만큼 깨끗하게 뼈만 발라냈다. 설거지는 토키에게 맡겨진 집안일 중 하나였다. 토키는 그릇을 꼼꼼하게 씻어 행주로 닦고 찬장에 넣은 후 방에 들어갔다. 생각난 김에 주방에 가서 보니 싱크대에는 물기 하나 묻어 있지 않았다. 텔레비전 광고로 써도 좋을 만큼 반질반질 광택이 났다.

“재는 꼭 이상한 데서 쓸데없이 꼼꼼하더라. 자기 일에는 무신경하면서.”

조금 시들시들해진 거베라가 놓인 식탁으로 돌아오면서 중얼거린 내 말을 듣고 소파에 누워 예능 프로그램을 보던 엄마가 입을 열었다.

"그러게 말이야. 진짜 착실해. 그래서 이렇게 된 거겠지만."

"착실해서 이렇게 됐다는 건 뭔 소리야?"

"발부리에 걸린 돌을 머릿속에 계속 붙들고 있다고나 할까. 좀 더 유연하게 생각해도 될 텐데, 애가 참 우직해."

엄마는 저 꼴로 지내는 토키를 그다지 심각하게 받아들이지 않는 면이 있다. 처음에는 상의도 없이 대학을 자퇴하고 집에 틀어박혀 종국에는 뭐가 불만인지 발작하듯 날뛰는 토키를 꾸짖기도 했지만 지금은 완전히 달관한 자세로 있다. 조금 전에도 폭풍우가 지나가기를 느긋하게 지켜보는 모습이었다.

아빠를 병으로 먼저 보내고 여자 혼자 힘으로 우리 남매를 키운 엄마를 조금이라도 편하게 해 드리고 싶은데, 엄마는 토키가 집안일을 맡아서 해 주는 것만으로도 충분하다고 한다. 토키라면 언젠가는 지금 상태에서 벗어날 테고 그날을 차분히 기다리는 것도 나쁘지 않잖아? 재촉할 것 없어. 엄마는 별일 아니라는 듯 웃어넘기기까지 한다.

"엄마가 무슨 말 하는지 하나도 모르겠지만 언제까지 집에서 빈둥대게 내버려두는 건 아닌 것 같아. 오늘만 해도 그깟 만화책 갖고 저 난리를 쳤잖아."

"주간 댄디보이."

"어?"

"그것만은 안 팔았으면 했대. 도로 찾아오면 좋겠는데 어쩌다 이 앞을 지나는 업자를 부른 거라서 연락처를 몰라. 물어볼걸 그랬어."

아아, 하고 엄마가 크게 한탄했다. 주간 댄디보이, 줄여서 '댄보'는 돌아가신 아빠가 정기적으로 사서 본 청년 만화 잡지다. 어릴 때부터 만화를 좋아한 토키는 아빠가 매주 사 오는 댄보를 손꼽아 기다렸다. 토키에게는 아빠의 유품 같은 것일지도 모른다. 그 정도로 아꼈다니 귀여운 구석도 있네. 그런 생각을 하며 숙연해졌는데 엄마가 말을 이었다.

"언제 적 잡지인지는 모르겠는데 제목이 뭐라고 하는 귀중한 단편이 실린 호까지 같이 딸려 갔대. 인터넷에서 환상의 만화라고 불린다는데 그것만은 팔지 말았어야 했다고."

아빠는 상관이 없었다. 오히려 이쪽이 더 토키답다고 맥주를 홀짝이며 건조한 웃음을 흘렸다.

지금은 폐간된 댄보는 나도 한때 잠깐 보았었다. 청년 만화 잡지로 분류되었지만 중고생이 읽어도 무방할 정도로 야한 내용은 별로 없는 건전한 잡지였다. 당시 나는 팬이었던 아이돌 그룹에 의해 영상화된 원작 만화를 보는 것이 목적이었다. 토키가 말하는 환상의 만화는 대체 무엇일까? 그렇게 재미있는 작품이 있었던가? 기억나지 않는다.

결국 맥주를 세 캔이나 비우고 치킨을 하나 먹은 것으로 식사를 마쳤다. 토키가 그릇은 싱크대에 담가 두라고 했지만 주방을 대충 정리한 후 내 방으로 갔다. 침대에 쓰러진 것과 동시에 눈물이 왈칵 나왔다.

나는 대체 뭘 하고 있는 걸까. 앞으로 열 몇 시간 뒤면 그의 육체는 이 세상에서 사라진다. 그가 이 세상에 있는 시간이 점점 줄어들고 있는데 나는 왜 여기서 이런 일상을 보내야 할까. 이렇게 떨어진 곳에서 혼자 슬퍼하는 수밖에 없다니. 이럴 거면 차라리 미나기 씨와 같이 죽고 싶다. 오토바이 뒷좌석에 올라타 그와 같이 트럭에 치이고 싶다. 그와 함께 죽는 것만이 내가 그와 연결되는 유일한 길인데. 그를 내 것으로 만들려면 그 방법밖에 없을 텐데. 그러나 그는 내가 없는 곳에서 혼자 죽었다.

시트에 얼굴을 묻고 소리 내 울었다.

"하나……."

내 이름을 부르는 소리에 고개를 번쩍 드니 토키가 멀거니 서 있었다.

"뭐야, 왜 남의 방에 함부로 들어오고 그래!"

미나기 씨가 왔다고 순간 착각한 내가 바보다. 그런 기적은 일어나지 않는다.

"계속 노크했어. 그것보다 옷을 거기다 두면 다 구겨지잖아."

파우더룸에 내팽개쳐 둔 옷을 챙겨온 모양이다. 옷걸이에 끼워 커튼레일에 건 토키는 어디서 가지고 왔는지 옷솔로 세심하게 먼지를 떨어내기 시작했다.

"그만하고 나가."

"그게 네가 울고 있잖아."

"뭐? 너랑 뭔 상관인데?"

눈물을 닦고 눈앞에 있는 등판을 노려본다. 울고 있었다는 사실을 들킨 것이 분하다. 이상하게도 이 인간에게는 약한 모습을 보이기가 싫다.

"그 나이에 그렇게 엉엉 운다는 건 뭔 일이 있어도 단단히 있었다는 거잖아? 오빠한테 얘기해 봐."

"잘난 척하지 마. 그러는 지는 오늘 고작 만화책 때문에 울어 놓고. 엄마한테 다 들었거든?"

토키의 손이 순간 멈췄다.

"……소중했으니까."

"댄보 말하는 거지? 울고불고할 만큼 소중한 만화가 뭔데?"

"어란."

생소한 제목이었다. 그런 작품이 있었던가? 고개를 갸우뚱하며 기억을 더듬는데 토키가 다시 입을 열었다.

"하나코도 읽었을걸. 죽은 사람의 소원이 작고 빨간 구슬이 된다는 내용 있었잖아. 수염이 덥수룩한 주인공이 여행하면서."

아아, 하는 감탄사가 작게 새어 나왔다. 그 만화라면 기억난다. 잡지 색깔과는 전혀 어울리지 않는 어두운 이야기였다. 그림체도 지저분하고 어수선한 데다 남자 주인공으로 흔히 등장하는 멋진 인물과는 대조적으로 피곤에 찌든 아저씨가 주인공이었다.

이야기는 사람이 임종 순간에 강하게 염원하던 일이 작고 빨간 구슬이 되어 이 세상에 남는다는 것이 핵심이었다. 생긴 게 연어알을 닮아서 어란魚卵이라 한다고 했던가? 주인공 아저씨는 어떤 사정 때문에 어란을 회수하러 다니는 여행을 했고, 어란을 발견할 때마다 입에 넣고 먹었다. 구슬을 꼭꼭 씹어 터트리면 죽은 사람의 소원이 생생하게 펼쳐져 공유할 수 있다는 그런 내용이었다. 어란은 망자가 손에 쥐고 있거나 입 속에 넣고 있는 등 다양한 곳에 있었다. 그런 어란을 찾아서 먹는 아저씨도 어딘지 무섭고, 죽은 사람들의 마지막 소원도 반드시 감동으로 이어지는 게 아니라서 기분만 찜찜했다. 정교한 설정 때문인지 묘하게 현실적인 데가 있었는데 그게 오히려 더 으스스했다. 당시 어린 학생이었던 내 눈에는 이런 작품이 어떻게 잡지에 실렸는지 신기할 따름이었다. 환상의 만화로 불리고 있다면 수긍이 가는 부분도 있다. 그 잡지에서, 아니 그 잡지를 떠나 상당히 독특한 작품이었다.

"읽고 불쾌했던 그거? 뭐야, 설마 프리미엄이라도 붙었어? 그런 얘기에서 가치를 찾다니 별 악취미를 가진 사람도 다 있네."

말은 그렇게 했지만 요즘 세상에 어디에 어떤 가치가 있을지 알 수 없다는 생각도 든다. 나는 전혀 재미를 느끼지 못한 작품에 열광하는 인간이 있다고 해도 이상한 일은 아니다. 눈앞의 남자가 그런 인간인 듯하고. 비아냥거리는 나를 무시하고 토키는 묵묵히 솔질을 계속했다.

"마지막 소원을 알 수 있는 어란이란 말이지."

그렇게 중얼거리다가 문득 미나기 씨는 죽는 순간에 무엇을 바랐을지 궁금해진다. 점점 다가오는 트럭, 저항은 꿈도 꾸어 보지 못하고 날아든 죽음. 그가 죽기 직전에 떠올린 사람은 누구였을까. 아내, 아이들, 아니면…….

"……어란이 진짜 있을까?"

무심코 튀어나온 내 질문에 토키의 손이 멈칫했다. 천천히 돌아보는 얼굴은 평소와 다름없이 진지했지만 묘한 광채를 띠고 있었다. 오타쿠에게 탑재된 이상한 버튼을 눌러 버렸다고 순간 후회했다.

"그건 왜?"

목소리가 무척 침착했다. 너무 차분하게 물어서 나도 내 생각을 솔직히 꺼내 보일 수 있었다.

"그 사람이 죽기 직전에 무슨 생각을 했는지 궁금해서."

토키는 창가에 걸린 검은색 옷과 나를 번갈아 보더니 말없이 방을 나갔다. 혹시 저 인간이 제 나름대로 분위기 파악을 한 걸까. 애인의 죽음을 슬퍼하는 동생의 마음을 헤아린 걸까. 아무려면 어때 싶어 벌렁 누워 천장을 쳐다본다. 토키가 중간에 끼어든 탓에 눈물이 쏙 들어가 버렸다. 그래도 너무 많이 울어서 뜨듯해진 두 눈이 따갑다. 멍하니 천장을 보며 생각한다.

그동안 미나기 씨와의 미래를 여러 모습으로 상상해 보곤 했다. 그와 당당히 식을 올리는 모습, 아내에게 죄다 들키고 만신창이가 되어 헤어지는 모습. 언젠가 출산할 날이 올지도 모를 아이의 이름은 그 후보만 몇 개나 되었고, 혹 동반 자살을 한다면 이런 식으로 하고 싶다는 엉뚱한 생각까지 했었다. 하지만 지금 같은 미래는 상상에 없었다. 하루아침에 찾아온 이별. 어떤 미래도 우리 사이를 갈라놓을 수는 없다고 믿었는데.

눈을 감고 그와의 추억을 더듬고 있는데 문을 세게 노크하는 소리가 들렸다. 노크라기보다는 아주 때려 부술 기세다. 느릿느릿 몸을 일으키며 "시끄러!" 하고 소리를 꽥 질렀다.

"토키지? 아직도 볼일이 남았어?"

방에 들어온 사람은 짐작대로 토키였고, 배바지 차림의 체육복은 그대로였지만 가전 매장의 로고가 들어간 수건을 목에 걸고 커다란 헤드랜턴을 착용하고 있었다. 탐험대나 지하 공사장 인부가 쓸 법한 큼지막한 것이었다. 손에는 똑같이 생긴 헤드랜턴 하나와 신문지를 들고 있었다.

"꼴이 그게 뭐야? 무지 촌스럽거든."

"너네 직장 상사가 죽은 데가 강 건너 있는 대형 공구몰 입구지?"

입을 딱 벌렸다. 이 인간이 느닷없이 뭔 소리를 하는 거야? 놀라서 입만 벌리고 있는 나에게 토키는 신문을 내밀었다. 어제 날짜의 석간신문에는 오전에 있었던 미나기 씨의 사고가 지역 소식란 귀퉁이에 실려 있었다. 이게 뭐 어쨌는데, 라며 노려보자 토키가 힘주어 말했다.

"찾으러 가자."

"찾으러 가자니, 뭘?"

"당연히 이 사람의 어란이지. 궁금하다며, 마지막 소원이."

한심하다. 정말로 한심하다. 나이 서른에 10여 년 전에 본 만화 내용을 진짜로 믿다니. 그러나 눈에는 진심이 가득했다. 이렇게 열정적인 토키를 보는 것이 얼마 만인가. 그런데 하필 열정에 불을 지핀 게 그 이야기라니, 미친 거 아닌가. 만화 오타쿠의 사고 회로는 정상이 아니다.

그러나 나는 일단 토키의 동생으로 혈육이니까 조금은 닮은 데가 있을 것이다. 그러니까 무슨 말이 하고 싶으냐면 똑같은 헤드랜턴을 이마에 두르고 집을 나섰다는 소리다. 있을 리 없다는 건 알고 있다. 하지만 토키의 박력에 일말의 가능성을 느끼고 말았다.

토키는 면허가 없고 나는 술을 마셔서 고등학생 때 타고 다닌 자전거를 꺼냈다. 토키가 자전거 운전대를 잡고 나는 뒤쪽 짐받이에 앉았다. 초등학생 때 자주 그랬던 것처럼 등을 맞대고. 괜히 오버해서 타다가 나 떨어뜨리지 말라고 하니, 그만한 재주를 부릴 체력이 안 된다는 대답이 자신만만하게 돌아왔다. 그렇겠지, 10년이나 숙성된 니트족인데 어련하시려고.

우리 집에서 사고 현장까지는 차로 20분 정도가 걸린다. 토키의 약해 빠진 체력을 생각하면 2시간은 족히 걸리리라. 그런데도 토키는 기세등등하게 자전거 페달을 밟기 시작했다.

하늘에는 별이 총총히 빛나고 바다뱀자리가 선명하게 보인다. 어디선가 매화 향기가 풍겨 온다. 봄이 오는 냄새다. 벚꽃이 피면 1박 2일로 어디 여행이라도 가자고 미나기 씨가 말한 게 언제였더라. 벚나무에는 아직 꽃망울도 맺히지 않았다.

낡은 자전거가 끼익끼익 소리를 내며 전진한다. 15분 정도 만에 토키의 숨이 가빠진다.

"야, 괜찮아?"

"괘, 괜찮아. 문제, 없어."

금방이라도 쓰러질 것처럼 목소리가 끊긴다. 그런데도 나는 자리를 바꾸자는 말을 하지 않는다. 해 봤자 토키가 거절하리라는 것을 알고 있기 때문이다. 그럼 더 힘 팍팍 줘서 페달 밟아, 라며 뒤통수로 토키의 등을 툭 쳤다.

옛날부터 토키는 완고한 데가 있어 일단 말을 꺼내면 물러서지 않았다. 특히 '오빠'라는 사실에 구애되어 오빠라면 응당 이래야 한다는 지론을 가지고 있었다. 자전거는 오빠가 페달을 밟고 동생은 가만히 타고 가기만 하면 된다는 것도 토키의 지론 중 하나였다.

등에서 느껴지는 열기에 옛 생각이 나 몸을 기대고 하늘을 올려다본다.

나는 어릴 때부터 못생겼다. 아빠를 닮아 전형적인 일본인 얼굴이었던 나는 유년 시절부터 고케시일본 도호쿠 지방의 전통 목각 인형라고 놀림 받았고, 성장기에 통통하게 살이 찌기 시작한 후로는 고대 시대 레슬러라고 불렸다. 성질이 우악스러웠던지라 그런 별명으로 장난치는 남자애들을 모조리 때려눕히고 다녔지만, 좋아하는 선배 오빠가 아쟈 콩일본 여자 프로레슬링 선수이라고 했을 때는 그만 울고 말았다. 울면서 등주먹을 날렸고, 선배 오빠는 보기 좋게 코피를 쏟았다.

토키만은 언제나 나를 '보호해야 할 동생'으로 끔찍이 위했다. 그 선배 오빠에게도 감히 우리 동생을 울려? 라며 격분해 때리려고 갔다가 얻어터지고 왔다. 뺨이 벌겋게 부어올랐는데도 가슴을 펴고서 널 울린 놈은 이 오빠가 용서치 않아, 하고 말하던 토키의 몸집은 내 절반밖에 되지 않았다.

"토키, 이제 그만 사회로 복귀하지? 나보다 스펙도 좋으면서. 은둔 생활 청산할 때도 됐잖아. 대체 왜 집에 틀어박혀 있는 거야?"

평소보다 말투가 한결 부드러워진 것은 거리가 가까워서이리라.

토키가 지금은 꾀죄죄하지만, 이목구비가 뚜렷하고 이국적으로 생긴 엄마를 닮아 꽃미남에 속하는 얼굴이다. 고등학생 때는 여자친구가 끊이지 않았고, 길을 걷고 있으면 혼혈이냐는 질문을 받기도 했다(나는 고케시인데). 고등학교는 이 부근에서 성적이 최상위권인 아이들이 가는 학교였고, 대학도 들어가기 꽤 힘들다는 학교에 가볍게 붙었다. 옛날부터 만화 오타쿠 기질은 있었지만 지금처럼 병적이지는 않았다. 만화책 더미에 파묻혀 집에만 틀어박혀 지내기에는 많이 아까웠다.

"조만간, 일하려고 생각은, 해."

토키가 숨을 헉헉 몰아쉬며 말했다. 생각은 하는데 아직 무서워. 중얼거리듯 나지막하게 말하는 소리에 나는 흐음, 하고 말을 받았다.

"하나코는 왜…… 부, 불륜을 저질렀어? 그런 짓, 너랑 안 어울려."

깜짝 놀라 나도 모르게 뒤를 돌아보았다. 미나기 씨가 기혼자라는 사실은 신문 어디에도 적혀 있지 않을 텐데.

"동생 일인데, 뭐든, 다 알지!"

윽, 소름 끼쳐. 나도 모르게 중얼거렸다. 남매끼리 이렇다

할 대화도 없는데 어떻게 알았지? '가정 내 스토커'가 바로 이런 걸까? 은둔형 외톨이로도 모자라 예비 범죄자라니, 제발 평범하게 좀 살자.

"무슨 소리야. 소름이 왜 끼쳐? 행동만 봐도 얼추 알 수 있는데. 몇 년 전부터 사귀는 사람이 있다면서도 속 얘기까지 다 할 정도로 허물없이 지내는 엄마한테 소개는 안 해 줘. 휴일에 남자친구 만나러 나가는 일도 잘 없고, 퇴근 후에나 잠깐 보는 것 같아. 연휴가 되면 거죽만 남은 사람처럼 처져 있어. 로맨스 만화에서 전형적으로 보는 흔하디흔한 불륜 묘사가 딱 그렇잖아."

"아아, 그러셔. 이 오타쿠 놈아!"

흔하디흔한 불륜이라서 정말 미안하다고 최대한 목소리를 깔고 대꾸했다.

"그리고…… 실은 문제 있는 남자 같다고 의심도 했었어. 다리랑 팔에 멍을 달고 살고, 남자친구를 만나고 온 듯한 날은 어딘지 지쳐 보였으니까. 교제 폭력을 당하는 게 아닐까 싶어서."

심장이 요동친다. 자전거에서 떨어질 뻔해 황급히 자세를 바로잡았다. 그 바람에 자전거가 휘청거리고 토키가 소리쳤다.

"위, 위험하잖아! 하나코!"

"폭력 아니거든!"

토키의 말을 떨쳐 내려고 발끈하며 맞받아쳤다. 폭력이 아니다. 미나기 씨의 성적 취향일 뿐이다. 때리고, 목을 조르고, 깨문다. 멍이 들 정도로 끈으로 세게 몸을 결박하고 커다란 바이브레이터를 엉덩이에 억지로 넣을 때도 있다. 하지만 이는 어디까지나 플레이의 연장선이며, 이러한 행위가 그의 흥분을 더욱더 고조했다. 이런 거 이해해주는 사람은 하나밖에 없어. 하나 앞에서만큼은 날 애써 꾸밀 필요가 없어. 다 들어줘서 좋아. 고마워. 사랑해, 하나.

"애정 표현이야! 날 사랑해서 그런 거라고!"

"정말로 애정이라고 느꼈다면 더 행복한 얼굴을 하지 않았을까."

절규에 가까운 내 외침을 토키는 한마디로 일축해 버렸다. 나는 입술을 질끈 깨물고 다 아는 것처럼 말하지 마, 라고 목소리를 낮췄다. 10년 넘게 여자의 ㅇ자도 모르는 네가 남녀 관계에 대해 뭘 안다고 그래.

"맞아, 잘 몰라. 하지만 하나코가 그 사람 때문에 힘들었다는 건 확실히 알아."

끼익끼익. 토키는 엉덩이를 조금 들고 페달을 밟으며 말을 이었다.

"좋아한다고 뭐든 다 들어주면 안 돼, 하나코. 보나마나 괜찮아, 괜찮아 하면서 무슨 짓을 해도 다 이해해줬겠지."

"……지금 나 비웃는 거야?"

남자 앞에서 자존심이고 뭐고 다 버렸다고 말하고 싶어? 쉽고 멍청한 여자라고 말하고 싶어?

"아, 아니야. 착하다고. 하나코는 착해서 거절하지 않았다고 말하는 거야. 남자는 네 착함 뒤에 있는 괴로움을 알아차리지 못했어."

토키와 제대로 된 대화를 나누지 않은 지 벌써 몇 년째다. 무슨 생각을 하며 사는지 도통 모르겠는 토키를 음침한 사람으로 본 적도 있고, 존재 자체를 창피하게 여기던 때도 있다. 생각에 그치지 않고 대놓고 욕을 하기도 했다.

이 인간은 언제까지 오빠 역할을 고수할 생각일까.

"야, 그렇게 잘난 척 떠들지 말아 줄래? 넌 나에 대해 말할 권리 없거든."

집구석에 틀어박혀 사람들과의 교류를 거부한 토키가 뭘 안다고.

"내가 너랑 장단 맞춰서 좀 놀아 준다고 우쭐거리면서 오빠 행세 하지 마. 설교가 하고 싶거든 사회에 나가서 사람들이랑 어울린 다음에 해."

등 뒤에서 토키가 끙끙거렸다.

"그러네. 응, 네 말이 맞아."

"원한다면 나는 여기서부터 걸어서 집에 갈게."

"아니야, 미안해. 응, 네 말이 맞아. 내가 잘난 척했어."

저자세로 나오는 말투에, 또 부아가 치밀어 올라 한 소리

하려다가 입을 다문다. 어깨로 한숨을 내쉰 후 되도록 이성적으로 말하려고 노력한다.

"오해하지 말라고 분명히 말해 두는데, 나는 정말로 사랑받았다고 생각해. 다만 그 행위를 받아들이기가 쉽지 않아서 고민한 적도 있었을 뿐이야. 진짜야."

"그렇구나. 그 사람은 틀림없이 행복했을 거야."

토키는 정말이지 얄미운 소리만 골라 한다. 나는 입을 다물었다. 토키도 열심히 페달을 밟느라 그런지 한마디도 하지 않았다. 차가 지나다니는 완만한 도로를 따라 달리는 우리 사이에는 아주 약간의 열과 페달 밟는 소리만이 있었다.

예상대로 2시간하고 시간이 조금 더 걸린 시점에서 동네 교외에 있는 대형 인테리어 공구몰이 보이기 시작했다. 골인 지점을 알리듯 커다란 간판이 휘황찬란하게 빛났다. 십자드라이버를 형상화한 마스코트 조형물은 환영하듯 팔을 벌리고 웃고 있었다. 거기서 얼마 떨어지지 않은 앞쪽, 미나기 씨의 사망 장소로 짐작되는 곳에 꽃다발과 캔맥주가 놓여 있었다.

"다, 다 왔다!"

목에 두른 수건이 축축하게 젖었을 정도로 토키는 땀범벅이었다. 내가 풀쩍 뛰어내린 것과 동시에 자전거와 함께 우당탕 쓰러졌다. 바닥에 등을 대고 가쁜 숨을 가누는 토키는 배를 까뒤집은 개구리 같았다.

발밑에 널브러진 토키를 무시하고 주위를 둘러본다. 완만하게 굽이진 도로는 시야가 나쁘지 않았다. 트럭 운전기사가 졸지만 않았어도 사고는 일어나지 않았을 것이다. 몇 분 일찍 혹은 늦게 오토바이가 여기를 통과했다면 그는 죽지 않았을 것이다. 사람 운명의 톱니바퀴는 어디서 누구와 맞물릴지 아무도 모르는 일이다.

차도와 인도 사이에는 내 무릎 높이까지 오는 관목이 띠 형태로 자리했다. 유독 한 군데만 가지들이 부러져 괴상하게 움푹 들어가 있었다. 그 사람이나 오토바이가 날아와 부딪힌 흔적이리라. 이 나무 이름이 뭐더라? 내가 중얼거리는 소리를 들었는지 토키가 몸을 일으키며 가르쳐주었다.

"레드로빈.홍가시나무를 개량한 재배 품종 대표적인 가로수로 많이 심어. 좀 있으면 작은 흰색 꽃을 피우는데 꽤 예뻐. 『원예부에 어서 오세요』라는 만화에 자세히 나와."

"틈만 나면 만화 얘기 들이미는 거 진짜 재수 없어."

"……자, 어서 찾자. 어란."

이마에 쓴 헤드랜턴의 스위치를 켠 토키가 바닥에 엎드렸다. 그러고는 콘택트렌즈를 떨어뜨린 사람처럼 거의 바닥을 기다시피 하며 샅샅이 살피기 시작했다. 나는 그 모습을 멀뚱히 내려다보았다.

때마침 간판의 불이 꺼졌다. 아무래도 폐점 시간인 모양이다. 자전거 한 대에 함께 탄 고등학생 커플과 대학생으로 보이는 일행이 우리를 이상한 눈으로 쳐다보며 지나간다. 퇴근하고 나오는 길인지, 웃고 있는 십자드라이버 마스코트가 새겨진 점퍼를 입은 초로의 여자가 토키를 보고 얼굴을 잔뜩 찌푸리더니 나와 눈이 마주치자 종종걸음으로 가 버렸다. 그 동안에도 토키의 시선은 땅바닥을 훑었다.

"뭐 해? 하나코도 얼른 찾아. 분명 이 주변에 떨어졌을 거야."

"진짜 있다고 믿는 거야?"

집을 나설 때만 해도 어쩌면 있을지 모른다고 기대를 품었으면서, 어느새 이성을 되찾은 머리는 말도 안 되는 이야기라고 말하고 있었다. 사람들 시선에도 개의치 않고 바닥을 꼴사납게 기어다니는 토키를 걷어차고 싶을 만큼 창피하기도 했다. 나는 어쩌자고 여기까지 쫄래쫄래 따라왔을까.

"있을 리가 없잖아, 그런 솔깃한 물건."

볼에 흙을 묻힌 토키가 나를 힐끗 보고는 "왜 그렇게 생각하는데?"라고 물었다.

"왜가 어디 있어? 없으니까 없는 거지."

"어란은 있어."

차도 쪽 배수로의 덮개를 올리고 그 안으로 얼굴을 들이밀며 토키가 말을 이었다.

"나는 실물을 봤고, 먹었어."

숨을 삼켰다.

"대학교 1학년 때 내 친구가 죽은 거, 알지? 걔 오른손에서 어란을 발견했어. 그리고 먹었어."

"지금 제정신으로 하는 소리야?"

"전부 알고 나니까 아무 일도 손에 잡히지 않았어."

토키가 머리를 들어 나를 본다. 거짓말 따위 하지 않는, 흔들림 없는 시선이었다. 아니, 눈을 보지 않아도 알 수 있다. 오빠는 동생에게 거짓말을 해서는 안 되니까.

토키가 집에 틀어박히게 된 원인에는 중학교 때부터 친하게 지낸, '베프'라고 할 만한 남자의 자살이 있었다. 유서도 남기지 않았고, 주변 사람들이 보기에는 자살을 택할 만큼 말 못 할 고민이 있는 것 같지도 않았다. 하지만 그는 죽었다. 그동안 나는 토키의 변화가 베프의 고민을 눈치채지 못하고 도와주지 못한 자책감 때문일 거라고 지레짐작했었다. 갑자기 토키의 머리가 밤하늘로 향했다.

"이런 생활이 바람직하지 않다는 거 알아. 그렇지만 그렇게 선명히 다 알아 버렸는데 어떻게 무시해? 지금도 그때 어란이 보여준 이미지가 떠올라서 괴로워."

어둠을 응시하는 눈동자는 환영을 보는 듯 공허했다. 그 눈을 본 적이 있다. 10년 전, 토키가 걸핏하면 날뛰던 무렵이다. 토키의 눈은 무언가를 보는 듯하면서 보고 있지 않았다.

"뭘 봤는데?"

토키는 고개를 가로저으며 끔찍했어, 라고 혼잣말처럼 내뱉고는 작업을 재개했다. 배수로 덮개를 끼우고 다른 덮개를 들췄다.

"뭘 봤는지 자세하게 설명하고 싶지는 않아. ……그 만화 작가는 어란을 본 사람임이 분명해. 그리고 나처럼 어란이 보여준 이미지에 괴로워했어. 그래서 그 한 작품밖에 그릴 수 없었던 거야. 인터넷상에서는 유명한 얘기야. 재미삼아 어란을 먹었다가 지금도 고통 속에 산다는 사람도 있고."

주인공이 작은 구슬을 입에 넣는 장면이 떠올라 등골이 오싹했다. 구슬이 입 안에서 톡 터지고 망자의 생각이 퍼져 나가는 순간의 묘사는 속이 메스꺼울 정도로 기분 나빴다. 그것 때문에 줄곧 고통 속에 살다니 마치 저주가 아닌가.

"그런 말도 안 되는 물건이 현실에 진짜 존재한다고? 너, 나 겁주려고 그러지?"

"그럴 의도는 없어. 어란을 먹고 살아갈 힘을 얻었다는 사례도 알고 있으니까 이렇게 여기 온 거야. 그것보다 얼른 찾아. 아무튼 어란은 존재해."

수건으로 땀을 닦은 토키가 다시 얼굴을 배수로에 들이밀었다.

"트럭에 부딪혔을 때 충격을 고려하면 몸에 있지는 않을 거야. 이 주변 어딘가에 굴러다니고 있다고 봐야 해. 어란은 육체가 소멸되는 동시에 사라진다고 하니까 내일 낮까지는 찾아야 해."

어란이 정말로 존재한다면, 또 내가 그것을 먹는다면 미나기 씨의 마지막 소원을 알 수 있다는 뜻일까? 너울거리는 불빛을 바라보며 생각한다. 그렇게 솔깃한 이야기가 있을 리 없다. 그러나 토키는 거짓말하지 않는다.

헤드랜턴의 스위치를 켰다. 배수로에 얼굴을 집어넣은 토키 옆에서 자세를 낮추고 관목 아래쪽을 살펴보려고 얼굴을 가져갔다.

"오, 찾기로 마음먹었구나, 하나코."

"그러려고 여기 왔잖아."

그 후로 우리는 어란을 찾는 데 몰두했다. 차량의 왕래도 차츰 뜸해지고 어둠만이 조용히 주변을 채웠다. 정적이 싫어진 내가 띄엄띄엄 이야기를 꺼냈다.

"있지, 장례식장에서 꿋꿋하게 조문객을 맞던 사모님의 태도가 갑자기 달라지더라. 표정이 확 변하는가 싶더니 대뜸 '당신이 우리 남편 내연녀로군요. 사진을 봤어요'라며 크게 말하는 거야. 분향하는 사람 등에다 대고."

"그, 그게 뭐야. 아수라장이 됐겠는데."

내 쪽에 엉덩이를 둔 토키가 뒤를 돌아보았다. 랜턴 불빛이 눈을 찔러 눈이 부셨다. 저쪽 봐, 하고 엉덩이를 때리자 허둥지둥 머리를 돌렸다.

"그래요, 제가 그 사람과 사귀고 있었어요. 사모님한테 그렇게 대답한 사람, 후배인 사유미였어."

"뭐, 뭐라고!"

토키가 돌아보려다가 멈춘 모양이다. 불빛이 옆에서 어지럽게 흔들렸다.

"우리는 결혼까지 약속했다, 이 반지가 그 증거다. 그러면서 네 번째 손가락에 끼워진 반지를 보여주더라. 꽤 큰 다이아가 박혀 있었어. 사유미, 엄청 예쁘게 생겼거든. 어중간한 아이돌보다 훨씬 예쁘고, 희고 윤기 흐르는 피부는 막 빛이 나. 회사에서도 노리는 남자가 많아."

나에게 이야기를 들려준 우에스기도 사유미를 추종하는 팬 중 한 명이다. 창백해진 얼굴로 입술을 파르르 떨던 우에스기는 분에 못 이겨 당장이라도 까무러칠 것처럼 보였다.

"무, 무슨 말인지 하나도 모르겠어. 무슨 소리야! 이해가 안 가!"

토키가 몸을 일으키며 목소리를 높였다. 시끄럽게 떠들 시간에 빨리 찾기나 해, 하고 또다시 엉덩이를 때렸다.

"무슨 소리야, 하나코. 알아듣게 설명해 봐."

"무슨 소리긴, 그 사람 진짜 불륜 상대는 사유미였다는 소리지."

하하, 하고 작게 웃었다. 나는 미나기 씨에게 액세서리를 받은 적이 없다. 내가 준 적은 있어도. 그 사람 생일에 탄생석 팔찌를 선물했다. 그때 농담조로 커플 팔찌로 차고 다니면 좋겠다고 내 것도 살까 했더니, 자기가 태어난 달의 탄생석이 아니면 의미가 없으니 사지 말라고 단박에 잘랐다. 아, 유두 피어싱이라면 받은 적이 있다. 유두에 구멍을 뚫는 건 아무래도 아플 것 같아서 액세서리 보관함 깊숙한 곳에 넣어두었지만. 그건 선물로 치고 싶지가 않다.

"웃기지? 내연녀를 만나러 가는 길에 죽었다고 수군대는 장례식장에서 '이상하다, 나는 만날 약속 같은 거 하지 않았는데'라고 생각했어. 휴일 낮부터 시간을 내어 준 적이 거의 없었으니까. 사고 현장이 우리 집에서 그다지 멀지 않은 곳이긴 하지만. 그렇게 의아해하고 있는데 당신이 내연녀 어쩌고 하는 말이 들려서 가슴이 철렁했거든. 그런데 친한 후배가 그렇다고 대답하는 거야."

정말 악몽 같았다. 눈앞에서 벌어진 광경을 믿을 수가 없었다. 욕먹고 손가락질을 당하는 사람은 당연히 나일 줄 알았는데 주인공은 내가 아니었다.

"장례식장이 한바탕 뒤집어졌어. 사모님이랑 사유미는 서로 머리채 잡고 싸우지, 어린 아들이랑 태어난 지 얼마 안 된 딸은 울음을 터트리지. 장례식장 직원이 뜯어말려도 소용없었어. 화를 주체할 수 없었는지 사모님 아버지가 미나기 씨 영정사진에 향로를 집어 던져서 액자가 와장창 깨진 게 하이라이트이려나? 조명을 받은 유리 파편이랑 재가 반짝반짝 흩날리면서 제단 꽃 장식에 쏟아지는데 제법 예쁘더라."

"하나코는 그 자리에서 어떻게 했어?"

"분향은 마쳤고, 그냥 집에 왔어."

내가 참전한들 나에게는 사유미처럼 싸울 수 있는 무기가 하나도 없다. 사모님은 나를 지극히 평범한 부하 직원 대하듯 했으니, 그 사람의 유품에 나와의 관계를 암시하는 물건은 없었다는 뜻이리라. 그렇다면 그와의 관계를 떳떳이 밝힐 수 있는 증거는 아무것도 없다.

그리고 무엇보다 나는 그녀들의 싸움에 끼어들 만큼 예쁘지 않다.

"나는 가슴이랑 엉덩이만 크고 못생겼으니까. 나도 그 사람 내연녀라고 말해도 아무도 믿어주지 않을 거야."

말로 하고 나니 눈시울이 뜨거워졌다.

내 장점이라고는 남보다 조금 타고난 몸매뿐임을 잘 알고 있다. 더는 아자 콩으로 불리기 싫어서 무리하게 다이어트를 하며 죽기 살기로 살을 뺐더니, 수영복 화보 모델 못지않은 가슴과 엉덩이가 남았다. 몸매가 끝내준다는 칭찬만큼이나 얼굴이 아쉽다는 동정도 받았다. 하나코 씨는 목 아래로는 정말 최고인데 말이야, 하는 소리를 셀 수 없이 들었다. 그러나 미나기 씨는 예쁘다고 안아주었다. 눈매가 시원시원하게 생겼다며 외까풀 진 내 눈에 입을 맞추고, 통통한 볼살이 부드럽다며 얼굴을 어루만져주었다. 그게 더없이 기뻤다. 그의 품속에서 나는 여리고 섬세하고 사랑스러운 여자로 있을 수 있었다. 아픔을 수반하는 과격한 섹스도 그 후에 포근히 안

아주는 포옹을 생각하면 애무의 하나가 틀림없었다. 그에게 사랑받고 있다는 믿음이 있었다. 하지만 이제는 모르겠다.

"나랑 미나기 씨 사이에 존재한다고 믿었던 그건 환상이었을까. 연인 사이라고 생각했는데, 서로 사랑한다고 생각했는데 사실은 뭐든 해 볼 수 있는 편한 섹스 파트너에 지나지 않았어. 그냥 나 혼자 착각하고 나 좋을 대로 믿은 거지."

그가 세상에 있을 때만 해도 확실히 믿을 수 있었던 것이, 거기에 있다고 의심하지 않았던 것이 한순간에 사라져 버렸다. 그와의 연결고리라면 손에 다 들지도 못할 만큼 가지고 있었던 것 같은데, 이제 와서 보니 한여름 밤의 꿈이라도 꾼 듯 수중에는 아무것도 없다. 어떻게 믿을 수 있었는지 의아할 정도로 아무것도.

"토키, 나는 왜 이렇게 멍청할까? 못생긴 주제에 누구보다 사랑받고 있다고 믿었어. 그 사람이 하는 말은 다 진실이고 거짓은 하나도 없다고 진심으로 생각했는데."

땅바닥을 훑고 다닌 손바닥은 흙이 묻어 더러워져 있었다. 어디 유리 조각에라도 찔렸는지 왼쪽 엄지 관절 쪽이 따끔거린다. 그런데도 나는 계속 손을 움직였다.

"안 못생겼어. 하나코는 예뻐."

"너한테 그런 소리 들어도 하나도 안 기쁘거든."

"그 남자도 가슴이나 엉덩이 때문에 너랑 사귄 건 아닐 거야."

"위로하려고 하지 마. 더 씁쓸하니까."

묵묵히 바닥을 살폈다. 초봄이라고는 하지만 기온이 점점 내려가 손이 시리다. 아무리 뒤져도 나오지 않는 물건을 찾는 데 조금 지쳐서 바닥에 주저앉았다가 엉덩이에 찌릿한 통증이 전해졌다. 딱딱한 물체가 꼬리뼈를 찔렀다.

"아얏! 뭐야, 이거……."

엉덩이 밑에서 나온 것은 작고 빨간 구슬이었다. 구슬은 이마의 헤드랜턴 불빛을 받아 반짝였다. 심장이 쿵쾅쿵쾅 뛰었다. 거짓말, 설마. 눈을 비비고 다시 뚫어지게 쳐다보았다. 크기가 채 1센티미터가 되지 않는 구슬은 사라지지 않고 여전히 엄지와 검지 사이에 있었다.

"찾았다."

뭐라고? 토키가 갈라진 목소리로 새된 소리를 냈다. 내 손끝에 있는 물건을 보더니 비명과도 비슷한 길고 가느다란 한숨을 내쉬며 철퍼덕 주저앉았다.

진짜로 존재할 리 없다. 하지만 토키는 먹었다고 했다. 그리고 지금 내 손끝에서 빨간 구슬은 단단한 존재감을 드러내고 있다. 가만히 바라보다가 이내 맥 빠진 소리가 입에서 나왔다.

"뭐야, 이거 산호잖아."

구슬 중앙에 작은 구멍이 뚫려 있었다. 그래서 알았다. 이건 내가 미나기 씨에게 준 선물이다. 그의 탄생석은 산호다.

나는 신중을 기해 색이 짙고 알이 비교적 굵은 핏빛 산호 팔찌를 골랐다. 그랬기에 비록 알이 하나뿐이라고 해도 잘못 볼 리 없다. 선물을 건넸을 때 미나기 씨는 무척 마음에 들어 하며 파워스톤이니 뭐니 다 헛소리라고 치부했는데 원석에도 짝이 있구나, 라며 좋아했다. 곧바로 손목에 차서 기뻤던 것이 생각난다.

"사고 충격으로 줄이 끊어졌나 봐. 계속 차고 있었구나."

직장에서는 액세서리 착용을 금하고 있어서 그 사람이 팔찌를 찬 모습은 선물을 준 그때 유일하게 보았었다. 평소에도 애용했다는 사실에 나도 모르게 웃음이 배어 나왔다. 그리고 이내 실망감이 엄습했다.

산호였네, 그러면 그렇지, 하고 중얼거린다. 어란 같은 게 있을 리 없다.

"뭐 하냐, 나. 밤중에 이런 흙투성이 꼴로. 애당초 그 사람이 나한테 그런 걸 남겼을 리가 없지. 나한테 뭘 남겼을 거라고 기대하냐고!"

산호알을 내던지려고 했지만 주먹 쥔 손을 펼 수가 없었다. 버리는 것을 몸이 거부하고 있다. 어떻게 버릴 수 있겠는가. 산호알을 움켜쥐고 깊이 숨을 내쉬었다. 이런 보잘것없는 물건도 나에게는 소중한 유품이었다. 내가 선물하고, 그 사람이 남기고, 내가 찾았다. 그와의 유일한 연결고리. 딱 한 알뿐인 진짜.

"……하나코. 하나코."

토키가 계속 불렀지만 그냥 좀 내버려두면 좋겠다. 안 들리는 척 무시하고 있는데 토키가 대뜸 내 손에서 산호알을 빼어갔다. 그러고는 자리에서 일어나 나를 내려다보았다.

"무슨 짓이야! 산호 이리 내놔!"

"아니야! 이건 하나코가 찾은 어란이야!"

그렇게 말하고 토키는 산호알을 입 안에 넣었다. 앗, 하고 소리를 지를 새도 없이 씹었다. 으드득으드득하는 소리가 울렸다.

"미쳤나 봐. 뭐 하는 거야? 바보야? 얼른 뱉어!"

"이건! 어란이야!"

으드득 소리를 내며 토키가 씹어 깨뜨렸다. 너무 놀라 말도 나오지 않는 내 앞에서 악착같이 씹고는 꿀떡 삼켰다.

믿을 수가 없다. 먹었다. 토키에게 매달려 말리던 나는 그 자리에 주저앉았다. 내 유일한 연결고리를 토키에게 빼앗겼다. 넋이 나간 나에게 토키가 "아아, 알겠어"라고 한다.

"하나코, 잘 들어. 나는 지금 그 사람의 마지막 생각을 알았어."

눈을 감은 토키가 성모 마리아상과 같은 포즈를 취하고 섰다. 연지색 체육복에 목에는 가전 매장 수건을 두르고 이마에는 헤드랜턴을 쓴 남자가 그러고 있으니 괴상하기 짝이 없다. 신성함이라고는 눈을 씻고 찾아봐도 없어서 어떤 종교의 교주도 그보다는 나을 성싶다. 거기다 땀과 흙을 뒤집어 쓴 꼴이 너무 구려서 개그 소재로도 쓰이지 않을 것 같다. 그런데도 나는 토키의 말을 기다렸다. 무릎을 모으고 기도하듯 토키를 올려다보았다. 마침내 토키가 근엄하게 입을 열었다.

"하나코, 사랑했는데 행복하게 해 주지 못해 미안해."

흐읍, 하는 소리가 났다. 내가 숨을 삼키는 소리였는지도 모른다.

"……나야?"

토키가 고개를 크게 끄덕였다. 내 눈가에서 눈물 한 방울이 천천히 흘러내렸다.

"……정말 그 사람이 그렇게 생각했어?"

"그럼 당연하지. 그 사람은 사랑하는 예쁜 하나코를 행복하게 해 주고 싶었다, 그렇게 생각했어. 죽기 직전에 그 사람 머릿속은 온통 하나코뿐이었어."

눈을 뜬 토키가 나를 내려다보았다.

"정말이야."

"……그래. 그럼 나는 미나기 씨를 앞으로도 믿어도 된다는 거네."

흙 묻은 손으로 얼굴을 가리고 토키의 말을 천천히 곱씹는다. 사랑해. 행복하게 해 주고 싶었다. 행복하게 해 주지 못해 미안해…….

몇 번이나 되뇌다가 문득 깨닫는다. 토키를 올려다보니 강경한 목소리와 말투로 "틀림없는 어란이야" 하고 말했다. 정말이야. 잘됐다, 하나코.

어째서인지 가슴이 뭉클해지면서 미소가 번졌다. 오빠는 바보구나.

"그건 미나기 씨 어란이야. ……믿어."

내가 중얼거리듯이 말하자 토키의 표정이 조금 부드러워졌다. 휴우, 하고 숨을 내쉰다.

"어, 믿으…… 쿨럭."

토키가 갑자기 기침을 쿨럭쿨럭한다. 그러고는 얼굴을 찡그리며 퉤, 하고 무언가를 뱉었다.

"아무래도 입 안이 베인 것 같아. 쇠 냄새가 나."

"산호를 씹으니까 입이 베이지."

"산호 아니야. 어란이라니까!"

주저앉은 상태로 나는 어깨를 작게 들썩이며 웃었다. 마음이 조금 가벼워졌다. 그와 동시에 배에서 꼬르륵 소리가 났다. 소매로 입가를 훔치던 토키에게 들릴 정도로 컸던 모양이다.

"뭐야, 하나코. 배고파?"

"저녁을 거의 안 먹었으니까."

"돈비가豚鼻家라면 아직 열려 있을걸. 거기서 라면 사 줄까?"

"백수가 라면 쏠 돈이 어디 있어?"

내가 짓궂게 웃으며 말하자 토키가 가슴을 폈다.

“주머니에 4천 엔 있어.”

“그렇게 난리굿을 쳐 놓고 그 돈 쓰려고?”

“이제 진정됐어. 형체에 연연해 봤자 소용없잖아.”

자리에서 일어나려는 나에게 토키가 손을 내민다.

“그 작품은 오타 하나까지도 다 기억하고 있으니까 문제는 없어. 형체가 없어졌을 뿐이지, 사라진 건 아니야.”

토키의 손을 잡으려다가 멈춘다. 앞머리 안쪽으로 토키의 눈가에 부드럽게 잡힌 주름이 보였다.

“내 기억 속에 있는 걸로 충분해.”

“……울고불고 생난리 칠 땐 언제고 어디서 멋있는 척이야?”

손바닥을 힘껏 내려치고는 혼자 힘으로 일어섰다. 아야야, 하고 손을 감싸 쥐고 신음하는 토키의 등짝을 한 번 더 때렸다. 얄팍한 등에서 기분이 좋아지는 경쾌한 소리가 났다. 동시에 토키가 아프다고 애처로운 비명을 질렀고, 나는 소리 내 웃었다. 밤하늘에 목소리가 녹아든다.

“차슈멘간장 양념에 졸인 돼지고기를 고명으로 올린 라면 곱빼기에 교자랑 생맥주도.”

“4천 엔 넘으면 하나코가 내.”

“돈비가 간다며? 엄마 먹을 교자까지 포장해 가고도 남아.”

"그래? 그럼 엄마 것도 포장해서 가야겠네. 이제 갈까?"

토키가 먼저 자전거에 올라타더니 타, 라고 한다. 조금 전까지 기어다니던 바닥을 아무 생각 없이 둘러보는데 추모 꽃다발 뒤로 반짝반짝 빛나는 물체가 눈에 들어왔다. 아까 본 산호보다 투명하고 연한 빨강이었다.

"어라?"

"하나코, 가자."

산호겠지. 작게 머리를 흔들고 짐받이에 걸터앉았다. 자전거가 천천히 움직이기 시작한다. 달빛을 받아 은은하게 빛나던 빨간 구슬은 이내 시야에서 멀어져 간다.

## ● 새벽의 끝자락

'니시'는 '하치'라고 알려줬잖아.

감정을 억누른 냉담한 말투가 귓가로 날아들었다. $2^{\text{니}}\times 4^{\text{시}}=8^{\text{하치}}$? 이런 곳에서 구구단 공부를 하는 엄마와 아이라도 있는 걸까. 화장실에서 막 나온 나는 주변을 두리번거렸다.

"죄송합니다."

뒤이어 저음의 남자 목소리가 들려왔다. 영락없는 성인 목소리였다.

"허둥대다가 실수했습니다. 죄송합니다."

"실수할 만큼 어려운 숫자도 아닐 텐데. 대체 언제까지 신입처럼 허둥댈 거야?"

소리가 나는 쪽으로 발걸음을 옮기자 복도 구석에서 마주 보고 선 두 사람이 있었다. 키가 작고 살집이 약간 있는 여자와 키가 여자보다 머리 두 개 정도 더 큰 남자였다. 남자의 머리는 약간 다듬으면 좋겠다 싶을 정도로 산발이다. 남자는 그 머리를 '물 먹는 새' 장난감처럼 연신 위아래로 까딱였다.

"이제 말 안 해도 알겠거니 했더니만 아직 멀었네. 그냥 초등학교부터 다시 다니지?"

바로 조금 전까지 장례와 관련한 제반 사항을 함께 협의한 사람들이었다. 이야기를 척척 끌고 나가던, 40대로 보이는 여자가 담당자였는데 자신을 아이하라라고 소개했다. 받은 명함에는 장례지도사라는 직함이 쓰여 있었다. 그녀보다 열 살쯤 어려 보이는 남자는 옆에서 시종일관 멀뚱멀뚱 앉아 있었다. 가슴에 크게 수습사원이라고 적힌 명찰에는 미후네라고 쓰여 있었다.

"진짜 내 말 이해했어? 귀담아듣는 것처럼 안 보이는데."

"듣고 있습니다. 죄송합니다. 정말로 죄송합니다."

자세히 보니 남자의 표정은 무無에 가까워 멍하게 서 있는 사람으로도, 화가 난 사람으로도 보였다. 그러면서 집요하리만치 죄송하다는 말을 되풀이하며 머리를 숙였다. 아이하라 씨의 목소리에 점점 짜증이 배는 이유도 그의 이러한 반응 때문일 것이다.

정말 반성하고 있다면 다른 더 좋은 방법이 있을 텐데. 그런 생각을 하며 계속 지켜보다가 미후네 씨와 눈이 마주쳤다. 무엇 때문인지는 몰라도 상사에게 한창 문책 받는 중이라는 것만은 알기에, 얼른 시선을 돌리고 그곳을 떠났다.

"저기, 질부. 오늘 우리말고도 장례가 한 건 더 있다네. 거긴 1층 특실을 쓴다니까 규모가 제법 큰 모양이야."

유족실로 돌아온 나를 보자마자 남편의 고모인 레이코 씨가 말했다. 조금 전 아이하라 씨와 이야기를 나눌 때 앉았던 좌식 의자에 몸을 파묻고 팸플릿을 넘기고 있었다.

"서로 다른 층이라 상관은 없겠지만 그래도 규모 차이가 너무 나니까 마음이 좀 그래. 마지막 가는 길인데 격차가 나서야, 원."

"격차……."

레이코 씨는 건성으로 응하는 나에게서 시선을 거두고 실내를 둘러보았다.

"정말 가족장으로 괜찮겠어? 돈 때문에 그러는 거면 우리가 비용을 댈 테니까 사양할 것 없어. 유족실도 빈소도 이렇게 좁은 데서 안 해도 돼. 아직 얼마든지 바꿀 수 있어."

"아니에요, 마음만 감사히 받을게요. 살아생전 그이가 친한 사람들만 부르면 좋겠다고 해서요."

"그 말은 나도 타카시가 입원하고 있을 때 들었다. 자기를 잘 아는 사람들만 있으면 충분하다고. 원래가 많은 사람이 모이는 걸 불편해하는 아이였으니."

레이코 씨의 맞은편에서 고개를 끄덕이는 사람은 그녀의 남편인 히사오 씨다. 최근 1년 사이에 숱이 부쩍 없어진 머리를 매만지며 오늘 밤 쓰야

유족과 조문객이 고인을 지키며 하룻밤을 지새우는 일본의 장례 풍습. 오늘날에는 저녁에 2~3시간 의식을 거행하는

것이 일반적이다에 오는 사람이 대략 몇 명 정도냐고 나에게 물었다.

"스무 명이 조금 안 될 것 같아요. 그이 직장 동료 몇 분이랑 친정엄마, 제 직장 상사. 어쩌면 빌라 집주인 내외분이 오실 수도 있고요."

"너무 적어. 쿠니코도 오면 좋은데 만삭인 몸을 이끌고 무리해서 오라고 할 수도 없고……."

비행기로 2시간 거리에 사는 외동딸 이름을 꺼내며 레이코 씨는 손에 들고 있던 팸플릿을 책상에 던졌다. 표지에 명조체로 크게 '마지막 가시는 길, 후회 없이 모실 수 있도록'이라고 적힌 팸플릿에는 이 장례식장의 서비스별 가격표가 실려 있었을 것이다.

"사람들에게 연락을 안 해서 안 오는 거 아니니? 하다못해 학창 시절 친구들도 있을 텐데. 타카시 나이가 아직 한창때잖아. 조문 올 사람이 더 있을 거야. 꽃바구니랑 화환도 좀 있으면 좋겠고."

레이코 씨가 미간을 찌푸리며 입술을 삐죽였다. 타카시가 기분이 상했을 때의 얼굴과 조금 닮았다. 피가 섞인 가족이니 당연하겠지만.

"속상한 당신 마음, 내 알아. 너무 홀연히 떠나려고 하니 말이야. 그렇지만 나는 이게 그 아이답다는 생각이 들어."

히사오 씨가 레이코 씨에게 자상하게 말을 붙이고는 방 안

쪽으로 눈길을 돌렸다.

"괜히 자기 때문에 사람들을 번거롭게 하고 싶지 않다고 자주 말했었잖아."

검은색 작은 제단 앞에 자리한 침구 세트에는 얼굴에 흰 천을 씌운 사람이 누워 있었다. 그 앞에 놓인 향로에서는 가느다란 연기가 길게 피어올랐다.

"어린 나이에 부모와 할머니를 연이어 떠나보냈으니 하루 빨리 독립해야 한다고 생각했겠지. 우리한테 와서도 떼 한 번을 안 썼어. 언제까지 군식구로 있을 수 없으니까 빨리 성인이 되고 싶다고 말한 적 있었잖아? 마음을 열지 않는구나 싶어서 내심 섭섭하더라고."

히사오 씨의 침통한 목소리에 레이코 씨도 "기억나"라며 고개를 숙였다.

"누가 군식구냐고, 한 번도 그렇게 생각해 본 적 없다고 아주 호되게 나무랐지. 그런데 그냥 천성이 그런 애였어. 기쁨보다 미안한 마음이 먼저 들어 괴롭다면서 눈물을 뚝뚝 떨구는데……. 그때 내가 너무 심했어."

코를 훌쩍이는 레이코 씨 옆으로 자리를 옮기면서 나는 작게 숨을 내쉬었다.

몇 시간 전, 남편인 타카시가 숨을 거두었다. 나보다 한 살 많은 서른여덟의 나이였다. 위염 비슷한 증상이 2주 정도 지속되어 병원을 찾았다가 위암 말기 판정을 받았다. 둘이 나란히 앉아 의사의 선고를 들었을 때 타카시의 얼굴에서 표정이 떨어져 나갔다. 거짓말이죠? 그렇게 말한 사람은 나였을까, 타카시였을까. 의사는 그저 눈을 내리깔고 향후 일정을 담담하게 설명했다. 뻐끔뻐끔 움직이는 의사의 입을 멀거니 쳐다보면서 아무래도 아주 나쁜 꿈에 시달리고 있는 모양이라고 생각했다. 돌에 걸린 줄 알고 내려다보니 돌이 아니라 날 선 나이프다. 인생에서 때때로 겪는 일이리라. 그런데 그 일을 겪는 사람이 왜 내가 아니고 타카시여야 하는가.

그 후로는 시간이 어떻게 흘러갔는지도 모를 만큼 정신없는 나날의 연속이었다. 알아야 할 일, 결정해야 할 일이 잇따라 쏟아졌다. 시간이 없으니 서둘러야 한다고 누군가가 재촉했다. 타카시의 수명을 두고 하는 말일까 생각하면서도 차마 입 밖으로 내지는 못했다.

암 선고를 받은 지 불과 두 달 만인 오늘 아침, 일주일째 의식 불명 상태였던 타카시는 결국 한 번도 깨어나지 못한 채 그대로 세상을 떠났다. 아침 안개가 내려앉은 쌀쌀한 시간대, 아직 옅은 잠에 빠진 병원 안에서 레이코 씨의 울음소리가 터져 나왔다. 양손으로 감싸 쥔 그의 왼손은 여전히 따뜻했다. 그러나 아무리 쓰다듬고 세게 쥐어 봐도 반응이 없었다. 손을 놓자 힘없이 툭 떨어졌다. 아아, 아무래도 이 나쁜 꿈에서 깨어날 수는 없는가 보다. 그렇게 생각했다.

떨어져 있는 나에게까지 향 연기가 퍼졌다. 박단향의 이

은은한 향기는 예전에 맡아 본 적이 있다. 아아, 그렇구나. 이것을 악몽이라고 한다면 이미 17년 전부터 꾸고 있다. 그 사고 이후로 나는 쭉 나쁜 꿈속에 있다. 놀이기구에 기이하게 매달려 움직이지 않던 그 아이를 발견한 순간부터 쭉.

질부, 하고 부르는 소리와 어깨를 붙잡는 손아귀의 힘에 정신이 번쩍 들었다. 레이코 씨가 내 얼굴을 들여다보고 있었다.

"그렇게 넋 놓고 있고 괜찮아? 우린 일단 집에 들렀다가 준비해서 다시 올게. 질부도 그렇게 할래?"

"아니요, 전 괜찮아요. 엄마가 제 짐도 챙겨서 이쪽으로 오시는 중이라고 하니까 여기 남아 있을게요."

"그럴래? 그럼 잠깐 눈이라도 붙이고 있어. 요 며칠 잠도 제대로 못 잤잖아. 계속 병원에 붙어 있느라."

쓰야 시작 시간 전까지는 올게. 그렇게 말하고 레이코 씨와 히사오 씨가 나갔다. 그들이 멀어지기를 기다렸다가 바닥에 벌렁 드러누웠다. 곁눈으로 제단을 보았다. 레이코 씨는 좁다고 했지만 약 30제곱미터인 공간은 충분히 넓었다. 아무리 손을 뻗어도 타카시에게 닿지 않을 정도니까.

"우리 집 거실 두 배도 더 되겠어. 너무 넓을 정도야, 타카시."

아래층에서 치른다는 성대한 장례식 준비일까. 멀리서 왁자지껄한 소리가 들린다. 이 방 옆에 있는 가족장 전용 빈소에서도 타카시를 위한 제단을 차릴 텐데 아직 그런 기미는 없는 것 같다. 레이코 씨가 알면 우리가 먼저 왔는데 뒷전으로 밀려났다고 분개할 수도 있겠다는 생각이 망연히 든다. 눈을 감고 멀리서 들리는 소리에 귀를 기울였다.

어릴 때는 살아 있는 사람들이 내는 소리를 들으며 잠드는 것이 좋았다. 감기에 걸려 학교를 결석했을 때가 최고의 시간이었다. 일상을 사는 얼굴도 모르는 사람들이나 학교에서 공부하고 있을 반 친구들을 상상하고는 혼자 키득키득 웃었다. 매일 반복되는 삶에서 한 발 떨어져 누리는 잠깐의 자유가 좋고 즐거워서였다.

나도 그런 시간을 좋아했어. 타카시가 그렇게 말한 게 고등학생 때였나? 다들 한 번은 느끼는 감정인가 봐. 나는 그렇게 맞장구쳤다가 이어지는 타카시의 말을 듣고 깜짝 놀랐다.

이대로 아무와도 엮이지 않고 살아갈 수 있을 것 같아서 너무 좋았어. 다 나아서 학교에 갈 때는 절망스러웠지만. 타카시는 진지하게 그렇게 말했다.

나는 다시 등교하는 날도 좋았다. 괜찮아? 하고 걱정해 주는 것도, 내가 없는 동안 얼마나 따분했는지 이야기를 듣는 것도 비일상이 남긴 흔적이었다. 그리고 내가 세상에 필요한 존재라고도 느꼈다. 학교로 돌아가는 것이 고통이지는 않았다.

학교가 싫었어? 내 질문에 타카시는 고개를 젓더니 나 자신이 싫었어, 라고 했다. 나 자신이 사람들 속에 있어야 한다는 게 무서웠다고도.

"그때는 영문 모를 소리를 하는 이상한 사람이라고만 여겼는데."

작게 소리 내 웃었다. 단조로운 그의 표정도, 어딘지 초연한 분위기도, 도무지 속을 알 수 없고 지레 움츠러들던 모습도 생생하다. 이런 사람과 진지하게 사귀는 일은 없을 거야. 그렇게 생각했었는데 나는 그와 부부가 되었다.

타카시는 왜 나와 결혼했을까. 이래저래 알고 지낸 기간이 길었다. 하지만 내가 타카시에게 연애 감정이 없다는 건 알았을 테고, 타카시도 마찬가지였을 터다. 그런데도 우리는 부부로 4년이란 시간을 함께했다. 타카시가 암으로 목숨을 잃지 않았다면 앞으로도 계속 함께했을 것이다.

물어봤어야 했다. 왜 나랑 같이 살았어? 당신 인생에서 당신의 마지막을 지킨 사람이 나여도 괜찮아?

—의미 같은 거 자기 마음대로 찾아내도 돼.

타카시라면 아마 그렇게 말하고 평소처럼 온화하게 웃었을 것이다. 의미를 찾아내라는 말은 타카시의 입버릇이었다. 그 의미가 자기 자신한테는 진실이 될 거야. 그럼 당신은 나와의 결혼에서 어떤 의미를 찾았어? 그런 생각들을 하는 동안 깜박 잠이 들었다.

이 장례식장을 택한 데에는 확실히 의미가 있었던 듯하다. 내 눈앞에 있는 그 사람을 본 순간 호흡하는 것마저 잊고 말았다. 상대도 비슷했는지 큰 눈을 더 크게 뜨고 나를 쳐다보았다.

아이하라 씨와 함께 나타난 이는 내가 이제 평생 얼굴을 마주할 일이 없으리라고 여긴 사람이었다.

"이시이 씨가 왜 여기에……."

"키요 선생님……."

자기 앞에 다시는 나타나지 말라는 말을 그 아이의 장례식에서 들었다. 그때는 거의 허리까지 길었던 머리가 턱선 정도에 오는 단발로 짧아졌다. 통통하던 몸은 늘씬해지고, 당시에는 없던 팔자주름이 두드러졌다.

"혹시 선생님이 고인 되시는 분의……. 그러고 보니 상주님 성함이……."

"네, 맞습니다."

온몸에서 핏기가 썰물 빠지듯 사라졌다. 앉아 있었기에 망정이지, 서 있었다면 그대로 쓰러졌을 것이다. 좌식 의자 등받이에 몸을 기대고 숨을 얕게 내쉰다. 사정을 다 아는 엄마가 내 옆에서 앉은 자세를 바로 하고 머리를 조아렸다.

"하마사키 씨, 아시는 분인가요? 이시이 씨는 저희 회사에서 입관을 담당하고 계세요."

우리 사이를 가늠하기 어려웠을 것이다. 이시이 씨 옆에 있던 아이하라 씨가 어정쩡하게 웃으며 말했다. 그건 알고 있다. 입관식을 거행하겠습니다, 하고 흰옷을 입은 사람이 들어왔으니까.

"저기, 장례식장을 바꾸겠습니다. 여기서 나갈게요."

엉겁결에 그렇게 말했다. 그러자 아이하라 씨의 얼굴이 굳어졌다. 반대로 이시이 씨는 난감한 미소를 지었다.

"그러지 마세요, 선생님. 정 그러시면 제가 담당에서 물러나겠습니다."

"아, 아니요. 아니에요. 제가 바꿀게요!"

다급하게 소리쳤다. 이시이 씨에게 불편을 끼칠 수는 없다. 제가, 아니 제가, 하면서 서로 실랑이를 벌이다가 이시이 씨가 아이하라 씨를 돌아보았다.

"잠시만 상주님과 둘만 있게 해 줄래요? 이런 곳에서 다시 만날 줄은 꿈에도 몰라서 둘 다 경황이 없어서 그래요. 차분히 이야기를 나누고 싶은데……."

"그건, 네, 괜찮습니다. 잘은 모르겠지만 너무 갑작스러워서 놀라셨다는 거죠?"

상황을 미심쩍게 지켜보던 아이하라 씨가 어색하게 웃으며 고개를 끄덕였다. 그러고는 엄마와 함께 밖으로 나갔다.

"여기 잠시 앉을게요."

두 사람이 사라지기를 기다렸다가 이시이 씨가 테이블을 가운데 두고 내 앞에 앉았다.

"저기, 제……."

사죄의 말을 하려는데 이시이 씨가 손을 들어 부드럽게 저지했다. 고개를 옆으로 흔들고는 고맙다고 말했다.

"매년 무덤에 꽃을 두고 가는 사람, 키요 선생님이시죠? 그 애가 좋아한 해바라기를 한가득. 제철이 아니라서 구하기도 쉽지 않았을 텐데."

"고맙다니요. 그리고 저는 이제 선생님 아니에요. 그 일이 있고 아예 관뒀어요."

어머, 하고 이시이 씨의 눈썹이 내려간다.

"그때 관두셨다는 얘기는 들었어요. 그래도 이제 복직하신 줄 알았는데."

"다시 못 하겠더라고요."

"그러셨군요. 죄송합니다. 계속하시는 것도 쉽지 않으시겠죠."

수긍하듯 말하고 이시이 씨는 나에게 작게 웃어 보였다.

"제가 심한 말을 참 많이 했어요. 그런다고 달라지는 건 없는데. 알면서도 원망할 대상이 필요했어요."

"다, 당연합니다. 제가…… 제가 마유를 죽였으니까요."

목소리가 떨렸다. 무릎 위에서 주먹을 꽉 쥐었다. 나는 이시이 씨의 아이, 아직 다섯 살밖에 안 된 마유를 죽였다.

유치원 교사가 되고 처음으로 담임을 맡은 반 아이들 중에 마유가 있었다. 또래 평균보다 작은 몸집에 새하얀 피부, 크고 동그란 눈이 인상적인 아이였다. 개구쟁이답게 잽싸고, 반에서 발이 제일 빨랐다. 자기보다 훨씬 큰 친구들을 유유히 제치고 달려 나가던 모습이 지금도 눈에 선하다. 마유는 경쟁심이 강하고 다소 무모한 데가 있어 크고 작은 부상이 끊이지 않았다. 위험하다며 혼내는 우리 어른들에게 그게 재밌단 말이야, 라며 조금도 주눅 들지 않고 웃어 보이던 얼굴은 언제 보아도 반짝반짝 빛났다. 사랑받고 용서받는 게 당연하다고 믿어 의심치 않는 해맑은 얼굴을 마주할 때면 야단칠 말을 종종 잊곤 했다.

위험하다는 말을 들어도 마음먹은 일은 해야지만 직성이 풀리는 아이라는 것은 알고 있었다. 그날은 정글짐의 어느 높이에서 뛰어내릴 수 있는지를 놓고 아이들끼리 경쟁을 벌이다가 잘못해서 한 아이가 다친 날이었다. 이제 당분간 정글짐은 금지라고 단단히 주의를 주는 선생님들 앞에서 불만스럽게 정글짐을 쳐다보던 그 아이의 얼굴을 나는 보고 있었다. 이후 무슨 일이 생길지는 상상하기 어렵지 않았다. 그런데도 나는 그 아이에게 관심을 두지 않았다.

유치원 문 닫을 시간이 다 되어서 마유가 없어졌다고 난리가 났고 모두들 유치원 밖으로 찾으러 나가려고 했다. 그때 나만 마유가 운동장 구석에 있는 정글짐에 있을 거라고 짐작했다. 짐작은 틀리지 않았다.

정글짐 중간쯤에서 그 아이는 목을 매달고 있었다. 점프를 하다가 그만 크로스백 형태의 유치원 가방이 놀이기구에 휘감겼던 모양이다. 정글짐 가장 높은 곳에 걸린 가방에서 길게 뻗은 노란색 끈이 희고 가녀린 목을 조르고 있었다.

"제가 죽였어요."

"그때 선생님은 저희 남편과 이야기를 하고 있었고 그 앤 어른들 시야를 벗어났어요. 그게 다예요."

그날 마유를 데리러 온 사람은 마유의 아버지였다. 우리 애는 요즘 유치원에서 잘 지내고 있습니까? 그 질문에 나는 마유의 행동에 대해 이야기했다. 육아에 적극적이었던 아버지는 지나치게 활달한 아들의 성격을 염려했고 나와 만날 때마다 유치원에서의 생활을 궁금해했다. 그리고 그날은 마유가 일으킨 사건 때문에 이야기가 조금 길어졌다. 아빠, 선생님이랑 얘기할 동안 놀고 있어도 돼? 기다리는 데 일찌감치 싫증이 난 마유가 그렇게 말했고 우리는 그러라고 허락했다.

고개를 가로젓고 저 때문이에요, 라고 말한다. 제 잘못이에요.

"선생님은 전부터 그렇게 말씀하셨죠. 저는 그런 선생님을 붙잡고 할 말, 못 할 말 가리지 않고 막 해 댔고요. 이제 그 일은 그만 털어 버리세요."

이시이 씨의 얼굴을 본다. 그때보다 주름이 늘어난 얼굴로 해사하게 웃고 있었다.

"매년 저희 애 무덤을 찾아 주시는 선생님이니 아시겠지만, 만약 살아 있었으면 스물두 살이 되었을 거예요. 훌쩍 커서 부모 품을 벌써 떠났을 나이죠. 그래서 저는요, 그 애가 어딘가에서 어른이 되어 살고 있을 거라고 생각하기로 했어요."

"네?"

"슬펐던 일은 잊으세요. 괴로운 일은 이제 그만."

내가 당신 절대 용서하지 않을 거야. 통곡과 증오로 시뻘게진 눈으로 그렇게 소리쳤던 사람이 나에게 잊으라고 말한다. 하지만 그 말에 어떻게 고분고분 고개를 끄덕일 수 있겠는가.

미동도 않고 있는 나를 보지 못하고 이시이 씨가 한숨을 쉬었다.

"그건 그렇고 여기서 이렇게 만나서 놀랐어요. 인사가 늦었지만, 삼가 조의를 표합니다. 아직 젊으신데 상심이 크시겠어요."

이시이 씨가 머리를 깊이 숙였다. 제가 담당이면 마음이 복잡하실 테니 다른 사람으로 바꿔 드릴게요, 라고 말을 이었다.

"아, 아니에요. 이시이 씨만 괜찮으시다면 이대로 진행해주세요."

"마음 쓰지 마세요. 이래 봬도 제가 팀장이라 얼마든지 바꿔 드릴 수 있어요."

이시이 씨가 여유롭게 웃어 보였다. 내 기억이 맞는다면, 마유가 살아 있었을 때 그녀는 마트에서 계산원으로 파트타임 일을 했다. 왜 입관 일을 하게 되었을까. 하나뿐인 자식의 죽음이 영향을 주었으리라고 짐작은 가지만.

"아니요, 정말로 괜찮습니다. 이것도, 저, 다 인연인데요."

이시이 씨가 싫어하지 않는데 내가 거부할 수도 없다. 이시이 씨가 고개를 끄덕이고는 정성을 다해 임하겠습니다, 라고 했다.

백장미와 흰 국화, 호접란을 아낌없이 사용하고 칼라와 아나스타샤 그린국화의 재배 품종 중 하나로 꽃 색깔이 녹색을 띤다으로 포인트를 준 제단은 무척 아름다웠다. 원예가 취미라 집의 좁은 베란다에도 작은 화단을 만들었던 타카시가 보면 흐뭇해할 것이다. 눈이 번쩍 뜨일 정도로 선명한 흰색과 녹색이 완만한 물결무늬를 그렸다. 그림처럼도 보이는 꽃밭은 등롱과 연꽃등에 불이 들어오자 바로 경건한 얼굴로 바뀌었다. 레이코 씨도 완성된 제단이 만족스러웠는지 쓰야가 시작되기 전에 아이하라 씨를 붙잡고 감사 인사를 했다. 크기만 크다고 다 좋은 것도 아니었네요. 작아도 좋은 물건들로 잘 꾸미면 손색이 없어요. 정말 화려한 제단이에요.

상주 자리에서 걸걸한 독경 소리를 들으며 나는 조금 전 헤어진 이시이 씨를 떠올렸다.

다른 사람에게 신세 지는 것을 좋아하지 않는 사람이었다고 양해를 구하며 몸을 씻기는 탕관湯灌은 생략하고, 그저 깨끗하게 닦인 후 옷을 갈아입혀 관에 넣는 최소한의 작업만 부탁했다. 이시이 씨는 작업 하나하나에 온 정성을 기울였다. 더없이 진지한 그 얼굴에서 목숨을 걸고 병마와 싸운 타카시를 진심으로 위로하는 마음이 전해졌다.

이런 표정을 짓는 사람이었다는 사실이 새삼 놀라워 얼굴을 쳐다보았다. 내 기억 속에는 17년 전 비통과 분노가 서린 얼굴밖에 남아 있지 않았다. 그녀의 두 얼굴이 아직 잘 겹쳐지지 않았지만 본래 얼굴은 아마도 이쪽일 것이다.

까뭇하게 난 수염을 말끔히 면도하고 제일 좋아하는 재킷을 입은 타카시는 관 속에서 편안한 얼굴을 하고 있었다. 암으로 고생하며 죽기 직전까지 괴로운 표정이 얼굴에서 떠나지 않았던 사람으로는 보이지 않았다. 잘 자네. 깨우면 꼭 일어날 것 같아, 라며 눈물을 글썽이는 엄마 옆에서 나는 이시이 씨에게 감사의 뜻을 전했다.

"본인도 분명 마음에 들어 할 거예요. 감사합니다."

"저야말로 감사합니다. 이런 상황에서 쓰기에는 적절치 않은 말이지만, 그래도 키요 선생님을 봬서 반가웠어요."

미소를 짓는 그녀에게 어떻게 반응해야 될지 몰라 난감했다. 배 속이 이상하게 요동치고 괴로웠다. 어떻게 나에게 저런 얼굴을 보일 수 있지? 스무 살을 넘겼을 만큼 세월이 흘렀다고 해도 그 아이는 살아나지 않는다. 세상에서 사라진 아이는 결코 돌아오지 않는다. 죄는 여전히 유효하며 용서받을 수 있는 게 아니다.

―내가 당신 절대 용서하지 않을 거야. 영원히, 죽을 때까지!

마유의 장례식장에서 그녀는 나에게 달려들었다. 손톱자국이 남을 정도로 내 팔을 세게 움켜쥐고 이제 나한테 행복은 없다고 소리쳤다. 절망으로 가득 찬 그 얼굴을 나는 일평생 잊지 못한다. 그때 나도 그녀에게 평생 미움받을 각오를 했으니까. 그런데 그녀가 말한 영원이 고작 10여 년 만에 사라지는 것이었던가.

―죄와 슬픔은 다르니까.

문득 타카시의 목소리가 들린다. 나도 안다고 소리치려다가 깜짝 놀란다. 환청이다. 그러나 타카시가 할 법한 말이기도 했다.

타카시는 말수가 적은 사람이었다. 가끔은 너무 적어서 내가 진의를 헤아려야 할 때도 왕왕 있었다. 대뜸 큐브를 던져주고는 정육면체의 각 면을 같은 색깔로 맞추라고 하는 것과 비슷했다. 이리저리 열심히 돌려가며 궁리한 끝에 간신히 그 말의 의미에 도달한다. 그렇게 전해진 그의 생각은 신기하게도 가슴에 툭 내려앉아 어떤 고민도 그 나름의 착지점에 안착할 수 있게 도와주었다.

그래, 타카시와 지금 이야기해야 한다. 그에게 해야 할 이야기가 많았다. 순서를 정해서 일단은 오늘 아침 일부터 이야기하자. 이 모든 것의 발단인, 타카시가 죽은 데서부터.

타카시, 내 말 들려? 있지, 당신 죽었어. 한 번도 의식을 회복하지 못하고 그냥 떠나서 당신도 깨닫지 못했겠지만 오늘 죽었어…….

깜짝 놀라 제단을 본다. 흰색과 녹색 꽃들 사이에서 타카시가 나를 향해 미소 짓고 있다.

"죽었어?"

적의 기습을 받은 듯 두려움이 단박에 몰려왔다. 내가 지금 여기 왜 있는지 알고 있는 줄 알았는데 아니었다. 나는 내가 정말로 악몽을 꾸고 있을 뿐이라고 믿으려 했다.

타카시의 죽음은 엄연한 현실이었다.

"헉."

목구멍 안쪽에서 외마디 소리가 새어 나왔다. 비명을 지르고 싶은데 한 덩이 공기를 밀어내는 것이 고작이었다. 올라오는 구역질을 참으며 입을 틀어막았다. 이번에는 숨 쉬는 방법을 모르겠다. 점점 호흡이 가빠지고 몸이 멋대로 떨리기 시작한다. 눈앞의 타카시가 일그러진다.

"왜 그러세요?"

언제 옆에 왔는지 귓가에서 아이하라 씨의 목소리가 들렸다. 아니, 이것도 환청일까. 나는 그대로 의자에서 떨어져 의식을 잃었다.

*

타카시와는 고등학교 선후배 사이였다. 그렇다고 친한 건 아니었다. 남들 눈에 띄기를 좋아했던 나는 학생회 서기를 맡았고 타카시는 원예부 부장이었는데, 한 달에 한 번 열리는 학생회 회의에서 보는 게 다였다. 복도에서 마주쳐도 목례만 하고 지나치는 정도였다. 같이 학생회 활동을 한 친구는 멋있다고 호들갑을 떨었지만 나는 무슨 매력이 있는지 통 알 수가 없었다. 꽃 품종과 꽃말을 잘 아는 남자보다 유행하는 노래를 꿰뚫고 있는 남자가 더 매력적이었다. 친구를 끼고 몇 번 말을 섞기는 했지만, 붙임성 없고 과묵한 모습에 두 손 두 발 다 들었던 것이 기억난다.

타카시가 졸업하고 우리의 인연은 뚝 끊어졌다. 타카시가 다른 지역 회사에 취직했다는 소식을 전해 듣고서 이제 더는 얼굴 볼 일이 없겠다고 여겼고, 그는 몇 달 만에 잊힌 존재가 되었다.

다시 만난 건 내가 유치원 교사를 관두고 5년이 지나서였다. 나는 일정한 직업 없이 여러 아르바이트를 하며 생계를 꾸리고 있었다.

—옆에 앉아도 될까?

아르바이트를 마치고 집에 가는 길에 들른 라면집에서 혼자 밥을 먹는데 웬 모르는 남자가 말을 걸었다. 이런 곳에서까지 작업을 걸다니 어이가 없어 무시했는데 그의 입에서 모교 이름이 나와 깜짝 놀랐다. 자세히 보니 어딘지 낯이 익었다. 타카시가 이름을 대며 원예부 부장이라고 덧붙이자 그제야 생각이 났다.

—반가운 얼굴이 보여서 나도 모르게 말을 걸었어.

—다른 지역으로 갔다고 들었는데.

—여기로 전근 왔어. 이 동네는 거의 그대로네.

교복 차림만 보다가 아주 당연한 듯 정장을 차려입은 그를 보니 유독 어른스럽게 느껴졌다. 성장하지 않고 그대로인 것은 이 동네만이 아니라 나도이지 않을까. 학창 시절과 크게 변하지 않은 내 모습을 내려다보며 생각했다.

—아, 나 신경 쓰지 말고 식사 계속해.

그렇게 말한 타카시는 나보다 먼저 식사를 마치고 얼른 일어났다. 뒤도 돌아보지 않고 가게를 나가는 뒷모습을 보면서 여전히 남들은 아랑곳없이 제 갈 길만 가는 사람이라고 생각했다.

나한테 관심이 있는지 없는지 전혀 감이 안 잡혀. 그 선배랑은 아무래도 연애로 발전하지 못할 것 같아. 고등학교 때 예의 그 친구는 그렇게 한탄하며 어떤 여자가 선배를 사로잡을지 상상의 나래를 펼치곤 했다. 우리 같이 평범하고 시시한 여자애 말고 박식하고 성숙한 여성이겠지, 같은 농담을 하며 웃었던 것이 떠오른다.

한없이 천진난만했던 학창 시절이 순간 되살아나 젓가락질을 멈춘다. 세상이, 하루하루가 반짝이던 그때로 돌아갈 수 있다면 좋을 텐데. 만약 돌아갈 수 있다면 나는 맨 먼저 진로상담실로 뛰어 들어갈 것이다. 그리고 지금과는 다른 길을 선택할 것이다. 어느새 라면은 다 불어 있었고 미지근해진 국물에는 얇은 기름막이 떠 있었다.

그날 이후로 타카시와는 수시로 마주쳤다. 덮밥집, 백반집, 선술집에 이르기까지 불쑥 찾아 들어간 가게에서 타카시는 손님으로 먼저 와 있었다. 그 반대일 때도 있었다. 우리는 학창 시절 때처럼 목례만 하고 각자 식사를 마치면 그대로 헤어졌다.

—너랑은 식성이 비슷한 것 같아.

몇 번째 만남에서였을까, 카운터석 구석에서 술을 마시는 나를 발견하고 가까이 다가온 타카시가 쓴웃음을 지었다.

—매번 혼자인 것도 비슷하고.

나도 빈 맥주잔을 흔들며 웃었다.

그 후로 우연히 만나면 차츰 나란히 앉아 밥을 먹게 되었다. 가끔은 잔을 부딪치기도 하고 주문한 음식을 나누어 먹기도 했다. 월급날이라고 얻어먹은 적도 있다. 그러나 어디까지나 과거 지인일 뿐, 그 이상으로 관계가 발전하지는 않았다. 우리는 자기 이야기를 거의 하지 않았고 물으려고도 하지 않았기 때문에 어디 사는지, 애인이 있는지도 몰랐다(언제나 혼자인 것으로 미루어 이건 굳이 묻지 않아도 알 수 있었지만).

이 음식 꽤 맛있네. 이번 주에 나온 그 만화책 봤어? 그렇게 그 자리에 무해한 대화를 띄엄띄엄 나누다가 배가 차면 헤어졌다. 그런 만남을 5년 가까이 이어갔다.

아니지, 아무리 그래도 그 사이에 전화번호 정도는 교환했지 싶은데.

그 생각이 문득 든 것과 동시에 의식이 돌아왔다. 천천히 눈꺼풀을 들어 올리자 낯선 천장이 보였다.

"키요, 정신이 좀 들어?"

엄마가 얼굴을 들여다보았고, 나는 찬찬히 상황을 머릿속으로 더듬었다. 그리고 허둥지둥 몸을 일으키려다가 제지당했다.

"수면 부족이야. 너, 거울 보면 깜짝 놀랄걸. 얼굴이 말이 아니야."

"쓰야는?"

"벌써 끝났지. 다들 식사하고 가셨어. 네 건 냉장고에 넣어 뒀는데 먹을래?"

엄마를 밀치고 몸을 일으켰다. 현기증이 나는 머리를 흔들고 주위를 둘러보니 유족실은 이미 깔끔하게 정돈되어 있었고 아무도 없었다. 관은 불이 켜진 제단 앞에 도로 놓여 있었다.

"사돈댁은 내일 아침 일찍 오신다더라. 네 걱정을 하셨는데 장례식장에서는 무서워서 잠이 잘 안 온다고 집에 가시겠대. 보기보다 섬세해. 죽은 사람이 뭐가 무섭다고."

간호사인 엄마가 피식 웃고는 말을 이었다.

"엄마가 같이 있어 줄까? 아까 확인해 보니까 여기 장례식장에 욕실이 있더라. 호텔처럼 세면도구도 다 구비되어 있고. 이불도 빌려주는 모양인가 봐. 엄만 이대로 자고 가도 상관없어."

"아니야. 마지막 밤은 둘이서 보내자고 그이가 그랬어. 그렇게 하고 싶어."

아직도 몽롱한 머리로 대답했다.

"엄마도 신타로가 기다리고 있을 거 아니야."

몇 년 전에 아빠를 먼저 보낸 엄마에게 지금 삶의 낙은 세 살 된 미니어처슈나우저다. 인형 같이 토실토실 귀여운 수캐를 아들처럼 예뻐하고 있다.

"하룻밤 정도는 문제없지만 그런 거라면 갈게. 정말 괜찮은 거지?"

괜찮아, 하고 짧게 대답하자 엄마는 잠시만, 하며 자리에서 일어섰다.

"너 깨어났다고 직원한테 말하고 올게. 네가 걱정돼서 아이하라 씨가 당직하는 사람한테 인수인계하고 퇴근했거든."

"본의 아니게 폐를 끼쳤네. 누가 날 여기로 옮겼어? 시고모부님?"

"아니, 여기 직원. 키 크고 좀 어리바리한 게 맹한 사람."

방을 나간 엄마가 다시 돌아왔을 때 함께 나타난 사람은 미후네 씨였다. 괜찮으냐고 나직하게 물었다.

"저 때문에 괜히 죄송해요. 이제 괜찮아요."

"그렇습니까? 오늘 밤은 저랑 다른 한 사람이 당직인데 제가 여기 담당입니다. 당직실은 1층 사무실 옆에 있고 여기 내선 전화기로 연결 가능합니다. 무슨 일 있으면 언제든지 연락 주십시오. 그럼, 가 보겠습니다."

빠른 어조로 말을 쏟아낸 그는 용수철이라도 달린 것처럼 발딱 일어나 머리를 숙이고는 유족실을 나갔다.

"달달 외운 내용을 한 번 읊고 가는 것 같네. 네가 쓰러졌을 때도 멀뚱멀뚱 서 있다가 아이하라 씨랑 다른 직원이 뭐라고 하니까 그제야 움직이더라."

엄마가 쓴웃음을 지었다. 나도 따라 웃으며 낮에도 혼나고 있었어, 라고 했다.

"마냥 어린 나이도 아닌데 어엿하게 자리 잡으려면 시간 좀 걸리겠어. 엄마도 이제 갈란다. 내일 보자."

그렇게 엄마도 갔다. 조용해진 방 한구석에서 잠시 멍하니 앉아 있었다. 아래층에는 사람이 아직 많이 있는 듯 웅성거리는 소리가 낮보다 크게 들렸다. 아이들이 있는지 새된 목소리도 났다.

"……차라도 한잔 마실까."

소리 내 말하고 자리에서 일어섰다. 테이블 위에 놓인 다기로 두 사람 분의 차를 탔다. 찻잔 하나는 향로가 올려진 상 위에 둔다.

"아까 갑자기 쓰러져서 미안. 놀랐겠다."

김이 피어오르는 차를 홀짝였다. 그 소리가 넓은 실내에 의외로 크게 울렸다.

"『유리가면』에 나온 헬렌 켈러 에피소드 기억해?"

타카시와 내 공통점 중 하나는 만화를 좋아한다는 것이었다. 잡식성인 우리는 재미있기만 하면 장르를 가리지 않고 다 읽었다. 집에 있는 커다란 책장 두 개는 서로의 소장본으로 꽉 채워져 있다. 연극만화의 불후의 명작인 『유리가면』은 타카시의 책장에 있다.

"헬렌 켈러가 모든 사물에 이름이 있다는 사실을 깨닫는 부분이 있었잖아. 마야가 그걸 어떻게 연기하면 좋을지 고민하는 대목."

보지도 듣지도 말하지도 못해서 소통이 거의 불가능한 헬렌에게 찾아온 깨달음의 순간을 어떻게 표현할 것인가. 주인공인 마야와 라이벌인 아유미는 저마다 시행착오를 거친다. 마야는 물풍선이 터지는 느낌에 빗대어 그 순간을 표현했다.

"꼭 그런 느낌이었어. 펑! 하고 머릿속이 터지는 듯한 충격과 함께 당신 죽음이 실감 났어."

찻잔 속 진녹색 수면이 흔들리고 있다. 아니, 내 손이 흔들리고 있음을 깨닫는다.

"옆에서 내내 간병하고 마지막 순간에도 함께 있어 놓고 무슨 소리냐 싶겠지. 그렇지만 의논하고 싶은데 당신이 없다는 생각이 들면서 비로소 피부에 와 닿았어. 당신이 죽었다는 사실이."

목소리가 울먹거리고 눈시울이 뜨거워진다. 서둘러 찻잔을 비웠다. 생각보다 아직 뜨거운 액체가 목구멍으로 넘어가면서 심한 기침이 터져 나왔다. 너무 괴로워서 눈물까지 맺혔다. 심호흡을 하고 눈가를 훔쳤다.

빈 찻잔을 놓고 엉금엉금 기어서 관에 다가갔다. 아직 뚜껑을 닫지 않은 관 속에 타카시가 있다. 새하얀 솜으로 만든 꽃이 얼굴 주변을 장식하고 있었다. 엄마는 잠든 사람 같다고 했지만 이렇게 보니 한눈에도 아니라는 것을 알 수 있었다. 다소 굳은 표정과 갈수록 나빠지는 얼굴색을 가리려고 바른 파운데이션이 타카시를 정교한 인형처럼 보이게 했다.

"바보네. 이렇게나 분명히 죽어 있는데. 나는 대체 뭘 보고 있었던 거야."

잠시 타카시를 바라보다가 자세를 고쳐 앉아 관에 등을 붙였다. 아무도 없는 실내를 보며 입을 열었다.

"쓰러져 있는 동안 옛날 꿈을 꿨어. 우리 고등학생 때며, 당신이랑 라면집에서 다시 만났던 때며. 그건 몇 년 전이더라? 왜, 내가 당신한테 맥주 뿌린 날."

몇 년이나 이어온 단순한 술친구 사이가 끝난 그날도 우리는 라면집에 있었다. 안주로 교자와 소간 부추볶음을 시키고 편안한 분위기 속에서 맥주잔을 기울이는데 타카시가 조심스럽게 물었다.

—친구가 그렇게나 많았는데 왜 항상 혼자야?

처음으로 내 사생활을 묻는 질문이었다. 주간 청년 만화잡지 이야기를 하던 내 얼굴이 굳어졌다. 그걸 모르지 않았을 텐데도 타카시는 말을 이었다.

—아르바이트도 계속 옮겨 다니고. 꼭 사람들과 엮일까 봐 피하는 것 같아.

—갑자기 뭐야?

—유치원 사고가 원인이야?

네가 담임이었, 하고 말하던 타카시가 입을 다물었다. 눈에 띄게 달라진 내 낯빛을 보았기 때문일 것이다.

그 사고는 전국 뉴스에서도 대대적으로 보도되었다. 전문가가 놀이기구의 위험성을 피력하고, 전국 각지에서 회전시소처럼 다치기 쉬운 놀이기구가 잇달아 자취를 감췄다. 이 작은 동네에도 취재진이 우르르 몰려왔으니 타카시가 알고 있다고 해서 이상한 일은 아니다. 하지만 내가 그 사고와 관련 있다는 건 어떻게 알았을까? 언제부터 알았고, 언제부터 모르는 척 있었을까?

생각할 새도 없이 손에 들고 있던 맥주잔의 내용물을 타카시에게 뿌렸다.

—지금까지 날 어떤 시선으로 본 거야?

타카시와 보낸 시간이나 둘 사이에 놓인 거리감이 자못 편하고 좋았다. 오늘 같이 한잔하면 좋겠다고 생각하던 차에 만나면 기쁘기까지 했다. 그런데 그건 나 혼자만의 일방적인 감정이었던 모양이다. 타카시가 동정이나 그와 유사한 감정, 나아가 호기심 때문에 나를 만났다고 생각하니 구토가 일었다.

자리에서 일어난 나는 물방울이 뚝뚝 떨어지는 머리를 물수건으로 닦는 타카시를 내려다보았다.

—더는 참견하지 마.

그 말을 남기고 나가려는 내 손을 타카시가 잡았다. 뿌리치려는 나에게 무슨 일이 있었는지 내 입으로 직접 들려 달라고 했다.

—그 질문을 해도 될 만큼 충분한 시간을 보냈다고 자부해. 널 더 알기 위해 꼭 필요한 일이야.

—알아서 뭐하게?

—할 이야기가 있어.

의미가 와 닿지 않아 그대로 움직임을 멈췄다. 타카시는 그런 내 팔을 한층 더 세게 잡으며 거듭 들려 달라고 했다. 평소 보기 힘든 열의에 나는 다시 자리에 앉았다. 가방에서 손수건을 꺼내 타카시에게 건네고 맥주를 추가로 주문했다. 맥주가 나오고 절반을 비울 때까지 타카시는 말이 없었다.

—보도된 그대로야. 내 부주의로 그 애를 죽게 했어.

—그게 다가 아니지 않아? 넌 그보다 더 큰 짐을 짊어진 사람처럼 보여. 부주의란 말로는 다 설명할 수 없는 뭔가가 있다는 생각이 들어.

왜 그렇게 생각하느냐고 묻지 않았다. 타카시의 말은 사실이었기 때문이다. 결국 죄는 언젠가 드러나기 마련인가 보다. 왜 타카시의 입에서 그런 말이 나왔는지는 모르지만, 죄란 그런 것이리라. 어쩌면 내 몸에서 죄의 잔향 비슷한 냄새가 나는 모양이라고 말도 안 되는 생각을 했다.

힐끗 쳐다보니 대답을 기다리는 눈이 나를 보고 있었다. 강한 의지가 담긴 눈동자를 보며 한 차례 한숨을 쉬고 천천히 입을 열었다.

—……싫었어. 나는 그 애가 너무너무 싫었어.

—왜?

—나한테는 힘에 부치는 아이였거든.

처음으로 담임을 맡은 반에 왜 이런 아이가 섞여 있을까 한탄했다. 잠깐 한눈판 틈을 타 툭하면 사라졌다. 아이가 없어졌다고 찾아다니면 빈 교실이나 다른 반에 가 있었고, 때로는 유치원을 몰래 빠져나가 온 동네를 탐험하고 다녔다. 파출소에서 연락을 받고 혼비백산 상태로 데리러 가면 반성의 기미라고는 조금도 없이 의기양양하게 자신의 모험담을 늘어놓았다. 기가 세서 혼쭐을 내도 눈물 한 방울 보이지 않았다. 그러기는커녕 왜 이 재미있는 것을 몰라주느냐고 화를 냈다. 웬일로 교실에 있다 싶으면 제멋대로 돌아다니며 한시도 가만히 있지 않았다. 덩달아 다른 아이들도 소란을 피우기 시작해 수습에 애를 먹는 때도 많았다.

무한한 체력과 남들보다 뛰어난 운동 신경, 타고난 호기심이 그 아이를 예측 불가능한 괴물로 만들었다. 나는 그 아이를 돌보는 일에 지칠 대로 지쳐 버렸다.

—그날 마유는 정글짐에서 뛰어내리지 못하고 머뭇거리던 친구에게 짜증을 내며 빨리 하라고 뒤에서 밀었어.

떠밀린 아이는 마유와 달리 운동 신경이 둔한 여자아이였고, 갑작스럽게 벌어진 일에 미처 대응하지 못하고 얼굴부터 땅에 떨어졌다. 코피가 나고 입술이 찢어진 아이의 얼굴은 피범벅이 되어 한바탕 난리가 났다. 연락을 받고 달려온 아이 어머니는 입술이 퉁퉁 부은 딸을 보고 불같이 화를 내며 감독을 소홀히 한 나 때문이라고 따졌다. 경험도 없는 젊은 여자가 담임이라고 할 때부터 내가 불안했어. 지금 당장 제대로 된 선생님으로 담임 바꿔요. 아이 어머니는 사과와 중재에 나선 원장 선생님에게 항의했다.

—적성에 맞지도 않는 유치원 교사는 당장 때려치우라는 말이 너무 충격이었어. 내 전부를 부정당하는 기분이었거든.

초등학생 때부터 꿈꾸어 온 직업이다. 아이들에게 둘러싸여 사랑받는 모습을 상상하며 유치원 교사가 되겠다는 일념으로 피아노와 그림도 꾸준히 배웠다. 그렇게 해서 마침내 이룬 꿈이 한 아이 때문에 짓밟혔다. 그렇게 느꼈다.

마유의 아버지는 아들이 한 행동을 듣고 아연실색했다. 내가 앞으로 잘 해낼 자신이 없다고 하니 황급히 머리를 숙였다. 아이가 집에서는 온종일 선생님 얘기밖에 안 합니다. 선생님이 너무 좋은 나머지 관심받고 싶어 해요. 물론 그렇다고 마유가 한 짓이 용서되는 건 아닙니다. 집에서도 알아듣도록 따끔하게 가르치겠습니다. 오늘 다친 아이 집은 알고 있으니 저희가 가서 사죄드리겠습니다. 선생님 잘못이 아니니 부디 마음에 담아 두지 마세요. 늘 잘해 주셔서 정말 감사하고 있습니다. 그러니 그런 말씀은 말아 주세요.

평소였다면 나보다 연상인 남자가 정중하게 머리를 숙이는 모습에 무안함과 약간의 기쁨을 느꼈을 것이다. 그러나 이날은 계속 짜증만 올라왔다. 당신 자식만 없었으면 이런 일은 일어나지도 않았어. 그렇게 몰아세우고 싶어 견딜 수가 없었다.

—그 애가 저쪽에서 놀아도 되느냐고 물었을 때 나는 어디 갈지 알고 있었어. 정글짐에서 뛰어내려 보지도 못하고 우리

한테 제지당했으니까 하고 싶어서 몸이 근질근질했을 거야. 원한다면 실컷 해라, 그러다 다치면 더 좋고. 그렇게 생각했어. 정글짐 꼭대기에서 떨어지면 어디 한 군데 뼈라도 부러지겠지.

큰코다쳐 봐야 그 아이도 조금은 차분해질 것이다. 그런 못된 마음이 들어 나는 달려 나가는 아이를 붙잡지 않았다. 그 자그마한 등에 대고 증오를 터트렸다.

맥주를 억지로 들이켜고 술기운을 빌려 고백을 이어 나갔다. 아무에게도 말하지 못한 진실을.

—죽을 줄은 몰랐어. 아니, 마음 한구석에서는 내심 최악의 사태를 기대했을 거야. 그 애만 없으면. 그렇게 생각한 적이 한두 번이 아니거든.

타카시는 말없이 내 추악한 독백을 들었다.

—……그런데 마유는 사랑스러운 아이기도 했어. 힘에 부치긴 해도 날 정말 잘 따랐거든. 선생님, 사랑해요. 그런 말도 곧잘 하고. 착한 점도 있었어. 하지만 그때는 그런 게 전혀 떠오르지 않았어. 완전 바닥이야. 나 같은 인간은 생명을 맡는 일을 하면 안 됐어.

눈가에 눈물이 맺히지만 흘러내리지는 않는다. 그 아이가 죽은 뒤로 눈물을 흘릴 수 없게 되었다.

—아무리 후회해도 아이는 살아 돌아오지 않아. 그 죗값을 어떻게 치를지 계속 고민했지만 모르겠어.

—……그랬었구나.

마침내 타카시가 입을 열었다. 네 삶이 왜 그렇게 힘들어 보였는지 이제 알겠어.

—죽어도, 살아도, 내가 뭘 해도 용서받지 못할 것 같아 그대로 몸이 굳어 버릴 때가 있어. 다 자업자득이지만.

—그 부분에 대해서는 할 말이 없어. 그래도 이 말만은 할 수 있겠다. 아주 조금만 어깨 힘을 빼 봐.

손을 대지 않고 있던, 완전히 식어 버린 교자에 젓가락을 뻗으며 타카시가 말했다.

—아무리 생각해도 나는 목숨에 대한 속죄는 불가능한 것 같아. 어떻게 죗값을 치를지는 평생을 두고 자기 나름의 방법을 모색할 수밖에 없어. 내가 선택한 길이 옳았는지, 하물며 용서받을 수 있는지는 내가 할 수 있는 최선을 다하고 죽은 다음에나 알 수 있는 거야. 그런데 너처럼 잔뜩 경직된 상태로 있다가는 뭘 해 보기도 전에 잘못될 것 같아. 그건 네가 바라는 바가 아니잖아.

타카시답지 않게 말수가 많고 알기 쉬웠다. 놀라서 빤히 쳐다만 보는 나와 시선을 마주하지 않은 채 타카시는 말을 이었다.

—계속 신경이 쓰였어. 내가 알던 모습과 많이 달라서. 넌 좀 더 느긋하고 자유분방하고, 지금처럼 염세적이지 않았어. 하지만 사람이 달라지기에 충분한 이유이긴 했어.

—……남의 목숨을 빼앗고 하하호호하며 지낼 수 있을 만큼 무신경하지 않아.

그렇게 내뱉었지만 이상하게도 분노가 끓어오르지는 않았다. 이제 잊으라든가, 그만 털고 일어나라는 말을 물리도록 들었다. 그때마다 내가 어떤 죄를 지었는지도 모르면서, 라고 속으로 외치며 신경질만 냈다. 진실을 알면 손바닥 뒤집듯 나를 비난할 거면서 위로하려고 들지 마.

타카시가 젓가락질을 멈추고 나를 보았다. 강한 빛이 담긴 눈동자가 나를 똑바로 응시했다.

—경직된 힘을 빼고 숨을 쉬는 건 도망치거나 꼼수를 부리는 게 아니야.

그 말이 처음으로 저항감 없이 내 안에 스며들었다.

바스락 소리에 정신이 번쩍 든다. 향의 재가 향로에 떨어지면서 난 미세한 소리였던 듯하다. 소용돌이 모양처럼 생긴 긴 향은 아직 여유가 있었지만, 초는 어느새 짤막해져 있었다.

"아, 안 돼. 불을 꺼뜨리면 안 된다고 했던 것 같은데."

그렇게 중얼거리며 새 양초로 바꾸었다. 그리고 상복을 벗고 엄마가 가져다준 스웨터로 갈아입었다. 스타킹만 벗어도 숨통이 조금 트였다.

그날 밤 이후로 우리는 서로에게 자기 이야기를 꺼냈다.

나는 마유가 죽고 오랫동안 집에 틀어박힌 이야기를. 타카시는 어린 시절 이야기를. 돈만 있으면 가족을 도로 사 올 수 있다고 믿은 유년기와 부모님이 돌아가신 사고의 원인에 이르기까지 숨김없이 소상히 털어놓았다. 그동안 어찌 참았을까 싶을 정도로 우리는 이야기를 봇물처럼 쏟아내고 또 들었다. 그리고 비슷한 시기에 몸을 섞었다. 둘 다 굉장히 오랜만에 하는 섹스여서 마치 처음 하는 사람들처럼 더듬더듬 상대방의 몸을 애무했다. 서로를 어디까지 알 수 있을까 하는 호기심이 작용해서일 것이다. 타카시와의 섹스는 만족스러운 충만감과 쾌락을 주었다.

그러나 희한하게도 그 정도로 거리를 좁혀도 연애로 발전하지는 않았다. 그에게 느끼는 감정은 훨씬 온화하고 차분한, 안정된 '무언가'였다. 몇 날 며칠을 만나지 않아도 외롭지 않았고 그러다 얼굴을 보면 반가웠다. 몸이 안 좋다는 말을 들으면 걱정되었고 건강한 모습을 보면 다행이라며 안도의 웃음을 지었다. 타카시를 향한 감정을 뭐라고 정의해야 할지는 잘 모르겠다. 남매를 닮은 듯도 하고 친구 같기도 했다. 때로는 연인들처럼 서로를 품에 안는 우리의 관계에는 여전히 이름이 없었다.

옷을 옷걸이에 걸고 액세서리를 뺀다. 우연히 벽시계를 보니 이제 막 11시를 지나고 있었다.

"시간이 이것밖에 안 됐네."

오늘은 하루가 무척 길게 느껴진다. 이 밤도 길 것이다. 하지만 타카시와 함께할 수 있는 남은 시간이라고 생각하면 놀랍도록 짧다.

구석에 있는 작은 냉장고를 열자 캔맥주 두 개와 도시락이 보였다. 캔맥주 하나와 도시락을 꺼내 테이블로 향했다. 캔을 따고 단숨에 절반을 비웠다. 차가운 맥주가 식도를 타고 힘차게 내려가는 것이 전해졌다. 이어 도시락 뚜껑을 열었지만 먹고 싶은 마음은 딱히 들지 않았다.

"그러고 보면 나는 쇼진 요리일본의 사찰 요리로, 일본에서는 불교식 장례가 일반적이므로 음식도 사찰 요리가 나온다는 영 당기지가 않네."

갓 만든 음식이면 몰라도 차게 식고 나니 더더욱 식욕이 생기지 않았다. 뚜껑을 덮고 도시락을 테이블 끝에 밀어 놓았다. 맥주를 홀짝인다.

"오이 누카즈케쌀겨에 물과 소금을 넣고 발효시킨 '누카도코'에 오이, 무, 가지 등 각종 채소를 박아서 만든 절임 음식 먹고 싶다. 주인아주머니께 좀 들고 오시라고 부탁할걸."

타카시는 시간을 먹고 자라는 것을 좋아했다. 권수가 늘어갈수록 세계가 확장되는 만화, 손수 가꾸고 키우는 꽃들, 그리고 누카도코. 꼼꼼한 성격의 타카시는 아침에 일어나 자신만의 비장의 누카도코를 위아래로 뒤집어 주는 것으로 일과를 시작했다. 타카시가 입원한 후로는 내가 그 일을 이어받았고, 타카시의 용태가 나빠지고 나서는 집주인 내외분에게 부탁했다. 타카시의 누카즈케를 좋아한 아주머니가 흔쾌히 맡아 주었다.

"타카시, 누카도코 말이야. 주인아주머니한테 반 정도 덜어 드려도 돼? 나한테는 너무 많아."

오이 하나와 배추 약간만 박을 정도면 충분하다. 나머지는 혼자 남은 나에게 필요가 없다. 거기까지 생각하고는 움찔했다. 당연한 말이지만 이제 내 생활은 2분의 1이 된다. 아침에 안치는 밥도, 된장국도, 맥주도, 목욕수건도 앞으로는 반만 있으면 된다.

소름이 돋은 피부를 문지르며 뭘 놀라고 그래, 라며 스스로에게 말했다. 타카시와 알고 지낸 시간은 길지만 살림을 합친 건 끽해야 몇 년이다. 그리 대단한 시간도 아니다. 그리고 나는 내 생활 스타일을 크게 바꿀 만한 일은 벌이지 않았다. 그런데도 이루 말할 수 없는 이 공허함은 무엇일까. 몸에 딱 들러붙어 떨어지지 않는다. 오히려 몸을 갉아먹으려는 듯 파고든다. 소리치고 싶었고, 벗어날 방도를 찾으려고 필사적으로 머리를 쥐어짰다. 그러다 문득 깨닫고 작게 중얼거렸다. 아아, 그렇구나. 나는 타카시가 사라진 세상에 덩그러니 남겨져 더없이 쓸쓸한 것이다. 혼자서 어떻게 살아가야 할지 모를 만큼 막막하다. 아무래도 타카시는 내 생각보다 훨씬 소중한 사람이었던 듯하다.

"하하, 나 조금 전부터 머리가 어떻게 됐나 봐."

웃음소리가 갈라진다. 캔을 쥔 손의 떨림이 멈추지 않는다. 왜 지금일까. 나는 매번 되돌릴 수 없는 지점에까지 와서야 내가 잃어버린 것의 크기를 깨닫는다.

4년 전, 타카시가 혼인신고를 하는 게 여러 모로 편리하니 결혼하지 않겠느냐고 했을 때 나는 좋은 생각 같다며 고개를 끄덕였다. 서로의 집을 오가는 횟수도 늘었고, 함께 사는 것이 금전적으로도 부담을 덜 수 있겠거니 싶었다. 그러나 어느 누구와도 잘 지내지 못하게 된 내가 일말의 망설임도 없이 타카시의 제안을 받아들인 걸 왜 이상하게 여기지 않았을까. 자신의 감정을 애정이나 사랑으로 정의할 수는 없다는 그게 대체 다 뭐라고. 그런 데 연연하느라 마음속에 있는 '무언가'의 본질을 보지 못했다.

조금만 더 빨리 깨달았다면 말했을 텐데. 내 인생에서 당신은 이미 소중한 사람이라고. 그리고 나도 당신에게 그런 사람이었다면 기쁠 거라고. 전하지 못한 말이 가슴을 먹먹하게 한다. 떠나보내고 나면 모든 게 늦는다는 사실을 나는 알고 있었을 텐데.

"아!"

불현듯 떠오른 기억에 깜짝 놀랐다. 캔을 테이블에 놓고 시선을 관 쪽으로 옮겼다. 그 안에는 생명의 불꽃이 꺼진 타카시가 있다.

—죽은 사람의 마지막 말을 듣는 방법이 있어.

언제였더라, 타카시가 나에게 그런 말을 했다.

둘이서 식사를 하던 때인 것만은 확실했다. 라면을 먹으며 우리는 만화 이야기를 하고 있었다. 잊지 못하는 소중한 작품이 무엇이냐는 주제로 대화를 나누었을 때 타카시가 그 이야기를 꺼냈다. 죽은 사람이 산 사람에게 자신의 마지막 말을 작은 구슬로 만들어 몸 어딘가, 이를테면 손이나 입 안에 남긴다는 내용인데 좀 섬뜩한 에피소드도 있지만 굉장히 마음에 와 닿았어. 키요도 읽어 보면 좋을 텐데.

"제목이 뭐였더라?"

전혀 기억나지 않는다. 그때 타카시의 표정도, 옷차림까지도 기억에 생생한데 그가 말한 제목만 쏙 빠져 있다. 조금만 더 떠올리면 기억날 듯도 한데. 머리를 쥐어뜯으며 끙끙대다가 흠칫했다. 무슨 바보 같은 생각을 하는 거야. 만화 내용을 진짜로 믿으면 어떡해.

하지만 그때 한참을 이야기하던 타카시가 정말 좋았어, 라고 했다. 죽은 뒤에 딱 하나만 남길 수 있는 기적의 구슬이라니 재미있어. 그런 이야기를 믿다니, 나랑 안 어울린다고 말하고 싶지? 나도 알아. 타카시의 말을 들은 나는 날 위해 비상금 통장과 비밀번호를 남겨주면 좋겠다고 농담을 던졌다. 꿈같은 기적이라고 감탄하면서 유용하게 쓸게.

그래? 그럼 흥청망청 다 쓰고 죽어야겠네. 키요가 잔액을 확인할 때쯤이면 통장에 300엔 정도만 들어 있게. 냄비에서 피어오르는 김 너머로 온화하게 웃는 타카시를 떠올리자 가슴이 미어진다. 그때 우리 둘 사이를 부드럽게 흐르던 공기의 질감까지 되살리고 말았다. 이제 더는 그런 시간을 보낼 수 없다고 생각하자 내가 아주 중요한 것을 잊어버렸다는 기분이 든다.

가슴속에 고인 뿌연 갑갑함을 토해 내듯 크게 숨을 내쉬고 자리에서 일어섰다. 구석에 놓아둔 가방을 들어 올려 안에서 지갑을 꺼냈다.

"잠깐 편의점 갔다 올게."

그렇게 말하고 유족실을 나왔다. 계단을 내려가자 웅성거리는 소리가 커졌다. 아직 많은 사람이 고인과의 이별을 아쉬워하고 있나 보다. 불가항력적인 상실의 아픔을 이겨내려는 사람은 나 혼자만이 아니다. 그렇게 생각하자 약간의 동질감을 느꼈다. 문이 활짝 열린 1층 유족실 앞을 살짝 목례를 하며 지나친 나는 그대로 장례식장 밖으로 나왔다. 늦가을 밤은 날이 제법 쌀쌀하다. 찬 바람이 불어와 나도 모르게 몸을 움츠렸다.

"하마사키 씨, 어디 가십니까?"

어둠 속에서 소리가 들려 엉겁결에 작게 비명을 질렀다. 주위를 둘러보니 어째서인지 주차장 후미진 곳에 미후네 씨가 쭈그리고 앉아 있었다. 그는 손에 들고 있던 것을 바지 뒷

주머니에 쑤셔 넣고는 자리에서 일어나 어디 가느냐고 한 번 더 물었다.

"아, 큰길에 있는 편의점에 가려고요."

"이 시간에 말입니까? 저기, 무슨 불편한 점이라도 있으셨습니까?"

"시오라멘 사러."

미후네 씨의 입이 딱 벌어지더니 시오라멘, 하고 의아해하는 목소리가 새어 나왔다. 오늘 처음으로 미후네 씨가 짓는 인간다운 표정이었다.

"네. 타카…… 남편이 좋아해서 마지막으로 같이 먹을까 싶어서요."

금방 올게요, 라고 하자 그가 달려왔다.

"밤이 이슥하니 저도 같이 가겠습니다. 편의점까지는 거리가 조금 있는 데다 밤이 되면 이 주변 치안이 좋지 않습니다."

내 의사는 중요하지 않다는 듯 말하고 그가 앞장서 걷기 시작했다.

큰길이 나오기까지 가로등이 몇 없는 골목길을 걸었다. 어스레한 어둠 속에서 그의 조금 낡은 와이셔츠가 하얗게 빛났다. 두꺼운 스웨터를 입은 나도 으슬으슬 추운데 괜찮을까. 키가 큰 그를 올려다보며 물으니 고개를 끄덕했다. 그는 장례식장을 나온 이후로 입을 굳게 다물고만 있다. 기분이 안 좋은 걸까.

"괜히 저 때문에 일도 못 하시고 죄송해요."

"네? 아, 아닙니다. 그렇지 않습니다. 네."

당황한 듯 말하고는 다시 침묵했다. 힐끗 얼굴을 올려다보니 관자놀이에 땀이 맺혀 있다. 희미한 가로등 불빛을 받아 구슬 같은 땀이 반짝였다.

"혹시 더우세요? 그렇게 얇게 입고?"

"이건 저, 긴장하면 땀을 흘리는 체질이라, 저기, 그러니까 사람을 대하는 게 익숙하지 않아서, 그래서 죄송합니다."

어물어물 대답을 마치고는 어깨로 크게 숨을 내쉬었다. 낯을 아주 심하게 가리는 사람일까.

"신입사원이시죠? 이런 말 좀 그렇지만 용케 이 일을 직업으로 선택하셨네요."

부고를 접한 사람은 말하자면 뜻밖의 일을 당했다고 할 수 있다. 그런 사람들을 마주해야 하는, 보통 이상으로 세심하게 마음을 써야 할 것 같은 이 업계에 왜 취직하려고 했을까. 그는 담담하게 자신을 채용해 준 회사는 이곳이 유일해서라고 대답했다.

"그리고 정확하게는 아직 인턴입니다. 정규직 사원이 되려고 닥치는 대로 면접을 봤습니다. 다 불합격 통보를 받았는데 여기 사장님만 열심히 해 보라고 말씀해 주셨습니다."

그렇게 말하고는 또 숨을 내쉬었다.

"그런데 입사하고 석 달이 지났지만 매일 실수해서 혼납니다. 제가 직원으로서 제대로 일하는 날이 올지 심히 의문입니다."

그의 말투에 그만 웃음이 터졌다. 정중하게 말하려고 너무 의식해서인지 어딘지 부자연스러웠다.

"아 참, 실수라고 하시니까 생각났는데 '니시'는 '하치'라는 건 무슨 말이에요?"

낮에 들은 단어를 떠올리고 묻자 미후네 씨가 머리를 긁적이며 "역시 보셨군요"라고 했다.

"죄송해요. 소리가 들려서 그만."

"아니, 괜찮습니다. 그건 탱화 족자 이야기입니다. 유족실 제단에 본존불 족자가 걸려 있는 것은 보셨습니까? 족자에는 종파에 따라 다른 불상이 그려져 있습니다."

아, 하고서 조금 전까지 있었던 방을 떠올린다. 그러고 보니 제단 한가운데에 족자가 있었던 것도 같다.

"하마사키 씨는 종파가 정토진종 니시西입니다. 정토진종은 니시와 히가시東 모두 본존불은 같은데 족자가 다릅니다."일본 불교의 종파 중 하나인 정토진종은 니시혼간지西本願寺와 히가시혼간지東本願寺로 나뉜다

아미타여래의 위쪽 후광의 개수가 니시는 여덟 개, 히가시는 여섯 개로 구분해 그려져 있다고 미후네 씨가 설명했다.

"족자를 구분하는 법입니다. 니시는 하치, 즉 니시는 8이란

뜻입니다. 처음에 제가 건 족자는 히가시였는데 그걸 알아챈 아이하라 씨가 몰래 바꿔 주셨습니다. 그러니까 처음에는 잘못된 족자가 걸려 있었습니다. 죄송합니다."

그랬었구나. 우리는 거의 무교나 다름없어서 아이하라 씨가 종파를 물었을 때 대답한 사람은 레이코 씨였다. 그렇다 보니 족자가 바뀌었는지도 몰랐다.

"'니시'는 '하치'가 그런 뜻이었군요. 저는 구구단인 줄 알고."

키득키득 웃는 나에게 아무리 그래도 2단은 외울 수 있습니다, 라고 그는 애처롭게 말했다.

"초등학교부터 다시 다니라는 말을 들었으니 그렇게 생각하시는 것도 무리는 아닙니다. 초등학생도 하지 않을 실수만 하고 있습니다."

큰길로 나오자 차량이 부쩍 늘었다. 나를 인도 안쪽에서 걷게 하고 미후네 씨가 족자 말고도 오늘 있었던 몇몇 실수를 언급하며 한심합니다, 하고 축 처진 목소리로 말했다.

"처음 일을 시작할 땐 누구나 그래요. 괜찮아요."

"아닙니다. 저는 오랫동안 니트족으로 지냈기 때문에 글러먹은 인간입니다. 쓰지 않는 물건일수록 빨리 녹슬듯이 저도 인간으로서 녹이 슬었습니다."

아, 니트족이었구나. 어딘지 어리숙하고 겉도는 인상은 거기서 비롯되었는지도 모른다.

"니트족이라고 하시면 어떤 식으로 지내셨나요?"

"가족과도 제대로 이야기하지 못하고 집에 틀어박혀 만화책만 읽었습니다. 무슨 일만 있으면 죽고 싶은 충동에 시달렸는데 죽지도 못하고. 일하기 전에는 상등신 니트족이라고 여동생한테 욕을 먹었습니다. 동생이 착한데 입이 좀 걸어서."

동생 이야기를 할 때만 미후네 씨의 표정이 풀어졌다. 뭐야, 이렇게 보니까 얼굴이 제법 귀염성 있게 생겼잖아.

"가족에게 애틋하시네요."

"네. 하지만 상등신 니트족이라 집에서 애물단지였습니다. 그래서인지 줄곧 뒷바라지를 해 주신 엄마가 몸이 안 좋아지셨습니다. 아, 생명에 지장이 있는 건 아니라고 하는데, 그래도 무리하시게 둘 수는 없습니다. 등신 니트족 사원이라도 좋으니까, 이것도 동생의 표현입니다. 아무튼 뭐가 됐든 좋으니까 엄마를 생각해 일하라고 해서. 그런 수동적인 이유로 남들보다 늦게 사회에 나왔습니다."

아마 그는 20대 후반이나 30대 초반쯤 되었을 것이다. 그런데도 세상의 때를 타지 않았다고나 할까, 사람이 순수하다. 왠지 모르게 호감이 간다.

"등신 니트족 사원이라, 동생분이 재미있으시네요. 저는 그런 발상 좋아하거든요. 그리고 저도 옛날에는 상등신 니트족이었어요."

작게 웃으며 말하자 미후네 씨가 순간 걸음을 멈췄다. 놀란 듯 눈을 크게 뜬 얼굴을 향해 나는 웃어 보였다.

"10년도 더 전이긴 하지만 저도 3년, 아니 2년 조금 넘게였나? 그렇게 살았어요. 죽어야지 하면서도 죽지 못하고 만화에 푹 빠져서 현실을 도피했어요. 사회로 다시 나오긴 했지만요."

부모님에게 손을 벌리고 싶지는 않아 모아 둔 돈을 까먹으며 지냈지만 통장 잔고도 이내 바닥을 드러냈다. 돈이 궁해져서 밖으로 나왔다. 마트에서 상품 진열 아르바이트를 처음 시작했을 때는 매일 구역질을 참아 가며 일했다.

"처음엔 사람들과 대화하는 것도 고역이었어요. 예전에는 아무렇지 않게 했던 일이 무서워져서 못 하겠더라고요. 내일은 그냥 집에 틀어박혀 있을 거라고 속으로 울면서 출근하고 그랬어요."

"알아요, 압니다."

"휴일 저녁이 최악이었어요. 아침이 영영 오지 않게 해 달라고 기도하곤 했어요."

"제가 딱 그렇습니다."

미후네 씨가 달려들듯 반응하며 격앙된 목소리로 말했다. 그러다 갑자기 입을 꾹 다물었다. 입술을 기이하게 일그러뜨리고 무언가 생각에 잠겼다. 왜 그러나 싶어 가만히 지켜보는데 돌연 큰 소리로 왜 죽어야겠다고 생각하셨습니까, 하고 물었다.

"문제없이 사회로 돌아갈 수 있습니까? 밖으로 나온 자신을 받아들일 수 있습니까?"

절박함이 묻어나는 목소리가 의아해 그를 보았다. 그가 내 앞을 가로막고 서더니 주머니에서 흰 봉투를 꺼냈다.

"사직서입니다. 이걸 언제 제출할까 그 생각만 하면서 일하고 있습니다. 저는 말주변도 없고 빠릿빠릿하지도 않습니다. 매일 다른 사람에게 불편만 끼칩니다. 이런 내가 밖으로 나와도 되는지 스스로에게 묻고 또 묻습니다."

그동안 손에 쥐고서 얼마나 고민했는지 봉투는 꾸깃꾸깃해져 있었다.

"하지만 가족을 위해서, 제 자신을 위해서 열심히 하고 싶은 마음도 있습니다. 여기서 다시 도망쳐 숨어 버린다면 분명 다시는 일어나지 못할 겁니다. 하지만……."

그가 고개를 떨구었다. 그 모습을 알고 있다. 도망치고 싶지만 칠 수가 없어 숨을 곳을 필사적으로 찾는 모습이다. 나에게도 그러한 때가 있었다.

"저는 어떻게 해야 합니까?"

"당신과 저는 처한 상황이 달라요. 도움이 되지 않을 거예요."

나는 부드럽게 말했다. 괴로움이란 감정은 자신에게 내리는 벌이다. 죽는 것은 죄에서 도망치는 일이고, 집을 피난처

삼아 숨는 것은 죄를 외면하는 일이다. 나는 그렇게 스스로를 채찍질하며 밖으로 나왔다.

"아, 하지만 누가 그러더라고요. 타인의 시선에서 자유로워지라고요. 네가 생각하는 만큼 다른 사람은 너한테 관심이 없다, 남들 눈을 과하게 의식하는 나약함이 두려움으로 이어지는 거다, 그러니 조금 둔감해지라고."

집에 틀어박혀 있을 때 들은 말이다. 아무도 네가 뭘 했는지 모르는데 지나치게 신경 쓴다고. 틀린 말은 아닐 것이다. 그리고 그 말에 감명받는 사람도 있을 것이다. 다만 나에게는 번지수를 잘못 찾은 조언일 뿐이었다. 왜냐하면…….

"남들이 어떻게 생각하는지는 상관없습니다. 저는 제가 저지른 죄가 절 용서할지 그걸 생각합니다."

미후네 씨의 말에 깜짝 놀랐다. 순간 내 입에서 나온 말인 줄 알았다. 미후네 씨가 봉투를 꽉 움켜쥐고 힘겹게 말했다.

"나 때문에 죽은 사람이 이런 나를 용서해 줄까. 그 생각뿐입니다."

"……당신도 누군가의 생명을 빼앗았나요?"

혼잣말하듯 중얼거리자 미후네 씨가 고개를 번쩍 치켜들었다.

"……'당신도'라고요?"

조금 긴 앞머리에 가려져 있던 눈이 휘둥그레지는 것이 보였다. 쌍꺼풀 진 예쁜 아몬드 모양의 눈은 주위 어둠보다 깊었지만 빛을 발산하고 있었다. 그 눈이 타카시를 참 많이 닮았다.

“저는요, 제 나쁜 마음이 사람을 죽였어요.”

미후네 씨의 몸이 움찔한다.

“제 추하고 나쁜 마음 때문에 죽고 말았어요. 그 죗값을 어떻게 치르면 좋을까. 어떻게 하면 그 애가 날 용서해 줄까. 그런 생각을 하며 살고 있어요.”

초면인 사람에게 할 수 있는 이야기는 아니었다. 하지만 어째서인지 말이 술술 나왔다. 아마도 타카시의 눈이 앞에 있어서일 거라고 막연히 생각했다. 그런데 그것과는 별개로 그는 내가 고백해야 할 상대였던 모양이다. 미후네 씨가 천천히 떨리는 목소리로 말했다.

“저도 그렇습니다. 제 나쁜 마음 때문에 친구가 죽었습니다.”

귀청이 찢어질 듯한 엔진 소리와 날카로운 경적 소리가 울린다. 소리가 나는 쪽으로 천천히 고개를 돌리자 차량 사이를 누비며 곡예 운전을 하는 대형 오토바이가 보였다. 빨간불에도 아랑곳없이 질주하고는 이내 시야에서 멀어졌다. 그 모습을 눈으로 좇으면서 “……그렇군요”라고 짧게 대답했다.

“제가 죽인 거나 다름없습니다. 어떻게 하면 좋을지 계속 생각했지만 답을 모르겠습니다.”

평온을 되찾고 유유히 움직이기 시작하는 차들. 어둠 속을 강물처럼 흐르는 라이트 불빛 위로 말소리가 떨어진다. 차도에서 눈앞의 얼굴로 시선을 돌리자 당장이라도 울 것 같이 얼굴을 일그러뜨린 청년이 있다. 조금 전 그의 모습에서 과거의 내가 겹쳐 보였다. 어딘지 닮았다고 생각했는데 그렇구나. 그는 타카시를 만나기 전의 나였다. 정답이 없는 질문을 스스로에게 끊임없이 물었던 그때의 나를.

오늘은 정말 무슨 날일까. 과거의 내가 예상치도 못한 곳에서 불쑥불쑥 얼굴을 내민다. 예전의 내가 말한다. 자업자득이니까 제가 괴로운 건 괜찮습니다. 하지만 이걸로 친구에게 속죄가 될까요. 늘 생각은 제자리걸음이라 잘 모르겠습니다.

따르릉 하는 소리가 난다. 자전거를 탄 여자가 내 뒤에서 울린 벨소리였다. 황급히 옆으로 비킨 뒤 미후네 씨를 재촉해 다시 걷기 시작했다. 등을 구부리고 고개를 숙인 그에게 말했다.

"아주 조금만 어깨 힘을 빼 보세요."

얼굴을 들고 나를 쳐다보는 시선을 느꼈지만 앞만 응시한 채 걸었다. 나는 과거의 나에게 했어야 할 말을 알고 있다.

"목숨에 대한 속죄는 평생을 두고 모색할 수밖에 없어요. 내 길이 옳았는지 어땠는지는 생애를 온전히 마칠 때까지 알지 못해요. 그러니까 몸과 마음이 중간에 망가지지 않게 어깨 힘을 아주 조금만 빼는 거예요."

"뺀다고요?"

"혹 당신이 뭘 해 보기도 전에 잘못되기라도 하면 지금껏 당신을 뒷바라지해 주신 어머니의 노력도 허사가 되는 거잖아요. 힘을 빼고 숨을 쉬는 건 도망치거나 꼼수를 부리는 게 아니에요. 필요한 일이에요. 속죄에 필요한 일."

침묵 끝에 미후네 씨가 온몸으로 한숨을 깊게 내쉬었다. 그것을 옆에서 느끼며 타카시를 떠올렸다. 그때의 타카시가 이런 마음이지 않았을까.

타카시의 부모님이 돌아가신 사고는 타카시가 발단이라고도 할 수 있었다.

—다섯 살 때, 어머니가 임신을 했어. 어렵게 가진 둘째라 부모님의 기쁨은 말로 다 표현 못할 정도였지만 나는 받아들이기가 힘들었어. 나만 사랑받고 싶었거든. 임신 8개월에 접어든 어머니를 내가 계단에서 밀어뜨렸어.

하혈을 하는 어머니를 아버지가 차에 태우고 병원으로 향했다. 아버지도 마음이 급했을 것이다. 과속으로 달리던 차가 도로에서 미끄러져 가드레일을 들이박았다.

—어머니가 의식이 있었으니까 구급차를 부르지 않았을 거야. 어마어마한 짓을 저지른 데 놀라 자지러지게 우는 나를 할머니에게 맡기고 두 분은 집을 나섰어. 어머니도, 배 속의 아이도 무사하다는 전화를 애타게 기다렸는데 정작 걸려

온 건 부모님이 돌아가셨다는 경찰의 연락이었어.

그 후로 한동안 타카시의 머리에서는 사고 전후의 기억이 지워졌다. 부모님은 일 때문에 멀리 나가 계시고, 돈만 있으면 가족을 도로 사 올 수 있다고 굳게 믿었었다고 했다. 기억이 돌아온 건 초등학교 고학년 때였다. 너무나도 큰 충격에 발작적으로 자살을 시도했고, 그 때문에 배에는 크게 꿰맨 자국이 생겼다. 달리는 오토바이에 뛰어들었는데 죽지 않았다며 타카시는 애잔하게 웃었다.

네 탓이 아니라는 말을 수도 없이 들었을 것이다. 하지만 그런 말은 아무런 도움도 되지 않는다. 스스로가 죄인 줄 알고 있는데 그걸 남들이 용서한들 위안이 될 턱이 없다.

“당신도 평생 마음의 짐을 안고 살기로 선택한 거죠? 그러니까 이건 동지로서 건네는 조언이에요.”

어느새 편의점 앞이었다. 어둠 속에서 환하게 불을 밝히고 있는 가게 앞에는 오토바이를 탄 젊은 남자아이들이 큰 소리로 웃고 떠들고 있었다. 어쩌면 이 아이들 중에 조금 전 위험천만하게 오토바이를 몰은 사람이 있을지도 모르겠다.

“내 정신 좀 봐, 편의점을 그냥 지나칠 뻔했네. 금방 사서 올 테니까 잠깐만 기다리세요.”

우두커니 선 미후네 씨를 그대로 두고 편의점으로 들어가 생각한 물건을 찾았다. 공연한 말을 했다는 후회가 밀려왔다. 닮았다는 건 나 혼자만의 생각이고, 미후네 씨는 그런 말을 원하지 않았을 수도 있는데. 괜한 오지랖을 부린 것 같아 스스로가 한심스러웠다. 봉지에 든 시오라멘을 발견하고 두 개를 집었다. 잠시 고민하다가 세 개를 바구니에 담아 계산대로 가져갔다.

계산대에는 점장 명찰을 단 남자가 험악한 얼굴로 가게 밖을 주시하고 있었다. 별생각 없이 그 시선을 따라 고개를 돌리자 남자아이들이 누군가를 에워싸고 옥신각신하는 모습이 눈에 들어왔다. 자세히 보니 미후네 씨가 가운데 서서 양손으로 얼굴을 감싸고 있었다. 무슨 문제라도 생겼나 싶어 고개를 갸웃거리다가 밤에는 치안이 좋지 않다고 한 그의 말이 이내 떠올랐다.

"이거 좀 빨리 계산해 주세요!"

나와 말 몇 마디 주고받는 데에도 땀을 뻘뻘 흘리던 사람이 저렇게 많은 사람과 다투고 있을 리가 없다. 서둘러 계산을 마친 뒤 "혹시 저희한테 무슨 일 생기면 경찰에 신고 부탁드려요"라는 말을 남기고 편의점을 뛰쳐나갔다.

"어? 여자친구 왔다. 형씨, 잘됐네요."

나를 본 남자아이 하나가 웃으며 미후네 씨의 어깨를 가볍게 툭툭 쳤다. 그러고는 나를 향해 말했다.

"거참, 안 되겠네. 남자친구만 두고 냅다 편의점에 들어가다니 매정한 거 아니에요? 봐요, 남자친구 존나 상처 입었잖아요."

"……어? 어떻게 된 거예요, 미후네 씨?"

미후네 씨가 얼굴을 들었다. 토끼처럼 빨개진 두 눈이 젖어 있다. 왜 울고 있느냐고 놀랄 새도 없이 새로운 눈물이 주르륵 흘러내렸다.

"하마사키 씨……. 저요, 저……."

콧물을 훌쩍이며 간신히 입을 여는가 싶더니 꺽꺽 소리 내 울기 시작했다. 다 큰 성인 남자가 마치 혼난 아이처럼 거리낌 없이 운다.

영문을 몰라 당황스러웠다. 대체 무슨 일이 있었기에 이렇게 우는 걸까. "대성통곡하잖아"라며 웃는 남자아이에게 어떻게 된 일이냐고 물었다.

"내가 묻고 싶은 말이거든요. 갑자기 막 울더라고요."

"몸이 안 좋은 것 같지도 않고, 우리끼리 사랑싸움 아니냐고 얘기하던 참인데."

"그나저나 아줌마, 무슨 말을 했길래 남자가 이렇게 울어요? 무서워라."

"그런 거 아니거든. 저기, 미후네 씨? 괜찮으세요?"

가까이 다가가 얼굴을 올려다보자 미후네 씨가 흐느끼면서 뭐라고 입을 열었다.

"다…… 시……."

"네?"

"숨이, 편안해…… 졌어요."

뭔 소리야, 라며 한 남자아이가 어이없다는 투로 말했다. 나는 그 말을 듣고 작게 웃었다. 그때의 나도 마음 놓고 울 수 있었다. 둑이 터진 듯 터져 나오는 눈물을 보고 허둥지둥 손수건을 내밀던 커다란 손바닥이 떠올랐다.

"경찰 불렀어요! 이 녀석들, 뭣들 하는 거야!"

편의점에서 점장이 자루가 긴 빗자루를 한 손에 들고 달려와 소리쳤다. 아이들은 "아무 짓도 안 했거든요!"이라고 맞받아쳤다.

"안 하기는! 괜찮으세요?"

"아, 아니에요! 이 일과 쟤들은 상관이 없어요!"

미후네 씨는 그 난리통에도 줄곧 울기만 했다.

미후네 씨가 진정되기를 기다려 장례식장으로 돌아왔다. 1층 유족실은 사람들이 어느 정도 갔는지 닫힌 문 너머로 나지막하게 소곤거리는 소리만 들릴 뿐이었다.

나는 미후네 씨가 안내해 준 직원용 간이 주방을 잠깐 빌렸다. 그리고 누군가의 개인용품이라는 편수냄비에 물을 끓였다.

"한 개는 같이 가 주신 데 대한 보답이에요. 괜찮으시면 드세요."

"가, 감사합니다. 제가 오히려 폐를 끼쳐서 죄송합니다."

주방 구석에 놓인 접이식 의자에 앉아 미후네 씨가 작은 소리로 말했다. 슬쩍 보니 코끝이 빨갛다.

"저는 얘기할 수 있어 좋았는걸요. 우여곡절은 좀 있었지만."

"죄송합니다."

냄비 바닥에서 하나둘 올라오는 기포를 쳐다보며 만화책만 읽으셨다고 하셨죠? 하고 물었다.

"네. 지금도 집 안이 온통 만화책 천지입니다. 동생이 조만간 책에 압사당하겠다고 들볶습니다."

"어머, 그 정도예요? 그럼 만화에 대해 잘 아시겠네요."

"니트족 생활로 얻은 것이 있다면 그 정도겠습니다."

말투는 여전했지만 목소리 톤은 처음보다 한결 부드러웠다. 그 사실에 절로 미소가 지어졌다.

"제목이 생각 안 나는 만화가 있는데 혹시 아실까요? 죽은 사람이 남겼다는 구슬에 얽힌 이야기인데."

기포가 커져서 라면 봉지를 뜯으며 말을 이었다. 그 구슬을 먹으면 죽은 사람의 마지막 말을 들을 수 있는 그런 특이한 내용인가 보더라고요.

제목이 떠오르지 않아 그 이야기를 들었을 때의 상황을 재현하면 혹 생각나지 않을까 싶어 라면을 사러 갔던 것이다. 유일하게 그 부분만 기억에서 도려지고 없었다.

"남편도 작가 이름까지는 기억을 못 해서 알아볼 방도가 없는데……. 미후네 씨?"

전혀 반응이 없는 것이 이상해 쳐다보니 그가 나를 물끄러미 보고 있었다. 그 눈에는 믿을 수 없는 것을 보기라도 한 듯 약간의 공포가 서려 있다. 미후네 씨가 천천히 입술을 움직였다.

"어란."

그가 중얼거린 말에 기억이 되살아났다. 그래, 그때 타카시는 분명 어란이라고 했다. 생선알, 그중에서도 연어알을 닮았다고 해서 어란이라고 해.

"맞아요, 그거예요! 미후네 씨, 대단하네요."

우와, 하고 감탄했다. 나와 반대로 그의 표정은 흐려졌다.

"그게, 옛날에 읽은 적이 있어서. 그렇지만 어란은 무작정 있으면 좋겠다고 바랄 만큼 멋진 물건이 아닙니다. 죽은 사람의 소원이 매번 아름다운 건 아니라서."

"소원?"

작은 소리로 웅얼웅얼 꺼내는 이야기 속에서 유독 한 단어가 귀에 꽂혔다.

"어란은 소원이 구슬로 바뀌는 건가요? 저는 남편한테 듣기만 한지라 잘 몰라서."

대체 어떤 내용일까. 갑자기 궁금해진다. 일단 제목을 알아낸 것만으로도 큰 수확이라고 여기며 봉지를 마저 뜯었다. 팔팔 끓는 냄비에 면을 두 개 넣었다. 물속에서 작게 요동치는 면을 보며 마음을 추스르면 헌책방을 돌아다녀봐야겠다고 생각했다.

“죽어서 못다 전한 것, 남기고 싶은 것이 죽는 순간 어란이란 형체를 이룬다고 보시면 이해가 쉬울 것 같습니다.”

죽는 순간 말이군요. 그렇게 중얼거리다가 턱 하고 무언가가 걸리는 걸 느꼈다.

“하마사키 씨는 부군이 어란으로 무엇을 남겼을 거라고 생각하십니까?”

골똘히 생각에 빠져 있는데 등 뒤에서 조심스럽게 말을 건네는 소리에 미후네 씨를 돌아보았다. 그는 눈알을 이리저리 굴리며 신중하게 말을 골라 이야기를 계속했다.

“혹시 사랑의 말 같은 걸 기대하신다면 찾지 않는 편이 좋습니다. 그 정도, 아니 그 정도라고 하면 안 되지만, 그래도…….”

“그런 거 남길 사람이 아닌걸요. 비상금 통장은 애초에 가지고 있지도 않고.”

비상금? 하고 내 말을 따라 중얼거리는 그에게 작게 웃어 보이고 냄비로 시선을 돌렸다. 젓가락을 넣어 한 차례 휙 젓자 면이 부드럽게 풀어졌다. 너무 많이 휘저으면 맛이 없어진다고 알려준 사람은 타카시였다.

“우리 사이에 있던 건 그런 말로 치장할 수 있는 감정이 아니었어요. 하지만 오늘 불현듯 깨달았는데 제가 생각한 것보다 훨씬 소중한 존재였더라고요. 함께해서 다행이었고, 할 수만 있다면 앞으로도 함께하고 싶었어요. 그 사람도 저처럼 저와 함께한 시간을 다행이라고 말해준다면 좋을 것 같아요. 하지만 미후네 씨 말씀처럼 일부러 기적을 바라면서까지 들어야 하는 말은 아니에요. 그동안 그 사람과 함께한 추억을 모아서 제가 의미를 찾아내면 돼요."

타카시는 인스턴트 라면은 약간 꼬들꼬들한 면을 좋아한다. 이 정도면 됐겠다 싶어 불을 껐다. 분말수프를 뿌려 녹이자 좁은 주방이 맛있는 냄새로 가득 찼다. 라면을 그릇 두 개에 옮겨 담았다.

"그리고 어란이 미후네 씨가 말씀한 그런 물건이라면 그 사람은 아마 다른 걸 남겼을 거예요."

"다른 것 말입니까?"

냄비를 씻어 행주로 닦았다. 그리고 싱크대 아래 선반에 다시 놓았다.

"네. 죽는 그 순간에 만들었다면 짐작되는 게 딱 하나 있거든요. 아, 이 쟁반도 빌릴게요."

은색 직사각형 쟁반에 그릇을 올렸다. 미후네 씨가 일어나 문을 열어 주었다.

"그럼 저는 방에 가 볼게요. 이 시간까지 같이 있어 주셔서 감사합니다. 그릇은 나중에 씻어서 가져다 드릴게요."

"아, 아닙니다. 그냥 복도에 내놓으시면 아침에 제가 치우겠습니다."

"그래요? 감사합니다."

목례를 하고 주방을 나왔다. 계단을 오르기 전 뒤를 돌아보니 미후네 씨가 여전히 그 자리에서 나를 배웅하고 있었다. 눈이 마주치자 저기, 하고 목청을 높였다.

"그게 뭔지 여쭤 보면 안 되겠습니까?"

그렇게 말하고는 바로 고개를 세차게 흔들었다.

"죄송합니다. 제가 도를 넘었습니다. 오늘 감사했습니다."

"아니에요. 저야말로 감사해요. 그럼 쉬세요."

내일 뵙겠습니다, 라며 그가 머리를 숙였다.

"늦어서 미안. 여러 가지로 일이 좀 있었어. 오늘은 너무 많은 일이 있어서 정신이 하나도 없네."

방에 들어서자마자 곧장 타카시에게로 갔다. 관 앞에 놓인 상에서 향로와 꽃병을 내리고 한복판에 그릇을 올렸다.

"하하, 왠지 천벌 받을 것 같은데. 그래도 괜찮지? 당신이라면 분명 기뻐할 테니까. 그럼 잘 먹겠습니다."

조용한 실내에 나무젓가락을 반으로 가르는 소리가 울렸다.

라면을 먹으며 많은 이야기를 했다. 이시이 씨에게 들은 말을 어떻게 생각하는지, 미후네 씨에게는 당신이 한 말을 토씨 하나까지 그대로 전했는데 잘 전달되어 다행이었다든지. 경찰에 오신고였다고 연락해서 한 소리 들은 부분에서는 말하는 내내 웃음이 멈추지 않았다.

타카시였다면 뭐라고 했을까, 어떤 표정을 지었을까. 그런 생각을 하며 떠드느라 시간이 꽤 걸렸다. 앞으로는 아주 큰 큐브를 이리저리 돌려가며 맞춰야 한다고 다 불어 버린 라면을 먹으며 생각했다.

식사를 마친 후에는 미후네 씨의 말대로 쟁반을 복도에 내놓았다. 쟁반 위에 나란히 놓인, 손대지 않아 차게 불은 라면이 담긴 그릇과 빈 그릇을 적막한 복도 끝에서 잠시 바라보았다. 그러고는 방으로 들어와 관 옆에 털썩 앉아 안을 들여다보았다.

"배부르다. 하나만 끓여서 나눠 먹을걸 그랬나 봐."

동이 트려면 아직 멀었다. 타카시와 함께할 수 있는 시간이 아직 남아 있다.

"어란 이야기 들었어. 어란은 죽어서 못다 전한, 남기고 싶은 소원이 형체를 이룬 거래. 나 말이지, 그 말을 듣고 당신이라면 무엇을 남길지 알았어."

타카시에게로 손을 뻗어 가만히 볼을 쓰다듬는다. 타카시이면서 타카시가 아닌 감촉이 전해진다.

"진짜로 믿느냐고 비웃지 마. 정말로 그런 기적 같은 힘이 있다고 할 때, 그래서 누군가에게 전할 수 있다고 할 때를 전제로 하는 말이니까."

당연히 대답은 없다. 꾹 다문 입술은 움직일 줄을 모른다.

—내가 선택한 길이 옳았는지, 하물며 용서받을 수 있는지

는 내가 할 수 있는 최선을 다하고 죽은 다음에나 알 수 있는 거야.

예전에 타카시가 한 말이 되살아난다.

"꿋꿋이 열심히 살다가 간 당신은 이제 죽음 뒤에 무엇이 남는지 알았을 거잖아. 그럼 같은 길을 걷고 있는 나한테 그 답을 남겨주지 않았을까."

차가워진, 굳게 닫힌 입술을 어루만진다. 어쩌면 이 안에 있을지도 모른다. 내가 줄곧 찾던, 그리고 타카시가 죽음과 맞바꿔 손에 넣은 답이.

"타카시, 이제 용서받았어? 당신은 편안해졌어?"

손끝이 계속 입술 위를 왕복했다. 이따금씩 나도 모르게 힘이 들어가 황급히 손을 뗐다. 그러고는 가슴에 올려진 손등을 쓰다듬었다.

—남기는 게 가능하겠어?

타카시의 목소리가 들린다. 맞아, 불가능해. 내가 대답한다. 그건 스스로 알아내야 할 답이다. 나는 앞으로도 답을 찾아 계속 고민해야 한다.

"이시이 씨에게 이제 그만해도 된다는 말을 들었다고 해서 용서받은 게 아니야. 당신이 남겨줬다고 해도 받으면 안 돼. 알면서도 순간 갖고 싶었어. 미후네 씨에게 동지니 뭐니 실컷 잘난 척해 놓고 나 참 한심해."

—괜찮아. 그걸로 됐어.

한 차례 꽉 힘주어 손을 잡았다가 살며시 놓았다.

"앞으로도 나 노력할게. 그러니까 우리 나중에 만나면 서로 답을 비교해 보자."

어느새 창문으로 희붐한 빛이 비추어 들기 시작했다.

발인을 알리는 경적 소리가 울려 퍼졌다. 운구차가 서서히 움직였다. 차 안에서 영정사진을 품에 안은 나는 밖에서 지켜보는 엄마와 사람들에게 머리를 숙였다. 아이하라 씨 옆에서 있는 미후네 씨와 눈이 마주쳤다. 누구보다도 머리를 깊이 숙이는 그에게 입 모양으로만 고맙다고 인사했다. 그와 이야기를 나눈 덕분에 내 마음은 있어야 할 곳에 안착했다. 그런 기분이 들었다.

구름 한 점 없이 화창한 하늘이 끝없이 펼쳐져 있다. 육체에서 해방된 타카시가 하늘 위로 날아올라 그곳과 하나가 된다.

# ● 겨울 너머 벚꽃

누군가가 죽는 밤이면 공기가 쌉싸름하다.

잠들기 전 입술에 내려앉은 옅은 기름기를 혀로 핥자 미약하게 자극이 느껴진다.

아아, 오늘이 그 밤이구나. 머리맡에 놓아둔 휴대폰을 손에 쥐고 눈을 감는다. 의식을 잠의 여울에 몰아넣고 그때를 대비한다.

……거봐, 내 말 맞지? 휴대폰이 울리잖아.

시간이 얼마나 지났을까, 벨소리가 경쾌하게 울린다. 그와 함께 의식도 여울 위로 올라온다. 몸을 일으켜 머리맡의 펜과 메모장을 집는다. 헛기침 한 번으로 목청을 가다듬고는 통화 버튼을 눌렀다.

"덴코샤의 아이하라입니다. 무엇을 도와드릴까요?"

가능한 한 차분한 목소리로 천천히 말한다. 잠시 틈을 두고 목이 잠긴 여자 음성이 들렸다. 방금 전 아버지가 돌아가셔서 장례를 치르려고 하는데요.

"삼가 위로의 말씀 올립니다. 곧 고인을 모시러 가겠습니다. 먼저 몇 가지 여쭙겠는데요."

말하면서 벽시계로 시선이 향한다. 잠이 든 지 정확히 3시간이 지났다.

장례업체는 연중무휴 24시간 영업이다. 늦은 밤이라도 부고가 오면 바로 응대해야 한다. 덴코샤에서는 일반 근무표와는 별도로 야간 근무표가 존재한다. 야간 근무는 2인 1조 체제로 시신 운구 및 장례식장 당직까지 그날 야간에 발생하는 모든 업무를 소화해야 한다. 오늘 밤은 내가 그 당번이라 야간 연락용 휴대폰을 집에 가지고 갔다.

"절에는 이미 연락을 드렸습니다. 마쿠라교 입관 전에 고인의 머리맡에서 하는 독경는 8시쯤에 거행될 예정이고요. 이후에 담당자와 장례 일정 등을 자세히 논의하시면 됩니다. 그때까지 모쪼록 편히 쉬시기를 바라겠습니다. 고생 많으셨습니다."

고인과 유족을 장례식장으로 모시고 와 필요한 최소한의 이야기를 마친다. 지친 기색이 역력한 유족에게 머리를 깊이 숙인 후 유족실을 나왔다. 그대로 곧장 직원 전용 문 바깥에 있는 흡연실로 가 녹슨 파이프 의자에 털썩 앉는다. 담배에 불을 붙이고 힘껏 빨았다. 니코틴이 힘차게 몸속을 순환하자 미세한 찌릿함이 느껴진다. 졸려서 몽롱하던 머리가 핑 돌았다.

"좀 있으면 날이 밝겠네."

시선 끝 산 정상에 손톱깎이에서 방금 떨어뜨린 듯한 하얀 달이 떠 있었다. 그 밑에서부터 어둠이 어슴푸레하게 녹기 시작했다.

아버지의 죽음을 받아들이지 못하고 병원 영안실에서 꼼짝 않고 있던 딸들이 마음을 추스를 때까지 기다리다 보니 예상보다 시간이 걸렸다. 집에 가기에도 시간이 애매한데 회사에서 한숨 잘까.

"아이하라, 수고했어."

등 뒤의 문이 열리고 오늘 밤 나와 한 조인 세오가 캔커피를 마시며 불쑥 얼굴을 내밀었다. 그러고는 나에게도 똑같은 캔을 던졌다. 세오가 겨울마다 즐겨 마시는 이 캔커피는 이에 쩍쩍 들러붙을 정도로 들쩍지근해서 내 입에는 영 맞지 않았다. 예전에 지나가는 말로 이야기했는데도 그의 행동은 오늘도 변함이 없다. 아마 평생 바뀌지 않을 성싶다. 고마워. 그렇게 말하고 캔을 손에 쥐자 손바닥이 따뜻해져 온다. 그 포근한 온기만은 감사해서 입가에 절로 미소가 걸렸다.

"근무표 보고 왔는데 이번 장례 시행 담당이 나더라. 2층 일반실에서 가족장으로 하겠지? 규모가 크면 일이 고된데 다행이다."

"엄살은. 규모가 크면 일한 보람이 있어서 좋잖아. 어떤 식으로 공간을 꾸밀까, 어떤 취향을 반영할까 궁리하는 거 나는 좋은데."

장례식은 규모에 따라 할 수 있는 일의 폭이 크게 달라진다. 그중 백미는 제단 꽃 장식이다. 제단이 클수록 꽃을 많이 쓸 수 있고 디자인도 다양하게 시도해 볼 수 있다.

일본 전통무용 강사의 장례식 때는 자주 거래하며 친해진 꽃집과 합심해 장미와 백합, 호접란으로 고인이 애용한 접부채를 재현했다. 제단에 우아하게 펼쳐진 꽃부채를 보고 조문 온 제자들이 선생님다운 장례식이라고 입을 모으며 눈물을 보였다. 그때의 만족감은 지금도 잊을 수가 없다.

하지만 가까운 사람들만 모이는 가족장은 자연스레 제단도 작아지고 할 수 있는 일도 한정된다. 물론 한정된 범위 내에서 어떻게 꾸밀 것인가도 실력을 발휘할 기회지만 나는 다소 재미가 떨어졌다.

"나는 가족장이란 말을 들으면 조금 실망스러울 것 같은데."

캔을 따면서 내가 말하자 세오가 어깨를 으쓱했다.

"실망이라. 가족장 담당이었는데 저쪽 대규모 장례 시행도 시켜 달라고 소리쳤다는 얘기가 사실인가 보네."

"어떻게 알았어? 그건 이래저래 사정이 좀 있었어."

두 달 전쯤에 있었던 언쟁을 누가 말해준 모양이다. 썩 유쾌한 이야기는 아니어서 애매하게 웃으며 얼버무렸다.

"뭐야, 그럼 네가 일을 가로채서 기베 씨가 관뒀다는 것도 진짜야? 이 바닥에서 경력직이 얼마나 귀한데. 그런 사람이 나갔다니까 좀 아쉽더라."

"그래? 그것참, 안됐네. 그 얘긴 이제 그만하자."

다디단 커피를 한 모금 마시고 숨을 내쉬었다. 담배 연기와는 다른 흰색 입김이 나타났다가 사라졌다. 1월의 새벽은 땅에서 냉기가 올라온다. 100데니어의 두꺼운 타이츠에 복숭아뼈까지 오는 양말을 덧신었지만 발끝이 체온을 잃어가는 게 느껴질 정도다. 이 냉기는 뼛속까지 침투해 온다.

"아아, 사람이 많이 죽는 계절이 또 돌아왔네. 한동안 일이 끊이지 않겠어."

"촉이 좋은 네가 그렇게 말하니까 벌써부터 무섭다. 연초부터 눈 코 뜰 새 없이 바쁘게 일하기는 싫은데."

세오가 내 옆에 있는 파이프 의자에 앉더니 크게 기지개를 켰다. 아까부터 맥 빠지는 소리만 할 거냐고 심드렁한 얼굴을 째려보았다가 흠칫했다. 기름기가 올라온 피부가 피곤에 찌들어 있다. 관자놀이에는 새치가 희끗희끗하고, 팔자주름도 생겼다. 투명한 겨울 공기에 노출된 세오는 눈에 띄게 늙어 있었다.

"세오, 왜 이렇게 나이 들어 보이지? 헐, 나도 늙었겠네."

심야에 전화를 받고서 파운데이션을 바른 얼굴에 눈썹만 그리고 병원으로 향했다. 그리고 시신 운구와 빈소 준비로 바쁘게 뛰어다녔으니 상태가 엉망일 게 뻔했다. 나이 이전에 지금 꼴 자체가 말이 아닐 것이다.

"그야 나도 나이를 먹을 만큼 먹었으니까. 그래도 넌 아직 젊지. 볼도 탄력이 있어 탱탱하잖아."

"흥, 이건 나잇살이라는 겁니다요. 아직 젊다고 해도 고작 세 살 어린 걸로는 자랑거리가 안 돼."

볼을 부풀려 보이자 미안, 하고 세오가 웃는다. 눈을 가늘게 뜨고 웃는 버릇이 있는 그의 눈가에 부드러운 주름이 잡혀 있다. 그 주름도 예전보다 조금 깊어졌다. 가슴 주머니에서 휴대폰을 꺼낸 세오는 화면을 익숙한 손놀림으로 터치했다. 흘끗 보니 핑크색 드레스를 입고 포즈를 취한 귀여운 여자아이가 있다. 다섯 살이 된다는 사랑하는 딸 사진을 휴대폰 바탕화면으로 해 둔 모양이다. 마흔이 되기 직전에 얻은 외동딸을 끔찍이 위한다고 들었는데 사실인 듯하다.

"아, 그렇지. 당직실에서 한숨 자. 나는 어디 빈 방에서 눈 좀 붙이면 되니까."

"나 배려 안 해 줘도 되거든. 같이 자도 상관없잖아. 침대도 있겠다."

당직실에는 싱글베드가 두 개 있고 그 사이를 작긴 해도 파티션이 가로막고 있다. 최소한의 사생활은 보장된 셈이다.

휴대폰 화면은 야후의 메인화면에서 어제 열린 복싱 시합의 결과로 바뀌었다. 세오가 작게 혀를 차는 걸 보니 좋아하는 선수가 KO패를 당한 모양이다. 그리고 그제야 "아니야, 내가 코골이가 심해서 다른 데서 잘게"라고 대답했다. 나는 흠, 하고 짧게 소리 낸 뒤 담배를 깊게 빨았다. 그 이유 때문이 아니잖아, 라고 말하는 대신 천천히 연기를 내뱉었다.

세오가 크게 하품을 한다. 간만에 야간 일을 해서 그런가 몸이 찌뿌둥하네.

"본점 근무가 더 좋았어?"

세오는 지난달에 옆 도시에 있는 본점에서 이곳 지점으로 인사 이동을 했다. 주임에서 부장으로 승진했다고는 하나 항상 일손이 달리는 이곳에서는 주임이든 부장이든 야간 근무에 예외는 없으며 당연히 장례 시행도 담당해야 한다.

"본점은 거저였지. 여기 오니까 할 일은 늘었지, 가든스 대책도 세워야지, 골치 아파."

가든스란 전국에 많은 지점을 보유한 대형 장례업체를 말한다. 두 달 뒤에 이 동네 역 앞에 대형 특실을 갖춘 장례식장이 들어선다고 한다. 그동안 이 동네에서 장례식장은 덴코샤가 유일해서(가족장을 전문으로 하는 아담한 곳이 한 군데 있기는 하지만) 거의 독점이나 다름없었는데 마침내 경쟁 상대가 등장한 것이다.

"상대는 전국 방송에 빵빵하게 광고를 내보내는 강호라고. 우리 같은 시골 장례업체가 무슨 수로 이겨? 사장님은 어떻게 좀 해 보라고 닦달하는데 이제 와서 그래 봤자 늦었어. 짓고 있는 건물을 때려 부술 수도 없고, 장례 치를 예정 없느냐고 영업 다닐 수도 없는 노릇이잖아."

아아, 하고 한숨을 쉬고는 머리를 긁는다.

"그쪽으로 이직이나 할까? 가든스는 자금이랑 인력도 풍부하고 경력자 우대도 해 줘."

"쓸데없는 소리 하지 마. 덴코샤도 부장 직급쯤 되면 급여가 잘 나오는 편이잖아."

"책임이랑 업무량에 안 맞으니까 하는 소리지. 쥐꼬리만큼 오른 월급도 감지덕지해야 하는 거야?"

"일에 보람만 있으면 월급은 부차적인 거라고 말하던 사람이 가정이 생기니까 달라지는 것 좀 봐라."

말한 순간 후회했다. 비꼬는 말로 들리지 않았을까. 그러나 세오의 얼굴에는 표정 변화가 없다. 아무래도 상관없다는 듯 젊은 배우의 열애 뉴스를 보고 있었다.

"그야 그렇지. 사람이 이상만 가지고는 먹고살 수 없으니까. 가족과 함께할 시간이 줄었다는 게 제일 문제야. 가든스 건은 어쩔 수 없다 쳐도 이중 근무표는 어떻게 좀 안 될까? 우리 딸 유치원 행사에 얼굴 내밀기도 힘들게 생겼어."

명치 부근에서 작게 삐거덕거리는 통증이 지나간다. 방치해 둔 충치가 미세하게 욱신거릴 때처럼 마음이 심란해지는 통증이다. 통증을 뱉어 버리듯 연기를 내뱉고 재떨이에 담배를 눌러 껐다.

"난 그만 자러 가야겠다. 고생했어. 사양 안 하고 당직실은 내가 쓸게."

대답을 기다리지 않고 건물 안으로 들어갔다. 간이 주방에서 거칠게 양치를 하고 얼굴을 씻는다. 콧방울을 쓱쓱 문지르면서 바보 같다고 생각한다. 이미 몇 년 전에 서로 다 이해하고 헤어진 남자의 반응을 일일이 살펴서 어쩌자고. 내가 아는 부분을 발견하면 안도하고, 달라진 부분에서는 충격을 받고, 대체 뭐 하는 짓인지 모르겠다. 미련이란 단어가 머리를 스치지만 곧바로 아니라고 부정한다. 그런 구질구질한 마음은 아닐 것이다. 헤어지는 그때조차도 우리는 담담했으니까.

아이를 원하는 그와 아이는 필요 없다는 나. 의견 대립은 조용히 오래도록 지속되었고, 나는 그에게 이별을 고했다. 생각이 비슷한 여자를 만나는 게 좋겠다면서.

사랑하지 않은 건 아니다. 그를 향한 내 나름의 애정이 있었다. 하지만 사랑만으로 그의 바람을 들어줄 수 있는 사항도 아니었다. 내 선택은 끝이 보이지 않는 문제의 가장 올바른 해결책이었으며, 수년이 지난 지금도 그렇게 믿고 있다. 그의 결혼 소식을 들었을 때도, 사내에서 아이의 출생을 축하하는 돈을 걷었을 때도 가정을 이루고 싶다는 그의 꿈이 꿈으로 끝나지 않아 정말 다행이라고 축복 비슷한 마음까지 들었다.

사물함에 넣어 놓은 화장품 파우치에서 스킨을 꺼내 얼굴에 대충 바르고 침대에 누웠다. 이불을 머리끝까지 뒤집어쓰고 눈을 감았다. 그가 본점으로 전근을 간 후로는 얼굴 볼 일이 잘 없었는데 갑자기 한 공간에서 다시 일하게 되었다. 예전처럼 같이 있는 것이 아직 익숙하지 않아 얼떨떨할 뿐이다. 그래, 그게 다다.

오래 전에, 이 일을 갓 시작했을 무렵이 떠오른다. 나에게는 베테랑 교육 담당자와 조금 먼저 입사한 연상의 선배가 있었다. 사부님과 라이벌. 이 업계에 처음 뛰어든 나를 키워준 두 남자. 눈꺼풀 안쪽에 차례로 나타나는 과거를 바라보다가 잠이 들었다.

"……세요. 일어나세요, 아이하라 씨."

누군가가 내 몸을 툭툭 흔들어서 눈을 뜨니 미후네가 보였다. 여느 때와 다름없이 감정이 거의 드러나지 않은 무표정한 얼굴로 나를 내려다보고 있었다. 여자 혼자 잠들어 있는 방에 들어왔으면서 면구스러운 기색이 조금도 없다. 그러나 나도 잠든 얼굴 좀 보였다고 비명을 지를 정도의 순진함은 잃어버린 지 오래다.

"왜? 내가 너무 많이 잤어?"

알람 맞춰 뒀을 텐데, 하고 말하니 미후네가 고개를 젓는다.

"일이 들어왔습니다. 세오 부장님께서 아이하라 씨와 같이 가서 시신을 운구하라고 하셔서요."

"또? 오늘 꽤 바쁘네."

몸을 일으키고 하품을 한 번 한다. 차고 있는 손목시계를 보니 알람이 울리기 10분 전이다.

"네가 출근했다는 건 다른 사람들도 회사에 나왔다는 거잖아. 그런데 왜 나야? 시신 운구면 굳이 내가 아니어도 될 텐데."

"고인 되시는 분이 7년 전까지 여기서 근무하신 사쿠모토 씨입니다."

눈을 비비던 손이 멈칫한다. 말도 안 돼. 무슨 그런 재수 없는 농담을 하느냐고 째려보듯 미후네를 쳐다보니 침착하다는 표현이 어울리는 얼굴로 메모 한 장을 내밀었다. 낚아채다시피 해서 보니 미후네의 개성이 담긴 부드러운 필체로 사망인의 정보가 적혀 있다. 사쿠모토 쿄지, 67세라고 쓴 글씨가 또렷이 보였다.

거짓말이야, 하고 소리쳤을 텐데 생각과 달리 목소리는 작게 갈라져 나왔다.

그 후로 어떻게 채비했는지 기억나지 않는다. 좌우지간 시신을 운구할 차를 몰고 사쿠 씨가 있다는 병원으로 향했다.

"저, 아이하라 씨. 야간에도 일이 들어왔다고 들었는데 졸리지 않으십니까? 괜찮으세요?"

말없이 운전대를 잡고 있는 나에게 조수석에 앉은 미후네가 쭈뼛쭈뼛 말을 걸었다. 힐끗 쳐다보았더니 하다못해 제가 운전이라도 하면 좋을 텐데, 하고 송구하다는 듯 말을 덧붙였다.

"……이제 도로 주행 연습한다고 했던가?"

"조금만 더 하면 면허를 딸 수 있을 것 같습니다."

수줍은 듯 말하고 머리를 긁는다. 순박한 그 모습을 보니 조급했던 마음이 조금 누그러진다. 이 여린 청년은 내가 교육하는 신입사원이다. 그런 사람에게 동요하는 모습을 보일 수는 없다. 어떤 상황에서도 침착하게 임해야 한다고 가르친 내가 흉한 꼴을 보일 수야 없지. 심호흡을 하며 마음을 추스른다.

"잘됐네. 이제 너도 남들만큼 일할 수 있겠어."

약 반년 전에 입사한 미후네는 직무 경험 없이 니트족 경력만 10여 년이라는 과거를 지닌 남자였다. 집에 틀어박혀 세상과 단절된 생활을 한 핸디캡이 생각보다 컸다. 의사소통을 할 줄도, 분위기를 파악할 줄도 몰랐다. 조그만 일에도 우왕좌왕하고, 의지가 없는 것인지 요령이 없는 것인지 기억력도 좋지 못했다. 게다가 운전면허증도 없었다. 시신 운구 등 운전이 필수인 이 업계에서 무면허는 치명적이다. 아무리 일손이 부족하다지만 개나 소나 다 받아주는 건 아니죠. 여기가 뭐 갱생 시설이에요! 사장님에게 그렇게 따진 것은 내가 미후네의 교육 담당자로 임명되고 한 달이 지났을 무렵이었다. 보통은 수습 기간 3개월 후에 정식 직원이 되는데, 그는 수습 기간을 2개월 더 늘려서 이번 달에야 비로소 정직원이 되었다.

업무와 사람에 익숙해졌는지 조금씩 적극성을 보이게 된 점이 정직원이 될 수 있었던 이유다. 일하는 틈틈이 운전학원에 다니고, 쉬는 시간에도 열심히 공부하는 모습이 자주 눈에 띄었다. 가슴 주머니에 항상 넣어 다니는 두꺼운 수첩은 글씨로 빼곡히 채워져 너덜너덜했다.

미후네에게 어떤 심경의 변화가 있었는지는 모르지만 좋은 일임에는 틀림없다. 가뜩이나 사람들이 기피하는 직업이라 신입이 들어와 자리를 잡는 것이 상당히 중요했다.

"더는 아이하라 씨의 발목을 잡지 않도록 정말 최선을 다하겠습니다."

미후네의 말에 입가에 절로 미소가 번진다. 갓 입사해서 인사도 제대로 못 하던 때를 떠올리면 장족의 발전이다.

"그런 말 무턱대고 하면 기대치만 올라가서 내가 힘들다고. 적어도 장례 시행 하나는 담당할 수 있게 되고 나서 말해."

아무리 정직원이 되었다고 해도 이제 출발선에 섰을 뿐이다. 언젠가는 혼자서 장례의 전 과정을 책임지고 맡을 수 있어야 한다.

"솔직히 그건 언제가 될지 모르겠습니다. 이렇게 어려운 일인 줄은 미처 몰랐거든요. 방법만 익혀서는 안 된다는 걸 절실히 느꼈습니다."

갑자기 풀 죽은 목소리가 되어 어깨를 축 늘어뜨렸다. 이틀 전 일을 두고 하는 말임을 대번에 알았다.

잿빛 구름이 하늘을 짙게 뒤덮은 그날은 어린아이의 장례식이 있었다. 초등학교 1학년인 남자아이는 긴 투병 생활을 했다고 한다. 어린이용 작은 관 위에는 흠집 하나 없는 새 책가방이 놓였고, 이 가방을 멘 모습이 보고 싶었다며 부모는 눈물을 쏟았다. 나는 나중에 미후네를 따로 불러 크게 야단쳤다. 네가 울면 어떡해? 직원인 우리는 절대 눈물을 보이면 안 되는 거 몰라? 그 얼굴로 다시 유족들 대면할 생각이면 주차장 관리나 해.

"그때도 말했지만 울어도 되는 사람은 유족뿐이야. 우리는 감정을 드러내지 않고 장례를 잘 치를 수 있게 돕는 사람들이야. 고인과 유족이 만족할 만한 '좋은 장례'를 만들겠다는 프로 의식이 이 일을 하는 사람이 가져야 할 최소한의 조건이 아닐까?"

"조금은 알고 있는 줄 알았는데 진정으로 이해하지는 못했습니다. 저 같은 인간이 일할 수 있다는 사실만으로도 그저 감사해서, 정말로 그 생각밖에 머리에 없어서."

장례식에서 운다는 것은 그만큼 내 일처럼 여긴다는 의미이기도 하다. 어떤 장례식이든 무표정한 얼굴로 우두커니 서 있던 입사 초기와 비교하면 좋은 변화지만, 굳이 그 말을 입 밖으로 내지는 않았다.

"아이하라 씨는 고등학교를 졸업하고 바로 여기로 취직하셨다고 들었습니다. 이런 일인 줄 알고 이 업계에 들어오셨습니까?"

"그야……."

당연하지, 라고 말하려다가 입을 다문다. 선명한 빨강이 닫혀 있던 세상에 색깔을 되찾아 준 순간이 어제 일처럼 되살아났다. 하지만 그때 느낀 감정은 어째서인지 함께 떠오르지 않는다. 그때 내가 무슨 생각을 했는지 머릿속을 더듬지만 모르겠다. 뭐, 그렇지, 하고 적당히 대답을 얼버무렸다.

어떻게 손써 볼 새도 없었다고 우리를 맞이한 부인 타에코 씨가 말했다. 한밤중에 등이 아프다고 신음하더니 그대로 의식을 잃었고 구급대원이 도착할 무렵에는 미동조차 보이지 않았다고 한다. 사인은 흉부 대동맥류 파열이었다. 서늘한 영안실에 안치된 사쿠 씨는 안색만 약간 나빠 보였다. 후덕한 볼도, 언제나 부드러운 곡선을 그리고 있던 입술도 마지막으로 만났을 때와 똑같았다. 평소에는 전혀 개의치 않았는데 오늘따라 유독 코를 찌르는 향냄새를 맡으며 사쿠 씨, 하고 불렀다. 당연한 일이지만 대답은 없다.

"……얼마 전에 새해 인사 차 갔을 때만 해도 정정하셨는데.”

“그 전부터 등이랑 가슴이 아프다고는 했는데 병원 갈 사람이 아니잖아. 내가 몇 번 데리고 가려 했는데 나보고 걱정도 팔자라면서 그냥 파스만 붙이고 말았거든.”

사쿠 씨는 감기로 쌕쌕거리면서도 자양강장제를 벌컥벌컥 들이켜며 어물쩍 넘어가려던 사람이었다. 병원에 가라고 하면 자기가 죽거든 거기 있는 관에 넣어 화장장에 들고 가라는 농담이나 했다.

“여보, 치호가 이렇게 달려와 줬네요. 무슨 말이라도 해야죠.”

타에코 씨가 평소 말투로 사쿠 씨에게 말을 건넨다. 내가 놀러 가면 대문 밖으로 나온 타에코 씨가 그런 식으로 남편을 불렀다. 그러면 집 안에서 잘 왔다, 오느라 고생했지? 하는 소리가 들렸다. 쌍을 이루던 그 대화도 이제는 들을 수 없다.

사쿠 씨에게 얼굴을 가까이 가져가 장례는 어떻게 했으면 좋겠어? 하고 물었다. 그리고 타에코 씨에게로 시선을 옮기자 집에서 자택장으로 하고 싶다는 대답이 돌아왔다.

“이 양반이 집을 참 좋아했잖아. 이웃들도 많이 조문 올 것 같은데 가능할까?”

당연하지, 하고 고개를 끄덕였다. 여러 번 찾아간 적 있는 사쿠 씨의 자택을 떠올렸다. 고풍스러운 일본 가옥이라 훌륭한 빈소가 될 것이다. 마당이 넓어서 천막을 두 개는 칠 수 있을 테니 조문객을 맞는 접수처로 안성맞춤이다.

“내가 할게. 사쿠 씨, 집으로 가자.”

그렇게 말하는데 목구멍에서 무언가가 울컥 치밀었다. 그것을 꾹 삼켰다. 나는 지금 장례 담당을 맡았다. 눈물은 허용되지 않는다.

“그럼 이대로 자택으로 모시겠습니다. 거기서 다시 자세한 이야기 나누시죠.”

차로 돌아가기 전 회사에 연락했다. 사무를 보는 직원에게 세오를 바꿔 달라고 해 상황을 간략히 설명했다.

―자택장이란 말이지. 알았어. 시설물 설치하려면 힘드니까 내가 그쪽 담당을 맡을게. 여긴 다른 사람한테 맡기고.

“지금 나 무시하는 거야? 미안하지만 본점 주임 자리에 가만히 앉아서 설렁설렁 일한 사람과는 담당 횟수부터가 달라. 마쿠하리는 지금도 내가 더 빠를걸.”

장례에 있어서만큼은 누구에게도 뒤지지 않는다고 자부한다. 덴코샤에서 나보다 더 좋은 장례를 만들어 낼 사람은 없다.

―말 참 신랄하게 한다. 우선 일이 없는 사람들한테 필요한 도구들 들려서 보낼게. 절차 협의가 끝나면 일단 연락 줘. 이후 얘기는 그때 하자.

짧은 대화를 마치고 전화를 끊었다. 휴대폰을 주머니에 밀어 넣은 뒤 두 손으로 양 볼을 짝 소리가 나게 때렸다.

마쿠하리란 새하얀 휘장을 쳐서 실내를 장례 의식에 걸맞은 공간으로 바꾸는 것을 말한다. 집에서 장례를 치르는 것이 일반적이었던 옛날에는 마쿠하리로 장례 담당자의 실력을 가늠했다고 하나 장례식장이 많아진 오늘날에는 할 수 있는 사람이 크게 줄었다. 하나의 지식으로 알고는 있지만 실제로 해 본 적은 없다는 사람이 이제는 대다수다. 하지만 나는 이 작업에 꽤 자신이 있었다. 내 사부님이 가히 신의 경지라고 할 만큼 멋진 마쿠하리 실력의 소유자였기 때문이다. 사부님, 즉 사쿠 씨는 당신이 가지고 있는 지식과 경험을 아낌없이 전수해 주었다.

2시간 반 동안 바로 옆에 이어져 있는 방 두 개를 연결한 약 26제곱미터의 공간에 휘장을 둘렀다. 손으로 폭을 재 주름을 잡은 흰 휘장 위에 아랫단이 연보라색인 짧은 천을 주름이 드리워지게 달았다. 문 위쪽에도 휘장을 치고 귀퉁이에는 천으로 샹들리에 모양을 연출했다. 사다리에서 내려와 실내를 쭉 훑어본 나는 됐어, 하고 작게 소리 내 말했다. 머릿속 이미지대로 완성했다. 이제 나중에 올 꽃집과 상의해 제단만 장식하면 모든 것이 완벽하다.

"대단하네요. 아이하라 씨, 이런 것도 할 줄 아십니까?"

"옛날에는 장의사라면 누구나가 당연하게 했어. 지금도 장례지도사 실기 시험에 나오니까 배워 두면 손해는 아닐 거야."

장시간 무거운 천을 들고 씨름해서인지 팔이 떨어져 나갈 것 같다. 며칠 뒤에 심한 근육통에 시달릴 상상을 하며 팔죽지를 주무른다. 그래도 결과물이 꽤 그럴싸하다. 사쿠 씨가 봤다면 분명 칭찬해 주었을 것이다. 역시 내가 잘 가르쳤어, 하며 우쭐한 얼굴로 말하는 모습이 생생하게 그려졌다. 제단 앞에 잠든 사쿠 씨를 쳐다보며 빙긋이 웃는 내 옆에서 미후네가 입을 헤벌쭉 벌리고 실내를 둘러보고 있었다.

"고인은 더 짧은 시간에 끝냈어. 그것도 굉장히 예쁘게. 주름은 자로 잰 것처럼 정확했고."

아, 하고 짧게 대답하는 미후네의 눈이 여전히 실내를 떠다니고 있었다. 나도 저렇게 사쿠 씨의 일솜씨에 압도된 적이 있었지. 새삼 감회에 젖는다.

"자자, 멍하게 서 있을 시간 없어. 19시에 예정된 가쓰야 삼일장을 치르는 경우 고인이 사망한 첫째 날 저녁에 가假쓰야를, 둘째 날 저녁에 본本쓰야를 거행한 후 마지막 날에 발인을 한다. 가쓰야는 보통 별다른 종교 의식 없이 친지들만 모여서 거행한다까지 해야 할 일이 많아."

화장장 대기가 많아서 화장은 모레 하기로 했다. 평소에는 이 정도까지 붐비지 않는데 드문 일이다. 입관팀도 외부 의뢰까지 들어와 정신없이 바쁘다고 하니 역시 그런 계절이 시작된 모양이다.

"여기 뒷정리는 내가 할 테니까 넌 밖에 가서 접수처 천막 설치하는 노다나 좀 거들어 줘. 그 일이 끝나면 일단 회사로 가고. 조문 감사장은 이제 혼자서도 만들 수 있지? 우선 삼백 장 준비해 줘."

알겠습니다, 하고 고개를 끄덕인 미후네가 뛰어서 나갔다. 그 뒷모습이 제법 야무져 보인다. 잘하고 있네. 그렇게 중얼거리고는 실소를 터트렸다. 여기가 갱생 시설이냐고 사장님과 한바탕한 내가 미후네의 성장을 기뻐하다니 어쩐지 우스웠다.

"고생이 많네."

미후네와 바통 터치하듯 불쑥 들어온 사람은 장례식장에서 나처럼 장례 준비로 분주해야 할 세오였다. 왜 여기 있어? 하고 묻는 나를 무시하고 사쿠 씨에게로 갔다. 그 곁에 앉아 "오래간만 인사드립니다" 하고는 머리를 깊이 숙였다.

"사쿠 씨, 뭐가 그리 급하셨어요? 아직 더 있다 가셔도 되잖아요."

세오는 휴게실에서 이야기를 나누던 때처럼 가벼운 말투로 말하고 손을 모았다. 그리고 한동안 움직이지 않았다. 곧게 뻗은 등을 나는 가만히 바라만 보았다.

한참 만에 자리에서 일어난 세오가 실내를 둘러보았다. 어느새 직장 상사의 얼굴로 바뀌어 있었다.

"공을 꽤 많이 들였네. 그런데 구지라마쿠일본 장례식에 쓰이는 검은색과 흰색의 세로 줄무늬 천로 두르기만 했어도 되지 않았을까? 시간도 단축하고 압정 수도 적게 들어가잖아. 집에 압정 구멍이 생기는 걸 싫어하는 유족도 많아."

"멍청한 소리 하지 마. 실력이 없으면 몰라도 난 있거든. 그렇게 얼렁뚱땅하기 싫어. 그리고 타에코 씨한테 분명히 허락 받았어."

대체 무슨 말을 하는 거냐고 말투가 조금 거칠어진다. 다른 사람도 아닌 사쿠 씨 앞에서 어떻게 구지라마쿠로만 했어도 됐다는 그 따위 소리가 나올까.

"좀 있다가 꽃 도착하면 더 예뻐질 거야. 집에 큰 제단을 들일 수는 없으니까 제단 꾸미는 데 제약은 있겠지만 그 부분은 어떻게든 하면 돼. 내가 기필코 좋은 장례로 만들어 낼 테니까."

"아침에 일어난 상태 그대로지?"

갑자기 화제가 바뀌어서 어리둥절했다. 한 손을 볼에 갖다 대자 아무것도 바르지 않은 맨살의 감촉이 전해졌다. 그러고 보니 눈 뜨자마자 곧장 병원에 들러 여기로 오느라 화장을 하지 않았다. 내 얼굴 따위 까맣게 잊고 있었다.

"아, 그러네. 잠깐 쉴 때 화장 좀 해야겠다."

"흐음. 밥은 먹었고?"

아까부터 뭐야, 라고 말하며 손목시계를 보니 14시가 지났다.

"언제 시간이 이렇게 됐지? 전혀 몰랐네."

세오가 입술을 일그러뜨리며 웃는다. 표정이 무섭다. 이런 얼굴도 있었나 싶어 놀랐다.

"식사도 아직. 그리고 나한테 연락하기로 한 것도 아직."

"협의한 내용 보고는 미후네한테 부탁했는데?"

"나는 너한테 이후 얘기를 하자고 말했을 텐데. 네가 독단으로 결정한 사항을 다른 사람 입을 통해 듣겠다는 게 아니라."

세오의 미간에 세로 주름이 생겼다. 화가 굉장히 많이 났다는 신호다. 하지만 이유를 모르겠다. 나는 실수한 것이 없다.

"협의 내용이 뭐가 불충분했어?"

"그런 문제가 아니잖아. 독단 행동도 정도껏 해야지. 요 한 달 네가 일하는 모습을 지켜봤는데 눈에 거슬려."

눈을 휘둥그레 뜨는 것 외에 다른 반응은 할 수 없었다. 그런 나에게 세오가 말을 이었다.

"교육 담당자라면 미후네의 휴식 시간은 제대로 보장해 줘야지. 도와주러 온 노다한테도 마찬가지고. 나이 어린 동료를 부려 먹기나 하면서 뭐 좋다고 웃으며 실력 자랑이야? 너 혼자 일하는 곳이 아니잖아. 많은 사람이 함께하는 곳인 걸 왜 몰라?"

"일부러 그런 게 아니야. 깜빡한 건 내 실수가 맞지만, 나는 그저 좋은 장례를…….”

“왜 그 소리 안 하나 했다. 넌 매번 좋은 장례란 말을 무슨 진리처럼 내세우는데 그거 자기만족이라는 생각은 안 해?”

“자기만족?”

“적어도 우리, 그러니까 같은 일을 하는 동료들한테 그게 꼭 좋기만 할까? 상의도 없이 멋대로 일을 추진하는 너한테 다들 휘둘리고 있어. 두 달 전 일만 해도 그래. 좋은 장례만 만들어 낼 수 있으면 다른 사람 일은 가로채도 된다는 말이 통할 것 같아? 네 그 오만함 때문에 한 사람이 관뒀는데 반성의 기미라도 보여야 하는 거 아니야? 아니면 관두게 했다고 거들먹거리는 건가? 하긴 실력 좀 있다고 우쭐대는 게 특기인 거 같네.”

짜증이 밴 말투와 비난의 말에 못 박힌 듯 서 있었다. 찬물을 뒤집어쓴 듯 몸이 굳어졌다.

“이번에 난 너한테 사쿠 씨의 운구만 맡기려고 했어. 그리고 넌 휴가를 내고 아이하라 치호라는 한 개인으로 장례에 참석하는 게 좋겠다고 생각했어. 널 자식처럼 어여삐 여기신 사쿠 씨가 기뻐하실 것 같아서. 고인을 위해서라면 그게 가장 좋은 선택 아니야? 그런데 지금 봐. 혼자 멋대로 담당을 맡아서 주변은 생각도 않고 방 꾸미는 데에만 정신이 팔려 있잖아. 이게 자기중심적 사고가 아니면 뭔데?”

좌르륵 소리가 나 아래를 보니 압정 케이스가 떨어져 있었다. 손에 들고 있던 케이스를 떨어뜨린 모양이었다. 뚜껑이 열려 은색 압정이 굴러다녔다. 천천히 쭈그리고 앉아 압정을 줍는데 머리 위에서 말소리가 쏟아진다.

"이제부터 내가 이곳 담당이야. 넌 회사로 돌아가. 그리고 유족으로 여기 다시 와."

손에 든 케이스를 빼앗겼다. 올려다보는 나에게 세오는 회사로 가라고 한 번 더 말했다. 오늘 아침에 나한테 물었지, 본점 근무가 더 좋았느냐고. 나도 그냥 본점에 있고 싶었어. 보고 싶지 않았거든, 이런 모습. 회사에서 고립된 걸 알면서도 일밖에 몰라. 일에 의존하고 있다는 게 맞는 표현이겠지. 후배한테 다정한 말 한마디 건넬 줄도 모르고 잔소리나 호통뿐이야. 내 손을 놓으면서까지 선택한 게 이런 쓸쓸한 미래였어?

"아니야. 나는 그저……."

"와이치가 왔다고 하던데 여기 있니? 이렇게 와 줘서 고맙구나."

문이 스르륵 열리고 타에코 씨가 얼굴을 내밀었다. 이웃들과 마을회관에서 조문객에게 대접할 음식을 준비하다가 집에 들른 모양이다. 주저앉아 있던 나는 서둘러 일어났다. 앞치마 차림의 타에코 씨는 세오를 보고 입꼬리를 살짝 올렸다.

"상심이 크시죠? 그동안 연락도 못 드리고 죄송합니다."

"바빠서 그런 건데, 뭘. 그래도 이렇게 와 주니 좋네."

그렇게 말하는 타에코 씨의 눈가가 빨갛게 물들었다. 세오는 온화하게 웃으며 이야기를 술술 꺼냈다.

"장례 시행 담당 말인데요. 저로 바뀌었습니다. 아이하라가 개인적으로 여기 일을 돕고 싶다고 해서."

"어? 치호가? 하지만 그러면 내가 너무 미안한데."

"사쿠 씨는 아이하라한테 아버지나 다름없는 분이셨잖아요. 아이하라도 꼭 그렇게 하고 싶대요."

타에코 씨가 나를 보았다. 그 얼굴이 어쩐지 기뻐하는 사람처럼 보였다. 그래서 나는 힘껏 웃어 보이며 고개를 끄덕였다.

"채소 다듬는 거든 뭐든 다 할 테니까. 그럼 일단 집에 가서 채비해서 바로 올게."

인사를 하고 방을 나왔다. 그대로 현관을 지나 마당에 마련된 접수처로 가니, 노다와 미후네가 파이프 의자에 앉아 편의점 도시락을 허겁지겁 먹고 있었다.

"아, 아이하라 씨! 고생 많으셨습니다. 저기, 이건 부장님이……."

나를 보고 황급히 일어나는 노다와 미후네를 손으로 저지하고 어서 먹으라고 했다.

"내가 신경 못 써 줘서 미안하다. 그런데 너희도 애들이 아니잖아. 나한테 직접 말해줬으면……."

말하다 말고 입을 다문다. 이게 바로 잔소리다.

“저기, 사쿠모토 씨의 장례 시행 담당이 세오로 바뀌었어. 그러니까 이제부터는 세오 지시에 따라 줘. 미후네는 이번만 세오 밑에서 일해. 나는 휴가를 내고 개인 자격으로 여기에 일을 거들러 올 거니까.”

“그렇습니까?”

꾸중이라도 들을 줄 알았는지, 아니면 단순히 세오가 더 좋아서인지 노다가 한눈에도 어병한 웃음을 흘리더니 허둥지둥 묘한 표정으로 바꾸었다.

“그러니까 뒷일 좀 잘 부탁할게.”

주차장에 세워 둔 차로 갔다. 썰렁한 냉기가 흐르는 차에 올라탄 후 두 손으로 얼굴을 가렸다. 이를 악물고서 몸 안에서 휘몰아치는 감정의 소용돌이를 억눌렀다.

조금 전에 들은 세오의 말과 타에코 씨, 후배 두 사람의 얼굴이 맴돈다.

그동안 이 일에 온 힘을 다했다. 허투루 한 장례 시행은 한 건도 없고, 유족들은 진심으로 고마워했다. 당신이 맡아줘서 다행이라는 말을 숱하게 들었다. 그런데 왜 그런 눈으로 책망받아야만 하는가. 모르겠다.

심호흡을 계속하며 마음을 가다듬었다. 한참을 그러고 있다가 감정이 아주 조금 진정된 것을 느끼고 시동을 걸었다.

회사 주차장에서 내 차로 바로 갈아타려다가 문득 생각나는 것이 있어 건물 안으로 들어갔다. 남은 직원들이 분주히 움직이는 가운데 2층으로 올라가 진행 상황을 살폈다. 접수 테이블 근처에서 조문 답례품을 확인하던 사가미가 나를 보고 알은척을 했다.

"고생 많으십니다! 그런데 아이하라 씨, 사쿠모토 씨 댁에 가신 거 아니었어요?"

"사가미가 여기 담당이 됐어?"

"아, 네."

그렇구나, 라고 대답하며 주변을 둘러보았다. 준비는 얼추 끝나 있었다. 복도 끝에는 고인을 추모하는 코너가 마련되어 있었다. 크고 작은 사진들로 예쁘게 꾸며 놓았다. 아이들에게 둘러싸여 웃고 있는 중년의 남자 사진이 한가운데에 크게 자리했고, 그 사진을 에워싸듯 많은 그림이 붙어 있었다. '선생님 감사해요', '선생님 안녕' 같은 말들이 크레용으로 서툴게 적혀 있었다.

"이거 세오가 만들었지?"

"바로 알아보시네요. 부장님이 만드신 거 보면 심플하긴 해도 솜씨가 뛰어나요. 센스가 있다고 할까요. 고인이 어린이집 버스 기사셨대요. 아이들이 차량 운전 선생님께 편지를 쓰고 싶어 한다는 걸 부장님이 들으시고 일부러 어린이집까지 뛰어가서 가지고 오셨어요."

화려한 장식은 없지만 고인의 성품이 느껴지는 따스한 전시였다. 가만히 보고 있는 나에게 사가미가 말했다. 부장님이 갑자기 담당을 대신해 달라고 하셔서 조금 막막했는데 준비를 거의 끝내 주셔서 한시름 놓았어요. 정말 일 처리가 빠르세요.

"이러쿵저러쿵해도 대충 하는 법이 없어."

입으로는 구시렁거리면서도 정성을 다한다. 강요하지 않고 당연하다는 얼굴로 맡은 일을 빈틈없이 한다. 옛날부터 그런 사람이었다. 나는 그의 그런 모습을 늘 질투했고, 또 그만큼 자랑스러웠다.

하지만 지금은 그저 속상해서 눈물이 날 것 같았다. 내가 그에게 남기고 온 일을 헤아리며 무의식중에 입술을 깨물었다.

*

나는 홀어머니 밑에서 자랐다. 아버지는 내가 어렸을 때 집을 나갔다고 하는데 어떤 사람이었는지는 잘 모른다. 엄마는 아버지에 대해 많이 이야기하지 않았고, 나 또한 물어보려고 하지 않았다. 내 세상은 엄마만 있으면 충분했고 아버지라는 존재는 없어도 아무런 문제가 되지 않았다. 일란성 모녀. 그런 놀림을 받은 적도 있지만 우리는 그 말을 늘 웃어넘겼다. 남에게 피해 주지도 않고 서로의 부족한 점을 채우며 검소하게 살 뿐인데 창피할 게 뭐가 있겠는가. 우리는 무척 행복하게 살았다.

그러다 중학교 2학년이 되고 얼마 지나지 않아 엄마가 갑자기 세상을 떠났다. 출근길에 좌회전하는 트럭의 바퀴에 끼어 허무하게 목숨을 잃은 것이다. 엄마의 생명이 꺼져 가던 그때 나는 여전히 따뜻한 이불 속에서 자고 있었다. 그대로 잠에서 깨지 않는 편이 차라리 더 행복했을 텐데. 그런 생각이 지금도 문득문득 든다.

즉사나 다름없었다고 하는데 엄마의 얼굴은 다행히 찰과상밖에 입지 않아 깊은 잠에 빠진 듯 평온해 보였다. 반쪽을 잃은 나는 어른들이 행하는 이별 의식을 그저 멍하니 바라만 보았다. 눈앞에 펼쳐진 광경이 마치 망사를 두른 듯 아득하고 흐릿했다. 지금 당장 사라진대도 이상하지 않았다. 혹 이대로 세상에 어떤 변화도 일어나지 않는다면 그것은 내가 죽음의 세계에 들어섰기 때문일 것이다. 일란성인 우리는 한쪽이 죽으면 남은 쪽도 죽게 되어 있다. 그런 생각이 들어 견딜 수 없었다.

—이걸 어머니께 드리렴.

발인하기 직전이었다. 모두가 엄마에게 마지막 인사를 하는 모습을 멀찍이 떨어져서 보고 있던 나에게 장례 시행 담당자였던 사쿠 씨가 꽃다발을 건넸다. 빨간 카네이션이 선명하게 눈에 들어와서 놀랐다. 이게 뭐냐고 눈으로 물으니 어머니날이라는 답변이 돌아왔다.

—오늘이 어머니날이잖니. 어머니께 드리고 와.

날짜 따위는 머리에서 완전히 지워지고 없었다.

매년 5월 둘째 주 일요일인 어머니날이면 꼭 새빨간 카네이션을 선물했다. 용돈이 풍족하지 않았던 내가 준비할 수 있는 꽃은 고작 한 송이뿐이었지만, 어른이 되면 꽃다발로 선물할 테니 엄마에게 그때까지 기다려 달라고 했다. 그걸 이 사람은 어떻게 알았을까.

카네이션의 색깔이 나를 모호한 세상에서 돌연 원래 세상으로 돌려놓았다. 꽃다발을 품에 안고 엄마에게 달려갔다. 움직이지 않는 엄마 손에 꽃다발을 안기며 소리 내 울었다. 엄마, 일어나. 나만 두고 가지 마. 어? 엄마.

내 울음소리로 가득 찬 빈소에는 어느새 나와 엄마 단 둘뿐이었다. 사쿠 씨가 일부러 그렇게 해 주었다는 것을 나중에 할아버지와 할머니에게 들었다. 그 때문에 화장장 예약 시간에 늦어 사쿠 씨가 욕을 먹었다는 것도.

꽃다발과 둘만의 시간 덕분에 나는 엄마의 죽음을 마주할 수 있었다. 사쿠 씨가 없었다면 어떻게 되었을까.

고등학교를 졸업한 나는 일말의 망설임도 없이 사쿠 씨가 있는 덴코샤에 취직했다.

사쿠 씨 댁 근처에 있는 마을회관은 냄비에서 피어오르는

김과 중년 여자들이 분주히 돌아다니며 내뿜는 열기로 무척 따뜻했다. 진한 음식 냄새로 가득 찬 회관 안은 아늑했다. 주방 구석에서 우엉을 어슷썰기로 써는 내 옆에서 타에코 씨가 옆집 아주머니와 이야기를 나누었다.

“그 집에 이렇게 참한 아가씨가 있었냐고 아까 다들 그랬었거든.”

“우리 바깥양반이 근무했던 회사 사람이야. 집에도 자주 놀러 왔었어. 우리한테는 자식이 없잖아. 그래서 친딸처럼 예뻐.”

타에코 씨의 목소리가 아침보다 한결 부드럽다. 내가 여기 있어서 타에코 씨가 조금이라도 안정을 되찾았다면 다행스러운 일이었다. 한편 이쪽 방면으로는 전혀 생각하지 못한 스스로가 한심하기도 했다. 이번만은 세오의 의견이 옳았다.

“이래 봬도 일을 얼마나 잘한다고. 아주 능력 있는 애야. 치호를 훌륭하게 잘 키운 게 우리 바깥양반 자랑거리였잖아.”

타에코 씨가 대놓고 치켜세우니 뻘쭘했다.

“내가 딸이면 창피하지. 이 나이 되도록 결혼도 안 하고 있는데.”

손을 놀리며 내가 작은 목소리로 말하자 타에코 씨가 어머, 하고 발끈하며 입을 열었다.

“제 한 몸 건사해서 잘 사는데 창피할 게 뭐 있어. 안 그래?”

"그럼. 결혼한다고 다 좋은 것도 아냐. 그래도 결혼하고 싶다 하면 내 얼마든지 중신을 서고."

아주머니의 말에 웃으며 고개를 절레절레 흔들었다. 그동안 일만 하고 살아서 아내 역할은 잘 못할 것 같아요. 말하고 나니 가슴이 살짝 아렸다.

"그 양반이 입이 마르게 칭찬했어, 치호가 담당한 장례는 사려 깊고 아름답다고. 이제는 그 양반을 넘어서고도 남았지 뭐."

"에이, 아니야. 나는 아직 망자의 선물도 못 받았는걸."

작게 중얼거린 내 말에 타에코 씨의 움직임이 그대로 멈췄다. 시선을 우엉에서 타에코 씨에게로 돌리자 눈을 동그랗게 뜬 타에코 씨가 나지막이 말했다.

"기억하고 있었어? 그 양반이 술 취해서 한 말을?"

"당연하지. 귀에 못이 박히게 들었으니까. 그리고 나는 그 얘기 믿어."

망자의 선물은 장례업자 사이에서 사실인 양 전해지는, 소문과도 같은 존재다. 바로 죽은 사람이 인생의 마침표라 할 수 있는 자신의 장례에 성심을 다한 장의사에게 선물하는 감사의 구슬이다. 이 구슬은 작은 루비처럼 생겨서 죽은 사람이 손에 쥐고 있거나 입에 물고 있다고 한다.

사쿠 씨는 그 선물을 받은 적이 있다고 했다.

선물 받은 구슬은 작은 부적 주머니에 넣어 목에 걸고 다녔고, 한시도 몸에서 떼어 놓지 않았다. 술을 마시면 어김없이 주머니를 손에 쥐고서 이게 있어 지금까지 이 일을 해 올 수 있었다고 말했다. 내가 할 수 있는 일이 더 있지 않을까, 유족에게 너무 참견하는 건 아닐까. 불안해질 때마다 망자의 선물을 떠올리면 갑자기 시야가 확 트여. 그리고 내가 뭘 해야 할지가 보이는 거야. 진짜 보물이 따로 없다니까. 그렇게 말하고 사쿠 씨는 마지막에 가서 꼭 수줍은 듯 웃어 보였다.

부러웠다. 나도 그렇게 길잡이가 되어 주는 선물을 받고 싶었다. 얼마나 더 열심히 해야 그 소원이 이루어질까. 여전히 잘 모르는 채로 이 나이가 되었다.

"지금이라도 받고 싶어."

지금이라도, 아니 지금이야말로 받고 싶다. 내가 어디서 잘못되었는지 가르쳐주면 좋겠다.

아까 오후에 세오에게서 쏟아진 말들이 내 몸을 뒤덮듯 엉겨 붙어 무거웠다. 이대로 두면 그 무게에 눌리고 말 것 같다.

내가 사내에서 겉도는 존재임은 어렴풋이 알고 있었다. 언제부터였는지는 모르지만 다들 나에게 데면데면했다. 업무 이외의 내용으로 대화를 나눈 지도 오래되었다. 일만 잘 굴러가기만 하면 상관없다고 애써 생각했지만, 세오에게처럼 책망받으면 할 말이 없다.

"……치호, 잠깐 이리 와 봐."

한동안 생각에 잠겨 있던 타에코 씨가 자리에서 일어나더니 다른 사람들에게 "나 잠깐 집에 갔다 올게"라고 했다. 그러고는 나를 끌고 밖으로 나갔다.

사쿠 씨 댁으로 가니, 회사 사람들은 보이지 않고 타에코 씨의 친구가 혼자 집을 지키고 있었다. 물어보니 다들 회사로 일단 돌아갔다고 한다. 세오와 얼굴을 마주하기가 껄끄러웠던지라 마음이 다소 놓였다.

조금 뒤면 꽃집에서 사람이 올 것 같으니 안내 좀 해 달라고 부탁하고 타에코 씨와 함께 사쿠 씨에게로 갔다. 그곳에서 타에코 씨는 나에게 조그마한 주머니를 내밀었다. 사쿠 씨가 늘 몸에 지니고 다닌 그 부적 주머니였다. 이건, 하고 말하니 타에코 씨가 고개를 끄덕였다.

"이 양반이 가지고 다닌 망자의 선물. 치호한테 줄게."

타에코 씨의 손바닥 위에 놓인 해진 주머니를 보았다. 이 안에 망자의 선물이 들어 있다. 지금 내가 미치게 받고 싶은 물건이.

"이 양반도 언젠가 치호에게 주려고 했을 거야."

"그렇지만 정말 나한테 줘도 돼?"

타에코 씨는 주저하는 내 손에 주머니를 올리고는 두 손으로 꼭 감쌌다.

"치호니까 괜찮아. 다만 그 전에 들어줬으면 하는 얘기가 있어."

"들어줬으면 하는 얘기?"

"응. 그게 말이지."

타에코 씨가 뒷말을 이으려던 그때 현관에서 목소리가 들렸다. 올케언니, 안에 있어요? 연락 받고 서둘러 왔어요. 일손이라도 거들까 싶어서.

"이 양반 친척이야. 벌써 왔네. 치호, 미안. 이 얘긴 조금 뒤에 하자."

내 손을 놓고 타에코 씨가 방을 나갔다.

남겨진 나는 부적 주머니를 목에 걸어 보았다. 사쿠 씨의 냄새가 나는 듯했다. 주머니를 옷 안에 집어넣은 뒤 옷 위에 손을 얹고 살짝 눌러 보았다. 주머니는 꽤 두툼하고 딱딱했다. 구슬이 만져지지는 않았지만 마음이 무척 차분해졌다.

그 후로도 부고를 듣고 찾아온 사람들이 줄을 이었다. 손님맞이를 하던 타에코 씨가 쉬면서 기다리라고 해서 마당으로 나갔다. 설치를 마친 접수처의 파이프 의자에 앉아 멍하니 마당의 나무를 바라보았다. 나무 가꾸기가 취미였던 사쿠 씨의 마당에는 해마다 예쁜 꽃들이 계절별로 어우러져 피었다. 사쿠 씨는 가장 안쪽에 있는 큰 벚나무를 유독 좋아했는데, 나도 봄만 되면 항상 이곳을 찾았다.

벚꽃잎이 흩날리는 풍경 속 내 옆에는 대개 와이치가 있었다. 근무하는 짬짬이 시간을 내서 때로는 작업복인 검은색 정장 차림 그대로 연분홍 벚꽃을 바라보았다. 단순한 선후배 사이에서 연인으로 발전한 후로 몇 년이나. 이별을 맞고 혼자가 되었지만 와이치도 내가 오는 날을 피해 여기 왔었다고 하니 결국에는 같은 꽃을 올려다본 셈이었다.

―내 손을 놓으면서까지 선택한 게 이런 쓸쓸한 미래였어?

와이치가 한 말이 떠오른다. 선택하고 싶어서 한 것이 아니다. 선택할 수밖에 없었다.

나는 아이를 가질 수 없는 몸이다. 다낭성난소증후군이라는 이름도 긴 병명을 진단 받은 때가 20대 중반이었다. 원래도 불규칙적이었던 생리가 갑자기 뚝 끊겨 일하는 중간에 짬을 내 병원을 찾았다가 저런 병명과 함께 무배란 상태임을 알게 되었다. 곧바로 투약 치료에 들어갔지만 상태는 전혀 호전되지 않았다. 회사 일과 치료를 몇 년이나 병행한 끝에 결국 포기했다.

체질 개선에 좋다는 건 무엇이든 했고, 회사 일 때문에 불규칙해지기 쉬운 생활도 바로잡으려고 노력했다. 안 해 본 민간요법이 없을 정도고 효과가 있다고 하면 아무리 쓴 약이라도 다 먹었다. 그런데도 상태는 별반 달라지지 않아서 조금씩 늪에 빠지는 듯한 절망을 느꼈다. 혹 내 몸은 불량품이 아닐까. 나날이 깊어져 가던 늪은 어느새 나를 집어삼켰다.

그러나 나에게는 일이라는 도피처가 있었다. 평생토록 하겠다고 결심한 일이 있으니 아이는 없어도 되지 않을까. 몸이 이런 것도 틀림없이 일에 더 매진하라는 신의 계시일 것이다. 무엇보다도 일벌레인 내가 아이를 키울 수 있을 리 만무하다. 많은 변명을 앞세워 진료카드와 약들을 쓰레기통에 처넣자 마음이 가벼워졌다. 그것과 맞바꾸어 늪에 빠진 나를 건져 올릴 수 있었다. 그런 기분이 들었다. 그러나 안도와 함께 교제 중인 남자의 얼굴이 떠올랐다. 어떻게 한마디 상의도 없을 수 있느냐고 내 불성실함을 나무랄지도 모른다. 조금만 더 노력해 보라고 말할지도 모른다.

와이치는 가족에 대한 로망이 있었다. 화목한 가정에서 자라지 못했다는 사실 때문인지 그에게는 이상적인 가족의 모습이 확고하게 자리하고 있었다. 좋은 남편, 좋은 아빠가 되고 싶다는 바람을 늘 품고 살았던 그는 나와 교제를 시작하자마자 결혼까지 염두에 두고 있다고 선언했다.

언젠가 태어날 아이들에게 이런 걸 해 주고 싶다. 여기에 데려가고 싶다. 그런 말을 마치 꿈을 꾸듯 자상하게 꺼내는 와이치에게 불임 사실을 고백할 수는 없었다. 떠보려고 한 적은 있다. 너만 있으면 아이는 없어도 괜찮아, 평생 함께하자. 그렇게 말하며 손을 잡아 주지 않을까 기대도 했다. 하지만 막상 말을 꺼내려고 하면 목구멍이 얼어붙은 듯 입이 떨어지지 않았다. 그의 눈에 실망하는 기색이 비친다면 도저히 견딜 수 없을 것 같았다. 그리고 그걸 이유로 헤어지자고 할까 봐 무서웠다.

그렇기에 선택할 수밖에 없었다. 나는 그렇게밖에 할 수가 없었다.

진실을 밝힐 수도 없고 이별 통보를 받고 싶지도 않다. 그렇다면 내가 종지부를 찍자 싶어 이별을 고했다. 버림받는 것은 싫으면서 버리는 것은 괜찮다니, 스스로도 참 이기적이라고 생각한다. 하지만 그렇게 함으로써 나를 간신히 지킬 수 있었다. 와이치와 헤어지고 나서 점점 더 일에만 매달리는 나를 나도 의식하고 있었다. 조금이라도 더 좋은 장례를. 그 말을 주문처럼 외며 일했다. 휴식 시간도 없이 제단을 꾸미고, 좋은 장례를 위해 잠도 자지 않고 추모 코너를 꾸몄다. 그림 그리기가 취미였다는 미술 선생님의 장례식 때는 접수 로비를 그의 개인 전시장으로 만들었다. 유족은 무척이나 기뻐했고 조문객들도 이렇게 따뜻한 장례식은 처음이라고 말했다. 고인도 분명 기뻐하고 있을 거예요. 그 말에 나는 힘을 얻었다. 보람을 느꼈다. 그건 사실이다. 그걸 자기만족이라고 부른다면 와이치의 말이 맞다. 의존이라는 표현에도 부합할 것이다. 그러나 사람은 삶을 지탱해 주는 무언가가 없다면 똑바로 서 있지 못하는 생명체가 아닌가. 나에게는 일밖에 없었다.

품에서 주머니를 꺼내 손에 꽉 쥐어 본다. 가르쳐줘, 라고 말을 걸어도 손바닥 안의 물건은 아무런 응답이 없다. 사쿠 씨가 아니면 안 되는 것이리라.

셀 수도 없을 만큼 많은 장례에 관여해 왔다. 하나같이 최선을 다했다. 하지만 나는 망자의 선물과는 연이 없었다. 그건 죽은 사람들이 일에 임하는 내 마음가짐을 좋게 보지 않아서일까.

"사쿠 씨, 보고 싶어."

만나서 이야기하고 싶다. 내 속마음을 모조리 털어놓고 어떻게 하면 좋으냐고 묻고 싶다. 지금껏 내가 옳다고 믿으며 해 온 일의 어디가, 어디서부터 잘못되었는지 가르쳐줘. 제발 부탁이야.

차가운 바람이 한바탕 세차게 휘몰아친다. 마른 잎들이 흩날리고, 추위에 몸이 부르르 떨린다.

"어머, 치호, 왜 밖에서 그러고 있어? 집으로 들어와. 그러다 감기 걸리겠다."

툇마루에서 타에코 씨가 얼굴을 내밀고 말한다.

"어디 갔나 했네. 따뜻한 차 내올 테니까 얼른 와."

"응, 알았어."

부적 주머니를 다시 옷 안에 집어넣고 입꼬리를 올려 보였다.

그날 밤, 사람들의 발길이 끊기고 나서 타에코 씨와 둘이서 부엌에서 선 채로 음식들을 집어 먹었다. 이웃 아주머니들이 만든 음식은 간이 잘 배이서 무척 맛있었다.

"장례식이라면 익숙해진 줄 알았는데 유족으로서는 경험이 너무 부족해. 우왕좌왕하다가 시간이 다 간 것 같아. 이래선 안 되겠어."

엄마 장례식 때의 기억은 거의 없는 데다 할아버지와 할머니 때도 아직 어려서 그랬는지 주변 사람들이 나서서 도와주었다. 그래서인지 이렇게까지 정신이 없을 줄은 미처 몰랐다.

"유족 경험이야 없는 게 제일 좋지. 그러고 보면 그 양반도 비슷한 말을 했었어. 유족 입장이 되어 볼 수 있는 건 중요하다고."

"무슨 말인지 알아. 머리로 아는 거랑 경험한 건 천지 차이니까."

고개를 끄덕이며 맞장구를 치자 타에코 씨가 웃는다. 두 사람 다 일에 관해서라면 어쩜 그렇게 닮았는지.

"사쿠 씨 따라가려면 나는 아직 한참 멀었어. 사쿠 씨는 망자의 선물도 분명 많이 받았을 거야. 어? 그러고 보니 몇 개 받았는지 숫자까지는 들은 적이 없네. 환상이라고 불릴 정도니까 아무리 사쿠 씨라도 역시 한 개이려나."

별생각 없이 한 말에 타에코 씨의 표정이 확 바뀌었다. 차를 한 모금 마시고는 "두 개야"라고 했다.

"두 개 받았어."

"정말? 대단하다!"

깜짝 놀라서 엉겁결에 타에코 씨의 팔을 잡았다가 얼른 놓았다. 타에코 씨의 얼굴이 결코 즐거운 이야기를 하는 사람처럼 보이지 않았기 때문이다.

"첫 번째는 결혼하고 2년 되던 해였어. 그때 내가 아이를 유산했거든. 딸아이. 안정기에 접어들어서 안심하고 있었는데 별 징후도 없이 죽었어. 어렵게 찾아온 아이여서 둘이서 얼마나 울었는지 몰라. 아이가 태어나길 고대했던 그 양반은 삶의 의욕을 잃고 일도 건성으로 했어. 믿기 힘들겠지만 장례 도중에 다른 사람한테 일을 떠넘기고 집에 온 적도 있었으니까."

처음 듣는 이야기였다.

"그러한 때에 한 장례를 담당하게 됐는데, 그 양반이 말하길 정말 대충 했다고 했어. 그냥 실수 없이 무난히 마치기만 하자. 그렇게 생각했대. 그런데 발인 전날 밤에 드라이아이스를 교환하려고 보니까 시신의 손에 빨간 구슬이 쥐어져 있더라는 거야."

"대충 했는데 구슬이 있었다고?"

내가 아는 망자의 선물과는 다르다. 성심을 다하지 않으면 받지 못하는 것일 텐데. 타에코 씨가 이야기를 계속했다.

"그 양반은 어째서인지 구슬을 먹었어. 그냥 이건 먹는 거라고 직감적으로 느꼈대. 그러고는 당시 근무했던 회사를 도망치듯 관뒀어. 더는 이 일에 종사할 수 없다면서."

등골이 오싹했다. 온몸에 보풀이 이는 듯한 무서움을 느꼈다. 왜? 그 외마디를 겨우 꺼낸 나에게 타에코 씨는 "망자의 선물은 고마움만 전하는 물건이 아니니까"라고 했다.

"그 일이 있고 3년쯤 지나서야 고백하더라고. 그 구슬은 형벌이었다고. 인생의 마지막을 자기 같은 인간에게 맡길 수밖에 없었던 망자의 비통함이 몸을 지배하는데 미치는 줄 알았다고. 아이를 잃은 슬픔은 다른 사람과는 아무 관련도 없고, 하물며 그 사람 인생의 종막을 함부로 막 해도 되는 게 아닌데 자기는 크게 착각했었다고. 자신의 거만함을 그 구슬이 가르쳐줬다고."

사쿠 씨는 다시 이 업계로 돌아왔다. 죽은 사람이 남겨준 가르침에서 도망친 스스로가 부끄러웠기 때문이라고 한다.

"망자의 선물은 우울함이 만들어 낸 허깨비다. 나는 그렇게 생각했어. 그렇잖아. 저주나 진배없는 그런 물건이 있으면 누가 장의사를 하려고 하겠어? 그 양반 복직도 썩 내키지는 않았어. 괜히 또 비관적인 상태에 빠지면 어쩌나 싶어서."

사쿠 씨는 이전보다 더 열심히 일했다. 타에코 씨의 걱정은 기우에 그쳤고, 사쿠 씨는 정신적으로 매우 안정된 모습을 보였다.

"유산하고 몇 년 간 악몽 같기만 했던 하루하루가 거짓말처럼 행복해졌어. 자식 복은 없어도 우리 두 사람의 삶은 만족스러웠어. 망자의 선물은 존재 자체를 까맣게 잊고 있었지. 그러던 중에 일을 마치고 집에 온 그 양반이 그러는 거야. 망자의 선물을 받았다고. 나는 믿지 않았어. 같은 과오를 다시는 저지르지 않겠다고 맹세한 양반인데 받을 리가 없잖아."

먹지 말고 버려라. 그렇게 말한 타에코 씨에게 사쿠 씨는 안 먹겠다고 약속했다. 대신 작은 부적 주머니에 넣어 몸에 지니고 다녔다.

"타에코 씨는 망자의 선물을 봤어?"

내 질문에 타에코 씨는 고개를 가로저었다.

"그런 께름칙한 물건은 보고 싶지 않았어. 그 양반이 가지고 다니는 것도 솔직히 싫었고. 몰래 내다 버려야겠다고 생각한 적도 있어. 그러다 나중에 깨달았어. 부적 주머니를 볼 때면 그 양반 얼굴이 무척 온화해진다는 걸. 그제야 이번에는 감사의 마음을 전하는 구슬이었나 보다고 생각을 바꾸게 됐지."

품에서 주머니를 꺼내 쳐다보았다. 두꺼운 종이나 뭔가에 싸여 있어서인지 딱딱한 감촉은 있지만 둥근 형체는 느껴지지 않았다.

"받기 찜찜하면 그냥 돌려줘도 괜찮아. 그런데 그 양반이 두 번째 구슬을 받을 당시에 담당했던 장례가……."

시선을 주머니에서 타에코 씨에게로 돌렸다. 타에코 씨는 천천히 입을 열었다.

"치호 어머니였어."

손에서 주머니를 떨어뜨릴 뻔했다. 이 안에 엄마가 남긴 망자의 선물이 들어 있단 말인가.

*

다음 날 오후, 사쿠 씨 댁 인근에 있는 강으로 가 다리 난간에 등을 기대고 담배를 피웠다. 낮게 내려앉은 회색빛 겨울 하늘에 담배 연기가 하나로 합쳐져 사라진다. 멍하니 그 옛날 있었던 엄마의 장례식을 회상했다. 그때 일은 솔직히 잘 생각나지 않는다. 줄곧 넋 놓고 있다가 발인 직전에서야 제정신으로 돌아와서인지 기억이 흐릿하다. 할아버지와 할머니도 안 계시는 지금, 물어볼 사람도 없다.

사쿠 씨가 언제 엄마에게서 망자의 선물을 받았을까. 그 사실을 아는 사람이 있었을까. 하나도 모르겠다.

"엄마가 남긴 구슬이란 말이지."

나직이 중얼거렸다. 사쿠 씨는 왜 엄마의 구슬을 먹지 않았을까? 엄마는 결코 형벌을 남기지 않았을 텐데. 그런데 왜? 앞서 겪은 일이 있으니 경계하느라? 그렇다면 몸에 애지중지 지니고 다닌 것이 설명되지 않는다.

돌고 돌아서 내 수중에 들어온 데에는 어쩌면 의미가 있지 않을까. 그저 우연에 불과할까. 모르겠다.

한 손으로 품에서 부적 주머니를 꺼냈다. 손바닥에 쏙 들어오는 주머니를 쳐다보았다. 부적 주머니는 사쿠 씨 댁 근처에 있는 작은 신사의 것이었다. 남색 천에 금색으로 '부적'이라고 자수가 놓인, 일본 신사에서 흔하게 보는 지극히 평범한 물건이다. 천이 닳아서 보풀이 약간 피어 있었다.

열어 볼까? 열어 보면 모든 것이 명확해진다.

담배를 입에 물고 양손으로 주머니를 쥐었다. 입구에 손을 집어넣으려던 그때, 누가 내 이름을 불렀다. 무의식적으로 긴장하고 있었는지 그 소리에 소스라치게 놀라고 말았다. 손을 멈추고 고개를 돌리니 애용하는 흰색 베스파 스쿠터를 탄 미후네가 있었다. 여동생이 쓰던 것이라는 핫핑크색 하프페이스 헬멧이 검은색 정장과는 도무지 어울리지 않는다. 하지만 눈에 확 띄는 그 삼색 조합 덕분에 길거리 어디서도 쉽게 미후네를 발견할 수 있었다.

"안녕하세요, 아이하라 씨. 여기서 뭐 하고 계세요?"

"보다시피 담배 한 대 태우면서 부적 주머니 열어 보려고 하던 중이야."

겨우 미후네에게 놀라다니 굴욕에 가까운 감정이 든다. 될 대로 되라는 식으로 말하니 미후네가 진지하게 "그러면 벌 받는다고 했습니다"라고 했다.

"괜찮아. 안에 든 건 부적이 아니라 망자의 선물이니까."

"네? 망자의 선물이 뭡……."

"그것보다 왜 이런 데 있어?"

부적 주머니를 옷 안으로 밀어 넣으며 물었다.

"드라이아이스 교환하러 사쿠모토 씨 댁에 가는 길인데요."

근무 중에는 회사 차량을 사용한다는 규칙이 있다. 왜 그걸로 네가 운반하느냐고 턱으로 스쿠터를 가리키자 "방금 전에 또 일이 들어와서 운반할 수 있는 사람이 없습니다. 제 이동 수단은 이것뿐이라 특별히 허가를 얻었습니다"라고 한다.

가뜩이나 일손이 부족한 곳에서 세 건의 장례를 준비하려면 보통 힘든 일이 아니다. 나도 그냥 출근할까, 라고 했더니 미후네가 안 됩니다! 하고 버럭 소리를 질렀다.

"아, 저, 저기, 큰 소리를 내서 죄송합니다. 일이 들어왔다는 말은 제발 못 들은 걸로 해 주세요. 아이하라 씨에게는 절대로 말하지 말라고 부장님이 신신당부를 하셨는데."

내가 어떻게 나올지 내다보고 있는 것이다. 이대로 내가 출근한다면 못마땅한 표정을 지을 게 뻔했다. 그래, 나는 아무것도 못 들었다, 라고 떨떠름하게 대꾸했다. 담배를 세게 빨면서 마음속에 일렁이는 감정을 누른다.

"오라고 해도 절대 안 가. 철판 깔고 출근해도 어차피 나는 민폐덩어리만 되겠지."

어제 그런 말을 듣고 이제 겨우 하루가 지났다. 가서 어쩌겠다고.

"저기, 실은 제가 어제 아이하라 씨와 부장님의 대화를 조금 엿들었습니다."

미후네가 나지막이 입을 열었다. 내가 쳐다보자 움찔해서는 죄송합니다, 죄송합니다, 절대 고의는 아니었습니다, 라며 연신 머리를 숙였다. 그렇게 잔뜩 졸 것까지는 없는데. 나는 어지간히도 성질 더러운 여자로 각인된 모양이다.

"계속 신경이 쓰였는데, 왜 부장님께 사실대로 말씀하지 않으셨습니까? 저는 그때 아이하라 씨가 잘못하지 않았다고 생각합니다."

말을 고르며 미후네가 이야기를 계속했다. 그때 아이하라 씨가 도와주지 않으셨다면 가족분들의 불만이 폭발했을 겁니다. 모든 준비가 미흡해서 상주이신 큰아드님은 시종일관 신경이 날카로우셨습니다. 이렇게 문제 많은 장례식은 처음 본다며 빈정대신 분도 계셨습니다. 하지만 장례식이 끝나고 상주님은 아이하라 씨에게 고맙다고 정중히 인사하였습니다.

"뭐야, 아직 아무것도 모르는 줄 알았더니 그때 다 보고 있었네."

그런 부분까지 포착하다니 내 생각보다 시야가 넓다고 감탄했다. 미후네는 머리를 긁적이며 고개를 저었다.

"그냥 보고만 있었으니까 제 눈은 장지문 구멍이나 다름없습니다. 아이하라 씨를 도와드리기는커녕 실수만 해서 일을 이중으로 하시게 만들고."

"장지문 구멍이라니, 자학도 재미있게 하네."

이 아이는 가끔가다 재미있는 말을 한다. 생각지도 못한 웃음 버튼이 눌려 킥킥 웃고 말았다. 웃음이 파도처럼 밀려간 뒤 나직이 중얼거렸다.

"내 눈도 장지문 구멍이었지. 기베 씨가 큰 장례를 맡아 본 경험이 없는 줄은 꿈에도 몰랐으니까."

쉰이 넘은 기베 씨는 다른 장례업체에서 10년간 근무한 경력을 내세워 1년 전쯤에 입사한 사람이었다. 쾌활하고 언변이 좋아 금방 회사 사람들과 친해졌고, 장례 시행을 담당하면 붙임성이 좋다는 칭찬을 들었다. 다만 시간이 지나서 생각해 보니 그는 사람을 비행기 태워서 일을 떠넘기는 경향이 있었고, 말발로 구슬리는 모습도 많이 보였다.

두 달 전, 기베 씨가 담당한 장례는 이 지역 유지 집안으로 고인은 한때 군 의원을 지낸 사람이었다. 여간해서는 잘 꺼내지 않는 대형 제단을 쓰는, 덴코샤에서도 1년에 한 번 있을까 말까 한 대규모 장례였다.

전무한 경험은 크고 작은 잡음을 낳았다. 조문 감사장에 들어가는 유족의 이름을 잘못 쓰는가 하면, 준비한 답례품은 예상을 잘못해 수량이 부족해지는 사태에 빠졌다. 속속 배달된 화환을 유족과 상의 없이 도착한 순서대로 놓은 결과 여러 곳에서 불만이 속출했다. 손주들이 많아서 어린이용 도시락을 별도로 준비해 달라고 했는데, 그 사실을 까맣게 잊는 바람에 아이들이 먹을 만한 음식이 없다고 엄마들의 원성을 샀다. 접수 로비에 고인의 추모 코너를 만든다고 빌려온 사진에 바로 압정을 꽂아서 사진을 제공한 사람이 격분했다. 생각나는 것만도 이 정도다.

당시 나는 2층 일반실의 가족장을 담당하고 있었다. 젊은 나이에 병사한 남편을 조용히 보내주고 싶다는 아내의 요청으로 의식은 조촐하게 이뤄졌다. 한창 그 준비를 하는데 인력업체에서 나온 도우미가 울면서 애원했다. 다들 붙어서 거들고는 있는데 이제 한계예요. 어쩌면 좋을까요?

노다를 비롯한 다른 직원들은 거듭 터지는 문제에 대응하느라 기베 씨를 탓할 여유도 없었다. 설령 있었대도 회사에서 나이가 가장 많은 기베 씨에게 대놓고 말할 수 있는 사람은 없었다. 유일하게 그 역할을 할 만한 주임은 부족한 답례품을 채우기 위해 자리를 비웠고, 상황이 그러한데도 기베 씨는 태연했다. 이렇게 큰 장례는 다들 도와가며 해야지, 같은 말을 하며 자신은 잘못이 없다는 투로 나왔다. 나는 내 일을 하는 틈틈이 기베 씨가 저지른 잡다한 일들을 수습하며 실수를 만회했다. 쓰야가 열리기 직전까지 화환을 다시 정렬하고, 사진 복원 전문업체에 사정을 이야기해 압정 자국을 없애 달라고 했다. 지금 바로 준비가 가능한 가게를 수소문해 아이들 인원수만큼 도시락 배달을 부탁했다. 그냥 사진만 덕지덕지 붙인 추모 코너도 처음부터 다시 만들었다. 일반실과 특실 양쪽을 오가는 나에게 기베 씨는 가족장이야 대충 해도 되니까 거긴 신경 쓰지 말라며 히죽거렸다.

여기 장례 시행도 제가 주도해서 맡겠습니다. 당신 같은 사람은 이 자리에 필요 없으니까 그만 가세요! 어느 순간 나는 직원들이 보는 앞에서 기베 씨에게 고함치고 있었다. 이렇게 많은 사람이 고인의 죽음을 슬퍼하며 찾아왔는데 실수만 하고 부끄럽지 않으세요? 고인과 유족에게 미안하지 않으세요? 느끼는 바가 아무것도 없다면 이 일은 그냥 때려치우세요!

기베 씨의 얼굴이 붉으락푸르락 달아오르는 것을 보고 그제야 정신이 들었다. 온몸을 부들부들 떨던 그는 말없이 장례식장을 나가 다시는 돌아오지 않았다. 나에게 도움을 청하러 왔던 도우미가 나중에서야 넌지시 알려주었다. 기베 씨가 있던 데가 가족장 전문회사여서 규모가 큰 장례는 경험이 없었나 보더라고요. 접때 그 군 의원 장례식을 기베 씨가 맡는다는 건 애당초 말도 안 되는 얘기였어요.

"그래도 가라는 말은 심했어. 가뜩이나 사람도 없는 마당에 일손이 더 부족해져서 그 장례식 끝나고 다들 녹초가 됐잖아."

이성적으로 대처하지 못한 나 때문에 그 피해를 고스란히 떠안은 직원들에게는 면목이 없었다. 개중에는 내가 갑자기 와서 설쳐 대는 통에 일이 더 복잡해졌다고 여기는 사람도 있다고 들었다.

"세오의 귀에 이야기가 어떤 식으로 들어갔는지는 몰라도 꼭 틀린 말도 아니야. 내가 더 일을 잘할 수 있다고 생각한 건 사실이니까."

"아니요, 명백히 틀렸습니다. 아이하라 씨는 자기 과시나 하려고 그런 게 아니니까요. 실력을 자랑하기 위해서가 아니라는 걸 저는 압니다."

단호하고 확신에 찬 말투에 놀랐다.

"아이하라 씨는 옳은 행동을 하셨습니다. 부장님께서 오해를 푸시면 좋겠습니다."

이상했다. 쭈뼛거리고 빌빌대기나 해서 못쓰겠다고 여긴 미후네가 최근 들어 부쩍 성장한 듯 보인다. 어린아이라면 몰라도 서른 살 남자가 이렇게까지 바뀔 수가 있나? 아니면 원래가 이런 사람이었나? 나도 모르게 그의 얼굴을 빤히 쳐다보았다.

"……미후네는 생각보다 꽤 괜찮은 남자로 성장할 것 같아. 가만 보니 인물도 훤칠하고. 이러다가 여자들한테 인기 많아지는 거 아니야?"

내가 진지하게 말하자 미후네의 얼굴이 갑자기 빨개졌다. 흐히익, 하고 이상한 소리를 내기 시작한다.

"무, 무슨 말씀 하시는 거예요! 저, 저는 그냥…… 찌질한 남잡니다!"

사춘기 중학생이냐, 라고 말하고 싶을 만큼 당황한 모습에 웃음을 터트렸다. 아니지, 요즘 중학생은 찌질하다는 말을 안 쓰려나?

"그러네. 지금은 네 말대로 찌질해. 그렇지만 아주 좋은 방향으로 진화하는 중이니까 이대로만 열심히 해 봐."

주머니에서 손수건을 꺼내 분출하는 땀을 닦던 미후네가 입을 딱 벌리고 나를 본다. 왜? 하고 물으니 쑥스러워하며 말한다.

"아니요, 그게, 처음 받는 칭찬 같아서. 감사합니다."

응? 처음인가? 하고 고개를 갸웃거리다가 쓴웃음을 지었다. 그러고 보면 항상 잔소리가 먼저 입 밖으로 튀어나왔다. 조심해야겠다고 생각하면서도 마음과 달리 입은 "칭찬 아니야"라는 말을 내뱉는다.

"찌질한 대로 열심히 해 보라고 했을 뿐이거든. 이제 그만 가자. 이렇게 추운 데 서 있다고 밥이 나오는 것도 아니고."

앞으로는 조금 더 자상하게 말하도록 노력해야지. 남몰래 그런 다짐을 하며 담배를 휴대용 재떨이에 눌러 끄고 미후네를 재촉해 걷기 시작했다.

저녁부터 눈이 내렸다. 가루눈이라 쌓이지는 않겠지만 밤

중이 되면 어떤 모습으로 바뀔지 알 수가 없다. 날이 몹시 차고 길까지 미끄러웠지만 많은 사람이 조문을 왔다. 이웃집을 돌아다니며 난로를 빌려와 설치했다. 조금이라도 따뜻한 식사를 대접하고 싶어 음식을 부지런히 데우고 날랐다. 조문객은 끊이지 않았고 그중에는 사쿠 씨가 장례를 담당한 가족들도 있었다.

"사쿠모토 씨가 아버지와 어머니 두 분의 장례를 담당해 주셨어요. 어머니는 아버지가 떠나시고 4년 뒤에 돌아가셨는데 사쿠모토 씨가 아버지 장례식을 어제 일처럼 기억해 주셔서 참 감사하더라고요. 제단도 아버지 때와 커플로 꾸며 주셨어요. 금슬 좋은 부부였으니 두 분 다 아주 좋아하셨을 거라고 형제들끼리 얘기도 하고 그랬는데."

"집사람이 죽고 망연자실해 있을 때 위로를 많이 받았습니다. 장례가 끝나고도, 그해 백중날이 지나고도 집에 찾아왔어요. 잘 지내십니까, 하고 그 특유의 넉넉한 웃음을 지으면서. 집사람과의 추억 얘기를 귀찮아하는 기색도 없이 다 들어주는데 기뻤어요. 내가 죽으면 내 장례는 자네에게 맡기겠다고 했는데 이렇게 먼저 세상을 떠날 줄이야."

그 사람들의 이야기를 들으며 가슴이 뜨거워졌다. 고개를 끄덕이며 호응하기에도 벅찼다. 나도 그랬다. 엄마를 잃고 할아버지, 할머니와 사는 나를 보러 사쿠 씨가 여러 번 찾아왔다. 매년 엄마 기일이면 집에 와서 불단에 놓인 카네이션을 보고는 눈을 가늘게 뜨고 웃던 얼굴이 지금도 눈에 선하다.

"그럼 천천히 쉬다 가세요."

맥주가 부족한 듯했다. 말머리를 자르지 않게 타이밍을 보고 자리에서 일어섰다. 세오가 부엌으로 가는 나를 불러 세웠다. 쓰야도 끝났으니 오늘은 이만 철수할 것이다. 세오는 "잠깐 시간 괜찮아?" 하고 진지한 표정으로 묻더니 아무도 없는 뒷문 쪽으로 걸음을 옮겼다. 내 의사 따위는 중요하지 않다는 그 모습에 그냥 얌전히 따라 나갔다. 사람이 오지 않는 뒤쪽은 얇게 눈으로 덮여 있었다.

"아직 남아 있는 분들이 계셔. 음료도 챙겨서 내가야 하니까 짧게 끝내 줘."

어제 일을 떠올리면 둘만 있기가 거북스러웠다. 재촉하는 나에게 세오는 "가든스에 안 갈래?"라고 조심스럽게 입을 열었다.

"그쪽에서 스카우트 제의를 받았어. 이 지역에 경험이 있는 사람을 찾고 있다면서. 덴코샤보다 급여도 좋고 무엇보다 지금처럼 말도 안 되는 근무 체계가 아니야. 내 생활을 보장받을 수 있어. 그래서 나는 그쪽으로 옮기려고. 너도 안 갈래?"

"뭐? 지금 사장님이랑 직원들을 배신하겠다는 소리야?"

"독단 행동이 주특기인 사람이 뭐라는 거야?"

세오가 피식 웃고는 "너 생각해서 하는 말이야"라며 이야기를 계속했다. 가든스에 가면 지금보다는 부담이 줄어들 거야. 인생을 소중히 돌볼 여유도 생길 테고. 너 자신도 좀 챙겨. 아직 늦지 않았어.

"늦지 않았다니, 뭐가?"

"한 여자로서, 아니 한 인간으로서 누리는 행복 말이야. 나는 네가 네 인생을 희생해 가면서 일에 열중하는 모습 보고 싶지 않아. 열심히 일하는 거? 물론 좋지. 하지만 네 인생의 즐거움을 팽개치면서까지 하는 건 너무 과해."

"팽개치는 거 아니야."

"휴일을 함께 보낼 사람도 없어. 취미도 없어. 동료들에게는 대하기 거북한 존재가 됐고, 자기 외적인 면이나 생활은 언제나 뒷전이야. 네 행복은 어디에 있는데? 내가 아는 넌 자신의 즐거움을 존중할 줄 아는 사람이었어."

대꾸할 말이 없었다. 그와 교제 중이었을 때는 아무리 바빠도 휴일은 사수했다. 서로의 취미인 복싱 경기 관전을 위해서라면 어디든 갔다. 그러지 않게 된 지가 몇 년째일까.

나를 보는 세오의 눈에 연민의 빛이 떠올랐다. 과거의 내 모습을 아는 그의 눈에는 지금의 내가 어떻게 보일까. 황급히 입을 열었다.

"그건, 그건 그냥 일에 보람을 느껴서 그런 것뿐이야. 내가 생각하는 이상적인 장례를 실현할 수 있게 됐어. 유족들도 감사하다고 그러고. 그런 게 나한테 삶의 큰 보람이 됐을 뿐이야."

말을 고르며 대답한다. 그렇다, 그것뿐이다. 지금은 일이 내 전부가 되었을 뿐이다.

"왜, 기억하지? 사쿠 씨가 말한 망자의 선물. 나는 지금 그게 너무 받고 싶거든. 장례업자라면 역시 한 번은 받고 싶잖아? 사쿠 씨에 비하면 아직 멀었다는 건 알지만 그래도……."

아무리 밝게 말해도 그의 눈에서 못마땅한 기색이 사라지지 않는다. 오히려 점점 더 짙어지는 것처럼 보인다. 마음이 불편해서 입을 다물자 대신 그의 입에서 묵직한 한숨이 새어 나온다.

"감사를 일에서 찾지 마. 대체 무슨 생각하는 거야?"

짜증을 누른 목소리가 얼굴에 간신히 유지하고 있던 웃음을 앗아간다.

"우리는 장례업자라는 직종에 종사하고 있을 뿐이야. 물론 유족들에게 감사 인사를 받을 때도 있겠지. 나도 고맙다는 말을 들으면 기쁘고 다행이다 싶어. 하지만 그게 목적은 아니잖아. 우리는 의뢰인인 유족에게 대금을 받고 거기서 발생하는 급여로 먹고살려고 일하는 거야. 일에 돈 이외의 보상을 찾는 사고방식은 이상해."

말귀 못 알아듣는 아이를 타이르는 듯한 말투가 날카로운 비수가 되어 내 가슴에 꽂힌다.

"그리고 뭐? 망자의 선물이 받고 싶어? 진심으로 하는 말 아니지? 진심이라면 관둬. 너를 이 이상 경멸하기 싫어."

"경멸이라니 뭐야? 옛날에는 같이 망자의 선물 받자고 그랬잖아. 그래 놓고 왜 그런 말을……."

가슴에서 뿜어져 나온 피가 내 시야를 가린다. 눈앞의 남자는 정말로 한때 내가 사랑한 그 남자일까. 아니, 그의 입장에서 보면 내가 딴사람 같을 것이다. 내가 가만히 있자 매서웠던 눈길이 갑자기 누그러지고 목소리도 조금 부드러워졌다.

"네가 순수한 마음으로 일했던 때를 나는 알아. 그때는 망자의 선물이니 뭐니 하는 것에 진심으로 매달리지도 않았어. 넌 너만의 확고한 중심이 있었으니까. 그게 네 매력 중 하나였고 나는 그 부분을 정말 존경했어. 그런데 지금은 어때? 나는 이렇게 대단하다, 나는 이렇게 열심히 한다. 모두 칭찬하고, 인정하고. 온통 그거뿐이야. 넌 어딘가에서 그 중심을 잃어버린 거야. 그리고 그걸 메우려고 일에 더 의존하고 있어."

그렇지 않다고 소리치고 싶었다. 그러나 그의 말은 내 마음속 깊은 곳을 건져 올리려고 한다. 그만하라고 말하고 싶은데 성대는 제 기능을 상실한 듯 움직이지 않는다. 목소리 대신 눈에서 한 줄기 눈물이 흘러내렸다.

"오해는 하지 마. 중심을 잃어버렸다고 나무라는 게 아니야. 우리 나이쯤 되면 과거의 내가 무슨 생각을 했는지 기억이 안 나. 나도 내가 왜 이 업계에 뛰어들었는지, 어떤 포부를 갖고 있었는지 다 잊어버렸어. 그건 좀 슬퍼."

세오는 자상하게 천천히 이야기했다. 아무리 저항해 본들 인간은 변하면서 살아가는 존재야. 이정표가 없는 길을 걷고 있는 셈이니 어쩔 수 없지. 어디서 왔는지 모를 수도 있고, 목표 지점에서 크게 벗어난 곳에 도착하기도 하겠지. 손에 쥔 작은 바람이 큰 욕심으로 모습을 바꿔 나를 흔들 때도 있을 테고. 인간은 자신의 변화를 잘 알아차리지 못해. 하지만 인간은 혼자 걷지 않아. 더 좋은 길이 있지 않을까, 저쪽이 더 낫지 않을까. 그렇게 서로 조언해 줄 수도 있어. 내가 너한테 하는 얘기는 그런 거야. 일과 거리를 좀 둬 봐. 일 이외의 것에도 눈을 돌릴 수 있는 여유를 가져 봐. 내가 지금 어떤 상태에 있는지 멈춰서 돌아보는 것도 중요하니까.

조금 전 흘린 눈물이 기폭제가 되었나 보다. 두 눈에서 눈물이 줄줄 쏟아져 멈추지 않았다.

세오의 말은 지극히 옳다. 그러나 머리와 다르게 입에서는 아니야, 그렇지 않아, 하고 어린아이의 투정 같은 말이 흘러나왔다. 그런 나에게 세오는 말한다. 그렇지 않다면 나한테 말해 봐. 넌 왜 이 업계에 왔어? 어떤 포부를 가지고?

"그야……."

그 대답은 너무나 쉬웠다. 나는 고개를 쳐들었다. 하지만 입이 움직여지지 않았다. 엄마가 돌아가시고, 사쿠 씨가 카네이션을 주고, 나는 무슨 생각을 했더라. 이 업계에 와서 어떻게 하려고 했더라. 굳어 버린 나를 보고 세오가 작게 웃었다.

"다 그런 거야. 어쩔 수 없어. 나중에는 망자의 선물 같은 것도 잊을걸. 아니다. 그건 그냥 빨리 잊는 게 낫겠다. 허무맹랑한 환상이니까."

옷 아래에 있는 부적 주머니를 쥐었다. 사쿠 씨는 받았어. 그렇게 말해도 세오는 믿지 않을 것이다. 안에는 아무것도 안 들어 있다며 웃어넘길 게 뻔하다. 주머니를 쥔 손이 힘없이 툭 떨어졌다.

그럼 이 얘기는 이만 끝내자. 그렇게 말하고 세오가 손뼉을 쳤다.

"하룻밤 생각해 보고 내일 답을 줘. 나는 이 장례만 끝나면 사직서를 낼 거야."

할 말만 하고 그는 멀어졌다. 그 뒷모습을 나는 그저 바라볼 수밖에 없었다.

세면대에서 세수를 하며 눈물로 지저분해진 얼굴을 깨끗이 씻었다. 거울 속 여자가 멍하니 이쪽을 본다. 표정이 비굴했다. 누구나가 고마워하는 장례를 만들 수 있다. 그 자신감 하나만은 있었는데 지금은 온데간데없이 사라졌다.

"얼굴 꼴이 형편없네."

나는 어떻게 하면 좋을까. 여자의 눈이 불안하게 흔들린다. 그 눈에 다시 새로운 눈물이 차오르려고 해 부랴부랴 얼굴을 또 씻었다.

"어머, 치호! 여기 있었구나. 갑자기 세수를 하고 무슨 일이야?"

등 뒤에서 타에코 씨의 목소리가 들려 돌아보았다. 타에코 씨는 어머, 하고 한 번 더 말했다.

"안색이 너무 안 좋네. 쉬지도 않고 계속 일하느라 피곤하지? 밥도 먹는 둥 마는 둥 하고. 이제 좀 쉬어."

"응. 그럼 조금만 쉴게."

타에코 씨에게 걱정을 끼치고 싶지 않다. 헤헤, 하고 웃어 보이려고 했지만 경직된 얼굴 근육이 잘 움직여지지 않았다.

"저쪽 방이 따뜻해. 음식도 많이 있으니까 어서 먹고. 토키 씨, 옆자리에 한 사람 더 가요!"

타에코 씨 손에 이끌려 음식이 차려진 방으로 간다. 저마다 무리를 이루어 대화를 나누는 사람들 너머로 미후네가 구석에서 혼자 다소곳이 앉아 밥을 먹고 있었다.

"아, 고생 많으십니다."

"네가 왜 여기에……."

겉옷은 벗고 와이셔츠 차림으로 있는 미후네가 반듯한 젓가락질로 토란을 집어 입으로 가져간다. 씹어서 삼킨 후에 "사모님께서 한 술 뜨고 가라고 하셔서요"라고 한다. 타에코 씨를 쳐다보자 “다른 사람은 다들 갈 채비를 하는데 이 사람만 친척 애들이랑 놀아 주고 있더라고”라고 했다.

“유치원에 다니는 애들이 네 명 있잖아. 그 애들을 계속 봐 준 덕분에 한결 수월했어.”

그러고 보니 체력이 무한정일 것 같은 남자아이들이 몇 명 있었다. 쓰야 도중에 어지럽게 뛰어다니거나 고성을 지르지도 않아서 교육을 잘 받았다고 감탄했는데 다 이유가 있었다.

“네 아이 다 얼마나 잘 따르는지 몰라. 토키 형, 토키 형 하면서.”

뜻밖이었다. 옆에 앉아 얼굴을 쳐다보니 미후네가 조금 자랑스레 “제가 아이들을 다루는 데 일가견이 있습니다”라고 말했다.

“여기에는 피피엔느호號, 그러니까 제 오토바이를 타고 왔기 때문에 언제든지 집에 갈 수 있는 데다 사모님의 호의를 딱 잘라 거절하는 것도 예의가 아닌 듯해서요.”

나무젓가락과 앞접시를 나에게 건네며 갯장어 튀김이 맛있습니다, 라고 덧붙였다. 타에코 씨는 그런 미후네를 보고 싱긋 웃고는 천천히들 들어, 하며 자리를 떴다.

“혹시나 싫어 하는 말인데 이 댁이니까 봐 주는 거야. 보통은 사양해야 해.”

조문객을 위해 마련한 음식을 넙죽 받는 장례업체 직원이라니 있을 수 없는 일이다. 한숨을 쉬며 미후네가 추천한 갯장어를 녹차소금에 찍어 먹었다. 확실히 맛은 있었다.

"알고 있습니다. 저는 아이하라 씨와 이야기를 나누려고 기다렸습니다. 그런데 사모님께서 식사라도 하면서 기다리라고 하셔서. 시간이 한참 지났는데도 오지 않으셔서 걱정했습니다."

"이야기?"

음식을 입에 넣고서야 깨달았는데 아무래도 나는 꽤 허기가 졌던 모양이다. 김초밥을 두 개 연거푸 위에 밀어 넣고 있는데 미후네가 묘하게 고개를 끄덕였다.

"망자의 선물이 무엇인지 노다 씨가 알려주셨습니다. 죽은 사람이 남기는 구슬이라고 들었습니다. 작고 빨간 구슬이라고."

"노다도 알고 있었네. 하긴 이 업계에서는 웬만큼 알려진 얘기이긴 하지."

어제 내가 어슷썰기를 한 우엉도 간이 적당했다. 젓가락을 바삐 움직이는 나에게 미후네가 가지고 계시는 거죠? 라고 묻고는 부적 주머니에, 라고 덧붙였다. 그러고 보니 낮에 만났을 때 미후네에게 망자의 선물 운운한 사실이 생각났다.

"내가 받은 건 아니고, 사쿠 씨가 가지고 있던 거야. 유품이지."

"네? 유품이라고요? 아이하라 씨가 이번에 고인에게 받은 게 아니고요?"

"망자의 선물은 장례 담당자가 받을 수 있어. 담당자도 아닌 내가 무슨 수로 받아? 내가 가지고 있는 건 사쿠 씨가 과거에 받은 망자의 선물."

미후네가 눈에 띄게 안도하는 표정을 지었다.

"그렇구나. 다행이다. 먹지 않았구나."

혼잣말하듯 중얼거리는 소리에 손이 멈췄다. 미후네는 망자의 선물이 먹는 것이라는 걸 어떻게 알았을까. 어째서? 라고 내가 묻기도 전에 미후네가 진지한 얼굴로 주머니 안을 보셨습니까? 하고 물었다.

"보지는 않았어. 열어 보려고 했는데 네가 왔잖아."

"제 예상이지만 주머니 안에 그 망자의 선물이라는 것은 들어 있지 않을 겁니다."

놀라서 입을 딱 벌리고 있는 나에게 미후네가 어란이라는 이름을 들어 본 적이 있느냐고 물었다. 고개를 젓자 그는 조금 목소리를 낮추고 말을 이었다.

"망자의 선물은 분명 어란의 다른 이름일 겁니다. 어란은 죽은 사람이 산 사람에게 남기는 마지막 생각이 형체를 이룬 것입니다. 그 구슬을 먹으면 죽은 사람의 마지막 생각이나 소원을 알 수 있습니다. 그런데 그게 반드시 좋은 것만도 아닙니다. 원망이나 슬픔, 저주일 수도 있거든요. 잘못 먹었다가는 평생을 고통 속에 살게 됩니다."

등줄기에 한기가 지나갔다. 사쿠 씨가 먹었다는 첫 번째 구슬은 미후네가 말하는 바로 그 어란이 아닌가.

"어떤 조건에서 죽은 사람이 구슬을 남기는지는 알 수 없습니다. 또 누구에게 남기는지도요. 죽는 순간에 만들어진다는 게 거의 정설인데 '죽은 후에 만나는 장례 담당자에게 왜?'라는 의문이 남습니다. 제 가설이지만 인생의 마지막 의식을 후회 없이 치러 달라는 소원이 담긴……."

"자, 잠깐만. 갑자기 말을 그렇게 막 쏟아내지 마. 머리가 전혀 못 따라가겠잖아."

정보 과다로 머릿속이 뒤죽박죽이 되었다. 이렇게 말이 많은 사람인 줄은 미처 몰랐다.

"이런저런 말을 들어도 혼란스럽기만 하니까 요점만 말해. 부적 주머니 안에 망자의 선물이 들어 있지 않을 거라는 건 무슨 소리야? 사쿠 씨는 줄곧 몸에 소중히 지니고 다녔어."

입술 끝에 거품까지 달고서 말을 늘어놓던 미후네가 움찔했다. 죄송합니다, 죄송합니다, 하고 머리를 숙이고는 잠시 쉬었다가 다시 말문을 열었다.

"그게 말이죠, 어란은 죽은 사람의 육체가 이 세상에서 소멸되는 것과 동시에 사라진다는 게 통설입니다. 소중하게 계속 가지고 다닐 수 있는 물건이 아니에요. 그래서 주머니 안은 비어 있을 겁니다."

"……그건 말이 안 돼. 우리 엄마 장례식 이후에 사쿠 씨가 이걸 집에 가지고 왔다고 타에코 씨가 그랬는데. 당연히 엄마는 화장했고. 네가 말하는 어란과는 안 맞지 않아?"

"아이하라 씨 어머니입니까?"

그는 놀란 표정을 짓더니 이내 생각에 잠겼다. 어란이 계속 남아 있다는 말은 들어 본 적이 없는데. 하지만 아무리 생각해도 어란이 맞는데. 예외가 있나? 혼자서 중얼거리던 미후네가 저한테 들려주세요, 라고 했다.

"저는 아무래도 어란과 연이 있는 듯합니다. 여기서 또 만난 걸 보면 분명 무슨 의미가 있을 거예요. 저는 알아야 합니다. 그러니 아이하라 씨가 가지고 계시는 망자의 선물에 대해 들려주세요."

미후네와 알고 지낸 지 반년 가까이 되지만 이렇게 진지한 얼굴은 처음 본다. 어란과 연이 있다는 건 대체 무슨 말일까. 알아야 한다는 건 또 무슨 말이고. 묻고 싶었지만 그 질문들은 일단 속으로 삼키고 고개를 끄덕였다. 사쿠 씨가 가지고 있던 망자의 선물만은 진실이면 좋겠다. 진실이라는 걸 증명할 수만 있다면.

"……우리 엄마는 내가 중학교 2학년 때 돌아가셨어."

미후네는 말없이 내 이야기에 귀를 기울였다.

그로부터 15분 후, 우리는 찾는 이가 없어진 접수처 천막 아래에 있었다. 난롯불도 꺼지고 설치해 놓은 투광기의 열기만 어렴풋이 느껴졌다.

"연다."

내가 말하자 미후네가 고개를 끄덕였다. 부적 주머니를 열어 보지 않는 한 알 수 없다. 결국 우리가 도달한 결론은 그것이었다. 천천히 매듭을 풀고 입구를 벌렸다. 숨을 죽이고 안을 들여다보았다. 거기에는 반듯하게 접힌 종이가 들어 있었다. 종이는 완전히 누렇게 변색되어 있었다. 꺼내서 펼치자 미후네도 머리를 들이밀고 보았다.

'죽기를 단념했습니다.'

춤추는 고양이가 그려진 편지지에 동글동글한 글씨체로 그렇게 쓰여 있었다.

'저는 엄마를 따라 죽으려던 생각을 단념했습니다. 엄마가 카네이션을 보고 아주 좋아하셨거든요. 그래서 저는 내년에도, 내후년에도 살아서 엄마한테 카네이션을 선물할 거예요. 엄마를 기쁘게 해 주셔서 감사합니다. 죽으려고 한 저를 살려주셔서 감사합니다. 저도 언젠가 사람을 살리는 장의사가 되겠습니다.'

아아, 하는 소리가 흘러나왔다. 이것은 엄마의 장례식 이후에 내가 사쿠 씨에게 준 편지였다.

그리고 불현듯 기억이 떠올랐다. 그때 나는 엄마의 시신을 보고 나도 죽자고 마음먹었다. 방법이야 상관없으니 빨리 죽어서 엄마 뒤를 따라가야겠다는 일념뿐이었다.

사쿠 씨에게 꽃다발을 받아 엄마와 단 둘이 있게 되었을 때 나는 엄마 목소리를 들었다. 정말 예쁘네. 내년에도 기대할게. 똑똑히 그렇게 들렸다. 엄마는 내가 죽기를 바라지 않는구나. 그런 생각이 들었다. 내가 살아서 카네이션을 선물하는 걸 더 좋아한다. 그렇다면 나는 죽을 수 없다. 사랑하는, 반쪽이라고도 믿은 엄마의 마지막 소원 정도는 들어주고 싶다. 그 생각은 중학생이었던 내가 세상을 살아가는 이유가 되었다.

나는 이 편지를 사쿠 씨에게 주며 내가 어른이 될 때까지 기다려 달라고 했다. 그리고 나를 아저씨 같은 장의사로 만들어 달라고도.

아아, 그래, 그랬다. 과거의 나는 이 일의 본질을 꿰뚫어 보고 있었다. 누구를 위해, 무엇 때문에 왜 장례를 치르는지 어린 나는 제대로 이해하고 있었다.

세상에 남겨진 사람이 마음껏 눈물을 흘리며 고인을 생각하고 그 죽음과 마주하기 위한 것. 장례는 남겨진 사람을 위해 있는 것이다. 유족의 마음을 어루만질 수 있다면 그것은 그대로 고인에 대한 공양이 된다.

슬픔을 극복할 공간과 시간을 만들어 돕는 것이 우리 일이다. 나는 그 일을 일생의 업으로 삼고 싶다고 생각했다.

나 같은 사람이 한 명이라도 더 많이 살아갈 힘을 얻기를. 그리고 그 곁에서 내가 도움이 되기를. 나는 그렇게 바랐던 것이다.

"그렇군요. 망자의 선물……."

한참 편지를 들여다보던 미후네가 나에게로 고개를 돌리며 중얼거렸다. 형체는 다르지만 사쿠모토 씨가 말씀하신 그대로예요. 이보다 더 내가 걷는 길이 옳다고 알려주는 것은 없을 겁니다. 제가 하는 일은 사람을 살리는 일이로군요.

"다 아는 척 말하지 마. 아직 장례가 무엇인지도 모르는 초짜 주제에."

일부러 밝게 말하며 등짝을 찰싹 때렸다. 으윽 소리를 내며 아파하는 미후네를 보면서 눈가에 맺힌 것을 서둘러 닦았다.

"그리고 이게 망자의 선물인지 아닌지는 아직 모르잖아."

안에 무언가 더 들어 있을 수도 있다. 편지를 미후네에게 건네고 주머니를 거꾸로 잡고 흔들려는 나에게 미후네는 자기 등을 문지르며 "네, 이게 아닐 거예요"라고 했다.

"사쿠모토 씨의 망자의 선물은 이 편지가 아닙니다. 아이하라 씨지."

"어?"

"아이하라 씨가 살아서 사쿠모토 씨의 일을 줄곧 지켜보셨어요. 아이하라 씨의 존재 자체가 망자의 선물이 아닐까요?"

주머니 안은 텅 비어 있었다.

진짜 보물이 따로 없다니까. 그렇게 말하고 사쿠 씨는 항상 마지막에 나를 보았다. 자상하게 웃던 그 얼굴을 지금도 선명히 그릴 수 있다.

이해하는 것과 동시에 눈물이 뺨을 타고 흘렀다.

*

사쿠 씨는 작은 유골함에 담겨 집으로 돌아왔다. 제단이때의 제단은 장례가 끝난 후 유골을 집에 일시적으로 안치하기 위한 것으로 보통 사십구재까지 집에 둔다을 만들고 웬만한 일을 다 끝낸 세오와 둘이서 마당에 나갔다. 아직 겨울잠에 빠져 있는 벚나무 앞에서 나는 따라가지 않겠다고 말했다.

"나는 덴코샤에서 열심히 일할 거야."

"지금까지처럼?"

어처구니없다는 듯 말하는 세오에게 고개를 저었다.

"네 말대로 나는 길을 잃었어. 처음 마음가짐을 완전히 잊고 살았어. 그런데 생각났어. 왜 이 일을 하려고 했는지, 어떻게 하고 싶었는지."

품에 있는 과거의 나를 꽉 쥔다. 길을 잃고 헤매더라도 나는 원래 자리로 돌아갈 수 있다. 언제든 다시 갈 수 있다.

"걱정해 줬는데 미안해. 그리고 내가 길에서 벗어났다는 걸 가르쳐줘서 고마워. 한 번 더 해 볼 거야. 괜찮아. 이제 같은 과오는 반복하지 않을 거니까."

내가 웃어 보이자 세오는 놀란 듯 눈을 크게 뜨더니 다른 데로 시선을 돌렸다.

"정말 안 갈 거야? 가든스에서도 일은 할 수 있잖아."

"가든스에는 독자 매뉴얼이 있다고 하지 않았어? 그걸 다시 새롭게 익히기에는 내 머리도 이제 쌩쌩하지 않아. 그리고 덴코샤에는 사쿠 씨랑 와이치랑 함께한 추억이 있으니까 버릴 수 없어."

"……말이 좀 이상하다. 버리고 가는 내가 매정한 사람 같잖아."

그가 작게 웃으며 벚나무를 올려다보았다.

"나란히 걷던 때도 있었는데, 이제 정말 다른 길을 가네."

나도 똑같이 올려다보았다. 올해 벚꽃은 혼자 보게 될 것이다.

"혹시 길을 잃고 헤매게 되면 말해. 이번에는 내가 길을 가르쳐줄게."

"그거 참 고맙네."

피식 웃으며 그는 그만 갈게, 하고 말했다.

"그럼 잘해 봐. 살을 좀 빼면 남자들한테 인기 있을 거야. 옛날에는 귀여웠거든."

"쓸데없는 소리 하지 말고 빨리 가기나 해."

내가 얼굴을 찌푸리자 하하, 하고 소리 내 웃는다. 그리고 그대로 대문 쪽으로 향했다. 그 뒷모습을 바라보는데 세오가 뒤를 획 돌아보았다.

"나 말이야, 치호가 철판도 두꺼우면서 남에게 기댈 줄 모르는 거나 머리도 별로 안 좋으면서 혼자 끙끙거리고 고민하는 모습이 실은 되게 별로였어."

"헤어질 때 서로 욕하고 그런다지만 그래도 이건 좀 열 받네. 해 보자는 거야?"

"내가 어떤 모습이라도 받아들이라고 말해주길 바랐어. 나는 그때…… 치호랑 가족이 되고 싶었거든. 설령 아이를 가질 수 없다는 걸 알았어도 그렇게 생각했을 거야."

순간 숨이 멎는 줄 알았다. 말이 없는 나를 보며 그는 조금 울 것 같은 얼굴로 웃었다.

"실은 우리 딸이 태어난 뒤에 사쿠 씨가 말해줬어. 날 버리고 외톨이로 지내는 네가 불쌍해 죽겠다고 미운 말만 골라 하다가 혼났거든."

네놈은 아무것도 몰라! 사쿠 씨는 격앙된 목소리로 내 몸 상태와 내가 열심히 치료 받은 사실을 전부 이야기했다고 한다.

"네놈 꿈을 알고 물러나 준 거니까 농담이라도 다시는 그런 소리 하지 말라고. 그리고 치호가 네놈한테 준 가족을 무슨 일이 있어도 행복하게 해 주라고 어찌나 무서운 얼굴로 말씀하시던지."

"……사쿠 씨도 참, 별소릴 다 하셨네. 아!"

휭 소리를 내며 한바탕 바람이 분다. 찬 겨울바람이 마른 잎들을 흩날리고, 그 기세에 나도 모르게 눈을 감았다.

"고맙다."

자상한 목소리가 들려 눈을 뜨자 그는 나에게 등을 돌리고 떠나려는 참이었다. 돌아보지 않은 채 손을 들고 흔들었다. 행복해라. 그렇게 들렸다. 그는 그 나름대로 나를 걱정하고 있었다. 나는 안녕, 하고 작게 중얼거렸다.

"아이하라 씨, 고생 많으셨습니다."

우두커니 서 있는 내 앞에 미후네가 불쑥 나타났다. 키가 큰 그가 눈앞에 서니 갑자기 벽이 나타난 듯한 위압감이 있었다. 세오가 사라진 쪽을 보고 있던 나는 돌연 시야가 막혀 소리를 질렀다.

"뭐야! 갑자기 나타나지 좀 마! 심장 내려앉는 줄 알았잖아!"

"죄, 죄송합니다, 죄송합니다. 저도 이제 회사로 들어가 봐야 해서 인사드리려고……."

연신 머리를 숙인 미후네는 그리고, 하고 말을 이었다.

"지난번에 일을 잘 할 수 있을지 모르겠다고 아이하라 씨에게 말씀드린 거요."

그러고 보니 그런 비슷한 대화를 한 것도 같다. 고개를 끄덕이자 미후네가 그 말 철회하겠습니다, 라고 했다.

"밤새 한숨도 안 자고 생각했습니다. 저는 사람을 살리는 장의사가 되고 싶습니다."

눈 밑에 다크서클이 자리했다. 눈도 움푹 들어가 있었다. 그런데도 미후네는 나를 똑바로 쳐다보며 선언했다.

"이런 저라도 누군가를 살릴 수 있을지 모릅니다. 그렇다면 저는 장의사가 되고 싶습니다. 앞으로도 많은 지도 부탁드립니다."

"……지금보다 더 빡세질 텐데 각오는 된 거지?"

공갈 협박투로 말하자 미후네가 갑자기 당황한 듯 안절부절못했다. 으아암, 으아암, 하고 이상한 소리를 반복하고는 고개를 끄덕였다.

"어, 언젠가 아이하라 씨 같은 장의사가 될 수 있도록 열심히 하겠습니다."

"그런 말 하면 기대치만 올라가서 힘들다고 했을 텐데?"

작게 웃다가 문득 궁금해졌다. 사쿠 씨의 첫 번째 망자의 선물은 결국 뭐였을까. 미후네가 말한 어란이었을까.

"아이하라 씨, 왜 그러십니까?"

"어? 아무것도 아니야."

사쿠 씨가 없는 지금 확인해 볼 방법도 없고, 딱히 알 필요도 없을 것이다. 나는 그런 구슬을 받지 않을 테니까.

"자, 며칠 쉬었으니까 또 힘내서 일해 볼까? 아아, 분명 오늘 밤에도 죽는 사람이 있을 거야. 지금은 그런 계절이니까."

저 오늘 야간 전화 담당인데요, 라며 미후네가 순간 불만스러운 표정을 지었다가 얼른 감추려는 듯 하늘을 쳐다보았다.

"어, 그러니까 빨리 봄이 오면 좋겠습니다. 아, 이 나무는 벚나무인가요? 꽃이 피면 분명 예쁘겠죠?"

미후네의 눈이 헐벗은 벚나무를 올려다보다가 멈췄다. 나도 따라 올려다본다.

추운 계절을 이기고 봄이 온다. 혼자서 올려다보는 벚꽃도 아름다울까.

"봄이 되면 같이 보러 와도 되겠습니까?"

미후네의 말에 순간 흠칫해서 얼굴을 빤히 쳐다보았다. 무슨 문제라도? 라고 묻듯이 고개를 갸웃거리는 우직한 얼굴을 보고 그만 피식 웃어 버렸다.

"아무것도 아니야. 미후네, 진짜로 조금만 더 열심히 해 봐. 괜찮은 남자가 될 가능성 있으니까."

얼굴이 확 달아오른 미후네를 보고 이번에야말로 소리 높여 웃었다.

# 실을 건네다

황량한 방에 그 사람이 있었다.

전동침대 옆에는 작은 사이드 테이블이, 벽 쪽에는 소박한 서랍장이 각각 하나씩 있었다. 벽에는 달력은커녕 시계 하나 걸려 있지 않았다. 지금껏 들어갔다가 나온 그 어떤 방보다도 가재도구가 적고 무미건조했다.

방을 빙 둘러보는 내 앞에서 우리를 안내해 주는 직원인 나나세 씨가 시게코 씨, 하고 목소리를 높였다.

"어젯밤에도 설명해 드렸지만 오늘부터 닷새간 봉사 활동을 하러 온 고등학생 친구들이에요. 잘 대해 주세요."

시게코 씨라고 불린 아담한 체구의 할머니는 라디오를 듣고 있었다. 세월의 흔적이 묻은, 큰 검은색 박스처럼 생긴 기계의 돌출된 부분을 돌려 소리를 낮췄다. 일흔을 넘겼는지(어르신들의 연세는 가늠이 잘 되지 않는다) 주름과 검버섯이 매우 많다. 새하얀 머리를 남자처럼 짧게 잘랐지만 시원해 보이는 무명 원피스를 입고 있어서 여자임을 알았다. 할머니는 학교 체육복에 앞치마를 두르고 한 줄로 선 우리를 보고 신기하다는 듯 고개를 갸웃거렸다. 마치 점검이라도 하듯 차례차례 천천히 시선을 옮겼다. 주름에 파묻힌 작은 재첩 같은 검은 눈이 정중앙에 서 있던 나를 향한 순간 딱 멈췄다. 어? 하고 작게 중얼거렸지만 별 의미는 없는지 다시 움직이기 시작했다. 마지막으로 나나세 씨에게로 고개를 돌린 할머니는 걱정스러운 목소리로 말했다.

"일손이 많이 부족해? 나도 좀 거들까? 식사는 못 도와줘도 빨래나 청소라면 아직 할 수 있는데."

그렇게 말하고 몸을 일으킨다. 벌떡 일어서려다가 비틀거리는 할머니에게 나나세 씨가 황급히 손을 내밀었다.

"걱정해 줘서 고마워요. 그런데 아니에요. 학교 동아리 활동의 일환이래요. 요즘 친구들 참 착하죠."

"고치여자학교 고등부 봉사 동아리입니다. 여름방학을 맞이해 왔습니다. 잘 부탁드립니다!"

하나둘 신호에 맞춰 모두가 입을 모아 큰 소리로 외친 후 머리를 숙였다. 하얀 운동화의 앞코를 보며 나는 오늘 몇 번째인지 모를 한숨을 땅이 꺼지도록 쉬었다.

*

"2주 동안 등교해서 오전 내내 보충 수업 받을래? 아니면 내가 지도교사로 있는 봉사 동아리에서 임시 부원으로 닷새 동안 실습 나갈래? 둘 중 하나를 선택해."

여름방학을 이틀 앞두고 들뜬 교내지만 이곳은 평소와 다름없었다. 불편한 학생지도실에서 나와 마주 앉은 초로의 여자 담임은 날카로운 목소리로 그렇게 내뱉었다. 내 손에는 생활통지표가 들려 있었다.

"이제 겨우 1학기가 끝나가는 마당에 출석 일수 걱정을 시켜서 되겠니? 스가와라네 집안 사정은 잘 알지만 그렇다고 봐 줄 수 있는 문제가 아니야. 자, 어떻게 할래?"

어떻게 하고 말고 할 것도 없이 나와 담임 사이에는 이미 작성이 끝난 봉사 동아리 가입 신청서가 있었고(담임의 승인 허가 도장까지 찍혀 있었다) 아마도 봉사하러 가는 곳인 듯한 요양원의 팸플릿까지 나란히 있었다. 담임이 어느 쪽을 원하는지는 자명했다. 봉사 동아리로, 라고 떨떠름하게 대답하는 나에게 담임은 흡족하게 고개를 끄덕여 보이며 신청서를 챙겼다.

"열심히 해. 그나저나 집은 좀 어때?"

조금 전과는 달리 말투가 부드러워졌다. 나는 고개를 옆으로 흔들며 여전해요, 라고만 대답했다.

해가 바뀌고 아직 매화 꽃망울도 부풀지 않은 때에 아빠가 집을 나갔다. 아무런 예고도 없이 불쑥 집으로 온 미니트럭에 언제 싸 두었는지 자신의 짐을 싣던 아빠는 그대로 트럭을 타고 가 버렸다. 왜 그러느냐고 붙잡는 엄마에게 잠시 떨어져 지내고 싶다는 말을 남기고. 아빠는 회사 근처에 있는 좁은 원룸을 빌려 살기 시작했다. 딱 한 번 찾아갔었는데 아빠는 깨끔한 방에서 천하태평인 얼굴로 맥주를 마시고 있었다. 테이블 위에는 엄마가 봤으면 기겁했을, 일회용 팩에 담긴 마트 튀김과 고등어 통조림(심지어 접시에 덜지도 않고!)이 있었다. 헝클어진 머리에 대체 언제 샀는지 목이 늘어난 스웨터를 입고 목울대를 움직이며 캔을 기울이는 아빠는 내가 알던 아빠와는 전혀 다른 사람으로 보였다.

집에서는 언제나 브랜디나 와인을 아주 조금 즐겼고 그때마다 엄마가 손수 만든 카나페와 생햄, 치즈를 안주로 먹었다. 스웨터를 입은 모습은 본 적이 없고, 머리는 항상 깔끔하게 세팅되어 까치집을 짓지도 않았다.

—아빠, 무슨 일이야? 왜 이러고 있어?

화들짝 놀라는 나에게 아빠는 천연덕스러운 얼굴로 웃었다.

—아빤 원래 이런 사람이야. 그동안 자유를 잊고 지냈어.

—어? 여자라도 생…….

—뭐? 그런 거 아니야. 이 집을 보면 알잖아.

아빠가 실내를 가리켰다. 확실히 낯선 여자의 향기는 전혀 느껴지지 않았다.

나는 아빠가 여자가 생겨서 집을 나갔다고 거의 확신하고 있었다. 아빠는 나이에 비해 젊어 보이는 데다 헬스장에 다니고 있어 뱃살도 없다. 회사에서는 출세 코스를 타고 있고, 사람들을 잘 챙겨서 따르는 부하 직원도 많다고 들었다. 말쑥하게 정장을 차려입고 출근하는 모습이 멋있어서 내 은밀한 자랑거리이기도 했다. 아빠는 다른 이성에게 아직 충분히 매력적인 대상이었다.

어떤 여자인지는 몰라도 아빠를 제자리로 돌려놓아야 해. 망연자실 넋을 놓은 엄마는 도움이 되지 않을 것 같고 내가 어떻게든 나서야 한다. 심하게 긴장해서 터질 듯한 심장과 덜덜 떨리는 다리를 겨우겨우 달래 여기까지 왔는데 뭔가 내 예상과 다르다. 그래도 안도감에 그 자리에 주저앉고 말았다.

—미오는 아빠 마음 알지?

아빠가 진지하게 입을 열었고, 심호흡을 하려던 나는 움찔했다. 다른 여자가 생긴 게 아니라면 아빠는 왜 여기서 이러고 있을까. 이유를 묻기 전에 아빠가 말을 이었다.

—작년 가을에 네가 엄마한테 대들었던 거 기억해? 미오 옷이 마음에 안 든다고 엄마가 평소 같이 말했는데 네가 내 인생에 참견하지 않아도 되는 부분의 선까지 넘지 말라고 그랬잖아.

잊을 수가 없다. 내가 살면서 처음으로 엄마를 거부한 날이었으니까.

그날 나는 친구들이 생일 선물로 준 원피스를 처음으로 입었다. 그 옷을 입고 다 같이 놀러 가기로 약속한 터였다. 스티커 사진을 찍고 인기 아이돌이 극찬했다는 밤파르페를 먹을 예정이어서 나는 잔뜩 기대에 부풀어 있었다. 그런데 외출하려는 나를 보고 엄마가 놀라서 목청을 높였다. 세상에, 그런 품위 없는 옷을 입고 어딜 간다는 거니? 망측해라. 얼른 벗어.

결코 화려한 옷이 아니었고 당연히 특이한 디자인도 아니었다. 더 어른스럽고 노출이 심한 옷을 입는 또래도 많아서 내가 입은 옷은 오히려 얌전한 편이었다. 뭐가 문제냐고 물었더니 엄마는 옷을 손끝으로 살짝 집어 감정가를 매기는 듯한 눈으로 검사한 뒤 말했다.

—미오는 아직 어려서 잘 모르겠지만, 이건 원단도 조악하고 바느질도 대충 했어. 싸구려가 다 그래. 자꾸 이런 옷 입어 버릇하면 못 배운 집 아이라고 남들이 흉봐.

—싸구려라니. 이건 친구들이 내 생일이라고 특별히 골라 준 선물이라고. 엄마가 매번 사 주는 옷이랑은 아무래도 차이가 있겠지만 나는 이 옷이 좋아. 그런 말 하지 마.

—아아, 걔들 말이구나. 그러고 보니 늘 이런 품위 없는 옷을 입고 있더라.

잡고 있던 옷을 놓으며 엄마가 얼굴을 찌푸렸다. 창문으로 들어온 벌레를 발견했을 때처럼 혐오감이 밴 목소리에 가슴이 철렁했다. 집에도 여러 번 놀러 온 적 있는 친구들을 그런 식으로 생각하고 있었어?

엄마는 벌레를 보는 눈길 그대로 옷을 한 번 보고는 단죄하듯 고개를 가로저었다.

—걔들이랑 어울리는 거 다시 생각해 봐.

—뭐? 왜?

놀라서 목소리가 갈라졌다. 고작 옷 한 벌 가지고 왜 그런 말까지 하는 거야? 엄마는 나를 타이르듯 차분하게 설명했다.

—틀린 걸 오래 접하다 보면 그게 틀린 줄 본인은 몰라. 더 무서운 건 좋은 거라고 착각까지 한다는 거야. 그래서 주변 사람들이 알려줘야 해. 엄마는 미오가 그런 착각은 안 했으면 좋겠어. 후회하지 않았으면 좋겠어. 부모로서 올바른 길을 가르쳐주는 거야.

그 순간 입 안에서 달착지근한 바나나 두유 맛이 퍼졌다.

유치원에 다니던 무렵, 매일 아침 한 컵 가득 바나나 두유를 먹어야 했다. 바나나와 무첨가 두유를 믹서로 간 엄마표 음료였다.

무슨 스포츠 금메달리스트가 텔레비전에 나와 매일 아침 빼먹지 않고 마신다고 한 것이 계기였다. 위가 약했던 어린 시절부터 마셨는데 그 덕분에 건강한 체질로 바뀌었다고 텔레비전 화면 속에서 웃고 있는 그 사람을 뚫어져라 보던 엄마의 옆얼굴을 똑똑히 기억한다.

—우리 미오도 배앓이를 자주 하는데. 바나나랑 두유란 말이지. 한번 알아봐야겠네.

다음 날부터 바나나 두유가 우리 집 식탁에 등장했다. 원래도 바나나와 두유를 싫어한 나는 맛있다는 생각이 전혀 들지 않았고 구역질이 올라오는 것을 참아 가며 울면서 마셨다. 마시기 싫다는 말도 여러 번 했다. 딸기 우유라면 괜찮으니까 딸기 우유로 바꿔 달라고 애원도 했다. 그러나 엄마는 들어주지 않았다. 그러면 의미가 없어. 엄만 틀린 걸 고르지 않아. 엄만 우리 미오 생각해서 그러는 거니까 엄마 말만 잘 들으면 괜찮아. 그렇게 말하고 매일 아침 나를 깨우는 것과 동시에 믹서 스위치를 눌렀다. 위이잉 경쾌한 소리를 내며 바나나와 두유가 함께 갈렸다. 걸쭉한 바나나 두유는 판다 모양의 머그잔에 담겨 마치 몸에 좋은 보약이라도 되는 양 내 앞에 놓였다. 다 마실 때까지 아침 식사는 구경도 못 했다. 이 일상은 믹서 소리를 들으면 내 몸에 두드러기가 나면서 마침내 끝났다. 왜 우리 애한테는 효과가 없지? 엄마는 마지못해 단념했지만 자신이 틀렸다고는 결코 인정하지 않았다. 조금만 더 먹이면 좋아졌을지도 모르는데, 라며 아빠에게 푸념했을 정도다.

이와 비슷한 일은 그 후로도 더 있었다. 과자와 장난감, 학원, 학교에 이르기까지 엄마는 언제나 날 위한다고 하면서 자신이 옳다고 판단한 것을 나에게 계속 들이밀었다. 내 의견 따위는 듣지도 않고.

까맣게 잊은 줄 알았던 맛이 나에게 일깨워준다. 말은 날 위한다고 하지만 이 사람은 자신이 허락하는 것 이외의 것은 인정하지 않을 뿐이다. 분명 이 다음에는 날 생각했다고 하며 바나나 두유 같은 친구를 골라 데려올 것이다.

나는 엄마 인형이 아니야! 어느 순간 나는 그렇게 외치며 엄마를 밀쳤다. 세게 밀지는 않은 듯한데, 내가 그렇게 나올 줄은 꿈에도 몰랐던 엄마는 비틀거리다가 바닥에 엉덩방아를 찧었다. 하얗게 질려서 나를 올려다보는 엄마의 눈에는 지금껏 본 적 없는 감정이 어려 있었다. 공포, 절망, 슬픔. 그런 감정들이 담긴 눈에 비친 나를 보고 아차 싶었다. 그러나 바나나 두유 맛은 사라지지 않았다. 그 맛을 뱉어내듯 소리쳤다. 내 인생에 참견하지 않아도 되는 부분의 선까지 넘지 마! 날 위해서라고 하지 마. 민폐라고!

무섭도록 긴 침묵이 흐른 뒤였는지, 아니면 바로 다음 순간이었는지 엄마는 눈도 깜빡이지 않고 알겠다고 했다. 이제 미오 일에 참견하지 않을게. 그러면 되지? 그 목소리는 미세하게 떨렸고, 또 무척 차가웠다. 화를 내거나 히스테리를 부리며 소리를 지르거나. 그 둘 중 하나를 예상한 나는 처음 듣는 낮은 온도의 목소리에 오싹한 기분이 들었다. 무서워진 나는 도망치듯 집을 뛰쳐나왔다. 그 자리에 아빠도 있었을 텐데 그때 아빠는 무얼 하고 있었을까. 기억나지 않는다.

—그날 미오를 보고 머리를 한 대 맞은 듯한 충격을 받았어. 아빤 엄마가 참견해선 안 되는 부분까지 다 허용하고 말았어. 엄마 인형이 되어서. 그러고는 모르는 척 외면하고 살았어. 참 바보 같지?

아빠 본인에게 하는 듯한 말을 들으며 몸에서 힘이 빠져나가는 것을 느꼈다. 엄마는 아빠에게도 나에게 했듯이 비슷한 강요를 일삼았다. 내가 알고 있는 아빠는 날 위한 바나나두유 같은 아빠였을까. 감정에 휩쓸려 내뱉은 그 한마디가 아빠와 엄마 사이도 무너뜨렸다. 이 모든 일이 나 때문일까. 상처받거나 울거나 그런 부분을 관장하는 몸의 기관이 마비된 듯했다. 사람은 스스로가 감당하기 힘든 부하를 느낀 순간 감각이 마비된다고 한다. 지금 내가 바로 그 상태라고, 거의 모든 기능을 방임하고 있는 머리로 생각했다. 그런 나에게 아빠는 환하게 웃어 보였다.

—그렇지만 엄마와 네가 생활에 곤란을 겪게 하지는 않을 거야. 월급의 대부분은 엄마가 관리하는 통장으로 들어가니까 금전 면에서 어려움은 없을 테고. 그리고 네 아빠로서 책무까지 내팽개칠 마음은 없으니까 지금까지처럼 무엇이든 편하게 말해줘.

이렇게 계속 따로따로 지낼 거야? 내가 간신히 그 질문을 하자 아빠는 잠시 생각했다.

—지금은 떨어져 있고 싶다는 게 솔직한 심정이야. 다시 집으로 돌아가고 싶은 날이 오면 좋겠다 싶으면서도 그런 날이 정말 올지는 아직 상상이 잘 안 돼. 아빠가 하는 말이 엄마나 너한테 철없게 들리겠지만 이해 좀 해 주면 안 될까? 아빠 나름대로 열심히 고민해서 내린 선택이야.

나는 아무 말도 하지 못하고 집에 갈 수밖에 없었다.

그 후로 일주일에 한 번 꼴로 아빠에게 문자가 온다. 잘 지내지? 아빠도 잘 지내. 생존 확인에 가까운 안부 인사가 전부고 대화가 더 이상 발전하지는 않는다. 나 역시도 대화를 이어가고 싶은 마음이 들지 않았다. 나를 위해 있었던 창살을 빠져나간 새가 창공을 훨훨 날고 있는데 무슨 말을 할 수 있을까. 그 창살의 문을 열어 준 사람도 다름 아닌 나라는데.

"아버지는 여전히 독립생활을 만끽하고 계신다는 거네. 어머니는 어떻게 지내시니?"

"그럭저럭 잘 지내세요."

아빠가 집을 나가고 엄마는 폐인이 된 게 아닐까 불안할 정도로 무기력해졌다. 예쁘게 화장하고 머리를 만 뒤 호텔 조식처럼 완벽한 식사를 차리고 명문사립여학교에 다니는 딸과 상사에서 일하는 남편을 현관에서 배웅하는 것이 엄마의 아침 일과였다. 오전 중에는 청소와 저녁 식사 준비 같은 집안일을 한다. 오후부터는 집을 리모델링해 만든 비즈공예

교실의 선생님이 되어 수강생들을 맞이한다. 주부 잡지의 취재도 받은 적 있는, 근심 걱정이라고는 하나도 없는 우아한 생활. 그 모든 것에서 엄마는 손을 놓았다. 머리도 빗지 않고 며칠째 갈지 않은 시트 위에서 그저 멍하니 허공만 쳐다보며 지냈다.

몇 년 전에 잇달아 돌아가신 외할아버지와 외할머니를 대신해 엄마를 도와준 사람은 다섯 살 위인 이모였다. 엄마와 옛날부터 사이가 좋았다는 이모가 꾸준히 엄마의 말동무가 되어 준 덕분에 엄마는 어떻게 생각을 정리했는지는 몰라도 평소 모습을 회복했다. 그렇다고 이전처럼 아침을 차려주지는 않는다. 집안일도 자기 것만 한다. 비즈공예교실은 여전히 휴업 상태고, 아무도 오지 않는 교실에서 엄마는 멍하니 하루를 보내고 있다.

"하다못해 비즈공예교실만이라도 다시 열면 기분 전환이 될 것 같은데 제가 말할 수 있는 입장이 아니라서……."

"흠, 어렵긴 하네."

담임은 팔짱을 끼고 생각에 잠겼다. 무슨 말인가 하려고 했지만 적당한 말을 찾지 못한 모양이다. 애매하게 중얼거리다가 실습 일정에 대해 이야기하고 면담을 마쳤다.

*

이럴 줄 알았으면 2주 동안 보충 수업을 받는 편이 훨씬 나았겠다고 후회한 것은 이틀째 되는 날이었다. 간병 일을 나는 너무 가볍게 여겼다.

학생인 우리는 침대 시트 빨래와 원내 청소, 입소자 어르신들 말벗 해 드리기가 주된 임무였는데, 이것도 다 경험이라며 식사 수발까지 맡겼다.

이곳은 치매 환자도 받는 요양원이어서 대화를 이어가기가 쉽지 않은 사람이 많았다. 생각나는 대로 막 떠들거나 설교에 가까운 이야기를 장황하게 늘어놓는 사람은 그래도 괜찮았다. 허공을 노려보면서 중얼중얼 혼잣말을 하거나 갑자기 호통을 치는 사람에게는 어떻게 반응해야 할지 모르겠다. 조용히 앉아 계시던 할아버지가 환각 증상이 나타나 비명을 지르며 나에게 달려들었을 때는 공포 영화의 그 어떤 장면보다도 무서웠다. 식사 수발이 특히 힘들었는데, 혼자 식사를 하지 못하는 사람들의 시중만 드는데도 기가 빨렸다. 맛있게 수프를 먹던 사람이 갑자기 컥컥대며 얼굴이 새하얗게 바뀌는 걸 보고 이대로 돌아가시는 게 아닐까 싶어 내 얼굴까지도 하얗게 질렸다.

어르신들의 옛날이야기에 귀를 기울이고 가끔씩 기분 전환이 될 만한 놀이를 함께 한다. 그런 화기애애한 모습을 상상했던 만큼 충격이 컸다.

"봉사 동아리는 아무나 하는 게 아니었네. 나는 못 하겠어.

도망가고 싶어."

점심 식사 수발을 마치고 휴식 시간을 얻은 나는 뒤쪽 출입구에 퍼질러 앉아 고개를 떨구었다. 휴게실에 갈 기운도, 시원한 주스캔을 딸 힘도 없다. 냉기를 손바닥으로 느끼며 아, 하고 한숨인지 신음소리인지 모를 숨을 내뱉는다. 그런 내 옆에서 마찬가지로 캔을 만지작거리던 케이코가 "그러게"라며 맞장구를 친다. 봉사 동아리의 정식 부원인 케이코와는 중등부 때부터 사이가 좋은 편이었다.

"이렇게 빡센 일은 나도 힘들어. 그동안은 유치원에 가서 인형극 하거나 공연장 일을 거들어서 꽤 재미있었거든. 근데 쌤들 사이에서 그렇게 어중간한 봉사만 하는데 무슨 봉사 동아리냐고 말이 나온 거야. 당연히 부원들은 반발했는데 꼭 틀린 말도 아니라서. 다른 친구한테 들었는데, 자매 학교 봉사 동아리가 텔레비전에 나와서 반응이 대단했다나 봐. 신문에도 실리고."

아아, 하고 짧게 대답했다. 그렇구나. 요양원 봉사에는 어른들의 사정도 있었던 모양이다.

"미오, 넌 왜 임시 부원이 됐어? 봉사에는 관심도 없는 것 같더니."

"출석 일수가 좀 모자라거든. 벌써부터 이러면 어떻게 하느냐고 담임이 난리쳐서. 여기서 이러고 있느니 알바나 가면 좋겠다."

"아, 편의점에서 일한다고 했지? 어떻게 알바할 생각을 다 했어? 기특하다."

감탄하는 케이코의 말에 나는 여전히 고개를 숙인 채 헛웃음을 지었다. 우리 학교는 비교적 집안이 유복한 아이들이 많아 대부분 호주머니 사정이 좋다. 그래서인지 아르바이트를 하는 아이는 극소수다. 고등부로 올라오고 바로 편의점 아르바이트를 시작한 나는 드문 케이스였다.

"엄마가 이제 조금씩 독립해 봐야 한다고 고등학생이 되자마자 용돈을 끊었어. 내 힘으로 벌어야 해서 그래."

최소한의 생활은 지원해 주겠지만 나머지는 전부 네가 알아서 해. 아빠가 집을 나간 후 겨우 기운을 차린 엄마가 나에게 그렇게 선언했다. 너랑 아빠가 말하는 선이 어디까지인지 난 모르겠어. 그러니까 최소한의 선만 지키면 되는 거지?

학비나 통학 교통비처럼 꼭 필요한 돈은 대 준다. 냉장고에는 다양한 식재료가 들어 있고 조미료도 있다. 하지만 그게 다다. 엄마는 내 일에 일절 관여하지 않았다. 밤늦도록 깨있다고 잔소리하는 일이 사라진 대신 늦잠을 자도 깨워 주지 않는다. 편의점 도시락을 먹고 있어도 첨가물이 어떻다는 둥 하며 혼내지 않는 대신 공복 상태로 집에 와도 따뜻한 음식이 식탁에 차려지는 일은 없다.

엄마를 거부한 내 잘못이다. 아빠에게 창공을 알려준 내 잘못이다. 그때 그 옷은 옷장 깊숙한 곳에 넣어둔 채 그날 이

후로 한 번도 입지 않았지만 버릴 수는 없다. 엄마에게 그런 식으로 대든 것은 후회하지만, 엄마 말을 따르지 않은 것은 지금도 잘못했다고 생각하지 않는다. 그런 내가 어떤 사과를 할 수 있을까. 마냥 이렇게 지낼 수만도 없다는 걸 알면서 아무것도 못 하고 있다.

"와, 미오네 부모님은 똑 부러지시는 분들이네. 우리 집은 날 과보호해서 탈이야. 오늘만 해도 여기까지 바래다줬지, 끝날 때 맞춰서 또 데리러 와. 내가 초등학생이냐고."

케이코의 불만스러운 목소리에 어리광이 묻어 있다. 반년 전까지는 나도 그랬으면서, 잃어버린 뒤에야 철없다고 느끼는 것은 거만일까, 부러움일까.

"아, 맞다. 네가 읽고 싶다던 그 책, '너알' 가지고 왔어. 나중에 줄게."

"정말? 고마워! 너무 좋아."

번쩍 고개를 쳐든 나에게 케이코는 이제 자신은 안 읽으니까 그냥 가지라고 했다. 오래된 책이라 너도 다 읽고서 버려.

"버리긴 왜 버려. 소중히 간직할 거야."

"학교에서 인터넷소설이 유행한 게 초등부 때였나? 그땐 안 읽는 사람이 없었는데. 나도 꽤 읽었고."

폭주족 대장에게 사랑받는 여자 주인공이 나오는 이야기를 좋아했다며 케이코가 몇몇 제목을 열거했다. 그 대부분이 나에게는 생소했다. 유행을 타고 반 아이들 모두가 읽었지만, 엄마가 인터넷소설은 절대 안 된다며 허락하지 않았기 때문이다. 인터넷 사용에 규제를 받고 있어서 몰래 읽을 수도 없고, 연재 이후 나온 단행본을 빌려 읽다가 들켜서 눈물 쏙 빠지게 혼난 적도 있다. 이런 불량스러운 얘기 안 읽어도 이 세상에 훌륭한 작품이 얼마나 많은데. 자기한테 필요한 양분을 잘 섭취하지 않으면 예쁜 꽃으로 클 수가 없어. 내 책꽂이에는 위인전과 고전문학, 아동문학집 따위가 빼곡하게 꽂혔다. 그중 제대로 읽은 것은 몇 권 되지도 않는다. 『겐지 이야기』11세기 초에 쓰인 대하소설로, 당대 귀족 사회의 모습과 사랑을 그리고 있다 전집은 꽃을 끼워 말리는 누름돌로만 활약했고 지금도 책장 여기저기에 코스모스와 제비꽃, 미모사 등이 고이 잠들어 있다.

엄마의 규제가 사라진 지금 내가 한창 빠져 있는 것이 이 인터넷소설이다. 장르가 다양해서 물리지 않는 데다 작가에게 직접 감상도 남길 수 있는 친밀감이 좋다. 로맨스물을 좋아하는데, 그중에서도 가정 내에 불화가 있는 주인공이 나오는 작품을 만나면 마치 나를 보는 듯해 시간 가는 줄도 모르고 읽었다. 물론 나에게는 주인공처럼 보이지 않는 곳에서 도와주고 때로는 사랑을 속삭이며 고통에서 구해주는 남자는 없다. 그런데도 주인공들이 행복해지는 결말에서 용기를 얻고 감동했다.

몇 해 전 학교에 인터넷소설 열풍을 일으킨 『너에게 알을』

이란 작품이 있었다. 너무 감동적이어서 눈물이 난다는 입소문을 타고 다들 푹 빠져 있었다. 매주 일요일 저녁에 업로드되었는데, 월요일 아침이면 교실은 이 '너알' 이야기로 떠들썩했던 시기가 오래도록 이어졌다. 친구들의 대화에 끼고 싶었던 나는 이것만 읽게 해 달라고 애원했지만 끝끝내 허락받지 못한 채 열풍은 끝나 버렸다.

그토록 유행했던 너알을 아직 읽어 보지 못했다고 어제 지나는 말로 했다가 케이코가 단행본으로 나온 거라도 괜찮으면 갖고 오겠다고 한 것이었다.

"미오, 저기 좀 봐. 검은색 상복을 입은 사람이 왔는데, 여기 무슨 볼일일까?"

케이코의 목소리가 갑자기 미심쩍은 톤으로 바뀌어서 고개를 들었다. 저기, 라며 케이코가 조심스럽게 손가락으로 가리킨 방향으로 얼굴을 돌리자 따가운 여름 햇살을 등지고 선 장신의 남자가 있었다. 새하얀 와이셔츠에 검은색 바지. 팔에는 검은색 재킷이 걸려 있었다. 흰 셔츠가 빛을 반사하는 바람에 눈이 부셔서 눈을 찡그렸다. 쏟아지는 빛 속에 있는 사람이 어딘지 낯이 익다.

"……토키 씨?"

무심결에 중얼거린 소리에 남자가 돌아보았다. 아, 하고 알은척을 한 그는 내가 예상한 사람이 맞았다.

"미오 씨군요. 야아, 깜짝 놀랐습니다."

큼직한 손수건으로 관자놀이의 땀을 닦는 이 사람은 내가 아르바이트하는 곳 근처에 있는 장례업체의 직원이었다. 편의점에 자주 오는 손님이라 점장님과도 친해서 나도 종종 이야기를 나누게 되었다.

"제가 더 놀랐거든요. 여긴 어쩐 일이세요?"

"오늘은 여기 요양원에 '슈카쓰'에 대해 들려 드리려고 왔습니다. 미오 씨는요?"

"봉사 동아리 활동 때문에 왔어요."

참 훌륭하십니다, 하고 토키 씨가 고개를 끄덕였다. '슈카쓰'는 뭘까. 혹시 '취활'취업 준비를 일본에서는 흔히 '취직 활동'의 줄임말인 '취활'(슈카쓰라고 발음)로 표현한다일까. 토키 씨, 회사에서 잘리셨어요? 하고 묻기도 전에 케이코가 체육복 자락을 잡아당겼다.

"근사하다. 미오, 아는 사람이야?"

"어? 누가?"

보니까 케이코의 볼이 발그레하게 홍조를 띠고 있었다. 무슨 말인지 몰라서 케이코가 쳐다보는 쪽을 보니 거기 있는 사람은 틀림없는 토키 씨였다. 오, 하는 감탄사가 절로 나왔다.

토키 씨를 보고 처음 받은 인상은 '위험한 사람'이었다. 매번 볼 때마다 검은색 정장을 유니폼처럼 입고 안절부절못했다. 도시락이나 컵라면을 사러 왔고, 만화 잡지도 꽤 자주 구입했다. 그런 그는 학교에서 지도하는 '경계해야 할 위험한 어른'에 가까웠다.

—저래 보여도 참 착한 사람이야.

아빠와도, 학교 남자 직원과도 다른 처음 보는 유형의 남자라 경계의 끈을 놓지 않았던 나에게 그런 말을 한 사람은 점장님이었다. 나도 처음엔 경계했는데 막상 얘기해 보니까 건실한 청년이더라고. 안심해도 돼.

점장님이 원래도 사람을 잘 챙기는 스타일이긴 하지만 토키 씨에게는 유독 정을 보였다. 머리는 더 짧게 잘라서 매일 단정히 하고 다녀라, 와이셔츠는 귀찮더라도 빳빳하게 다리미질해야 한다고 조언해 주는 모습이 꼭 친부모 같았다. 토키 씨도 고분고분 그 말들을 새겨들어서 최근에는 인상이 말쑥해졌다. 점장님은 행동이나 말투에서 이전에 없던 줏대랄지 의욕 같은 게 보인다고 기뻐할 정도다.

그런 토키 씨가 근사하다는 말을 들었다. 이건 점장님께 알려드려야겠다고 히쭉거리는 나에게 토키 씨가 말했다.

"이제부터 강당에서 여러 이야기를 할 겁니다. 혹시 시간 괜찮으면 미오 씨도 오세요. 젊은 분에게는 지루한 이야기겠지만 도움이 될 수도 있어요."

그럼, 하고 목례를 하고 그는 정문 출입구 쪽으로 사라졌다. 그 모습을 쳐다보다가 기대에 찬 눈으로 나를 보고 있는 케이코에게 아르바이트하는 편의점의 손님이라고 말해주었다. 알바할 맛 나겠다. 그렇게 말하며 천진하게 웃는 케이코에게 나도 그냥 웃어 보였다.

'슈카쓰'란 '종활終活'이라고 쓰고 글자 그대로 마지막 임종을 위한 활동이라고 한다. 모두가 모인 강당에서 농담을 섞어 재치 있게 이야기하는 사람은 토키 씨가 아니라 그의 직장 선배인 사가미라는 남자 직원이었다. 가끔씩 편의점에 오는 사람이라 나도 얼굴은 알고 있었다. 토키 씨는 말없이 표지가 빨간 책자를 나누어 주며 돌아다녔다. 나에게도 준 책자에는 금색으로 '엔딩노트'라고 적혀 있었다. 표지를 넘기자 책자는 자기소개 페이지부터 시작했다. 부모와 조부모의 성함, 출신 학교와 직장, 친한 친구를 쓰는 칸으로 세세하게 나뉘어 있었다. 이어서 소지하고 있는 계좌, 저금과 부채의 유무, 그 내역 등을 쓰는 페이지가 나왔다. '나'에 대해 기록하는 책자인가 싶었는데 다음 장에 희망하는 장례라는 항목이 나타났다. 종파는 어디이고, 규모는 어느 정도를 예상하며, 누구를 부르고 싶은가. 영정사진으로 쓸 사진을 넣는 보관함과 장례식에 틀고 싶은 곡 목록까지 있었다.

"이건 '종활'에 유용한 물건입니다. '나'라는 인간의 역사에서부터 죽었을 때 가족에게 전하고 싶은 말 등을 정리해서 적어 둘 수 있는 노트죠. 자신이 남기고 싶은 거라면 무엇이든 써도 됩니다. 이를테면 첫사랑 이름이나 절친한 친구와의 추억이 있겠네요. 또 관에 이걸 함께 넣어 달라든가, 아끼던 목걸이는 누구에게 주라든가. 아, 비상금 은신처도 중요합니다. 장롱 같은 데 몰래 숨겨둔 돈을 유족이 모르고 버리는 참사가 꽤 많다고 해요. 그러니까 이 노트에 적어 두면 문제 해결, 남은 가족들은 얼씨구나 좋아하겠죠."

사가미 씨의 이야기에 키득키득 웃음소리가 들린다.

"무슨 일이 있을 때를 대비해 적어 두는 건 나뿐만 아니라 남은 가족을 위해서기도 합니다. 남겨진 사람들은 매번 자문합니다. 아버지는, 또 어머니는 이런 장례식을 좋아하실까, 이렇게 보내드리는 걸 만족하실까. 그런 불안을 조금이나마 줄여 줄 수 있습니다."

종활이란 말은 처음 들은 데다 이런 노트가 있는지도 몰랐다. 기록은 하나의 좋은 방법인 것 같다. 외할아버지와 외할머니 모두 따로 유언을 남기지 않아서 엄마와 이모가 일일이 고민하던 모습이 떠올랐다.

자칫 무거워질 수 있는 이야기였지만 사가미 씨의 유쾌한 입담이 한몫해 입소자 어르신들은 즐거운 듯 귀를 기울였다. 치매가 진행된 사람은 차치하고 아직 정신이 온전한 사람은 흥미롭게 페이지를 넘겼다.

종활이란 표현을 쓰고 있지만 요컨대 '죽을 준비'다. 나에게는 아직 까마득하게 느껴져 피부에 와 닿지 않았고, 또 가능하면 죽음에 대해 생각하고 싶지 않다. 나이를 먹으면 내

일처럼 느끼고 받아들이게 될까. 좋은 방법이라고 생각하면서도 엔딩노트를 쓰고 있는 내 모습은 상상이 잘 안 된다. 죽음을 곁에 두고 자신의 사후를 기록하다니 어쩐지 못 할 것 같다.

멀뚱히 어르신들을 쳐다보다가 시게코 할머니가 있는 곳에서 시선이 멈췄다. 할머니는 이 자리의 누구보다도 열심히 이야기를 경청하고 있었다. 몸을 앞으로 기울여 연신 고개를 주억거렸다. 가끔씩 페이지를 펼쳐서는 신중하게 글자를 눈으로 좇았다.

시게코 할머니가 가벼운 치매를 앓고 계신다는 이야기는 나나세 씨에게 들었다. 느닷없이 불쑥 생각이 과거로 돌아간다고 한다. 갑자기 의미를 알 수 없는 말씀을 꺼내실 수도 있는데 그럴 땐 그냥 가만히 들어드려. 조금 지나면 다시 괜찮아지시니까.

"저 사람, 찬 음식밖에 못 먹어."

작게 속삭이는 소리가 들려서 움찔하며 쳐다보니 2학년 선배가 내 옆에 있었다. 눈으로 물으니 시게코 할머니, 라고 한다. 김이 올라오는 음식만 보면 막 울음을 터트린대. 뜨거운 차도 못 마시고. 그래서 여기 직원들이 저 사람 음식은 뭐든 다 식혀서 갖다 주잖아.

뜨거운 음식을 잘 못 먹는 사람인가? 그런 생각을 하는데 선배가 입술 끝을 삐죽이며 웃었다. 일그러진 입술 사이로

치아 교정기가 언뜻 보였다.

“나는 저렇게 되기 싫어. 생판 모르는 남의 보살핌을 받으면서 쓸데없는 어리광이나 부리고. 죽기 직전까지 저렇게 고집 부리며 살겠지? 이거 해 달라, 저거 해 달라 하면서. 저런 사람이 있어서 늙으면 일찍 죽어야 한다는 말이 나오는 거라니까.”

나는 상당히 얼빠진 표정을 지었을 것이다. 무슨 의도로 하는 말인지 몰라서 선배의 말을 되짚어 보는 게 고작이었다.

“음식 온도까지 하나하나 맞춰 줘야 한다고요? 어머, 뭐야, 귀찮게.”

화들짝 놀라 입을 연 사람은 내 옆에 있던 나쓰키였다. 선배와는 무척 친한 사이라고 들었다. 나쓰키는 생각보다 큰 목소리에 놀라 허둥지둥 입을 가리고는 목소리를 낮췄다.

“근데 이런 일 좀 그렇지 않아요? 저는 절대 이런 데 취업하지 않을 거예요.”

“무슨 말인지 알아. 완전 밑바닥 일이잖아.”

나를 가운데 두고 나누는 대화에는 강한 멸시가 있었다. 이번에는 내가 상처받았음을 확실히 깨달았다. 저기 좀 봐, 하고 선배가 턱 끝으로 누군가를 가리켰다. 그쪽으로 천천히 얼굴을 돌리자 휠체어를 탄 할아버지 옆에 무릎을 꿇은 나나세 씨가 있었다. 빨대 꽂은 컵을 내미는 모습으로 보아 목이 마르다는 말을 들었나 보다. 화장기 없는 그녀의 볼에 박힌 주근깨가 종종 입을 크게 벌리고 웃는 모습과도 잘 어울려 무척 명랑한 인상을 주었다. 보고만 있어도 기분 좋아지는 그 웃음이 두 사람의 말에 난도질된다.

"저 사람 아직 20대일 텐데 왜 이런 허드렛일을 할까?" "이렇게 좁아터진 세계에서 인생 다 산 사람들 뒤치다꺼리나 하면 참 허무할 거예요." "사는 게 즐겁냐고 진심으로 물어보고 싶어." "뭔지 알아요. 뭐라고 답하려나요?"

소리를 죽이고 키득거리는 거북한 웃음이 내 고막을 흔든다. 악의가 내 피부에 들러붙는 듯해 소름이 돋았다. 입을 막아 버리고 싶다. 더 솔직하게는 두들겨 패 버리고 싶다. 참을 수 없는 불쾌감에 정말 행동으로 옮길 것만 같다. 일단 이 대화를 중단시켜야 한다는 생각에 꺼낸 말은 선배님은 어느 치과에 다니세요? 같은 하찮은 질문이었다. 선배는 흥이 깨진 표정을 지었고, 나쓰키는 어이없다는 눈으로 나를 보았다. 치아도 가지런한 네가 알아서 뭐하게, 라고 선배가 말했다. 화가 났다는 건 알았지만 대화를 잘 끊었다는 사실에 마음이 놓였다. 죄송합니다, 하고 대충 머리를 숙이고 나나세 씨를 보았다. 할아버지에서 시게코 할머니에게로 자리를 옮겨 무언가 줍는다. 시게코 할머니가 손수건을 떨어뜨린 모양이다. 진지하게 이야기를 듣던 시게코 할머니가 뒤늦게 깨닫고 머쓱하게 웃는다. 온화하게 웃는 두 사람을 보자 내 마음도 조금 밝아진다.

*

장례업체에서는 그런 일까지 하시네요. 다음 날 저녁, 아르바이트 중에 나타난 토키 씨에게 내가 말했다. 오늘은 장례 일이 들어와서 당직이라는 그가 야식으로 먹을, 봉지에 든 시오라멘을 바구니에 담았다.

"영업의 일환으로 요즘 하고 있는데 평판이 꽤 좋습니다. 미리 장례식 예약을 하겠다는 분도 계실 정도예요."

토키 씨는 나와 열 살 이상 나이 차가 나는데도 깍듯하게 경어를 쓴다. 가끔씩 이상한 표현을 쓸 때는 있지만 비속어는 절대 입에 담지 않는다. 점장님은 가정교육을 잘 받은 것 같다고 했다.

"죽은 후에는 남겨진 가족에게 의사를 명확히 전달할 수 없습니다. 저도 엔딩노트의 존재를 알았을 때는 좋은 아이디어라고 생각했어요. 감동해서 어머니에게 선물했다가 불길한 물건을 준다고 여동생한테 잔소리만 들었지만요."

토키 씨의 어머니라면 아직 충분히 젊으실 것이다. 동생분의 마음도 이해가 간다. 킥킥 웃는 나에게 토키 씨가 약간 뾰로통하게 말했다.

"중요한 사실을 적어서 남기는 건 가치 있는 일입니다. '나중에 하지, 뭐' 생각하다가 불의의 사고를 당해 그렇게 하지 못할 때도 많습니다. 마음을 전하는 데 늦고 빠르고는 없습니다."

"그야 그렇지만요."

입술을 살짝 삐죽이며 실망한 표정으로 이야기하는 토키 씨가 조금 귀엽게도 보여 또다시 웃음이 터진 나는 "아, 알이 있으면 좋을 텐데"라고 말했다.

"어젯밤에 읽은 소설에 알이 나오거든요. 죽은 사람이 남겨진 사람에게 자신의 사랑을 알의 형태로 남겨요. 작고 빨간 알을 먹으면 죽은 사람이 남긴 사랑의 말이 전해지는 거죠. 그런 게 진짜로 있으면 좋겠다는 생각이 지금 막 들었어요. 그러면 갑작스럽게 죽더라도 잘 전할 수 있잖아요."

너알이 너무 재미있어서 어젯밤 밤을 새워 가며 마지막까지 다 읽었다.

불치병에 걸려 살날이 많지 않음을 알게 된 남자애가 자신의 감정에 솔직하지 못하고 틱틱거리기나 하는 여자애, 그러니까 주인공에게 알을 남긴다. 알은 남자애의 몸이 이 세상에서 사라지는 것과 동시에 없어진다. 남자애가 다른 여자애를 좋아한다고 믿은 주인공은 남자애의 마음을 대신 전해주려고 알이 없어지기 전에 그 여자애에게 주려고 애쓰지만 잘 되지 않는다. 그리고 마지막에 이르러서야 그 알이 자신에게 남겨진 것임을 안 주인공이 알을 먹는데…….

중간부터는 눈물 없이 읽을 수가 없어 수건으로 눈가를 훔치며 정신없이 읽었다. 이 감동을 누군가와 공유하고 싶었지만 너알의 유행은 이제 한물가서 붙잡고 이야기할 사람도 없었다. 그런 욕구 불만까지 더해져 나는 신이 나서 토키 씨에게 떠들었다. 토키 씨는 소녀 만화 잡지도 사서 읽으니까 약간은 귀를 기울여 주지 않을까 기대하면서.

하지만 도중에 정신이 번쩍 들어 입을 다물었다. 토키 씨가 내 얼굴을 빤히 쳐다보고 있었다.

"아, 죄송해요. 이런 얘기 관심 없으시죠?"

"아니요! 아니에요, 반대입니다. 아주 관심이 많습니다. 그런 소설이 있습니까? 그건 어, 인터넷소설입니까? 인터넷이 아니면 볼 수 없습니까? 전자책 같은 건가요?"

기대 이상으로 토키 씨가 관심을 보였다. 죽음에 관한 이야기이기도 하니까 장례업체에 일하는 사람으로서 호기심이 생긴 걸까. 때마침 가방에 너알이 있어서 빌려 드릴까요? 하고 혹시나 싶어 물었더니 토키 씨가 고개를 끄덕였다.

"오늘 밤에 바로 읽어 보겠습니다. 그런데 제가 빌려가도 괜찮겠습니까?"

"제발 꼭 읽어 주세요. 실은 이 감동을 나눌 사람을 찾고 있었거든요."

소프트 커버의 책을 건네자 토키 씨가 진지한 얼굴로 표지와 책등을 살펴보았다. 그러고는 정중히 머리를 숙이고 회사로 돌아갔다.

아르바이트를 마치고 9시가 조금 넘은 시각에 집에 도착했다. 현관문을 열자 따뜻한 수프 냄새가 풍겨 왔다. 토마토와 향신료 냄새로 보아 엄마가 잘하는 미네스트로네가 틀림없다. 엄마는 보통 내가 집에 오기 전에 저녁 식사를 마치기 때문에 이렇게 음식 냄새로 맞아주는 건 오랜만이었다. 무슨 일인가 싶어 서둘러 거실로 가자, 이모가 식탁에서 느긋하게 와인잔을 기울이고 있었다.

"미오, 왔어? 꽤 늦었네. 항상 이 시간에 오는 거야?"

"이모, 엄마는?"

"저기서 잠들었어. 가끔 저녁이라도 같이 먹을까 싶어 왔는데 사호코가 와인을 벌컥벌컥 들이켜지 뭐니?"

이모가 손가락으로 가리킨 소파에는 불쾌해진 얼굴로 곯아떨어진 엄마가 있었다. 무슨 꿈을 꾸는지 미간에 세로줄이 두 가닥 잡혀 있었다. 우애 넘치는 언니가 와서 긴장이 풀렸을 텐데도 마음이 완전히 편하지는 않는 모양이다. 잠든 엄마를 멍하니 내려다보고 있을 동안에 이모가 내 저녁을 차려 주었다. 미오가 이따금 말도 좀 붙이고 그래, 라고 하는 이모의 맞은편에 앉았다. 식탁 위에는 엄마가 잘하는 음식 몇 가지와 이모가 사 온 것으로 보이는 이탈리안 레스토랑 간편식이 정갈하게 놓여 있었다. 엄마의 손맛을 오래간만에 맛볼 수 있는데도 선뜻 손이 나가지 않는다. 레드와인을 잔에 따른 이모는 여름 채소 샐러드를 대충 뒤적이는 나를 보며 한숨을 쉬었다.

"이모는 사호코에게 휘둘려 온 두 사람이 안쓰러워. 제부랑 미오도 사호코가 생각하는 기준에 맞춰 주느라 힘들었을 거야. 그렇지만 사호코의 마음도 이해가 가. 불우한 환경에서 자라서 가족에게 사랑을 표현하는 법을 몰라서 그래."

"엥? 그게 무슨 말이야?"

직원 수십 명을 거느린 설비회사 사장의 차녀로 태어난 엄마는 고생을 모르고 자랐을 것이다. 원하던 고등학교, 여자대학교에 진학해 해외 유학까지 다녀왔다고 들었다. 서른 넘어서까지 자유롭게 살다가 맞선으로 만난 아빠와 결혼했다. 부모님 두 분 다 계시고, 우애가 남다른 언니도 있었다. 대체 어디가 불우하다는 걸까. 의아해하는 나를 보고 이모는 옅은 미소를 짓더니 엄마에게로 시선을 옮겼다. 깊이 잠든 엄마를 보고는 아버진 내가 여덟 살 때 사업을 시작하셨어, 라고 했다.

"그건 알아. 손수 세운 회사를 번창시킨 게 자랑이라고 여러 번 들었어."

살아생전 외할아버지가 늘 하시던 말씀이다. 이모가 고개를 끄덕였다.

"지금이야 그럭저럭 규모가 있긴 해도 맨 처음에는 아버지와 어머니 단 두 분밖에 안 계셨어. 미니트럭을 몰고 아침부터 밤까지 바쁘게 뛰어다니셨지. 난 학교가 파하면 친척집에서 부모님이 일을 마치고 데리러 오길 기다렸어. 세 살이던 사호코는 다른 사람 손에 맡겨졌고."

처음 듣는 이야기였다. 외할아버지와 외할머니는 회사가 점점 커 나간 이야기는 들려줘도 딸들이 남들 손에 컸다는 말은 언급도 하지 않았다.

"사호코를 맡긴 데가 아버지 첩의 집이었어."

포크로 오크라를 찌르던 손이 멈췄다. 놀란 토끼눈을 한 나는 아랑곳없이 이모가 말을 이었다.

"하루 온종일 아내를 부려 먹는 걸로도 모자라 외방출입까지 하고 있었으니 그 사람도 참 답이 없는 사람이야. 게다가 그 첩에게 딸을 맡기다니 제멋대로인 것도 정도가 있지."

"할머닌 그 사실을 알았어?"

외할머니는 아주 엄한 사람이었다. 손녀인 나에게도 경어를 썼고 예의를 차리라는 것이 입버릇이었다. 조용하고 과묵한 외할아버지는 일 중독자여서 아침 일찍부터 밤늦게까지 묵묵히 일만 했다. 병상에까지 일을 가지고 와 의사에게 혼이 났을 정도다. 그런 두 사람 사이에 첩 문제가 있었다니 도저히 믿기지가 않았다.

"당연히 알았지. 차라리 사호코를 탁아소에 보내자고 여러 번 말도 꺼냈어. 하지만 아버진 아직 이르다면서 허락하지 않으셨어. 그 여자한테 돌보라고 하면 돈도 안 든다면서. 나이 드시고 사람이 유순해져서 그렇지, 옛날에는 폭군이나 다름없었어."

어린 엄마는 첩의 집에서 거의 기거했다고 한다. 외할아버지는 첩, 어린 딸과 셋이서 가족처럼 지내기도 하고 때로는 첩의 집에서 출근하기도 했다.

"할아버지가 그런 사람이었다니 충격이야. 나한테는 세상 다정한 할아버지였는데."

"손주들은 그렇게 예쁠 수가 없대. 이런 얘기해 놓고 뭣하지만 미오에게 좋은 할아버지였다면 그 추억은 소중히 간직해 줘."

이모는 씁쓸하게 웃으며 이야기를 계속했다.

그런 생활은 2년 정도 이어지다가 끝났다고 한다. 첩 때문에 엄마가 화상을 입은 것이 결정적 계기였다. 그러고 보니 엄마 팔에는 작은 동전 크기만 한 화상 흉터가 얼룩처럼 있었다. 눈에 크게 띄지도 않는데 엄마는 그 흉터를 신경 쓰며 1년 내내 긴소매만 입는다.

"아이를 다치게 하다니 용서할 수 없다, 그 여자가 오만방자하게 설치는 꼴을 이대로 보고만 있을 거라면 내가 이 집을 나가겠다. 결국 어머니는 선언하셨지. 어머니가 안 계시면 회사도 잘 굴러가지 않으니까 아버진 어머니 말씀대로 첩과 헤어졌고 사호코는 탁아소에 들어갔어."

그렇다고 가정이 원래대로 돌아온 건 아니었다. 어린 엄마는 계속 첩을 찾으며 울었다.

"마미는 어딨어? 보고 싶어. 그러면서 매일같이 칭얼댔어. 그런 화상을 입고도 어쩌나 기운이 넘치던지. 이제 그 사람은 못 본다고 타일러도 사호코가 옛날부터 고집이 세서 말을 안 듣더라고. 그리고 마미란 호칭 진짜 너무하지 않아? 자신을 엄마라고 부르게 했다니, 뻔뻔함에도 유분수가 있지. 어머니는 남편으로도 모자라 아이까지 빼앗겼다고 뒤에서 우시고. 그 호칭을 들을 때마다 어머니가 슬퍼하시니까 사호코도 언제부턴가 단념하고 마미란 말을 입에 올리지 않게 됐는데……."

껄끄러운 모녀 사이는 몇 년이나 지속되었다. 할머니는 가증스러운 여자를 그리워하며 울던 딸을 마음껏 예뻐하지 못해 괴로웠고, 엄마는 자신에게 어딘지 데면데면한 어머니가 어려웠다. 엄마가 중학교 2학년이 되었을 때 어느 생각 없는 사람이 엄마에게 마미의 정체를 까발렸다. 그 여자보고 가정부라고 하던? 그 여잔 말이야, 네 아버지 첩이었어. 본부인이 밉고 그 사람이 낳은 딸이 미워서 널 화상 입히고 버린 거잖아. 그런 식으로 말했다고 한다.

"사호코는 활달하고 잘 웃는 애였어. 쉽게 흥분도 잘 하는 편이어서 종종 부모님한테 혼도 나고. 그런데 어머니가 왜 자기한테 냉랭한지 그 이유를 알고 나서는 사람이 달라진 것처럼 얌전해졌어. 어머니의 말이라면 다 지키고 어머니가 기뻐할 만한 행동밖에 하지 않았어. 아마 사호코 나름의 속죄가 아니었을까? 절대 네 잘못이 아니니까, 신경 쓰지 말라고 내가 계속 말해도 듣질 않았어. 늘 강경하던 아버지도 어린 사호코까지 휘말리게 해서 미안하다고 하셨지만 너무 늦었지. 하다못해 어머니가 예전 일은 이제 다 잊었다고 말해주셨다면 좋았을 텐데 그러질 못 하셨어."

서로에게 선뜻 다가가지 못한 부모와 딸 사이는 마지막까지 변하지 않았다. 돌이켜 보면 엄마가 외할아버지와 외할머니에게 어리광을 부리는 모습을 본 적이 없었다. 늘 차분하게 일정 거리를 유지하고 있어서 서로의 성격에서 비롯된 것이라고 막연히 여겼는데 아니었다.

"언젠가 결혼하면 나는 가족을 원 없이 사랑할 거라고 사호코는 옛날부터 그랬어. 네가 태어난 날에는 이 애를 세상 누구보다도 행복하게 해 줄 거라고 했고. 널 안고 있던 사호코 얼굴이 정말 행복해 보였어."

이모에서 엄마에게로 시선을 옮겼다. 나는 엄마가 줄곧 소중하게 간직해 온 것을 망가뜨렸는지도 모른다. 엄마를 밀쳤을 때의 무게가 손바닥에 되살아난다.

"오해는 하지 마. 이모는 미오에게, 그러니까 사호코의 말을 잘 들으라고 이 얘기를 하는 게 아니야. 사호코도 자기 기준을 강요하기만 해서는 가족이 행복해지지 않는다는 걸 알아야 해. 이모는 그저 그런 사정이 있다는 것만 미오가 알아줬으면 해. 알면 가까워지는 계기를 만들 수도 있잖아."

"……이모는 우리가 가까워질 수 있다고 믿어?"

"당연하지. 상대방을 어디까지 받아들일지, 어디까지 존중할지 몇 번이고 얘기하고 부딪치다 보면 어느 지점에서는 서로를 이해할 수 있어. 그게 가족이야. 가족에게서 도망치면 안 돼."

얼굴을 돌리자 이모는 엄마를 쏙 닮은 얼굴로 웃고 있었다. 외할아버지, 외할머니 회사를 물려받은 이모는 일찌감치 남편과 헤어졌고, 두 사람 사이에 있던 아이 둘은 모두 아빠를 따라갔다. 이모에게도 내가 모르는 눈물과 사정이 여러 가지로 있을 것이다. 나는 모르는 것투성이다. 말없이 샐러드를 입에 밀어 넣었다.

*

실습 마지막 날 아침, 집을 나서려던 나와 잠자리에서 일어나 나온 엄마가 우연히 거실에서 마주쳤다. 잠옷 차림의 엄마가 다소 못마땅한 표정을 지었다.

"체육복 차림으로 어딜 가니? 여름방학 아니야?"

"요양원에. 학교 실습이라."

엄마는 요 며칠 내 스케줄을 전혀 몰랐구나. 마지막으로 이야기를 나눈 게 대체 언제였더라. 그런 생각을 하고 있는데, 엄마는 그래? 라고만 하고 민낯을 돌렸다. 그러고는 약간의 틈을 두고 다시 입을 열었다.

"……지난번에 언니가 무슨 말을 한 모양인데 그냥 흘려들어."

엄마에게 하고 싶은 말이 있었다. 하지만 입에서는 아무런 말도 나오지 않아서 고개만 끄덕였다. 그러고도 그 자리를 바로 떠나지 않은 것은 엄마와 이야기해야 한다고 생각했기 때문이다. 물꼬가 될 만한 이야깃거리를 찾고 있는데 엄마가 불쑥 물었다.

"아주 좋아한 맛있는 밥에 실은 저주가 걸려 있었다는 말을 들으면 넌 어떨 것 같니?"

이곳저곳을 떠돌던 시선을 엄마에게로 돌렸다. 엄마는 식탁 중앙에 놓인 빈 꽃병을 보고 있었다. 이전에는 매일같이 예쁜 생화가 꽂혀 있었는데 그것도 사라진 지 오래다.

"나는 토할 것 같았어. 맛있다고, 한 번 더 먹고 싶다고까지 생각한 내가 혐오스러웠어. 밥을 해 준 사람이 미웠고, 맛있다는 말에 슬퍼하는 사람에게 죄스러웠어. 그러고 나니까 맛있는 밥이 어떤 건지 알 수가 없어졌어."

엄마의 목소리는 평소보다 가냘팠지만 부드럽게 들렸다. 감추지 않고 드러낸 엄마의 내면에 손을 대고 있는 느낌이었다.

"내가 손에 넣은 우리 가족은 맛있는 밥을 많이 먹으면 좋겠다. 내가 겪은 고통은 맛보지 않았으면 좋겠다. 그렇게 생각하고 옳다고 믿은 일을 해 왔어."

아무 말도 하지 못하는 나를 두고 엄마는 혼잣말처럼 말을 이어 나갔다.

"그런데 그것까지 틀렸어. 나는 어떻게 해야 했을까. 나는 왜 여전히 모르는 걸까. ……아, 실습 간다고 했지? 붙잡고 있어서 미안해. 잘 다녀와."

엄마는 머리를 흔들며 침실로 다시 들어갔다. 천천히 닫히는 문을 보며 나는 "모르겠어"라고 중얼거렸다. 미안해, 나도 이럴 때 어떻게 하면 좋을지 모르겠어. 방에 뛰어 들어갈까? 엄마가 해 주는 밥을 좋아한다고 할까? 엄마의 강요가 숨 막힌다고 생각한 주제에? 지금 엄마가 나를 거부한다면 크게 상처받을 것 같으면서?

"……다녀오겠습니다."

방에 뛰어 들어가는 모습을 머릿속에 그렸다가 지우고는 나는 현관문을 열고 나왔다. 조금 눈물이 날 것 같았던 나를 뒤따라온 건 문이 닫히는 소리뿐이었다.

마지막 날이라고 강당에서 송별회가 열렸다. 과자와 주스를 대접받은 우리는 그 보답으로 할아버지들에게는 손톱을 정리해 드리고, 할머니들에게는 매니큐어를 발라 드렸다. 아무리 나이를 먹어도 여자는 여자구나 싶었다. 빨간 매니큐어로 손톱에 색을 입히면 할머니들은 하나같이 기뻐하며 자신의 손을 쳐다보았다.

내가 마지막으로 담당한 사람은 시게코 할머니였다.

“고맙구나, 사짱.”

“아니에요. 자, 여기에 손 올려 주세요.”

오늘 시게코 할머니는 치매 증상을 약간 보이시는 것 같다. 나를 다른 누군가로 착각하고 있다. 아침에 여기 도착했을 때는 울상이 되어 소중한 목걸이가 없어졌다며 찾아다니고 있었다(요양원에서는 액세서리가 반입 금지여서 실제로 분실한 건 아닌 듯했지만).

시게코 할머니가 내민 왼손을 보고 나는 조금 당황했다. 그동안은 미처 몰랐는데, 할머니의 팔꿈치부터 손끝까지 짓무른 듯한 화상 흉터가 있었다. 얼룩덜룩한 피부가 심하게 쭈글쭈글했다. 보니까 꽤 예전에 입은 화상인 듯한데 여전히 흉이 크게 남아 있었다. 내 시선을 알아차렸는지 할머니는 부끄러워하며 웃었다.

“그렇게 보지 마. 흉터가 조금 남았어.”

“조금이 아닌데요. 엄청 아프셨을 것 같아요.”

“전혀. 아이참, 이 일은 잊기로 약속했잖아. 후후, 안 되지, 안 돼.”

비밀 이야기를 하듯 속삭이고 할머니는 웃어 보였다. 깜짝 놀랄 만큼 인자한 미소였다. 할머니가 이런 표정으로 쳐다보는 사람은 대체 누구일까. 따님일까.

"저기, 사짱이란 분은……."

"이제 슬슬 마무리하겠습니다."

내 말을 무지르듯 선배의 말소리가 들렸다. 빨리 해야 한다는 생각에 나는 서둘러 시게코 할머니의 손을 잡았다. 한여름인데도 할머니의 손은 선뜩하게 차가웠다.

결과물은 그리 칭찬받을 만한 것이 못 되었다. 오른손 엄지는 매니큐어가 삐뚤빼뚤 밖으로 튀어나오고 왼손 약지는 울퉁불퉁하게 발렸다. 매니큐어를 바를 일이 잘 없어서 솜씨가 꽝이다. 하지만 시게코 할머니는 양손을 치켜들고 환하게 웃어주었다.

"정말 예쁘구나. 우리 사짱은 이런 것도 할 줄 아네."

할머니의 눈이 피부에 파묻힐 정도로 눈가 주름이 깊어졌다. 순진무구한 웃음을 보자 나는 비로소 마음이 평정을 되찾는 것을 느꼈다. 집을 나온 후로 줄곧 뒤숭숭했던 기분이 가셨다.

"고맙다. 정말 행복해. 내일부터 매일매일 이 손만 봐야겠구나."

조금 전까지 아래로 휘어져 있던 내 입술이 서서히 펴지며 위로 곡선을 그렸다. 감사하다고 할 사람은 오히려 나였다. 이렇게 감사 인사를 받은 적이 딱히 없어서 더 기뻤다. 그리고 시게코 할머니에게 낙이 될 만한 작은 선물을 한 것 같아 행복했다. 내가 여기 오지 않아도 할머니는 날 떠올려 줄까. 치매라는 기억의 소용돌이 속에 잠시나마 머물며 이 사람이 잠깐이라도 행복해지는 데 보탬이 될까. 따뜻하면서도 조금은 씁쓸한 감정이 배 속에서 빙글빙글 회전한다. 시게코 할머니의 손을 잡고 다음에 또 발라 드리러 오겠다고 하자 할머니는 손을 꽉 쥐어 주었다. 손에 감싸인 차가운 손바닥이 무척 따스했다.

*

나흘 뒤 오후, 토키 씨가 시게코 할머니의 별세 소식을 알려주었다. 나는 갓 튀긴 치킨을 편의점 진열대 케이스에 올리는 중이었다.

"거짓말이죠?"

"진짜입니다. 오늘 아침에 심부전으로 돌아가셨습니다."

믿을 수가 없다. 아주 정정해 보이셨는데. 그러나 토키 씨는 그런 거짓말을 할 사람이 아니다. 탁탁 귀에 거슬리는 소리가 나서 살펴보니 손에 들고 있던 집게에서 나는 소리였다. 민망할 정도로 손이 떨리고 있었다.

"자네가 알려주는 걸 보니 장례는 덴코샤에서 하나? 쓰야는 오늘 밤인가?"

옆에 있던 점장님이 묻자 토키 씨가 "저희 쪽에서 의뢰는 받았는데 무빈소 장례입니다"라고 대답했다. 무슨 말인지 몰라 멀뚱히 있으니 별도의 빈소 없이 바로 화장하는 것을 말한다고 토키 씨가 설명해 주었다.

"화장장 예약 시간에 맞춰 발인만 합니다. 유골은 덴코샤와 교류가 있는 절의 합장묘에 매장할 예정입니다. 내일 발인 시각까지는 장례식장 2층에 임시 안치하고 있습니다."

몸이 굳어 버렸다. 사람이 죽으면 빈소를 차리고 친분이 있는 사람들이 찾아와 이별을 슬퍼하며 고인의 명복을 비는 게 아니었던가. 그렇게 사무적으로 끝내도 될까.

못 박힌 듯 서 있는 나를 보고 토키 씨가 눈썹을 내려뜨렸다.

"고인은 일가친척이 없습니다. 자신이 죽으면 장례 없이 바로 화장해 달라는 말씀을 남기셨습니다. 가끔 그런 분들이 계세요."

"나는 성대하게 배웅 받고 싶군. 사람마다 생각하는 게 다르다고 하지만 무빈소 장례라니 너무 처량하잖아."

점장님이 고개를 절레절레 저었다. 조금 쓸쓸한 표정으로 고개를 끄덕이던 토키 씨가 나를 보고는 당황해서 사과했다.

"안색이 안 좋습니다. 괜한 이야기를 전했나 봐요. 바로 며칠 전까지 드나들던 곳에 계셨던 분이니 알려드리는 게 좋겠다 싶었는데, 죄송합니다."

"아니에요. 알려주셔서 감사합니다. 저기, 가서 인사라도 드리고 싶은데 그래도 될까요?"

크게 충격 받은 나를 발견한다. 시게코 할머니의 죽음 자체에서 오는 충격인지, 홀로 조용히 이 세상을 떠나려는 사람이 있다는 데서 오는 충격인지는 알 수 없었다. 어쩌면 둘 다일지도 모르겠다. 그냥 보러 가야 할 것만 같았다. 누구의 배웅도 받지 못하고 떠나다니 너무 슬프고 무서운 일이다. 토키 씨가 고개를 끄덕였다.

"가능합니다. 요양원 직원분들도 각자 일하시다가 짬을 내서 오신다고 합니다. 오늘 밤은 제가 당직으로 있으니 언제 오셔도 괜찮습니다."

조금 마음이 놓였다. 아르바이트가 끝나는 8시 이후에 갈게요. 그렇게 말하자 토키 씨는 "기다리고 있겠습니다" 하고 돌아갔다.

토키 씨가 일하는 덴코샤에 와 보기는 처음이었다. 큰 장례식이 있을 때는 주차장이 차들로 꽉 들어차서 주차 요원들이 서 있는 모습을 본 적도 있지만 오늘 밤은 출입구에 흐릿한 전등만 켜져 있을 뿐 고요했다. 점장님이 일러주셔서 챙긴 조의금을 쭈뼛쭈뼛 손에 들고 건물 안으로 들어가려는데 누가 내 이름을 불렀다. 돌아보니 나나세 씨가 서 있었다. 퇴근하고 왔는지 운동복 차림에 커다란 가방을 안은 그녀가 나를 보고 웃었다.

"스가와라 양 맞네. 지난번에 요양원에 봉사 활동 와 줘서 고마워. 혹시 일부러 시간 내서 조문 온 거야?"

"아, 네. 근처 편의점에서 아르바이트를 하는데 시게코 할머니 소식을 들어서."

나나세 씨가 고개를 크게 끄덕이고는 아주 좋아하실 거야, 라고 했다. 그리고 함께 건물 안으로 들어갔다. 인기척이 나지 않는 관내 안쪽으로 나나세 씨가 익숙하게 걸어갔다. 물어보니 입소자 어르신들이 돌아가시면 이곳을 이용한다고 한다.

"최근에 역 앞에 대형 장례식장이 새로 생기긴 했지만 그동안 이 동네 장례식장은 여기뿐이었거든. 직업상 아무래도 올 일이 많아서."

계단을 올라 2층으로 간다. 순간 향냄새가 풍겼다.

"무빈소 장렌가요? 그것도 자주 있어요?"

"있어. 이번에 시게코 씨처럼 일가친척이 없는 사람들은 대부분 무빈소 장례야. 그리고 종교가 없는 사람이나 장례식 비용을 조금이라도 절감하려는 유족이 선택할 때도 있고."

2층에서 유일하게 문이 활짝 열린 채 불이 켜진 방이 있었다. 나나세 씨를 따라 안으로 들어갔다.

에어컨을 틀어서 시원한, 그런대로 넓은 방 안쪽에 관이 있었다. 그 앞에는 작은 책상 비슷한 것이 있고 향로와 꽃병이 놓여 있었다. 관의 발치에 있는 작은 꽃다발 하나를 제외하면 아무것도 없었다.

외할아버지와 외할머니 장례식밖에 알지 못하긴 해도 이렇지는 않았다. 그때는 꽃밭처럼 꽃으로 장식한 큰 제단에 반짝이는 등롱도 몇 개나 있었다. 화환이 줄지어 서 있고 많은 사람이 조문을 와 눈물을 보이며 슬퍼했다.

마치 시게코 할머니가 있던 그 황량한 방 같다. 이 세상에서 보내는 마지막 시간까지 이런 곳에 있다는 데 이루 말할 수 없는 슬픔을 느꼈다. 멀뚱히 서 있는 나는 아랑곳없이 나나세 씨는 책상 앞에 있는 방석에 앉아 향에 불을 붙였다. 손을 모으고 잠시 묵념을 하더니 관으로 가 안을 들여다보며 "늦어서 미안해요"라고 요양원에 있을 때처럼 말을 걸었다.

"나오려는데 도미지 씨가 열이 나는 바람에 경황이 없었어요. 왜, 그분 무슨 일만 있으면 몸 상태가 안 좋아지고 하잖아요. 아, 그것보다 일전에 요양원에 온 고등학생 친구들 있었잖아요. 그때 있었던 스가와라 양이 일부러 여기까지 찾아왔어요. 좋으시겠다."

나나세 씨가 손짓으로 불러서 나도 똑같이 손을 모은 뒤 관 옆으로 갔다. 조심스레 안을 들여다본 나는 엉겁결에 숨을 삼켰다. 가슴께에 기도하듯 두 손을 모은 시게코 할머니의 손톱이 선명한 빨강을 띠고 있었다. 내가 발라 드린 매니큐어라고 깨닫기까지 시간이 조금 걸렸다.

손톱, 하고 짧게 중얼거리자 나나세 씨가 응, 하고 미소 지었다.

"굉장히 좋아하셨어."

울퉁불퉁하게 발린 부분을 보고 그때 일이 떠올랐다. 차가웠지만 따스했던 손이나 웃는 얼굴. 다음에 또 발라 드리러 오겠다고 나는 말했다. 살아 계셨다면 보잘것없는 사소한 약속이었을 텐데 이제는 영영 지킬 수 없게 되었다. 가슴 한구석에 작은 구멍이 뚫린 듯 쓸쓸함이 밀려와 시선을 돌려 시게코 할머니의 얼굴을 보았다.

곱게 화장한 할머니는 부드럽고 인자한 표정으로 잠들어 있었다. 얼굴 주변은 흰 펠트로 만든 듯한 꽃으로 장식되어 있었다.

"와, 할머니 화장하셨네요."

"입관해 주시는 분께 목욕과 화장을 부탁드리거든. 입소자분이 돌아가셨을 때 우리 양로원에서 해 드리는 마지막 서비스."

그렇구나, 하고 대답하자 나나세 씨가 작게 웃었다.

"그런데 사실 난 의미 없다고 생각해. 죽은 후에 곱게 치장한들 그게 뭔 소용인가 싶어서."

다소 거칠게도 들리는 말에 화들짝 놀라서 나나세 씨를 보았다. 나나세 씨는 시게코 할머니의 손톱을 콕 찔러 보였다.

"이거 굉장히 좋아하셨다고 했잖아. 환하게 웃고 계신 거

너도 봤지?"

고개를 끄덕인 나에게 나나세 씨는 "지금 발라 드린다면 어떨까?" 하고 물었다.

"좋아하실지도 모른다고 짐작만 할 뿐이야. 산 사람의 '해 드렸다'는 자기만족에 지나지 않아. 죽고 나면 이제 더는 그 사람과 이어질 수 없어. 시게코 씨 몸이야 아직 여기 있지만 마음은 이미 저세상에 가고 없거든. 진정한 의미에서 시게코 씨와 접촉하는 건 불가능해."

어쩐지 이해할 수 있었다. 죽고 나면 마음은 일방적으로만 흐를 뿐 서로 통하지 않는다. 시게코 할머니를 보니 그 사실이 피부에 확 와 닿았다.

"살아 계신 동안에 최선을 다하자고 다짐하지만 늘 후회가 남아. 만족하며 보내드린 적이 없어."

그렇게 말하고 일어선 나나세 씨는 방 뒤편의 테이블로 향했다. 거기에 놓인 커피포트와 다기를 허락 없이 꺼내 차를 끓이기 시작했다. 그러고는 이쪽으로 와, 라고 했다. 나는 한 번 더 시게코 할머니에게 손을 모은 다음 나나세 씨에게로 갔다.

"저녁 먹고 갈래? 도시락을 부탁해 뒀는데 같이 먹자. 누가 올 때를 대비해서 하나 더 시켰으니까 괜찮아."

"그래도 될까요?"

"그럼."

나나세 씨와 이야기하고 있는데 토키 씨가 불쑥 나타났다. 가쁜 숨을 조금 몰아쉬던 그가 나를 보고 미간을 찌푸렸다.

"밤길이 위험해서 혼자 여기까지 오면 안 됩니다. 그나저나 어디서 길이 엇갈렸을까요?"

"설마 편의점까지 절 데리러 가신 거예요? 죄, 죄송합니다!"

허둥지둥 머리를 숙이자 토키 씨는 별일 없으니 됐다며 안도하듯 말하고는 그래도 조심해야 한다고 덧붙였다. 고개를 끄덕이는 나에게 작게 웃어 보인 후 나나세 씨에게로 고개를 돌렸다.

"나나세 씨, 많이 기다리셨죠? 죄송합니다. 바로 식사를 내올까요?"

"네, 부탁드리겠습니다. 그리고 이 친구 것도 부탁드려요."

토키 씨는 곧바로 2인분의 식사를 테이블에 가져다주었다. 꽃모양의 누름초밥이 한가운데를 차지한 쇼진 요리 도시락을 나나세 씨와 마주 앉아 먹었다.

"스가와라 양은 올해 열여섯 살라고 했나? 내 나이 딱 반이네. 젊다."

"그럼 나나세 씨는 서른두 살이에요? 더 젊은 줄 알았는데."

이렇게 가까이에서 봐도 20대로밖에 보이지 않는다. 감추지 않고 드러낸 주근깨나 획획 바뀌는 풍부한 표정 때문에 그렇게 보이는지도 모른다. 나나세 씨는 입을 크게 벌려 고야두부두부를 얼려서 숙성한 후 말린 보존식품 조림을 먹은 뒤 유쾌하게 웃었다. 푸하하, 고마워. 진짜 기분 좋은걸. 역시나 그 말투도 젊게 들려서 굉장히 사랑스러운 사람이라고 느꼈다.

식사를 마친 나나세 씨는 이제부터 유품을 정리할 거라고 했다. 아직 집에 가고 싶지 않았던 내가 옆에서 지켜봐도 되느냐고 물었더니 고개를 끄덕였다.

"정리라고 해도 대단한 건 아니야. 시게코 씨는 워낙 소지품이 적기도 하고 또 이런 것도 남겨주셔서."

나나세 씨가 커다란 가방에서 빨간 노트를 꺼내 보였다. 금색 글씨를 보고 아, 하고 외쳤다. 나나세 씨가 자랑하듯 들어 올렸다.

"시게코 씨, 굉장해. 이 노트를 받은 게 일주일 전쯤인데 꼼꼼하게 기록해 놓으셨더라고. 여기에 다 적혀 있어. 장례 없이 바로 화장해 달라, 유골은 어디에 묻어 달라, 쓰던 가구와 옷은 쓸 만하면 쓰고 필요 없으면 버려 달라. 그런 내용이 다 있어."

그 이야기를 들으며 그날의 시게코 할머니를 떠올렸다. 열심히 귀를 기울이던 할머니는 그 후에 방으로 돌아가 바로 펜을 쥐었을 것이다.

"이렇게 빨리 쓰이게 될 줄은 시게코 씨 본인도 몰랐겠지만. 그래도 덕분에 수월해졌어."

나나세 씨가 안고 온 가방에는 시게코 할머니의 짐이 들어 있었던 모양이다. 그녀는 테이블에 짐을 쏟기 시작했다. 커다란 가방이라고는 해도 한 사람의 소지품이 이렇게 작은 꾸러미밖에 되지 않는다는 데 놀랐다.

"요양원에 들어오시기 전에 물건을 대부분 처분하신 것 같아. 일가친척도 없고 유품을 남길 만한 사람도 없다고 그러셨어. 실제로 찾아오는 사람도 없었고."

쓰다 만 스킨과 핸드크림, 빗, 안경 같은 일용품 조금과 낡고 얇은 앨범 한 권, 가스리문양의 윤곽이 붓으로 스친 듯 보이는 특징이 있는 직물 제작 기법 천으로 만든 두루주머니. 침대에 달아 두었던 라디오가 할머니의 물건 중에서 제일 큰 듯했다. 이 물건들은 요양원에서 알아서 처분해 달라고 엔딩노트에 적혀 있다고 나나세 씨가 설명해 주었다.

"엔딩노트는 참 편리하네요."

노트를 훑어보는 나나세 씨에게 말을 걸었는데 나나세 씨는 대답도 없이 노트의 한 곳만 뚫어지게 보고 있었다. 무언가 이상한 내용이라도 적혀 있나 생각하던 차에 그녀가 두루주머니로 손을 뻗었다. 그리고 입구를 열어 안을 들여다보았다.

"이게 아니겠지. 음, 무슨 말일까? 사무실에서도 보관하고 있는 건 없다고 확인하고 왔는데."

"왜 그러세요?"

"노트에 사짱에게 받은 목걸이만은 가지고 떠날 수 있게 해 달라고 적혀 있어. 나머지는 아무것도 필요 없다고. 그런데 시게코 씨에게 따로 목걸이를 받은 기억이 없는데. 짐 어디에도 없고."

목걸이, 하고 읊조리다가 불현듯 생각났다. 실습 마지막 날, 할머니는 울상이 되어 목걸이를 찾고 있었다.

"입소 전에 처분하신 걸 잊으신 게 아닐까요?"

"그럴 가능성도 있지. 일단 보류. 자, 다음."

생각에 잠겼던 나나세 씨가 이번에는 오래된 앨범으로 손을 뻗었다. 앨범 속 사진을 정리하는 모습을 곁눈질하며, 나는 차를 새로 끓였다. 찻주전자에 뜨거운 물을 따르는데 아, 하는 큰 소리가 났다.

"알겠다. 이게 그 목걸인가 봐!"

나나세 씨의 곁으로 가 나도 앨범을 들여다보았다. 그리고 숨을 삼켰다.

앨범에는 세피아 색으로 변색된 사진들이 붙어 있었다. 그 중에는 긴 검은색 머리카락을 늘어뜨린 예쁜 여자와 어린 여자애가 어깨를 붙이고 웃고 있는 사진이 있었다. 여자는 분명 시게코 할머니의 젊었을 적 모습일 것이다. 할머니의 목에는 커다란 플라스틱 비즈를 연결한 목걸이가 걸려 있었다.

"이거 주머니 안에 있는 거랑 똑같아!"

나나세 씨가 벌려서 보여준 두루주머니 안에는 알록달록

한 비즈가 낱개로 들어 있었다.

"끊어진 고무줄도 들어 있어. 목걸이는 분명 이걸 거야. 줄이 끊어져서 목걸이가 아닌 줄……. 응? 왜 그래?"

안색이 안 좋아, 라며 내 얼굴을 들여다보는 나나세 씨에게 천천히 말했다. 목소리는 스스로도 깜짝 놀랄 만큼 떨리고 있었다.

"이 여자애, 엄마예요. 우리 엄마요."

여자애는 레이스가 잔뜩 달린 원피스를 입고 가슴에는 카메오 브로치를 달고 있었다. 작은 새가 장미를 물고 나는 독특한 디자인의 카메오가 낯이 익었다. 할아버지가 옛날 옛적에 거래처 사람에게 받았다는 프랑스제 카메오는 무척 고급스러워서 엄마가 마음에 들어 했다. 귀여운 디자인이라 이제 자신의 나이에는 어울리지 않는다며 지금은 나에게 달게 했다. 격식을 차린 자리에 나갈 때면 꼭 이 브로치를 꺼내 왔기 때문에 잘못 볼 리 없다. 게다가 여자애의 얼굴에는 엄마의 모습이 있다. 이 사람은 우리 엄마다. 그런데 엄마가 왜 시게코 할머니와 함께 있을까? 설마. 그런 일이 가능할까?

"뭐? 정말? 진짜? 사짱은 시게코 씨가 늘 입에 달고 다니던 이름이야. 치매가 진행된 후로는 특히 더. 그동안 꾹꾹 눌러 둔 기억이 이제 밖으로 나오는 거 아니냐고 직원들끼리 얘기했었거든."

"엄마 이름이 사호코예요."

와아, 이런 우연이 다 있네, 라며 나나세 씨가 흥분한 듯 소리를 높였다. 하지만 곧바로 표정이 흐려졌다.

"어머니께 시게코 씨 일을 전해줄 수는 없을까? 어머니께 폐가 되려나?"

"네?"

"내 억측이지만 시게코 씨와 사짱 사이에 어떤 일이 있어서 관계가 소원해진 거지? 시게코 씨가 화상을 입혔다고."

"어떻게 아셨어요?"

나도 모르게 목소리가 커졌다. 나나세 씨가 알 수 있는 이야기가 아니었다. 나나세 씨는 역시, 라고 중얼거리고 관 쪽을 돌아보았다.

"시게코 씨는 말이야, 뜨거운 음식을 평생 입에 대지 못하셨어. 옛날에 아주 소중한 아이, 최근 들어서 그 아이가 사짱이란 걸 알았지만, 그 아이에게 화상을 입힌 후로 뜨거운 음식을 보기만 해도 식은땀이 난대. 치매 증세가 나타난 뒤로는 거부 반응이 더 심해져서 눈물까지 보이게 되셨고. '안 돼, 사짱. 다치니까 안 돼'라는 말도 하셨어."

이모 이야기를 바탕으로 만들었던 첩의 이미지에 금이 가는 소리가 들렸다. 무언가가 다르다. 그런 생각이 들었다. 그러나 어디가 어떻게 다른지 알 수 없었다.

"매번 아주 사랑스럽게 사짱을 부르셔서 따님이 있었던 게 아닐까 하는 얘기도 있었지만 시게코 씨는 결혼과 출산을 하신 적이 없는 것 같아. 예뻐하셨다는 건 알겠는데 사짱으로 보이는 사람은 한 번도 사에코 씨를 만나러 오지 않았어. 아마 여러 사정이 있었겠지."

내 얼굴을 보고 감지했을 것이다. 나나세 씨는 조금 씁쓸하게 웃었다.

"그래서 이런 부탁을 해도 될지 모르겠지만, 그래도 말할게. 어머니께 시게코 씨 일을 말씀드려 주지 않을래?"

나나세 씨가 나에게 주머니를 내밀었다. 나와 나나세 씨의 딱 중간 위치에 주머니가 놓였다.

"혹 어머니도 시게코 씨를 기억하고 계시고 보고 싶어 하신다면 아직 시간이 있어. 어머니가 이 목걸이를 다시 연결해서 만나러 오시면 좋겠어. 사짱의 목걸이를 시게코 씨 목에 걸어서 보내드리고 싶어."

비즈가 담긴 주머니를 내려다보며 고민한다. 이걸 엄마에게 건네도 될까.

"무리한 부탁이면 거절해도 괜찮아. 여기에 스가와라 양이 오지 않았다면 애초에 들어드릴 수 없는 소원이었을 테니까. 하지만 들어드릴 수 있는 가능성을 발견한 지금 그 소원을 무시할 수 없어. 있잖아."

잠깐 말을 끊은 그녀가 다시 천천히 입을 열었다.

"죽고 나면 이제 더는 그 사람과 이어질 수 없다고 아까 말했잖아. 그런데 다시 이어질 수 있는 순간이 있어. 돌아가신 분이 남기신 소원을 들어드린 순간만큼은 다시 이어질 수 있어. 염원을 이루어 드리는 것. 거기에는 반드시 한 가닥의 실이 지나고 있어."

아무것도 바라지 않고 살아오신 시게코 씨가 내민 마지막 실을 못 본 척하고 싶지 않아. 나나세 씨는 그렇게 말하고 나에게 머리를 조아렸다.

그 후 요양원 직원이 한 사람 더 온 틈을 타 나는 장례식장을 뒤로했다. 버스정류장으로 가려는 나를 발견하고서 토키 씨가 "혼자 위험합니다"라고 했고, 결국 면허를 딴 지 얼마 되지 않아 초보 운전 스티커가 붙은 토키 씨 차를 타고 가 집 근처에서 내리기로 했다.

차창 밖 풍경을 바라보는 내 손에 두루주머니가 있었다. 콩주머니보다 약간 큰 주머니를 꽉 쥐자 비즈가 서로 부딪치는 소리가 작게 났다. 시게코 할머니를 떠올린다. 마지막으로 만난 날, 나를 사짱이라고 부른 건 불쑥 떠오른 과거 기억에 머무르고 계셨기 때문일 것이다. 다시 상기해 봐도 나를 제대로 인식하고 있다는 느낌은 없었다. 사짱이라고 부르는 목소리도, 나를 보는 눈도 인자했다. 할머니는 먼 옛날에도 엄마를 그렇게 부르고 보았을까.

이걸 집에 들고 가는 건 잘못일까. 엄마에게 전달하면 고통만 주는 꼴은 아닐까. 대체 뭐가 정답일까.

"무슨 일 있었습니까?"

토키 씨의 목소리에 정신이 번쩍 든다. 허리를 곧게 편 상태로 핸들을 잡고 있는 토키 씨가 눈만 움직여 나를 힐끔힐끔 보았다.

"몸이 어디 안 좋은가요? 표정이 굉장히 심각합니다."

"죽은 사람의 소원을 들어주는 일이 산 사람을 힘들게 할 수 있어요. 그럴 때 토키 씨라면 어떻게 할 거예요?"

토키 씨의 눈이 휘둥그레진다. 차의 속도가 조금 느려졌다. 양손으로 두루주머니를 만지작거리며 나는 말을 이었다.

"이걸 엄마에게 전해 달라는 말을 들었어요. 엔딩노트에 적혀 있던, 시게코 할머니의 마지막 소원이라서요. 그런데 이걸 주면 엄만 비통해할지 몰라요. 시게코 할머니와 엄마는 과거에 여러 일이 있었거든요. 그래서 엄만 어릴 시절부터 줄곧, 지금도 많이 힘들어 하세요."

토키 씨가 앞을 본다. 핸들을 쥔 손에 힘이 들어가는 것을 알 수 있었다. 밤에 범람하는 빛을 받아 반짝이는 눈이 한없이 진지했다. 긴 침묵 끝에 토키 씨가 천천히 입을 열었다.

"저라면 어떻게 하겠느냐는 질문 말인데요. 저는 전해 드리겠습니다."

"왜요?"

"그동안 변화 없이 이어졌던 고통이 형체를 바꿀 겁니다. 결과가 어떻게 될지 알 수는 없지만 고통에서 벗어나는 가능성도 생길 테니까요. 저는 그 가능성에 걸겠습니다."

반대쪽 차선의 자동차 불빛이 눈부셔 나도 모르게 눈을 찌푸렸다. 강한 빛 때문에 따끔거리는 눈을 깜박여 자극을 가라앉히는 동안에도 토키 씨는 이야기를 계속했다.

"미오 씨도 이미 저와 같은 답을 내렸다고 생각합니다. 집에 들고 간다는 건 보여드리기로 마음먹었기 때문이 아닌가요?"

그런가? 그래, 나는 무언가 다르다고 느낀 것이 상황을 바꾸지 않을까 생각하고 있었다.

"그거면 충분합니다. 그리고 고인이 아직 이 세상에 계실 동안에 죽음을 알려야 한다고도 생각합니다. 미오 씨 어머니가 어떻게 생각하고 행동할지는 어머니 문제입니다."

토키 씨는 집 근처 편의점 주차장에 나를 내려주고 회사로 돌아갔다. 발인은 내일 11시에 한다는 말을 남기고. 집까지 가는 짧은 길을 느릿느릿 걷는데 문 앞에 사람의 형상이 어른거렸다. 이 시간에 누구지? 순간 경계했지만 곧바로 엄마라는 걸 알았다.

"엄마, 여기서 뭐해?"

말을 걸자 엄마는 무서운 얼굴로 나에게 다가와 손바닥으로 뺨을 쳤다. 찰싹 큰 소리가 난 것과 처음으로 엄마에게 맞았다는 사실에 순간 놀랐다. 어안이 벙벙한 상태로 있는 나에게 엄마는 "뭐 하느라 이제 와!"라며 고함을 질렀다.

"대체 이 시간까지 뭐 하고 돌아다니는 거야? 아르바이트

허락했다고 이렇게 늦게까지 다녀도 되는 거야!"

"미, 미안해."

멍하게 서 있는데 엄마가 흠칫했다. 자신의 손을 보고 얼굴을 찌푸리더니 "얼른 집으로 들어가"라며 돌아섰다. 뺨이 화끈거렸다.

엄마가 먼저 집으로 들어가고 그 뒤를 따라갔다. 엄마는 주방으로 가 물을 끓이기 시작했다. 아마도 커피를 마실 생각일 것이다. 엄마는 무슨 일이 있으면 커피를 진하게 내려 마신다. 커피밀로 간 원두를 융 필터에 넣는 엄마의 얼굴이 잔뜩 굳어 있다. 나는 숨을 깊이 들이마셨다가 내쉬며 준비한 말을 용기 내 꺼냈다. 엄마, 시게코 할머니가 돌아가셨어.

시선을 내리고 있던 엄마가 동작을 순간 멈췄다. 그리고 나를 보았다. 그 얼굴은 조금 전과 비슷하면서도 다르다.

"분향하고 오느라 늦었어."

"뭐? 언니가 무슨 얘기 했어? 그렇지만 언니도 그 사람이 어디 있는지 모를 텐데."

"시게코 할머니랑은 우연히 만났어. 실습 나갔던 요양원의 입소자였어. 돌아가셨다는 얘길 듣고 장례식장에 찾아갔는데 유품 중에 엄마랑 같이 찍은 사진이 있어서, 그래서 알았어."

엄마가 뒤에 있는 냉장고에 몸을 기댔다. 나를 보는 눈에 두려워하는 기색이 비친다.

"치매를 앓고 계셨는데 최근 들어 부쩍 사짱이란 이름을 입에 올리셨대. 나보고도 사짱이라고 하셨어. 굉장히 인자한 목소리로 웃으면서. 할머니는 엄마를 참 많이 예뻐하셨구나 생각했어."

엄마에게로 가 입구를 조금 벌린 두루주머니를 내밀었다. 엄마가 눈으로 물어서 할머니 유품이라고만 대답했다.

"뭐 하러 이런 걸 가지고 와?"

"엄마에게 보여주고 싶었어. 그리고 가능하면……."

그만하라고 외친 엄마가 손으로 주머니를 쳤다. 불꽃이 흩어지듯 비즈가 바닥에 쏟아졌다. 황급히 몸을 숙여 비즈를 줍기 시작한 나는 엄마가 미동도 하지 않는다는 걸 깨닫고 고개를 들었다. 엄마는 울 것 같은 얼굴로 발아래 굴러다니는 비즈를 내려다보고 있었다.

"이게 다 뭐야? 비즈잖아. 이거……."

"목걸이 같은데 줄이 끊어졌어. 이거 만든 사람……."

엄마지? 하고 묻기도 전에 엄마가 고개를 끄덕였다. 나야. 내가 만들었어.

"그 사람이 사 줬어. 매일 함께 만들었고. 내가 처음으로 만든 목걸이를 선물했어."

자리에 주저앉은 엄마가 얼굴을 가렸다. 어깨가 미세하게 흔들렸다.

"사짱이 준 목걸이를 가지고 가게 해 달라는 게 할머니 유언이야. 나머지는 아무것도 필요 없대."

그게 뭐야, 라고 손바닥 안쪽에서 엄마가 말했다. 날 미워했어. 예뻐하는 척했을 뿐이라고. 그게 아니라면 이상하잖아.

나는 여전히 두 손으로 얼굴을 가린 엄마 옆에서 비즈를 주웠다. 그리고 이야기했다. 시게코 할머니는 무빈소 장례래. 엄마, 무빈소 장례가 뭔 줄 알아? 나는 몰랐어. 그래서 충격이었어. 외톨이처럼 혼자 세상을 떠나야 하는 게 불쌍해. 그건 너무 슬프잖아.

엄마는 아무 말도 하지 않았다.

절반쯤 주웠을 때에야 물이 벌써 다 끓었음을 깨달았다. 주전자에서 김이 쉭쉭 나오고 있었다.

"엄마, 내가 커피 내릴게."

불을 끄고 융 필터에 주전자 물을 따르려고 했다.

주전자는 언제부터 끓고 있었을까. 엄마는 물을 얼마만큼 넣은 걸까. 주전자 주둥이에서 고온의 증기가 힘차게 뿜어져 나왔고 그 열기와 기세에 놀란 나는 비명을 지르며 주전자를 싱크대에 집어 던졌다. 큰 소리가 나고 뜨거운 김이 솟아올랐다.

"미오!"

들이받히는 충격과 함께 나는 그대로 옆으로 쓰러졌다. 다시 비명을 질렀지만 아프지는 않았다. 어떻게 된 일인가 싶어서 보니 엄마가 나를 끌어안고 있었다. 나를 보호하듯 위에서 감싼 엄마가 떨면서 "괜찮아?" 하고 다급히 물었다.

"화상, 화상 입었어? 괜찮아? 어디 아픈 데는?"

"어, 없어."

엄마의 울먹이는 목소리에 놀랐다. 엄마는 내 몸을 놓아준 뒤 내 양손을 확인했다. 멀쩡하다는 것을 알자 이번에는 뺨과 팔을 더듬으며 살폈다. 그 손이 연신 덜덜 떨리고 있었다.

"아무렇지도 않아. 진짜로 괜찮아."

미안해, 라고 말하기 전에 엄마가 온몸으로 한숨을 쉬었다. 다행이라는 말을 반복했다.

"다행이다. 불에 계속 올려둔 내 잘못이야. 다치지 않아서 정말 다행이야. 화상이라도 입었으면 평생 후회할 뻔했……."

헉, 하고 숨을 삼킨 엄마의 시선이 무언가를 떠올리듯 허공을 헤매기 시작했다. 볼에 손을 대고 보이지 않는 실을 찾으려는 듯 더듬는다. 엄마? 하고 불러도 반응이 없다. 천천히 오른팔의 소매를 걷고 그쪽으로 시선을 옮긴다. 화상 흉터를 빤히 보던 엄마는 한동안 움직이지 않았다.

"우동."

엄마가 대뜸 입을 열었다.

"우동을 먹으려고 했어. 나는 못 기다리고 주방 테이블 위에 놓인 우동 그릇을 집으려고 했어. 너무 뜨거워서 깜짝 놀라 손을 놨는데 그 사람이 비명을 질렀어."

화상에 대한 엄마의 기억이다. 깊은 곳에 잠들어 있다가 인양된 기억이 잇따라 밖으로 나왔다. 나는 말없이 들었다.

"뜨겁고 무서워서 울음을 터트렸어. 그 사람이 날 바로 병원에 데리고 갔어. 그러고는 의사랑 간호사랑 아버지한테 울면서 사과했어. 나한테도. 미안하다고, 이렇게 크게 다치게 해 미안하다고. 그런데 그때 나는 그 사람이 나를 보호하느라 더 큰 화상을 입었다는 걸 알고 있었어. 내가 뒤집어써야 할 우동을 그 사람이 대신 뒤집어썼거든. 사과는 내가 했어야 했는데."

시게코 할머니의 팔이 떠올랐다. 쭈글쭈글하던 화상 흉터는 엄마보다 더 심했다.

엄마의 눈에서 눈물 한 방울이 또르르 흘렀다. 눈물을 감추려는 듯 양손으로 얼굴을 가렸다.

"왜 잊고 있었을까. 그 사람은 나를 미워한 게 아니었는데. 나를 지켜줬는데. 왜."

"잊기로 약속했으니까."

할머니를 다치게 했다는 충격에 기억이 지워졌을 수도 있다. 하지만 나는 약속 때문이라는 생각이 들었다. 시게코 할머니가 나에게 말했다. 이 일은 잊기로 약속했잖아, 하고. 엄마는 그 약속대로 잊었을 뿐이다.

조금 전 엄마를 떠올린다. 자신은 뒷전이고 내 안위만 걱정해 주던 필사적인 모습. 시게코 할머니도 그런 식으로 엄마를 지켰을 것이다. 화상 입은 엄마를 보고 할머니는 필시 괴로웠을 것이다.

있잖아, 엄마. 할머니는 뜨거운 음식을 못 드셔. 뜨거운 차도 마찬가지고. 아주 소중한 아이에게 화상을 입힌 후로 무서워서 드시질 못해. 여전히 얼굴을 가리고 있는 엄마에게 마음속으로 말을 걸었다. 그리고 떨고 있는 등을 가만히 어루만졌다. 천천히 몇 번이나. 엄마는 오랫동안 내 손길에 몸을 맡기다가 혼자 있게 해 줄래? 라고 했다. 생각 좀 하게. 그러니까 오늘 밤은 혼자 있게 해 줘.

나는 그 말에 고개를 끄덕이고 주방을 뒤로했다.

다음 날 아침, 거실에 가니 엄마가 있었다. 밤잠을 설쳤는지 눈이 퀭하게 들어갔다.

잠긴 목소리로 "일어났니?"라고 한 엄마는 아침을 차리기 시작했다. 눈 깜짝할 사이에 스크램블드에그와 샐러드, 버터토스트, 차가운 오렌지주스가 내 앞에 놓였다.

"먹어."

"고, 고마워."

엄마와 마주 앉은 나는 토스트를 베어 물었다. 엄마와 나 사이에 침묵이 가로놓였다. 이 자리가 조금 어색했다. 하지만 오래간만에 먹는 아침밥이 맛있기도 했다.

오늘도 날이 덥겠다 싶을 만큼 강한 햇빛이 거실 창문으로 들어오고 있었다. 식사를 마치자 엄마가 형형색색의 물건을 테이블 위에 툭 올렸다. 플라스틱 비즈를 연결한 목걸이였다. 깜짝 놀라서 숨을 삼키고 엄마를 보았다.

"이거 가지고 가."

"……어? 같이 안 가?"

내 질문에 엄마는 잠시 망설이다가 고개를 끄덕였다.

"안 가. 미오가 대신 가서 전해줘."

"그래도 괜찮겠어? 같이 가자."

"내가 어떻게 거길 가!"

화를 내듯 버럭 소리를 지르고 엄마가 얼굴을 찌푸렸다. 그 얼굴을 감추려는 듯 시선을 돌리고는 다시 입을 열었다.

"그 사람은 죄를 지었어."

간신히 내뱉은 목소리에서 괴로움이 느껴졌다. 가슴에서 소리를 쥐어짜듯 엄마는 말을 이었다. 날 아무리 예뻐해 줬다고 해도 정도에서 벗어난 일을 저지른 죄는 사라지지 않아. 돌아가실 때까지 어머니의 상처는 아물지 않았고 부부 사이에 생긴 균열도 끝내 메워지지 않고 남아 있었어. 나는 어머니에게 한 번도 어리광을 부릴 수 없었고 어머니는 딸을 원망하는 당신을 어쩌지 못해 원통해하셨어.

마치 스스로에게 하는 이야기 같았다. 몸을 양팔로 끌어안고 팔을 문지르며 계속 이야기했다.

돌아가시기 전에 어머니가 그러셨어. 진심으로 사랑해 주지 못해 미안하다고. 나는 내 자식한테 그런 말 하고 싶지 않아. 어머니는 한평생 고통 속에만 사시다가 눈을 감으셨어. 어머니가 그런 말을 하도록 만든 그 사람 죄가 미워. 밉다고, 나는. 그런데 어떻게 보러 가?

엄마의 목소리에 점점 울음이 섞인다. 나는 아무 말도 하지 못하고 고개를 숙인 채 그 이야기를 들었다.

해서는 안 되는 짓을 했어. 누군가의 인생을 망쳤다고. 우리를 힘들게 한 사람에게 어떤 얼굴을 하고 보러 가라는 거니? 갈 수 있을 것 같아? 가면 안 되는 거야. 나는 가면 안 돼.

열어 놓은 창문으로 부드러운 바람이 불어 들어와 커튼을 부풀어 오르게 했다. 밖에서 놀고 있는 아이들의 웃음소리가 실려 왔다. 커튼이 천천히 제자리로 돌아오고 희희낙락거리는 소리가 멀어졌다.

"……아무튼 이것만 챙겨서 가."

엄마는 그렇게 말하고 방으로 들어갔다. 나는 눈앞에 놓인 목걸이를 쥐고 매끈하게 하나로 연결된 비즈를 손가락으로 더듬었다.

목걸이를 들고 장례식장을 찾은 나를 토키 씨와 나나세 씨가 맞아주었다. 출근 시간을 조금 늦추고 장례식장에 왔다는 나나세 씨는 내 손에 있는 목걸이를 보고 환하게 웃었다. 그러다 엄마가 오지 않은 걸 알고 얼굴이 조금 흐려졌다.

"오시길 바란 건 내 욕심이니 하는 수 없지. 그렇지만 다행이야."

시게코 할머니가 기도하듯이 모은 두 손에 염주처럼 목걸이를 걸고 나나세 씨는 한숨을 깊이 쉬었다. 그러고는 할머니에게 "고마워요"라고 인사했다.

"소원을 남겨줘서 고마워요. 마지막에 이렇게 이어져서 정말 기뻐요."

내 옆에서 토키 씨가 작게 숨을 들이켰다. 올려다보니 나나세 씨를 멀거니 쳐다보고 있었다. 나나세 씨는 할머니를 뚫어지게 응시하다가 마음을 다잡은 듯 일어섰다. 그리고 우리를 향해 밝게 웃어 보였다.

"이제 일하러 가 볼까나. 그럼 미후네 씨, 잘 부탁드립니다."

"아, 네. 맡겨 주세요. 정성을 다해 제가 할 수 있는 일을 하겠습니다."

조금 전에는 내가 잘못 보았을까. 토키 씨는 평소 말투로 그렇게 말하며 머리를 숙였고, 나나세 씨는 요양원으로 떠났다.

발인 시간이 되어 현관까지 배웅했다. 토키 씨와 여자 직원이 함께 관을 차에 싣는다. 차 안으로 천천히 들어가는 관을 보며 시게코 할머니를 생각한다. 엄마 말대로 할머니는 죄를 지었다. 많은 사람을 아프게 했다. 이성을 좋아해 본 적이 아직 없는 나는 남녀 사이 일을 잘 모르겠다. 다른 사람의 남편을 빼앗을 만큼 좋아한다는 것이 무엇인지 상상도 되지 않는다. 하지만 엄마의 사랑이라면 안다. 친자식은 아니지만 할머니는 엄마에게 그런 사랑을 쏟았을 것이다. 사짱에 대한 할머니의 마음이 고스란히 전해졌다. 그 마음만은 누가 뭐라고 해도 아름답다.

눈앞에서 차 문이 닫혔다. 할머니, 편히 쉬세요, 라고 작게 중얼거리고 시선을 다른 곳으로 돌린 내 입에서 "아" 하는 소리가 새어 나왔다.

길 건너편에 엄마가 있었다.

여기야, 하고 크게 부르려다가 바로 입을 다물었다.

상복을 입은 엄마는 이쪽으로 오지 않고 멀리 떨어진 곳에서 그저 두 손을 모으고 있었다. 머리를 깊이 숙이고 기도하듯이.

"미오 씨, 저분은……."

엄마를 알아본 토키 씨가 나에게 말을 걸었다.

"……어서 가세요. 대신 엄마 옆을 지나갈 때 조금만 천천히 가 주실 수 있을까요?"

엄마는 올 수 없는 것이다. 토키 씨가 고개를 끄덕이고 차에 올라탔다.

발인을 알리는 경적 소리가 길게 울려 퍼졌다. 천천히 움직이기 시작한 차는 곧장 엄마 쪽으로 향했다. 차가 지나가는 순간 엄마가 얼굴을 들었다. 무슨 말인가 외치는 듯했지만 내 귀에까지는 들리지 않았다.

"……엄마."

차가 보이지 않을 때까지 기다렸다가 엄마에게 갔다. 가만히 차가 사라진 방향을 보고 있던 엄마가 돌아보았다. 울고 있지 않을까 했는데 눈에 눈물은 없었다.

"미오, 잘 전해줬어?"

"응."

"그래, 고맙다."

엄마가 희미하게 웃었다. 오래간만에 보는 엄마의 웃는 얼굴이다.

*

며칠 뒤, 아르바이트를 하고 있는데 토키 씨가 왔다. 내가 빌려준 너알 책을 가지고.

"아주 좋은 책이었습니다. 특히 알을 먹은 주인공이 미래에 대한 희망을 품는 장면이 감동적이었어요."

"아, 그 부분 진짜 좋죠? 남자 주인공이 떠난 상실을 극복하는 데 그치지 않는다는 게 일반 슬픈 소설과는 다른 점이에요. 주인공을 성장시키잖아요."

남자 주인공은 주인공에게 사랑만 고백한 것이 아니었다. 주인공에게 가수가 되겠다는 꿈을 주었다. 네 노래를 듣고 힘을 얻었어. 나뿐만 아니라 많은 사람에게 힘을 주면 좋겠어.

스스로에게 믿음이 없었던 주인공은 앞을 보고 살아갈 수 있는 희망과 새로운 꿈을 향해 나아가는 힘을 알에서 받았다.

"찾아보니까 작가분이 이 작품 말고는 글을 더 쓰시지 않은 것 같더라고요. 다른 작품도 있으면 읽어 보고 싶었는데 아쉬웠습니다."

토키 씨는 너알이 완전 마음에 든 모양이다. 연재된 사이트까지 조사했다는 말을 듣고 소개한 보람을 느꼈다.

"저도 같은 생각을 했어요. 그래서 인터넷소설을 잘 아는 친구에게 물어봤는데 이 작가님은 처음부터 너알만 쓰려고 했다 하더라고요."

너알의 연재가 끝나고 신작을 기대하는 팬이 많았다고 한다. 그러나 작가는 직접 글을 남겨 하고 싶은 이야기는 다 썼다고 밝혔다. 제가 널리 알리고 싶은 내용은 이 작품에 모두 담겼습니다. 다른 작품을 쓸 생각은 없습니다.

"다 썼다고요?"

"삶의 희망이나 사람을 생각하는 마음 같은 걸 전하고 싶었던 게 아니었겠느냐고 친구는 말하더라고요. 그런데 제 생각엔 알이 존재한다고 말하고 싶었던 것 같아요."

팔랑팔랑 페이지를 넘기며 말을 이었다.

"왜냐하면 알은 있거든요. 마음뿐 아니라 희망도 전해주는 알이."

네에? 하고 토키 씨가 갈라진 목소리로 물었다. 보셨습니까, 미오 씨!

"이 책이랑 똑같진 않았지만 핑크색 알이 있었어요."

시게코 할머니를 보내드린 날 밤, 주방에서 물을 마시던 엄마가 아야, 하고 소리를 질렀다. 뭘 밟았다면서 엄마가 바닥에서 주운 것은 핑크색 비즈였다.

—다 주운 줄 알았는데.

엄마는 손바닥에 비즈를 올리고 한참을 쳐다보았다. 다음 날, 엄마는 먼지 쌓인 방을 대청소하고 비즈공예교실을 다시 열었다.

"아, 비즈 말입니까?"

토키 씨가 이상한 표정을 지으며 한숨을 쉬었다. 설마 진짜로 알이 있다고 여긴 걸까. 토키 씨는 역시 조금 독특한 사람이라고 생각하며 작게 웃었다.

"저희 집은 이런저런 사정 때문에 가족이 떨어져서 지내는데, 그 알 덕분에 한 걸음 앞으로 나아갈 수 있을 것 같아요."

오늘 아르바이트가 끝나면 엄마와 함께 아빠의 원룸에 가기로 했다. 가 보자고 먼저 말을 꺼낸 사람은 엄마였다.

—나야 좋긴 한데 거기 가 보면 엄마 속만 터질걸. 통조림을 접시에 덜지도 않고 먹더라니까. 캔맥주도 잔에 안 따르고 그냥 마시고.

—어머, 그게 뭐야. 자식 교육에 안 좋으니까 그러지 말라고 그렇게…….

눈썹을 찌푸린 엄마가 얼른 표정을 바꾸었다.

—아무튼 한번 얘기나 해 보자. 그리고 오래간만에 셋이서 외식할까?

비즈는 지금 엄마의 보석함에 들어 있다.

"아, 맞다. 토키 씨에게도 감사 인사를 해야 하는데. 그때 고민하던 저에게 조언해 주셔서 감사했습니다."

머리를 꾸벅 숙이며 말했다.

"토키 씨랑 나나세 씨 덕분이에요."

"나나세 씨요? 시게코 씨 발인 때 나나세 씨가 이어져서 다행이라고 하셨는데 그건 무슨 뜻이었습니까?"

그런 말을 했었던가? 잠깐 고개를 갸웃거리다가 바로 생각이 났다.

"아아. 죽고 나면 그 사람과 이제 더는 이어질 수 없다고 나나세 씨가 그러셨어요. 그런데 돌아가신 분이 남기신 소원을 들어드린 순간만큼은 다시 이어질 수 있다고요. 염원을 이루어 드리는 것. 거기에는 반드시 한 가닥의 실이 지나고 있대요. 들으면서 그렇구나, 하고 생각했어요."

"다시 이어질 수 있다……."

토키 씨가 나지막이 중얼거렸다. 왜 그러느냐고 묻기 전에 편의점 자동문이 열렸다. 들어온 사람은 엄마였다. 나를 보더니 활짝 웃으며 손을 흔든다.

"엄마, 왜 왔어? 역 앞에서 보기로 했잖아."

"너 일하는 데 와 본 적이 없잖아. 엄마가 점장님께 인사도 못 드렸다 싶어서."

"그런 거 필요 없거든. 그 종이가방은 또 뭐야?"

"인사드리러 오는데 빈손은 좀 그렇잖아. 어머나, 점장님이세요? 저 미오 엄마입니다. 미오한테서 말씀 많이 들었어요."

"엄마, 창피하게! 아, 토키 씨, 감사합니다. 재미있는 책 있으면 또 빌려 드릴게요."

편의점을 나가려는 토키 씨를 발견하고 인사했다. 토키 씨는 부드럽게 목례를 하고 매미 울음소리로 가득한 밖으로 사라졌다.

# ● 파란 낙엽

우편함에서 꺼내 와 그대로 테이블에 방치해 둔 우편물 뭉치에서 그 엽서를 발견한 것은 그저 우연이었다. 커피와 함께 먹으려고 선물 받은 비스코티를 찾다가 그만 우편물 뭉치를 쓰러뜨리고 말았다. 광고 전단지와 공공요금 고지서 사이에서 졸업한 중학교 이름을 발견하고 숨을 삼켰다. 빼서 확인해 보니 수신인에 적힌 것은 틀림없는 내 이름이었다.

"헐, 언제 온 거지?"

마음이 술렁였다. 2인용 소파에 올려놓은 옷 무더기를 치우고 빈 공간을 만들어 앉은 뒤 엽서를 읽었다.

'행방이 묘연했던 타임캡슐을 찾았기에 개봉합니다. 꼭 참석해 주세요.'

엽서에 쓰인 글자를 한참 보다가 "찾았구나" 하고 작게 중얼거렸다. 못 찾을 줄 알았는데.

17년 전, 중학교 3학년 때 반에서 타임캡슐을 만드는 이벤

트가 있었다. 그래서 친구나 가족에게 저마다 쓴 편지를 플라스틱 통에 담아 학교 건물 뒤에 묻었다. 성인식 날에 모여 개봉하기로 했는데 땅에 묻은 타임캡슐이 행방불명이 되고 말았다. 졸업 후에 학교 건물 주변을 대대적으로 정비하는 과정에서 어디로 쓸려 간 모양이었다. 단념하지 못한 사람들이 끈질기게 수색했다는데도 끝끝내 찾지 못했다. 결국 과거에서 온 편지는 시간의 흐름을 따르지 않고 어딘가에 남겨져 버렸다. 이제 영영 모습을 드러내지 않을 거라고 생각했는데 설마하니 이제 와서 나올 줄이야.

개봉 날짜는 동창회를 겸해 10월 22일로 잡혀 있었다. 다음 주 토요일이다. 그저 우연에 불과할까. 하지만 지금 발견된 데에는 어떤 의미가 있을 것 같다.

커피를 내린 사실을 떠올리고 컵을 입에 가져갔다. 원두양 조절에 실패했는지 유달리 쓰고 묵직했다. 게다가 다 식어 버린 커피는 도저히 마실 만한 것이 못 되었다. 거의 입도 대지 않은 채 설거지거리가 쌓인 싱크대에 컵을 내려놓았다.

반신용 엽서가 붙은 왕복 엽서라 참석 여부를 알려주어야 하나 보다. 테이블 위에 어질러 놓은 잡동사니 속에서 펜을 찾은 후 엽서를 쳐다보았다. 숨을 한 번 깊게 내쉰 다음 출석에 동그라미를 쳤다. 손에 잡히는 상의를 대충 걸치고 가까운 우체통에 엽서를 넣으러 갔다.

*

구름 한 점 없이 맑고 상쾌한 가을 날씨였다. 아침 일찍 신칸센에 올라탄 나는 고향 동네로 향했다.

조그만 역에 내려 역 앞 상점가를 둘러보았다. 간사이 지방에 있는 대학에 진학하기 위해 이 동네를 떠난 지도 10여 년, 가끔씩 고향에 올 때마다 동네는 인상이 바뀌어 있었다. 이번에도 그랬다. 2년 전에 귀성했을 때만 해도 있었던 오래된 파친코 가게 자리에 큰 장례식장이 들어섰다. 주변 경관과 따로 노는 깨끗한 외관으로 보아 생긴 지 얼마 안 된 듯하다. 맞은편에는 노부부가 꾸려 나가던 우동 가게가 있었는데 개인 맞춤 지도를 내세운 학원으로 바뀌었다.

천천히 상점가를 걷다 보니 이곳이 정말 내가 살았던 동네가 맞나 싶다. 많이 비슷하기는 하지만 실은 다른 곳이 아닐까. 희미한 이질감을 느끼면서도 발은 목적지인 중학교까지 가는 길을 거침없이 내딛는다.

녹슨 셔터가 내려진 작은 가게 앞에서 문득 발이 멈췄다. 이제는 글자가 많이 지워져 알아보기가 힘들었지만 '다코야키 이나바'라고 쓰여 있다는 걸 나는 안다. 중학생 때 하굣길에 종종 들르던 곳이다. 갓 만든 큼직한 다코야키 여섯 개와 음료수가 세트로 350엔밖에 하지 않아서 가게 안은 항상 중고생들로 북적였다.

성격 좋은 아주머니 두 분이서 장사했는데, 이 동네 모든 학생을 다 꿰뚫고 있는 게 아닐까 싶을 만큼 우리에 대해 잘 알았다. 요코 일이 있고 내가 혼자 가게 앞을 지나가자 두 아주머니가 밖에까지 나와 나를 끌어안았다. 새콤달콤한 소스와 세탁 세제의 냄새를 맡으며 우리가 둘이서 온 사실까지 알고 계시구나, 하고 멀뚱히 생각한 것까지 기억난다. 이나바는 언제 문을 닫았을까. 아주머니들은 어디로 갔을까.

머리를 작게 흔들고 다시 걷기 시작했다. 자전거를 탄 여자애들이 나를 앞질러 간다. 함께 신나게 웃으며 가는 뒷모습이 유난히 눈부시다. 눈을 가늘게 뜨고 보는데 그 모습이 언젠가의 나와 요코로 보였다.

열다섯 살, 중학교 3학년인 내 옆에는 항상 사이키 요코가 있었다. 시원하게 자른 쇼트커트의 윤기 나는 검은 머리칼, 새하얀 도자기 같은 피부. 주먹만 한 얼굴에는 잡지에 나오는 모델처럼 커다란 눈과 날렵하고 높은 콧날이 자리했다. 요코는 깜짝 놀랄 정도로 예쁜 아이였다. 시골 동네의 촌스러운 여중생들 가운데 단연 돋보였다. 가끔씩 요코의 얼굴을 유심히 바라볼 때마다 그 아름다운 조형에 감탄하곤 했다. 나와는 아예 차원 자체가 달라 질투 같은 감정은 싹트지도 않았다.

요코는 운동은 잘하지만 공부에는 소질이 없었다. 어떤 운동 경기든 무난하게 소화하는 대신 가마쿠라 막부12세기 초에 설립된 일본 최초의 무사 정권가 세워진 해는 외우지 못했다. 감정 기복이 심하고 고집이 셌다. 발언을 하면 절대 물러서지 않는 요코가 억지를 부리는 바람에 학급회의가 길어진 적도 있었다. 좋은 의미로도 나쁜 의미로도 다른 사람의 이목을 끄는 아이였다.

—우리 꼭 자매 같지 않아?

요코와는 중학교에 입학하고 조금 지나서 친해졌다. 같은 반이었던 우리는 앞뒤로 앉았다. 내 앞에 앉은 요코는 우리 둘의 이름을 종이에 쓰고는 중대한 비밀을 속삭이듯 말했다.

—코베니小紅와 요코葉子. 봐, 합치면 모미지紅葉, 단풍이 되잖아. 이건 운명이 틀림없어. 그러니까 우리 친하게 지내자.

소극적이고 말주변이 없던 나는 그때까지 친구를 한 명도 사귀지 못했다. 점점 형성되는 친한 무리 속 어디에도 끼지 못했다. 여기저기서 들려오는 즐거운 웃음소리에 조급한 마음이 들면서도 몸이 따라 주지 않았다. 목구멍에서 굳어 버린 말들로 숨이 막힐 지경이었다. 그런 나에게 요코의 그 말은 더할 나위 없는 제안이었다. 생각해 볼 것도 없이 바로 고개를 끄덕였다. 요코는 이를 드러내 보이며 아주 환하게 웃더니 잘 부탁해, 라고 했다. 그 화사한 미소에 내 가슴은 멋대로 쿵쾅거렸다. 이렇게 멋진 친구가 갑자기 생기다니 생각지 못한 행운에 감격했고, 무엇보다도 요코의 미모에 매료되었다.

요코는 곧장 내 세계를 지배했다.

"사사모토? 어머, 사사모토 맞지?"

갑자기 큰 소리로 나를 부르는 소리에 시선을 돌리자 어딘지 안면이 있는 여자가 나를 향해 달려오고 있었다.

"너도 지금 학교 가는 거야? 아, 나 기억해? 3학년 때 같은 반이었던 야다야. 야다 미노리."

"아아."

눈꼬리 밑에 난 작은 점과 웃을 때 언뜻 모습을 보이는 덧니로 겨우 얼굴을 알아보았다. "기억나"라고 말하며 웃는 얼굴을 만들었다. 야다는 장식이 많이 달린 유아차를 밀고 있었는데 앞머리를 사과머리로 묶은 아기가 타고 있었다. 물어보니 한 살배기 딸이라고 한다. 엄마와 커플로 체크 원피스를 입은 아기는 나와 눈이 마주치자 쑥스러운 듯 고사리손으로 얼굴을 숨겼다.

"벌써 아기 엄마가 된 거야? 대단하다."

"난 늦은 편이야. 에미는 애가 둘인데 큰애가 벌써 초등학교 6학년이야. 토시야는 넷이고. 그것도 다 남자애."

고등학생 때 사귄 남자친구와 결혼했다는 야다는 지금도 이 동네에 살고 있다고 한다. 중학교 반 친구들 대부분이 동네에 남아 있다며, 나는 이제 얼굴도 가물가물한 친구들 이름을 꺼내며 근황을 들려주었다.

"와, 다들 어엿한 어른이 되었구나. 집이니 아이들이니 나한테는 딴 세상 얘기처럼 들려. 대단하다."

나와는 거리가 먼 화젯거리뿐이라 쓴웃음을 지었다. 과거 같은 곳에서 비슷한 생활을 했을 텐데 도달한 미래는 사뭇 다르다. 야다는 오히려 나를 추켜세웠다.

"네가 더 대단하지. 잡지 연재, 항상 보고 있거든. 너무 멋지고, 내 로망이야. 지금은 애가 어려서 엄두도 못 내지만 나중에 네가 소개해 준 대로 집에 소품을 많이 둬서 아기자기하게 꾸미고 싶어."

"아, 알고 있구나. 고마워."

회사원으로 일하면서 내가 좋아하는 소품과 가구, 그리고 그것들을 배치한 집의 사진을 SNS에 올렸는데 의외로 반응이 좋았다. 그러다 몇 년 전 출판 관계자의 눈에 띄어 지금은 인테리어 코디네이터로 월간지에 연재를 하고 있다.

"사사모토네 집, 너무 좋아. 정기적으로 집의 테마라고 해야 하나? 분위기가 180도로 바뀌어서 대단하다고 감탄했어. 하나같이 센스도 좋고."

"……하하, 고마워. 센스가 좋아 보이는 건 사진 촬영 때문에 그럴 거야. 각도나 색감으로 인상을 다양하게 바꿀 수 있거든."

오늘 아침 집을 나서기 전의 실내를 떠올린다. 먼지 쌓인 바닥. 장식장 위의 관엽식물은 누렇게 말라 죽었다. 쓰레기 봉투가 뒹굴고, 싱크대에는 지저분한 그릇이 산처럼 쌓여 고

약한 냄새를 풍기고 있다.

그 집을 본다면 아마도 놀라 나자빠질 것이다. 사기꾼이라고 욕할 수도 있다. 마냥 칭찬만 해 주는 야다와 있기가 다소 거북했다.

"겸손 떨 거 없어. 센스는 옛날부터 좋다고 생각했으니까. 조리 실습 시간 때 네가 접시에 담은 음식은 정말 먹음직스럽게 보였거든."

학교를 향해 나란히 걸음을 옮겼다. 놀랍게도 야다는 닮은 것을 기억했다. 조별로 좋아하는 음식을 만들었을 때 내가 데커레이션케이크의 장식으로 식용 꽃을 사용해 화려하게 완성했다든가, 남자애들이 온갖 재료를 다 때려 넣어서 만든 피자는 사람 먹을 음식이 아니었다든가.

"아, 그래도 미후네랑 스오가 만든 치즈 피자 하나는 일품이었어. 꿀을 잔뜩 뿌려서 먹는 피자였는데, 기억나?"

"그건 기억나. 그 당시만 해도 콰트로포르마지 피자를 아는 사람이 없었잖아."

"무조건 맛없을 거다 그랬는데 엄청 맛있어서 다들 놀랐잖아."

"맞아. 미후네가 무슨 만화책에서 레시피를 봤다면서 자신만만해서는."

이야기를 할수록 기억이 선명하게 되살아났다. 미후네는 단체의 중심에 있고 싶어 하는 사람이 아니라서 평소에는 교실 구석에서 조용히 만화책만 읽었다. 그런데 일단 입을 열면 사람을 끌어당기는 매력이 있었다. 어른스러운 듯하면서도 어린애 같은 구석이 있었다. 묘하게 아는 것이 많았고, 반에서 독특한 붐이 일어서 보면 그 시작이 미후네인 경우가 여러 번 있었다. 그가 입을 열어서 일상에 새로운 바람을 불어넣어 주기를 나는 항상 들뜬 마음으로 기다렸다.

야다도 비슷한 느낌을 받은 모양이었다. 걔 좀 특이했지, 라며 그때를 떠올리는 듯 눈웃음을 지으며 말했다.

"이상하게 결단력이 있어서 예상치 못한 일을 저질렀잖아. 선생님도 우리랑 같이 놀라기도 하고. 나 실은 중학교 때 미후네 좋아했어."

야다가 온화하게 웃었다. 그 무렵 여자애들은 학교 건물 뒤편이나 등하굣길에서 비밀스레 품어 온 속마음을 서로에게 털어놓고는 한차례 야단법석을 떨었다. 그런 사람을 좋아하다니 의윈데. 내가 좋아하는 애는 다른 여자애를 더 좋아하는 것 같아. 울고 웃느라 바쁜 여자애들을 나는 언제나 곁눈질로 보았다. 그때와 같은 눈으로 성인이 된 야다의 옆얼굴을 슬쩍 보며 그랬구나, 하고 호응했다.

"그렇지만 그땐 충격이었어. 그 왜, 스오 일."

"어? 스오가 왜?"

내 질문에 야다가 갑자기 멈추어 섰다. 의아해서 얼굴을 돌려 쳐다보니 야다가 놀란 눈으로 나를 보고 있었다. 한 번 더 왜? 하고 묻는 나에게 말하기 껄끄러운 듯 조심스럽게 입을 열었다.

"스오, 대학교 1학년 때 자살했어."

"뭐?"

순식간에 핏기가 가셨다. 그 자리에 얼어붙은 나에게 야다가 이야기를 계속했다. 자살한 이유는 잘 모르겠는데 대학 기숙사에서 죽었어. 발견한 사람이 미후네였대. 미후네가 충격을 심하게 받아서 학교까지 관뒀어.

눈앞에 본 적도 없는 광경이 펼쳐진다. 바닥에 흥건한 피 웅덩이. 그 한가운데에 누워 있는 스오. 놀란 미후네가 달려와 스오를 끌어안는다. 피범벅이 된 스오는 이미 숨이 끊겼고 눈과 입이 모두 벌어져 있다. 초점 없는 눈동자, 그리고 입 속에 반짝이는 물체…….

"사사모토? 사사모토, 왜 그래? 속이 안 좋아?"

어깨를 붙잡히고 나서야 정신이 들었다. 야다가 걱정스럽게 나를 들여다보고 있었다.

"괜찮아? 저기 편의점에서 물이라도 사 올까? 마시면 진정될 거야."

"아, 미안. 좀 놀라서. 이제 괜찮아."

머리를 흔들어 조금 전 환영을 쫓아낸다. 무슨 상상을 하는 거야.

"그래서 미후네는 지금 어떻게 지내?"

야다가 고개를 저었다. 그게 말이야, 어떻게 지내는지 아무도 몰라. 처음 한동안은 집에만 틀어박혀 있었나 보더라고. 남자애들 몇몇이 걱정돼서 집까지 찾아갔는데 말도 몇 마디 못 해 보고 돌아왔어. 우울증인지 사람이 변한 것 같더래. 그 일 있고 10년도 더 지났으니까 이제 그만 털고 일어났으면 좋겠는데.

"그렇구나."

"제일 친한 친구가 자살한 모습을 목격했으니까 그 충격이 오죽하겠어. 우리가 상상하는 것 이상일 거야."

스오는 반의 중심에 있던 아이였다. 공부도 운동도 못하는 것이 없고, 밝고 착실한 데다 자상했다. 인망과 통솔력까지 갖춰서 축제와 발표회는 그가 주도해 이끌곤 했다. 중학교 때의 스오를 아는 사람이라면 자살은 그와 인연이 가장 먼 행동이라고 입 모아 말할 것이다.

몸이 멋대로 떨리기 시작한다. 안색도 나쁜지 야다가 겸연쩍어하며 "너도 아는 줄 알았어. 미안해"라고 사과했다. 그런 그녀에게 억지로 웃는 얼굴을 만들어 보였다. 고등학교를 졸업한 후로는 고향에 잘 내려오지도 않고, 성인식에도 참석 안 했거든. 그래서 몰랐어. 너무 놀란 모습 보여서 미안해.

유아차가 움직이지 않는다고 작게 항의하는 목소리가 울렸다. 아고, 미안해, 하고 아기를 어르는 야다를 따라 천천히 걷기 시작했다. 심장이 조여드는 아픔을 참으며 내가 물었다.

"스오랑 미후네는 대학 들어가서도 계속 친했어?"

"그럼. 여전했다더라고."

"그렇구나. 미후네가 지금 어떻게 지내는지 아무도 모른다는 건 오늘 안 올 수도 있다는 거네?"

"총무한테서 미후네 이름은 못 들었어. 참석한다는 답장이 왔으면 무조건 말해줬을 텐데. 아고, 히나야, 왜 그래? 울지 마."

심기가 불편한지 으앙 하고 귀여운 울음소리가 들린다. 아기에게 말을 건네는 야다의 옆에서 스오를 떠올렸다.

나는 스오를 잘 알았다. 요코를 좋아한 스오는 늘 요코에게 말을 걸었다. 같이 영화 보러 가자, 같이 쇼핑하러 가자. 단 둘이 가자고 하면 싫어할 테니까 친구 데리고 와. 나도 미후네 끌고 갈게. 우리는 넷이서 몇 번인가 함께 놀러 다녔다.

스오는 요코의 친구인 나에게도 자상했다. 사사모토 덕분에 휴일에도 요코를 보네. 정말 고마워.

요코 말고는 친구가 없는 데다 여전히 소극적이었던 나는 그럴듯한 대답도 하지 못하고 고개만 겨우 끄덕였지만 스오는 그런 나를 꺼려하지 않고 웃어주었다. 활짝 갠 여름 하늘 같은 눈부신 미소였다.

요코를 향한 스오의 애정 때문에 끌려 나온 사람은 나 혼자만이 아니었다. 미후네도 있었다. 미후네는 귀찮아하는 기색 없이 매번 아무렇지 않은 얼굴로 약속 장소에 나타났다. 스오는 당연히 요코가 목표였기 때문에 자연스레 나와 미후네가 짝이 되었다. 먼저 말을 붙이지 못하는 내 옆에서 그는 가지고 온 만화책을 말없이 읽는가 하면 또 어떤 날은 나는 안중에도 없이 일방적으로 이야기를 늘어놓았다(주로 만화에 대한 고찰이 많았다). 수다에 발동이 걸린 미후네의 이야기를 열심히 따라가는 나를 요코와 스오는 웃으며 쳐다보았고, 마지막에 가서는 요코가 "이제 그쯤 하지"라며 미후네에게 주의를 주었다. 화들짝 놀란 미후네가 머리를 긁적이며 조금 멋쩍게 사과했고 "괜찮으면 사사모토도 읽어 봐"라는 말로 일단락을 지었다. 우리 넷은 나름 사이가 좋았다.

네 사람 사이에 균열이 생긴 것은 요코가 미후네를 좋아한다고 스오에게 선언하면서부터였다. 네가 싫은 건 아닌데 나는 미후네가 더 좋아. 그래서 네 마음을 받아줄 수 없어. 그때 그 자리에 함께했던 나는 심장이 쪼그라들 정도로 긴장하며 두 사람 옆에 서 있었다. 그리고 요코 앞에서는 한 번도 사라진 적 없던 웃음이 스오의 얼굴에서 천천히 걷히는 것을 보았다.

중학교에 도착해 약속 장소인 운동장으로 가자 이미 모인 사람들이 떠들썩하게 이야기꽃을 피우고 있었다. 야다를 알아본 한 무리가 "여기야!"라며 목청을 높였다. 같이 가자며 야다가 팔을 잡아당겨서 나도 그 무리에 끼게 되었다.

"와아, 사사모토! 이게 얼마 만이야? 만나서 반갑다."

"10년? 아니 더 됐나? 도시에서 일하는 커리어우먼 느낌이 물씬 나는데."

"SNS 봤어. 활약이 대단하더라."

순식간에 사람들에게 둘러싸였다. 서로 웃으며 친밀감을 드러내는 가운데 나는 내가 어색하게 웃고 있다는 것을 느낀다. 친밀감은 느낄 수도 없었다. 그 시절 나는 이렇게 원 안에 들어간 적이 없었으니까. 체육대회 때 둥글게 모여 파이팅을 외칠 때도, 축제가 끝난 뒤풀이에서도 언제나 원 밖에서 지켜보았다. 원 안의 풍경을 나는 모른다.

문득 등골이 서늘하다. 아아, 중학생인 내가 지금 등 뒤에 있다. 그런 데 있다가는 혼나. 비난 섞인 목소리가 들린다. 뒤에 있는 내 옆에는 분명 요코가 있을 것이다. 크고 부리부리한 눈이 똑바로 나를 응시하고 있다. 오른 손목이 찌릿찌릿 아프다.

반가움에 한바탕 수선을 떨던 것도 잠시, 대화는 일상적인 이야기로 넘어갔다. 유치원 발표회며 시어머니와의 말다툼 같은 주제를 놓고 열심히 떠드는 사람들에게서 조금 벗어나 한숨을 돌린 나는 교정을 둘러보았다.

학교 건물 주변을 새롭게 단장해서일까. 기억 속 풍경과 닮은 듯 다르다. 운동장을 빙 둘러싸고 있던 나무들은 올리브색 펜스로 바뀌었고, 구석에는 음수대가 생겼다. 체육관 옆에 나란히 있던 동아리실 목조건물이 없어지고 그 자리에 초록빛이 선명한 테니스 코트가 두 면이나 있었다.

뒤로 있는 학교 건물도 몸을 돌려서 보았다. 여기는 반대로 꽤 낡았다. 본 적 없는 금과 얼룩이 여기저기 흩어져 있다. 여기서 보내던 날들에서 얼마나 멀어진 걸까. 그때로부터 나는 어디까지 따로 떨어진 걸까.

3층 오른쪽 끝으로 시선을 옮긴다. 3학년 2반 교실이 있었던 곳이다. 2학기 때 나는 창가 첫째 줄 가운데 자리에 앉았고 앞에는 요코가, 옆에는 미후네가 있었다. 스오는 넷째 줄 제일 앞자리였다. 여름이 가는 것을 아쉬워하는 매미소리에 아직은 귀가 따가웠고 가을이 오려면 조금 더 있어야 했던 때에 나는 교복 겨드랑이의 땀자국을 미후네에게 들킬까 봐 항상 마음을 졸였다. 그뿐 아니라 배에서 꼬르륵 소리가 나지 않게, 추한 꼴로 졸지 않게 주의를 기울이느라 시종일관 긴장의 끈을 놓지 못했다. 처음으로 친해진 남자애가 나에게 환멸을 느끼는 것만은 피하고 싶었기 때문이다.

—지나치게 미후네 의식하는 거 완전 웃기거든. 재는 너한테 요만큼의 관심도 없으니까 너도 좀 쓸데없이 신경 쓰지 마. 피곤하지도 않아?

쉬는 시간마다 체취 제거제를 뿌리는 나에게 요코는 짜증스러운 투로 말했다. 알고는 있지만 신경을 안 쓸 수도 없는 노릇이었다. 이상한 냄새가 난다고 미후네가 생각할까 봐 신중하게 고른 무향의 체취 제거제는 열흘도 못 가 바닥나 버렸다.

—따, 딱히 미후네랑은 관계없는 일이야. 이건 그냥 매너. 청결하면 좋잖아.

—평소에도 깔끔한 애가 무슨. 나는 치마에 주름이 쭈글쭈글해도, 자고 일어나서 머리가 엉망이 되도 그냥 있잖아.

미후네를 좋아한다고 요코가 말한 것은 여름방학이 무르익어 가던 어느 날이었다. 언젠가 미후네와 사귈 거라던 요코는 나와 달리 가까이에 있는 그를 전혀 의식하지 않았다. 주머니에 몰래 넣어둔 손거울을 꺼내서 볼 때마다 우울해지는 내 고충을 요코는 영영 모를 것이다. 점 하나 없이 깨끗한 피부는 주근깨를 세는 속상함을 알 리 없다. 그런 내 마음의 대변자는 스오였다.

—그건 예쁜 애들이 부리는 거드름이고. 그나저나 진짜 미후네 좋아하는 거 맞아? 의식을 아예 안 하는 것도 이상해.

스오는 차인 후로도 요코 곁에 자주 왔다. 도저히 포기가 되지 않았을 것이다. 마음을 입 밖으로 꺼내지는 않았지만 여전히 요코를 신경 썼다.

—흥, 거드름 부려서 미안하게 됐다. 의식을 안 하는 게 아니라 내가 아양 떨어서 좋아해 주는 건 싫어. 있는 그대로의 나를 좋아해 주는 게 아니면 의미가 없다고요.

틴트도 바르지 않는데 반들반들한 핑크빛 입술에서 귀여운 혀가 쏙 얼굴을 내민다. 요코에게는 나나 다른 여자애들이 가지고 있지 않은 묘한 섹시함이 있었다. 덜 자란 막대기 같은 손발과 봉긋하게 솟지 않은 가슴, 납작한 엉덩이는 꼭 소년 같은 반면 몸짓 하나하나는 여자였다. 강아지처럼 천진난만하게 움직이는 커다란 눈은 가끔씩 깜짝 놀랄 정도로 요염한 시선을 보낸다. 영락없는 아이인데 여자로 느껴진다. 그런 요코가 조금만 작정하고 꼬신다면 미후네도 요코에게 홀딱 빠질 것이다. 그게 지극히 당연한 일처럼 여겨졌다.

—왜 미후네야? 지금도 이유를 모르겠어.

스오가 한숨을 쉬었다. 시원시원하게 내뱉은 말과 달리 얼굴에는 그늘이 약간 드리워져 있었다. 언제나 밝았던 그가 갑자기 이런 표정을 짓게 되었다. 요코가 후후훗, 하고 코웃음 치며 말했다.

—미후네가 너보다 훨씬 매력적이거든. 그런 사람이 제일 친한 친구라니 안 됐다. 앞으로도 계속 비교당할걸. 나한테 거드름 어쩌고 할 시간에 미후네보다 더 멋있어질 노력이나 하시지?

이번에는 스오가 한눈에도 애처로운 얼굴로 미간을 찌푸렸지만, 그럼에도 웃음을 지으려고 했다. 그 모습을 본 요코는 방울을 흔들듯 작게 웃었다.

엽서에 쓰인 정각이 되자 사람들이 제법 모였다. 그런데도 총인원수의 절반밖에 되지 않는 듯했다. 당시 정년이 가까웠던 담임 선생님의 모습이 안 보여 야다 일행에게 물어보니 병석에 자리보전을 하고 계셔서 못 오신다고 한다. 주변을 유심히 살폈지만 역시나 미후네로 보이는 남자는 없었다.

"자, 주목! 행방불명됐던 캡슐이 수영장 옆 니노미야 킨지로일본에서 근면과 근검을 상징하는 인물로, 지게에 장작을 짊어지고 책을 읽는 동상을 학교에서 주로 볼 수 있다 동상 밑에서 발견되었습니다. 정비할 때 흙을 파헤치면서 섞여 들어갔는지 원인은 아직도 잘 모르겠지만 아무튼 재학생이 찾아 주었습니다. 감사합니다! 여러분, 재학생에게 감사의 박수!"

총무 두 사람이 그렇게 말하자 와 하고 박수가 터져 나왔다. 이미 땅에서 파낸, 크기가 쿠키 캔 정도인 캡슐을 두 사람이 우리 앞에 경건하게 놓았다. 흙이 덕지덕지 묻은 뚜껑을 열자 비닐에 밀봉된 편지 봉투 다발이 모습을 드러냈다. 누가 사진을 찍는지 플래시가 터졌다. 비닐을 개봉하며 총무가 말했다.

"다들 기억해? 누구한테 편지를 썼는지 아무한테도 말하지 않기로 한 거. 누가 누구에게 썼는지는 개봉했을 때의 즐거움으로 남겨 두자고 그랬잖아."

기억하고 있다. 그 말을 한 사람이 미후네였다는 것도. 다시 개봉할 때까지 누구에게 썼는지는 절대 말하지 않기로 하

자. 어쩌면 본인도 누구한테 무슨 내용을 썼는지 까먹었을 수도 있잖아. 그게 더 설레고 재미있을 거야.

안건이 채택되고 다 쓴 편지는 봉투를 이중으로 해서 넣었다. 그리고 흰 겉봉투에는 편지를 쓴 당사자의 이름만 적었다.

"곰팡이가 피거나 상했을까 봐 걱정했는데 보존 상태가 꽤 좋아."

봉투를 손에 들고 상태를 확인한 총무가 흡족하게 말했다.

"이제부터 편지 나눠 줄게. 먼저 아카마쓰!"

"여기! 난 누구한테 썼더라?"

내 기억이 맞는다면 축구부였던 남학생이다. 당시와 비슷하게 볕에 그을린 남자가 손을 들었다. 모두의 시선이 집중된 가운데 그가 흰 봉투를 받아서 뜯었다. 조금 더 작은 안봉투가 나오고 거기에는 큰 글씨로 '나에게!'라고 적혀 있었다.

"나한테 쓴 줄은 몰랐는데. 어디 보자."

서둘러 편지를 읽기 시작한 그는 얼굴에 살짝 웃음을 띠었다. 와, 나 글씨 더럽게 못 쓰네. 그래도 그렇구나, 이런 내용을 썼었네. 옛날 생각난다.

천천히 읽어 내려가던 그가 마지막에 "어라?" 하는 소리를 냈다.

"우와, 야, 다들 알고 있었어? 타임캡슐 묻은 날이 17년 전 오늘이야!"

편지 마지막에 날짜가 적혀 있었던 모양이다. 대부분 놀랐던 듯 “엄청난 우연이잖아!” 같은 말을 하며 소란스러워졌다. 총무는 미리 조사했는지 “맞아. 노린 건 아니지만 굉장하지?”라며 웃었다.

그 후로도 봉투가 하나둘 개봉되었다. 부모님께 쓴 편지, 좋아하는 사람에게 쓴 편지. 그때마다 따스한 웃음이 흘렀다. 그 속에서 나도 함께 웃었지만 두 다리는 떨리고 있었다. 얼마 남지 않았다. 이제 곧이다.

“다음은 가키노. 오늘 불참인데 조만간 가키노랑 만날 예정인 사람 없어?”

“내가 근처 사니까 갖다 줄게.”

“다행이다! 겉봉투 그대로 줄 테니까 가키노보고 직접 열어서 보라고 해.”

불참인 사람의 봉투도 착실히 배부되었다. 그리고 내가 기다리던 봉투의 이름이 불렸다.

“자, 그럼 다음은 사이키, 요코…….”

순간 그 자리의 공기가 무겁게 내려앉았다. 모두의 얼굴이 굳어졌다. 귀신이라도 본 듯한 표정이었다.

“내가 가져갈게.”

침묵을 깨고 소리 내 말했다. 봉투를 손에 쥔 총무가 흠칫했다. 나는 떨리는 다리에 힘을 주고 다시 한 번 말했다.

“내가 가져갈게. 분명 나한테 썼을 거야. 그게 아니더라도 이제 와서 요코의 편지를 받아갈 사람도 없지 않아?"

요코는 이제 이 세상 사람이 아니다.

나는 요코의 시신을 보았다. 관에 누운 요코는 백설공주나 잠자는 숲속의 공주 흉내를 내는 사람처럼 단정한 얼굴로 눈을 감고 있었다. 몸을 흔들어 깨우면 귀찮아 죽겠네, 하며 눈을 뜰 것 같았지만 만져 본 몸은 차갑게 식어서 나에게 부정할 수 없는 죽음을 말해주었다.

"……그러네. 사사모토가 가져가는 게 제일 좋겠어. 솔직히 이걸 어떻게 해야 할지도 잘 모르겠고."

총무는 모두에게 동의를 구했고, 반대하는 사람은 없었다. 봉투는 내 손에 전달되었다.

습기를 조금 머금은 봉투는 두껍지 않았다. 편지 쓰기를 좋아해 수업 중에도 장문의 편지를 돌리던 요코치고는 드문 일이었다. 요코는 이 안에 무슨 내용을 썼을까. 이걸 읽으면 나는 내가 짓뭉갠 요코의 마음을 알 수 있을까.

"다음은 사사모토네. 자, 여기. 그럼 계속해서 부른다."

마음을 새로이 가다듬으려는 듯 총무가 밝은 목소리로 이름을 읽어 나간다. 조금 전 분위기로 돌아가려고 다들 웃음을 띠며 부러 더 크게 웃는다. 아무도 요코를 입에 올리지 않는다. 없었던 일로 한다. 금기는 지금도 계속되고 있었다. 미성숙하던 시절에 깊이 각인된 사실은 어른이 되어서도 사라지지 않는다. 의식 아래서 가만히 숨 쉬며 여전히 존재하는 것이다. 나는 봉투 두 개를 말없이 쳐다보았다.

"다음 봉투는…… 스오."

"여기."

갑자기 또랑또랑한 목소리가 들리고 분위기가 술렁거렸다. 타임캡슐을 에워싸듯 만들어진 원 대형 바깥에 검은 정장을 입은 남자가 서 있었다.

"여기, 나."

손을 번쩍 든 남자는 당연히 스오가 아니었다. 미후네였다. 옛날보다 키가 커지고 얼굴도 조금 달라졌다. 그러나 틀림없는 미후네였다.

"어? 미후네? 너 미후네 토키 맞지?"

"보다시피. 음, 오래간만이다. 다들 잘 지내는 것 같아 다행이야."

미후네가 사람들을 둘러보며 어색하게 머리 숙여 인사한다. 옛날과 달리 어딘지 서먹서먹함이 있었다.

"잠깐 허락받고 회사에서 빠져나왔어. 그 봉투 내가 받아도 되지?"

"어머! 미후네 왔어?"

"오래간만 정도가 아니지. 회사? 너 지금 어디서 무슨 일하는데?"

순식간에 그에게로 관심이 쏠리고 말들이 쏟아졌다. 미후네는 얼굴이 붉으락푸르락하며 "이러지 마, 이러면 곤란해"

라며 쩔쩔맸다. 그 말만 되풀이하니까 마지막에는 다들 재미있어하며 그를 에워쌌다.

"지, 진짜 하지 마. 난 봉투만 받으러 온 거야. 이러면 곤란하다고. 안 된다니까."

"안 되긴 뭐가 안 돼? 반가워하면 안 되는 거야? 그렇게 빡빡하게 굴래?"

"그래. 엄청 오래간만에 보는 거잖아. 좀 기뻐하자."

남자 한 명이 미후네의 어깨를 끌어안으려고 했다. 미후네는 그 손을 거칠게 뿌리치고 버럭 소리를 질렀다. 내가 안 된다고 했잖아!

중학생 때도 들은 적 없는 그의 고함에 순간 찬물을 끼얹은 듯 조용해졌다.

"……미안하지만 더는 하지 마."

미후네의 나지막한 음성이 조용히 떨어졌다. 그의 주변에서 사람들이 조금씩 물러났다. 옷매무새를 가다듬은 미후네는 숨을 내쉬고 "그 봉투, 나 줘"라고 말했다. 총무가 어쩔 줄 모르는 얼굴로 봉투와 미후네를 번갈아 보았다.

"스오 부모님께는 허락받았어."

손을 앞으로 쑥 내민 미후네의 얼굴이 단호했다. 그의 목적은 나와 같았다. 죽은 사람이 남긴 편지를 받으러 온 것이다.

"스오 거, 얼른 줘."

가만히 압박하는 듯한 그의 모습에 기가 눌려 총무가 봉투를 건넸다. 그리고 서둘러 봉투 다발 속에서 미후네 것도 찾아서 주었다. 봉투를 받아든 미후네는 열어 보지도 않고 빤히 쳐다보다가 안주머니에 넣었다.

"그럼 나는 일하러 갈게. 분위기 망쳐서 미안하다."

미후네는 발걸음을 돌려 교문으로 향했다. 누가 말을 걸어도 돌아보지 않았다. 나는 손에 들고 있던 가방에 요코의 봉투를 넣고 그를 쫓아갔다.

"잠깐만. 미후네, 잠깐만!"

빠른 걸음으로 걷던 미후네를 따라잡은 것은 교문을 나와 몇 미터를 더 가서였다. 갓길에 세워 둔 차에 올라타려던 그가 신경질적으로 돌아보았다. 그러고는 숨을 헉헉대는 나를 보고 엉? 하고 맥 빠진 소리를 냈다.

"혹시 사사모토? 너도 와 있었어?"

나는 숨을 고르고 나서 오래간만이야, 라고 했다.

"어, 오래간만이다. 몇 년 만이지?"

고등학생 때 길에서 가끔 보기는 했지만 이렇게 똑바로 마주하기는 중학교 졸업 이후로 처음이다. 그때와 똑같은 눈을 보고 있자니 형언하기 힘든 감정이 번진다.

"10년? 더 됐으려나? 나 오늘 요코 봉투 받으러 왔어."

아, 하고 미후네가 고개를 끄덕였다.

"사이키의 편지는 네가 받는 게 제일 좋겠지. 그런데 사이키는 타임캡슐을 만들고 난 뒤에 세상을 떠났었나?"

"……타임캡슐을 묻은 그날 밤에 살해당했어."

요코를 죽인 사람은 친모였다. 살해 이유는 요코가 자신의 애인을 빼앗아서. 연하의 남자에게 빠져 있던 요코 엄마는 애인이 딸과 남녀 사이임을 눈앞에서 목격하고는 격정에 사로잡혀 자신을 배신한 딸과 애인을 칼로 수십 군데를 찔러 살해했다.

사건이 밝혀진 것은 타임캡슐을 묻고 이틀 뒤였다. 무단결근한 요코 엄마를 걱정해 회사 동료가 집까지 찾아갔다. 그리고 유혈이 낭자한 시신 두 구 앞에서 멍하니 넋을 놓고 있던 요코 엄마를 발견했다.

동네에서는 그 전해에 유치원에서 아이가 놀이기구에 목이 매달려 죽는 안타까운 사고가 있었다. 유치원 관리 체계가 어떻다는 둥 놀이기구의 위험성이 어떻다는 둥 하며 텔레비전에서도 한동안 언급되면서 언론 관계자들이 빈번하게 동네를 어슬렁거렸다. 그게 겨우 잠잠해진 시기에 터진 잔인한 살인 사건이었다. 동네는 다시 세간의 주목을 받았다. 이번에는 싱글맘과 예쁜 딸의 애증극이었다. 화제성은 충분했다. 텔레비전에는 눈에 익은 거리가 자주 비치고 얼굴에 모자이크 처리를 한 지인이 등장했다. 작은 동네에는 슬픔이라고도 불안이라고도 할 수 없는 분위기가 팽배했다. 당시 너나 할 것 없이 침통한 얼굴로 신경을 곤두세웠었다.

"그랬어? 미안. 그건 기억에 없었어."

사과하는 그에게 고개를 저었다. 미후네의 잘못이 아니었다. 이상하다는 말이 그만큼 잘 어울리는 일도 없었으니까. 취재진이 교문 앞에서 학생들을 인터뷰하기 시작했다. 교사들이 서둘러 나와 내쫓았다. 인터넷에는 '문란한 중학교', '원조교제 만연', '낙태 경험이 있는 학생이 다수'처럼 있지도 않은 사실을 부각해 휘갈겨 쓴 글들이 올라왔고, 이를 본 학부모들이 학교에 항의하러 몰려왔다. 혼란이 가중되자 학교는 며칠간 휴교를 결정했고, 사이키 요코 이야기는 밖에 나가서 절대 하지 말라는 명이 내려졌다. 그것이 어떻게 와전되었는지 요코의 이름까지 금기어가 되어 다들 그 사건을 입에 올릴 때는 '개'라고만 칭했다.

개 사건 말인데. 야, 그만해, 그 얘기 하면 혼나는 거 몰라? 삽시간에 이런 대화가 당연하다는 듯 오가게 되었다. 요코의 죽음은 애도의 대상이 아니라 기피의 대상으로 바뀌었다.

땅에 묻은 타임캡슐을 떠올릴 여유는 아무에게도 없었다.

"따지고 보면 이 봉투에 든 편지는 요코가 이 세상에 남긴 마지막 말이야."

가방 안에서 봉투를 꺼냈다. 동글동글 귀여운 글자는 과거 수없이 본 요코의 글씨체였다.

"이제 다시는 찾지 못할 거라고, 내용을 알 길도 없어졌다고 생각했어. 그런데 이렇게 온전히 세상에 나타나서 지금은 내 손에 있어. 여기에는 분명 의미가 있을 거야."

봉투에서 미후네에게로 시선을 옮긴다. 소년의 순진무구함이 사라진 대신 결연함이 엿보이는 그가 어색하게 입꼬리를 올렸다.

"어, 그렇겠네. 사이키도 기뻐하고 있지 않을까?"

"……그래. 드디어 증오가 도착했다고 기뻐하겠지."

잘못 들었다고 생각했는지 미후네가 고개를 갸웃거렸다. 나는 작게 웃었다.

"여기엔 날 탓하는 말이 쓰여 있을 거야. 요코가 나한테 보내는 분노와 원한이."

"분노와 원한……."

앵무새처럼 내 말을 따라 중얼거리던 미후네가 가슴에 손을 올렸다. 잠시 생각에 잠겼다가 "왜?" 하고 물었다.

"……왜 그렇게 생각해? 너흰 친한 단짝이지 않았어?"

역시 미후네도 우리를 으레 친한 친구 사이로 여겼나 보다. 그도 그럴 것이 요코는 다른 사람들 앞에서는 결코 나를 지배하지 않았다.

"미후네, 「어란」이란 만화 기억해?"

헉, 하고 그가 외마디 소리를 냈다. 솔로 문지른 듯 표정이 확 바뀌었다.

"옛날에 읽어 보라고 잠깐 빌려줬었잖아. 이런저런 얘기도 해 주면서. 그때 넌 그 만화가 너무 리얼해서 작가가 실제로 어란을 본 적이 있을 것 같다고 그랬어."

꽤 께름칙한 만화였다. 사람이 죽을 때 갈망하던 것, 전하고 싶은 것을 작은 구슬로 남긴다는 설정의 이야기였는데 주인공은 그 구슬을 발견할 때마다 입에 넣고 먹었다. 구슬이 전해주는 망인의 마지막 생각은 묵은 감정과 천한 욕심이 대부분이었다. 중학생이었던 나는 너무 섬뜩해서 왜 미후네가 이런 만화에 빠져 흥분하는지 이해할 수 없었다.

"어. 당연히 기억해. 그런데 그게 사이키와 무슨 관련이 있어?"

말을 할지 말지 망설인다. 이런 말을 꺼내는 나를 그는 어떻게 볼까. 다른 평범한 사람이라면 무슨 말도 안 되는 소리를 하느냐며 일소에 부칠 것이다. 하지만 미후네는 아니다. 그런 느낌이 들었다.

"……내가 봤거든, 요코의 어란."

요코가 죽고 17년이 흐를 동안 그 말을 입 밖으로 낸 것은 처음이었다. 미후네의 입에서 기이한 신음소리가 새어 나왔다.

"……거짓말이지?"

"만화에서 본 대로 작고 빨간 구슬이 요코 손에 쥐여 있었어. 네 말이 맞았어. 그 작가는 어란을 본 게 틀림없어."

미후네가 양손으로 얼굴을 가렸다. 잠깐의 시간 동안 심호흡을 반복하더니 얼굴을 가린 채로 저녁에 시간을 내 줄 수 있는지 물었다.

"아까도 말했지만 회사에서 잠깐 빠져나온 거라 다시 들어가 봐야 해. 요즘엔 일이 뜸한 편이라 일찍 퇴근할 수 있을 거야. 그러니까 저녁에 얘기하자."

"그래도 돼?"

"얘기를 더 듣고 싶어. 5시 지나서 이 번호로 연락 줘."

미후네는 정장 주머니에서 꺼낸 수첩을 찢어 휴대폰 번호를 적었다. 나에게 종이를 주고는 그럼 좀 있다가 보자, 라는 말을 남기고 갔다. 멀어지는 자동차를 바라보면서 심장 박동이 빨라지는 것을 느꼈다.

내 오른 손목에는 문신이 있다. 가는 손목시계로도 가릴 수 있을 정도로 작은 데다 색깔도 많이 옅어졌다. 멍 자국처럼도 보이지만, 자세히 보면 삐뚤빼뚤한 단풍잎 모양임을 알 수 있다. 이 문신은 요코가 새겼다.

—움직이지 마.

방과 후 도서실은 요코가 좋아하는 장소였다. 사람도 별로 없고 어른들의 간섭도 받지 않는다는 점이 가장 큰 이유였다. 반대로 나는 오래된 종이 냄새와 어두컴컴한 실내(책이 햇빛에 변색되는 걸 싫어한 사서 선생님이 항상 커튼을 쳐 두었다)가 싫었다. 거기서도 가장 햇빛이 들지 않는, 가장 구석진 곳에 있는 동네 지역사 코너 책장 뒤에서 요코는 내 손목을 붙잡고 놓지 않았다. 안전핀 바늘 끝에 먹물을 찍고는 한 땀 한 땀 정성껏 문신을 새겼다. 따끔따끔한 통증은 그럭저럭 참을 만했지만 가끔씩 바늘을 너무 깊게 찔러서 불에 덴 듯한 강렬한 통증이 지나갔다. 그때마다 소리로 발화되지 못한 비명에 새어 나왔다.

—그, 그만하자. 이런 거 안 좋아.

나는 두려움에 덜덜 떨면서 말했다. 문신한 사실을 어른들에게 들키면 크게 혼날 수도 있다. 그리고 이렇게 새겨도 될까. 피부병에 걸리거나 하지 않을까. 내리 전달되는 통증이 우리가 지금 저지르는 일의 위험성을 경고하는 듯해서 조금만 긴장을 풀었다가는 울음이 터질 것 같았다.

—이렇게라도 안 하면 넌 날 잊잖아.

지난 주말에 갑작스럽게 1박 2일로 가족여행을 가는 바람에 미처 요코에게 연락하지 못했다. 다녀와서 기념선물을 들고 가면 용서해 줄 줄 알았는데 요코의 화는 풀리지 않았다. 날 이틀이나 잊은 거잖아? 그게 가당키나 해?

—잊은 게 아니야. 사촌들도 있어서 전화할 새가 없어서…….

—흐음, 다른 애들이랑 노는 데 정신이 팔렸다? 더더욱 용서 못 하지.

유독 강렬한 통증이 전류처럼 흘러서 짧게 비명을 질렀다. 붙잡히지 않은 왼손으로 입을 틀어막고 죽어라 참는 나를 보고 요코가 입술을 일그러뜨렸다.

—엄살은. 나도 했잖아. 네가 내 팔에 바늘 찌른 거 생각 안 나?

전날 같은 곳에서 요코는 이 작업을 마쳤다. 하지 말자고 말하는 나를 무시하고 거의 혼자서 다 했다. 반강제로 손에 쥐여 준 바늘로 나도 몇 번은 찔렀다.

—이건 중요한 작업이야. 우리가 운명의 친구임을 보여주는 증표가 있으면 좋겠다 싶었는데 지금이 딱 적기잖아. 그러니까 참아.

아무리 애원해도 요코는 내 손을 끝까지 놓아주지 않았다. 작디작은 단풍을 완성하고 나서야 마침내 내 손을 놓고는 벌게진 내 팔 옆에 자기 팔을 나란히 두었다. 그러고는 가녀린 손목 중앙에 저마다 있는 단풍을 뿌듯하게 쳐다보았다.

—이제 마음이 놓이네. 다른 곳에 있어도 이 문신만 보면 서로가 곁에 있는 것처럼 느껴질 거야. 코베니, 다른 사람한테는 이 얘기 하면 안 돼. 나 말고 다른 사람이랑 이런 거 해서도 물론 안 되고. 절대 용서하지 않을 테니까. 알았지?

—그런 짓 안 해.

이렇게 안 해도 나한테는 요코밖에 없어. 그렇게 말해도 요코는 믿지 않을 것이다. 또 새로운 불만이 생기면 나에게 다른 형태의 증명을 요구할 것이다. 하지만 이 이상 무엇을 바쳐야 할까. 검붉게 부어오르고 쑤시듯 아픈 단풍을 보며 망연자실했다.

친해지고 얼마 지나지 않아서부터 요코는 나를 구속하기 시작했다. 처음에는 인형처럼 예쁜 애가 나를 그토록 살갑게 챙겨주는 게 기뻤지만 점점 무언가 잘못되었다는 생각이 들었다. 요코는 내가 다른 친구를 사귀는 것을 질색했다. 내가 같이 있을 때 빼고는 다른 애랑 말 섞지 마. 놀러도 가지 마. 항상 내 옆에 있어야 해.

1학년이 끝나갈 무렵이었다. 부모님과 같이 간 잡화점에서 우연히 같은 반 친구를 만나 함께 쇼핑했다. 당시 유행하던 캐릭터 필통이 있어서 둘 다 샀다. 물론 일부러 맞추어서 산 것은 아니었다. 그러나 다음 날, 그 사실을 안 요코가 펑펑 울며 나에게서 필통을 빼앗아 쓰레기 소각장에 던져 버렸다. 다른 애랑 놀고, 그것도 모자라 개랑 커플 필통을 사다니 너무해. 엄연한 배신이라고.

배신할 마음도 없었거니와 산 지 하루밖에 안 된 물건을 버려서 화도 났지만 요코가 서럽게 눈물을 흘리는 모습을 보니 내가 잘못했다는 생각이 들었다.

—코베니, 나한테 친구는 너뿐이야. 널 배신하는 짓 따윈 안 해. 너도 그렇게 해 달라는 것뿐인데.

—미, 미안해.

—미안하면 증명해 봐.

촉촉하게 젖은 눈으로 요코가 나를 보았다. 알았어. 그런데 증명은 뭘 어떻게 하면 되는데? 그렇게 묻는 나에게 요코가 말했다. 내가 하는 말 다 들어주기. 이번에는 그래, 머리를 잘라. 나랑 같은 쇼트커트로 하는 거야.

—저, 저기, 다른 거 하면 안 돼?

당시 나는 머리를 등 중간 정도까지 길게 길렀다. 엄마를 닮아 찰랑거리는 밤색 생머리는 부지런히 관리한 덕분에 예쁘고 윤기가 흘러 미인이 아닌 내 유일한 자랑거리였다. 머리카락만은 늘 칭찬을 들었고, 나는 고맙다고 말하며 그 찬사를 기꺼이 받았다. 그런 머리를 싹둑 자르려니 내키지가 않았다. 그러나 요코는 한발도 물러서지 않았다. 굵은 눈물방울을 뚝뚝 흘리며 나를 거짓말쟁이라고 매도했다.

다음 날 나는 자르기 아깝다며 떨떠름해하는 엄마에게 부탁해 함께 미용실에 갔다. 짧아진 머리로 집에 돌아와 쓸모없어진 머리끈과 리본을 책상 서랍 안쪽에 넣었을 때 그제야 눈물이 쏟아졌다. 내 생각보다도 훨씬 소중했던 것이다.

유일하게 요코만 내 머리를 보고 크게 기뻐했다. 나랑 같네. 우리 커플 머리야. 친자매 같아. 코베니, 너도 좋지? 아, 그렇지. 이번엔 나랑 커플 필통 사자. 나 진짜 갖고 싶은 게 있거든. 요코는 울어서 통통 부은 내 눈에 대해서는 한마디도 하지 않고 계속 웃었다.

요코가 화내니까, 우니까. 어느새 나는 요코의 눈치를 보며 행동하고 있었다. 그럴수록 요코는 점점 더 막무가내로 나왔다. 걔들이랑은 얘기하지 마. 인사도 하면 안 돼. 등하교는 반드시 같이 할 것. 아침이랑 저녁에 꼭 문자하고 휴일에는 일정을 알려줘. 물건 살 때는 나랑 상의할 것. 이건 친구니까 당연한 거야.

요구를 순순히 다 들어준 것은 아니다. 내가 왜 그렇게까지 해야 하느냐고 맞서기도 했다. 다른 애들과도 친하게 지내자고 호소도 했다. 그때마다 요코는 매번 눈물을 보였다. 치사하다고 생각했지만 죄책감이 드는 것도 어쩔 수 없었다. 무엇보다 그 후 요코를 달래기가 더 힘들어서 결국 요코의 말을 따르는 쪽을 택했다.

친구 관계를 끊으면 편해질까. 이제 너랑 놀기 싫다고 말할까. 그런 고민을 할 무렵 내 곁에는 요코밖에 없었다. 요코를 우선하다 보니 다른 사람에게 말을 걸기가 극히 힘들어졌고 원래도 없던 말주변이 점점 더 심해졌다. 그런 내가 이미 완전히 자리 잡힌 인간관계에 뛰어들 수 있을 리 만무했다. 요코와 멀어진 후에 찾아올 것이 분명한 외로움은 상상만 해도 무서웠다.

그러다가 3학년이 되었고 얼마 되지 않아 스오가 요코를 좋아한다며 다가왔다. 같은 반이 된 것이 계기였다. 예쁜 요코를 좋아하는 남자애는 많았지만 적극적으로 접근해 온 사람은 스오가 처음이었다. 요코도 아주 싫은 기색은 아니었다. 스오가 넷이서 놀러 가자고 했을 때는 나랑 코베니에 대해 잘 아는걸, 이라며 감탄했다. 자신을 공주님처럼 떠받드는 스오를 요코는 마음에 들어 했고, 나에게 한 것과는 또 다르게 막무가내로 행동했다. 목말라. 배고파. 걸었더니 피곤해. 왠지 질리는데. 야, 나 좋아하지? 그러면 이 정도는 받아줘야지. 나는 날 소중히 아껴주는 사람이 좋아.

스오는 요코가 자신에게만 특별히 어리광을 부린다고 여겼을 것이다. 무엇이든 흔쾌히 고개를 끄덕이며 다 들어주었다. 나는 얼마 전 나를 보는 듯한 눈으로 그 모습을 지켜보았다.

미후네가 약속 장소로 잡은 가게는 역 뒤쪽에 있는 일식요릿집이었다. 뒷골목에 고즈넉하게 자리한 가게에 딱 하나 있는 개별 룸을 미후네가 예약했다.

일본식으로 고급스럽게 꾸민 룸에서 노랑혹가지와 몬스테라를 조합한 꽃꽂이가 눈길을 사로잡았다. 세련된 꽃병은 이탈리아 그릇 브랜드의 제품이었다. 동서양의 조화가 절묘해서 무척 센스가 좋다고 감탄하며 바라보다가 이내 무의식중에 인테리어를 체크하고 있었음을 깨달았다. 씁쓸한 감정이 가슴속에 번진다.

요코가 세상을 떠나고 요코와 커플로 맞춘 물건, 요코의 강요로 산 물건을 보기만 해도 괴로워서 모조리 버렸다. 그러자 허탈한 웃음이 날 정도로 방이 휑했다. 나는 하나부터

열까지 요코에 의해 채워졌던 것이다. 요코로 만들어진, 요코를 위한 나. 요코가 세상에 없는 지금, 나도 그렇게 텅 비어버릴 것만 같아 무서웠다.

그 후로 악착같이 방을 채워 나갔다. 요코의 취향과는 다른 관엽식물, 장식품. 옷과 신발에 이르기까지 모두 다. 내가 고른 나만의 물건에 둘러싸이고서야 비로소 나를 되찾은 기분이었다.

처음에는 살기 위해 집을 꾸몄다. 그러다 어느새 그 일이 마음의 안식처가 되었다. 나만의 작은 공간을 만드는 일이 즐거웠고 행복으로 이어졌다. 하지만 언제부터였을까. 집을 아무리 채워도 마음에 틈이 생기기 시작했다. 가구를 들이고 소품으로 장식해 입이 떡 벌어질 만큼 예쁘게 만들어도 금방 이게 아니라는 생각이 들었다. 모노톤으로 세련되게 꾸며도, 아시아 소품을 잔뜩 사용해 리조트풍으로 변화를 주어도 집이 익숙해질 무렵이면 위화감이 들었다. 집의 이미지를 벌써 몇 번째 바꾸었는지 모른다.

'걸핏하면 가구를 재배치하는데 일감 얻으려고 그러는 건가요? 인테리어에 애착이 없으시네요.' '물건을 아낄 줄 모르는 것 같아 별로.' '이건 사람 사는 집이 아니라 모델 하우스 같아서 좀 징그럽다.'

언제부턴가 블로그에는 비판하는 댓글이 늘었다. '당신이란 사람의 본바탕이 전혀 느껴지지 않습니다. 빈 껍데기만 있는 것 같아서 꺼려져요.' 그렇게 쓴 댓글이 달린 날부터는 소품 하나 옮기기도 두려웠다.

"내가 늦었지?"

멀뚱히 서 있는데 미닫이문이 쓱 열리더니 미후네가 나타났다. 회사에서 바로 왔는지 낮에 보았을 때와 똑같은 검은 정장 차림이었다. 중학교 때보다 키가 큰 몸을 굳이 깍듯하게 숙여 미안하다고 말한다.

"많이 안 기다렸어."

나는 서둘러 웃음을 지으며 머릿속을 맴돌던 말들을 지웠다.

"그건 그렇고 미후네, 굉장히 근사한 가게를 알고 있네. 정장 차림도 꽤 그럴듯해서 멋진 성인 남성의 느낌이 나."

재회 기념으로 처음 한 번만 가볍게 건배한 맥주로 목을 축인 뒤 내가 말하자 미후네가 당황하며 눈썹을 내려뜨렸다. 면목 없다는 듯 머리를 긁적이며 "회사 상사가 알려줬어"라고 했다.

"중학교 때 여자 동창과 일 끝나고 보기로 했다고 하니까 괜찮은 가게에 데려가라고 하시더라고. 국도 변에 있는 패밀리레스토랑에 가면 안 되느냐고 했다가 한 소리 하시고는 여기 예약을 잡아 주셨어."

"그랬구나."

솔직한 그 말에 그만 웃고 말았다. 내면은 옛날과 크게 달라지지 않은 듯해서 어쩐지 기뻤다.

“나는 패밀리레스토랑이라도 상관없는데. 하지만 이렇게 근사한 가게를 알게 돼서 좋아. 상사분께 감사드려야겠다.”

기본 안주로 나온 다진 새우 요리와 각종 채소를 익힌 음식도 맛있었다. 젓가락을 놀리며 서로의 근황을 이야기했다. 미후네는 장례업체에서 일한다고 했다. 검은 옷의 의문이 이제야 풀렸다.

어느 정도 허기를 채웠을 무렵, 미후네가 “낮에 한 얘기 말인데”라며 말문을 열었다.

“정말로 어란을 봤어?”

따뜻한 차를 마시던 나는 움직임을 멈췄다. 응, 하고 고개를 끄덕였다.

“칼에 마구 찔렸다고 들었는데 요코 얼굴은 상처 하나 없이 여전히 예뻤어. 좋아하던 파란 원피스를 입은 모습이 꼭 잠든 사람처럼 보이더라. 마지막 인사를 하면서 요코 손을 잡았어. 가슴 위에 포개진 손을 만졌는데 그때 작은 구슬이 툭 굴러떨어졌어.”

장례는 부검이 끝나기를 기다렸다가 옆 도시에 살던 요코 할아버지 댁에서 조용히 비밀스럽게 거행되었다. 조문객의 방문을 대부분 사절했지만 요코의 하나뿐인 친구인 나는 꼭 와 주면 좋겠다고 하셨다. 그 애가 유일하게 마음을 연 친구라고 들었어요. 부디 마지막에 함께해 주면 고맙겠어요.

"발인 전 뚜껑을 닫기 직전이라 요코 할아버지, 할머니랑 같이 관을 들여다보고 있었거든. 하지만 구슬을 본 사람은 나뿐이었어. 내가 구슬을 집어 올렸는데도 뭐라고 하는 사람이 아무도 없었으니까. 나한테만 보이는 물건이라고 깨달은 순간 생각났어. 미후네가 가르쳐준 만화랑 똑같다고."

이것은 요코가 나에게 남긴 어란이다. 요코가 나에게 전하려는 마지막 생각.

"먹어야 한다고 생각했어. 그러면 요코의 생각을 알 수 있다고."

"그래서 어떻게 했어?"

회 접시에 연어알이 남아 있었다. 영롱한 빨간 구슬을 손으로 집어 올렸다. 미후네는 내 손끝에서 반짝이는 연어알을 쳐다보았다.

"크기는 이거랑 비슷한데, 진짜 어란은 색이 더 진하고 거무스름했어. 꼭 피를 굳힌 것처럼. 만화에서처럼 분노와 원한이 담겨 있을 거라고 생각했어."

미후네가 여전히 손끝을 보고 있었다. 나는 연어알을 천천히 찌그러뜨렸다.

약간의 저항감이 있었지만 연어알은 톡 하고 터졌다. 끈적끈적한 액체가 손가락을 타고 흘렀다.

"터트렸어?"

미후네가 갈라진 목소리로 간신히 꺼낸 질문에 고개를 끄덕였다.

"진짜 어란은 터트리자마자 빨간 비말이 튀었는데 곧 흔적도 없이 사라져 버렸어. 마치 처음부터 존재하지 않았던 것처럼."

멍하니 보고 있던 미후네가 어깨로 숨을 내쉬었다. 호흡을 참고 있었던 모양이다.

"하나만 물어도 될까? 나는 너희를 둘도 없이 친한 친구로 기억하고 있어. 그런데 왜 너는 원한이란 말을 입에 담아?"

"타임캡슐을 묻기 며칠 전에 요코랑 싸웠어. 아니다, 싸움이라고 할 수도 없지."

방과 후, 사람이 없는 교실에 나는 요코와 단 둘이 있었다. 멀리서 브라스밴드부가 연습하는 악기 소리가 들렸다. 그만 가자고 재촉하는 요코에게 나는 할 말이 있다며 입을 열었다.

—요코, 사실은 미후네 안 좋아하지?

긴장한 나머지 목소리가 떨렸다. 아마도 얼굴은 울상을 짓고 있었을 것이다. 각오를 다지며 질문한 나에게 요코는 너무나도 간단히 고개를 끄덕이고는 주눅 든 기색도 없이 웃었다.

—들켰네. 역시 친구는 달라. 응, 실은 아무 감정 없어.

—뭐? 감정이 없어? 그럼 거짓말은 왜 했는데?

무의식중에 목소리에 비난이 담겼다. 그것이 요코의 신경에 거슬렸나 보다. 요코는 미간을 찌푸리고 입을 삐죽였다.

—그게 뭐 어때서?

—어때서라니. 스오가 상처받았잖아.

—이건 그거야. 다른 좋아하는 사람 있으니까 나는 그만 포기하라는 일종의 상냥한 배려랄까? 난 착하니까.

착하다면 그런 모진 말은 애초에 꺼내지도 않아. 그 말을 꿀꺽 삼키고 요코의 기분을 상하지 않게 할 다른 말을 찾았다.

—……그, 그러면 굳이 좋아하는 사람을 미후네로, 스오의 친구로 하지 않아도 됐잖아.

스오는 절친한 친구와 좋아하는 여자 사이에서 심각하게 고민하고 있었다. 친구를 질투하는 사실 때문에 더 괴로워한다는 것이 내 눈에도 보였다. 만약 요코가 마음에 둔 사람이 모르는 누군가, 혹은 자신과 친하지 않은 누군가였다면 그의 마음은 한결 편했을 것이다.

그래서 나는 착하다니까, 라고 요코가 말했다.

—우정보다 사랑, 미후네보다 내가 더 소중하다고 그랬으면 나는 스오를 좋아했을 거야. 나는 기회를 준 거라고. 그런데 걔는 아무래도 글렀어. 미후네를 더 소중하게 여기는 것 같지 않아?

스오의 마음을 시험했다는 뜻일까. 하지만 어딘가 석연치 않았다. 그게 무엇인지 몰라 쳐다보고만 있으니 요코가 내 손을 잡고는 그래서 네가 좋다니까, 라며 유독 더 사랑스럽게 웃었다.

—넌 미후네를 좋아하는데도 날 위해 단념했잖아.

바늘에 깊게 찔렸을 때보다도 강한 충격이 엄습했다. 피부에 소름이 돋고 무릎이 떨렸다. 다 알고 있었단 말이야? 내가 미후네에게 어렴풋한 사랑의 감정을 느낀 것도, 대적해서 결코 이길 수 없는 예쁜 여학생 앞에서 마음을 접은 것도.

—내가 미후네가 좋다고 하니까 넌 잘됐으면 좋겠다고 했어. 날 위해서지? 그래서 나는 네가 좋아. 날 첫 번째로 생각해 주는 사람은 너밖에 없어.

그제야 겨우 이해했다. 이 아이는 사람에게 상처를 주고 그 사람이 어디까지 고통을 참을 수 있는지, 자신을 위해 어디까지 바칠 수 있는지 그 방법으로밖에 마음을 측정하지 못한다.

내 사랑도, 스오의 우정도 요코 앞에서는 그저 저울추 하나에 지나지 않았다.

—그런 짓 최악이잖아.

불쑥 튀어나온 말소리가 작아서 못 알아들은 요코가 눈썹을 찌푸리며 뭐? 라고 되물었다. 나는 다시 한 번 말했다.

—최악이라고 했어. 왜 사람 마음을 그런 식으로 가지고 놀아?

—넌 날 좋아하잖아. 그 마음을 확인하고 싶었을 뿐이야. 집에 있는 보석은 잘 닦아서 빛에 비춰 보고 싶잖아. 얼마나 반짝반짝 빛나나 보려고. 그거랑 똑같아. 그러니까 그런 심한 말 하지 마.

—보석? 보석이라고? 나는 너한테 뭐야?

—보석이 보석이지. 보고 있으면 행복해지는 거. 넌 내 보석 중에서도 월등히 예뻐.

반질반질하게 잘 닦여서 반짝반짝해, 하고 요코가 태연스럽게 웃었다. 한때 마음을 빼앗긴 웃음 앞에서 나는 몸이 굳어 버렸다. 눈앞의 예쁘장한 아이가 정체불명의 마귀처럼 보였다. 누구보다도 예쁜 피부를 뒤집어쓴 마귀. 요코는 분명 죽을 때까지 나를 갉아먹을 것이다. 그리고 내가 흘린 눈물과 고통을 보며 눈을 가늘게 뜨고서 만족스러운 표정으로 웃을 것이다.

더는 싫어, 라는 말이 입 밖으로 나왔다. 더는 싫어, 무서워. 내가 그동안 얼마나 힘들었는지 알아? 요코가 눈을 크게 뜨고 왜? 하고 물었다. 진심으로 이해가 안 간다는 듯이. 그 모습 또한 무서웠다.

—이제 한계야. 너랑 더는 같이 있고 싶지 않아. 있을 수가 없어.

눈물이 주르륵 흘렀다. 내가 감당할 수 있는 사람이 아니다. 뒷걸음질 치는 나를 보고 요코의 볼이 붉게 달아올랐다.

코베니, 아까부터 왜 그런 심한 말만 해! 빠른 어조의 말에는 분노가 서려 있었다. 네가 무슨 말 하는지 하나도 모르겠어. 나는 모르겠다고. 요코가 거칠게 머리를 흔들며 말했다. 짧은 머리칼이 찰랑찰랑 흔들렸다.

—코베니, 너 지금 이게 무슨 상황인지 알아? 너 지금 나한테 말도 안 되는 소리 하고 있다고.

—말도 안 되는 소리 하는 사람이 누군데? 이제 한계야. 나는 전처럼 널 소중히 대할 자신이 없어.

혼자가 되어도 상관없다. 머리를 가로저으며 말하자 요코가 싫어! 하고 소리쳤다.

—왜 그런 말 하는 건데! 나는 네가 좋다고 몇 번이나 말했잖아. 너랑 나 절친 아니야?

—네가 말하는 좋다는 게 도대체 뭐야? 편리하다는 말과 같은 의미잖아. 나한테만 마음을 요구하는 관계를 절친이라고 하지 않아.

—너무해. 여기 내 손목을 봐. 이런 증표를 나눠 새긴 사람은 너뿐이야. 잘 보라고.

요코가 보란 듯이 문신을 내보였다. 그게 뭐라고. 나는 요코의 옷 아래 숨겨진 또 다른 증표를 알고 있다. 눈여겨 관찰하지 않았다면 지나쳤을 쇄골 밑 작은 멍.

—거짓말 좀 그만해. 반창고로 가리고 있는 거, 모모세 씨가 만든 키스마크잖아.

요코의 얼굴에서 표정이 사라졌다.

모모세 씨, 그러니까 요코 엄마의 애인과는 마주친 적이 여러 번 있었다. 온화한 얼굴에 자상한 느낌을 주는 20대 후반의 남자다. 변호사인가 뭔가 하는 시험을 준비하며 편의점에서 아르바이트를 한다고 얼핏 들었다. 2학년이 끝날 무렵부터 모모세 씨는 하교 시간에 맞춰 요코를 데리러 오는 일이 잦아졌다. 길가에 가만히 선 모모세 씨가 요짱, 하고 부르면 요코는 애매하게 웃어 보이며 한숨 섞인 목소리로 나에게 말했다.

—내가 예뻐서 이상한 남자들 눈에 띄면 큰일이라고 걱정하는 거야. 참견도 가지가지라니까.

대개는 요코와 그쯤에서 헤어졌다. 요코의 안색을 살피며 열심히 말을 거는 모모세 씨의 뒷모습을 보면서 애인의 딸을 저렇게까지 챙기다니 요코 엄마는 사랑받고 있다고 생각했다.

석양이 양떼구름을 붉은빛으로 보드랍게 물들인 10월 초의 어느 날이었다. 그날도 모모세 씨가 요코를 데리러 와서 우리는 바로 헤어졌다. 그러다 요코에게 빌려주기로 한 책이 여전히 가방에 있다는 사실을 떠올리고 서둘러 두 사람을 쫓아갔다. 그리 멀리까지 가지는 않았을 거라고 여기고 뛰어간 나는 이내 두 사람을 발견했지만 차마 말을 걸 수는 없었다.

두 사람은 깍지 낀 손을 잡고 있었다. 부모 자식 같은 분위기가 결단코 아니었다. 모모세 씨는 엄마 애인인데, 그런데 왜? 딱 붙어서 걷는 두 사람을 나는 얼떨결에 뒤쫓았다. 두 사람은 집과는 다른 방향인 술집거리 쪽으로 가더니 그 외곽에 있는 작은 러브호텔로 사람들 눈을 피해 몰래 들어갔다. 저속한 핑크색 건물 안으로 남색 교복이 도망치듯 사라졌다.

스오와 미후네의 얼굴이 맴돌았다. 왜? 미후네를 좋아한다고 했잖아. 스오의 슬픈 표정을 너도 봤잖아. 그런데 왜 엄마 애인이랑 이런 곳에? 이런 곳에서 뭘 하는 거야? 뭘?

가게 문을 열 준비를 하는지 불쑥 밖으로 나온 술집 아저씨가 우두커니 서 있는 나를 보고 얼굴을 찌푸렸다. 거기서 뭐 하고 있어? 여긴 질 나쁜 인간들도 있으니까 괜히 얼쩡대지 말고 얼른 집에 가. 애들이 올 데가 아냐.

저 안에 친구가 있어요. 입 밖으로 낼 수 없는 말을 삼키며 나는 발길을 돌려 뛰기 시작했다. 눈물이 차올라 일렁이는 세상을 힘차게 달리며 거짓말쟁이라고 소리쳤다. 거짓말쟁이, 거짓말쟁이.

미후네를 좋아하는 거 아니었어? 나한테는 우정을 앞세워 그렇게 구속하더니 너는 거짓말을 해도 되는 거야? 나는 너한테 도대체 뭐야?

—……아, 이건 몰라도 됐는데. 그래도 역시 넌 다르다고 해야 하나.

잠시 서로를 쳐다본 후 요코는 어째서인지 난처한 표정으로 웃었다.

—그 사람은 내가 좋대. 엄마한테 용돈 타 쓰는 주제에 내가 좋아서 엄마랑은 헤어질 거래. 날 위해 꿈도 포기하고 어디 회사에 들어가겠다네. 나는 모모세 씨가 나한테 쏟은 정성만큼 돌려줬을 뿐이야.

요코가 가늘고 흰 손가락으로 쇄골 언저리를 더듬었다. 요염함이 진하게 묻어나는 몸짓에 그만 구역질이 일었다. 이 아이는 자신을 사랑해 주는 사람이라면 엄마 애인이라도 상관없다. 만족하는 것을 받을 수만 있다면 무엇이든 상관없다. 치밀어 오르는 구역질 대신 말을 뱉었다.

—요코, 더러워.

입에 올린 이름조차도 불결하게 느껴졌다.

—……이게 더러워? 왜?

그렇게 묻는 요코의 목소리가 섬뜩하게 차가웠다. 처음 듣는 음성 온도에 요코를 그 어느 때보다도 화나게 했음을 깨달았다. 그러나 그 역시도 요코에 대한 혐오감으로 바뀌었다. 이 아이는 아무런 죄책감도 느끼지 않는다.

—요코, 너무 더러워.

눈물이 멈추지 않아 요코가 번져 보였다. 눈물에 가리어진 요코를 보면서 나는 이제껏 요코를 제대로 보지 못했다는 생각이 들었다. 내가 줄곧 믿었던 아이는 누구였을까. 분명 마귀가 모조리 먹어 치웠을 것이다.

—코베니, 이제 그만 해. 나는…….

—경멸스러워! 이제 다시는 날 친구라고 부르지 마.

요코의 말을 자르고 소리쳤다. 요코가 깜짝 놀라 얼어붙은 틈을 타 교실을 뛰쳐나왔다.

"그 후로 학교에서도 아예 눈을 마주치지 않았어. 요코가 가끔 노려보는 듯한 강렬한 시선으로 나를 뚫어지게 봤지만 다 무시했어. 말을 하면 못 다한 말다툼이 재개될 것 같았으니까. 결국 그날 방과 후의 대화가 요코와 나눈 마지막 대화가 됐어."

요코가 살해되었다고 들었을 때 못된 농담이라고 생각했다. 할아버지와 할머니도 정정하시고 장례식장에 간 적도 거의 없어서 죽음은 나와 인연이 먼 일이었다. 더욱이 살해는 텔레비전에서나 듣는 단어였기에 요코와 잘 연결되지 않았다.

요코와 모모세 씨는 요코의 침대에서 죽었다. 두 사람 다 실오라기 하나 걸치지 않은 모습이었다고 한다. 내가 더럽다고까지 말한 행위를 요코는 관두지 않았다. 내가 눈물까지 보이며 한 말이 요코에게는 전혀 와 닿지 않았다는 뜻일 것이다. 만약 요코가 조금이라도 귀담아들었다면 이런 일은 일어나지 않았을 수도 있는데. 요코의 처참한 죽음에 대한 충격과 역시 나는 요코에게 아무것도 아니었다는 생각으로 혼란스러워 머리가 제 기능을 하지 못했다. 절망과도 비슷한 감정이 내 마음을 말려 버려서 눈물 한 방울 흐르지 않았다.

장례식 연락을 받고 처음에는 참석을 망설였다. 내가 가도 요코는 별로 반갑지 않을 것이다. 어쩌면 뭐 하러 왔느냐고 화를 낼지도 모른다. 그러나 요코 할머니가 눈물을 흘리시면서 꼭 와 달라고 간곡하게 부탁하셔서 차마 거절할 수 없었다.

요코의 시신과 대면했을 때, 처음으로 죽음을 피부로 느꼈다. 결코 건널 수 없는 깊은 강이 생기는 것. 그것이 사람과 사람 사이를 갈라놓는 죽음이다. 머리로만 알고 있었던 죽음이 뚜렷한 존재감을 드러내며 다가왔다. 몸으로 이해하기 무섭게 둑이 터지듯 슬픔의 파도가 밀려왔다. 한쪽을 잃은 오른 손목의 문신을 어루만지며 요코에게 말을 걸었다. 운명의 친구라면서 왜 거짓말했어? 문신까지 새기게 해 놓고 내가 모르는 곳에서 죽다니 너무하잖아. 요코, 우리 사이는 대체 뭐였어? 너한테 난 그저 지배의 대상이었어? 내 말 따위 대수롭지 않을 만큼 가벼운 존재였겠지.

그러한 때에 나타난 어란은 섬뜩한 색을 띠고 있었다.

"죽기 전에 날 보던 요코의 강렬한 시선을 떠올리고 가슴이 철렁했어. 아, 이건 날 향한 요코의 분노로 만들어진 거다. 직감적으로 알았어. 요코는 심한 말을 퍼부은 나한테 굉장히 화가 났고 그 분노를 고스란히 안고 죽었으니까."

요코를 화나게 하면 내 소중한 것을 주고 용서를 구해야 한다. 이번에 나는 만회하기 힘들 정도로 심한 말을 했다. 그런 나에게 요코는 용서를 위해 무엇을 바치라고 할까. 머리카락이나 문신으로는 어림도 없을 것이다.

죽은 요코가 나에게 원하는 것이라고 한다면.

"내 목숨밖에 없다고 생각했어. 나에게 상처 줬으니까 용서를 비는 의미로 함께 죽어 줘. 요코라면 분명 그렇게 말할 거야. 이걸 먹으면 나는 요코의 소원에 살해될 거야."

죽은 나를 요코가 기다리고 있고, 나는 죽고 나서도 계속 요코의 곁에 있다. 이 구슬을 먹으면 다음에 관에 누울 사람은 나다. 그런 생각이 든 순간 손끝에 힘이 실렸다.

손가락을 타고 흐르는 즙을 물수건으로 닦았다. 물수건에 묻은 주황색 얼룩을 보며 나는 무서웠다고 중얼거렸다.

"눈앞에 있는 요코의 죽음이 너무 생생해서 나한테 대입해 보기가 쉬웠어. 그래서 그냥 무서웠어. 어란이 흔적도 없이 사라져 버린 뒤에야 어처구니없는 짓을 저질렀다 싶었지만 그렇다고 다시 되돌릴 수도 없었어. 한동안 요코가 나한테 죽음을 강요하는 악몽에 시달렸어. 그리고 그 후야."

장례가 끝나고 며칠 뒤 요코 엄마가 요코를 방임해 온 사실이 밝혀졌다. 일기 쓰는 습관이 있었던 요코는 죽기 며칠 전까지 하루도 빼 놓지 않고 일기를 썼다. 그 일기에 속속들이 기록되어 있었던 것이다.

요코 엄마는 보험회사의 외판원이었다. 요코와 많이 닮았으면서도 요코보다 기가 세 보이는 화려한 사람이었다. 항상 꽃처럼 진한 향을 몸에 휘감고 있었고, 성숙한 성인 여성이란 인상을 주었다. 우수해서 판매 실적 1위를 한 번도 놓치지 않았다는 요코 엄마는 내가 잘 아는 엄마들과 꽤 거리가 있었다. 하지만 학교 행사에는 꼬박꼬박 얼굴을 내밀었고 나를 보면 요코와 친하게 지내줘서 고맙다며 우아하게 웃었다. 보기와 달리 자식을 생각하는 자상한 사람이라고 여겼다.

그러나 그것은 밖에서만 보여주는 행동이었다. 집 안에서는 요코를 거의 투명인간 취급했다. 볼일이 있을 때만 말을 건다. 밥은 기분이 내킬 때만 차려준다. 심기가 불편할 때는 일주일이고 열흘이고 아무것도 주지 않는다. 요코에게 손찌검을 하고 욕설을 퍼붓고 급기야 한밤중에 집에서 쫓아내기도 한다. 요코를 차 안에서 자게 하고 자신은 밤새 모모세 씨와 부둥켜안고 있는 일이 한겨울에도 있었다.

"요코의 친부라는 사람이 매스컴에 죄다 떠들고 다녀서 그동안 요코가 숨겨온 사실이 만천하에 공개됐어."

지금 생각하면 정보를 팔아 용돈벌이를 했던 것 같다. 요코가 두 살 때 헤어진 후로 한 번도 만난 적이 없다는 친부는 갑자기 세상에 나타났다. 그리고 이대로는 딸아이가 가엾다며 텔레비전 카메라 앞에서 일기 이야기를 꺼내고 오열했다. 텔레비전을 틀면 요코의 일기가 낭독되었다. 엄마는 혼자만

밥을 먹고 집에 왔다. 내가 엄마 허락 없이 밥을 안치는 도습을 보고 불같이 화를 내며 결국 아무것도 못 먹게 했다. 학교가 방학을 하면 급식이 없으니까 괴롭다. 할아버지한테는 바로 며칠 전에 용돈을 받아서 또 받으러 갈 수가 없다. 밥을 못 먹었다는 얘기를 했다가는 나중에 엄마한테 틀림없이 맞을 테니 말할 수 없다. 배가 너무 고파서 방에서 웅크리고 자는데 모모세 씨가 나한테 키스를 하고는 5천 엔을 주었다.

"난 아무것도 몰랐어."

완전히 식은 찻잔을 만지작거리며 말을 이었다. 전혀 몰랐어. 요코가 추위에 덜덜 떨었던 밤도 몰랐고 굶주림에 시달리고 있었다는 것도 몰랐어. 나랑 커플 물건을 사는 데 아무런 망설임도 없던 요코가 식비가 없어 쩔쩔맸다는 것도. 돈을 받으려고 모모세 씨에게 몸을 허락했다는 것도.

텔레비전을 보면서 요코가 죽은 후로 계속 품고 있던 절망의 색채가 짙어지는 것을 느꼈다. 나는 요코에게 뭐라고 했더라? 그때 요코에게 어떤 말을 했더라? 요코는 어떤 표정을 지었더라?

—요코 양의 일기에는 언제나 한 여자아이가 등장합니다. K입니다.

여자 아나운서가 당차고 예쁜 목소리로 일기를 읽는다. K만은 날 봐 준다. K만은 내가 제일 좋다고 말해준다. K는 내 운명의 친구. K만 있으면 돼. 눈시울을 붉힌 해설자가 말한다. 단 하나뿐인 친구의 존재가 그녀를 어떻게든 일으켜 세운 것이겠죠. 집에서 사랑받지 못한 요코 양을 유일하게 생각한 사람은 바로 이 K였을 겁니다.

—그런데 그런 요코 양의 일기가 실은 살해되기 며칠 전부터 중단되었습니다. 이즈음에 어머니와 무슨 문제가 있었던 것이 아닐까 사료됩니다.

텔레비전 앞에서 나는 혼자 고백한다. 아니에요. 그날 K가 요코에게 더럽다고 했어요. K는 그날 요코에게 경멸스럽다고 말하고 버렸어요. 요코는 그런 K에게 화가 난 상태로 죽었어요. 하지만 전 몰랐어요. 정말 몰랐어요.

손끝에 어란을 터트린 감촉이 남아 있었다. 거무죽죽한 구슬은 분노로 만들어진 것이 아니다. 아무것도 모르면서 요코를 책망하고 버린 데 대한 원한이다. 그렇게 생각했다. 그 불길한 색깔은 분노처럼 흔한 감정이 아니었다. 요코는 자신이 지배하던 나에 대한 증오와 원한을 남기고 죽었다.

세상은 나에게 친절했다. 하나뿐인 친구를 잃은 나를 모두가 걱정하고 위로했다. 우리는 이별을 가슴 아파할 만큼 아름다운 관계가 아니다. 그런 다정한 사이가 아니다. 그렇게 말하고 싶었지만 할 수가 없었다. 뒤틀린 관계를, 증오로 끝난 관계를 어떻게 고백할 수 있을까. 그리고 누가 어란의 존재를 믿어줄까. 미후네라면 알아줄 것 같았지만 좋아하는 남자애에게 자신의 매정함을 고백하는 것이었기에 할 수 없었다. 혼자서는 감당하기 힘든 생각들이 오래도록 나를 괴롭혔다. 그러나 그 사실을 시간이라는 막을 켜켜이 쌓아 올려 숨겼다.

"왜 이제 와서 나한테 그 얘기를 하는 거야?"

말없이 귀를 기울이던 미후네가 조심스럽게 물었다.

"……넌 스오의 어란을 봤을 것 같아서. 더 정확하게는 어란을 먹었을 것 같아서."

대답을 듣지 않아도 알 수 있었다. 미후네의 얼굴이 서서히 얼어붙었다.

"자살한 스오를 발견한 사람이 너라고 들었어. 그 후로 사람이 달라졌다는 것도. 어란을 먹으면 죽은 사람의 생각을 알게 되고 거기에 지배돼."

"그것만 가지고 단정할 순 없잖아."

"응, 실제로 만나 보기 전까지는 나 혼자만의 상상이었어. 하지만 네가 스오의 편지를 달라고 말했을 때 확신했어. 왜냐하면 그때 얼굴이 내 얼굴이랑 똑같았거든. 죽은 자에게 얽매인 사람의 얼굴."

미후네가 얼굴을 가렸다. 길고 가느다란 손가락이 덜덜 떨리고 있다.

이 사람은 나와 같은 것을 보고 내가 거부한 것을 받아들이지 않았을까. 그런 생각이 들자 고백하지 않을 수 없었다.

"스오가 너한테 어떤 생각을 남겼을지 알아. 괴로워했겠지. 스오는 절친한 널 질투하는 자신을 많이 미워했어. 어떻게 해도 널 능가할 수 없는 자신을 비하했고. 그렇게 하지 않아도 스오는 스오 자체로 충분히 멋진 사람이었는데."

손가락 틈새로 미후네가 나를 보았다. 휘둥그레진 눈을 보며 나는 "넌 다른 고등학교로 가서 몰랐겠지만 우리 잠깐 사귀었어"라고 말했다. 고등학교 때 1년 정도 나는 스오와 연인 사이였다.

"금기어가 된 요코의 이름을 입에 올리고 추억을 나눌 수 있는 사람은 아마 우리 둘뿐이었을 거야. 우린 같은 고등학교에 진학했거든. 그렇다 보니 함께 있는 시간이 늘어난 것도 있어서."

요코의 죽음뿐 아니라 모모세 씨와의 관계를 안 스오는 순식간에 초췌해졌다. 요코를 구해주고 싶었다고 말하며 누구보다도 비탄에 잠겼다. 그런 스오의 곁에 있었던 것은 그가 정말로, 진심으로 요코를 위했기 때문이다. 요코를 생각하며 마음 아파하고 눈물 흘리는 그의 고통을 함께 짊어짐으로써 요코에게 속죄하는 기분이 들었는지도 모른다.

"사귀었을 때 스오가 자주 말했어."

미후네를 존경해. 좋은 녀석이고 자랑스러운 친구야. 그런데 이제는 좀 힘겨워. 무의식중에 개랑 경쟁하는 날 발견해. 부러워하고 시샘해. 게다가 해가 갈수록 그 마음이 점점 더 커져. 나는 내가 만든 저주에 언젠가 죽을지도 몰라.

과거에 자주 보았던 여름 하늘을 닮은 미소는 먹구름이 드리워진 듯 그의 얼굴에서 사라지고 없었다. 미간에 주름을 잡고 괴롭게 고백하는 스오를 보면서 그 미소는 미후네는 짓지 못하는 스오만의 매력이었다는 생각이 들어 안타까웠다. 넌 너 자체로 아주 멋져, 라는 내 말은 먹구름을 흩뜨리기는커녕 볼 한 번 어루만지지 못하고 그를 스쳐 지나갈 뿐이었다.

녀석은 목을 매달았어. 대뜸 미후네가 입을 열었다.

"고통으로 일그러진 얼굴만 봐도 알 수 있었어. 나는 상상도 못 할 미움을 안고 살았다는 걸. 녀석은 줄곧 괴로워했어."

"그랬구나."

눈물을 참으며 작게 중얼거렸다.

먼저 이별을 선언한 사람은 나였다. 스오는 시간이 흘러도 내가 아닌 내 안의 요코를 보았다. 그러면서 계속 한탄했다. 나와 있는 한 스오는 요코에게서 벗어나지 못한다. 아무 죄도 없는 스오가 그런 고통을 언제까지나 짊어지는 건 바람직하지 않다. 나와 헤어지면 요코는 멀어진다. 그러면 고통도 자연스레 사라질 것이다. 그렇게 생각했는데 스오는 죽었다.

"나만 없었으면 녀석은 죽지 않아도 됐을 텐데."

묵직하게 중얼거린 미후네가 온몸으로 숨을 내쉬었다. 천천히 머리를 흔들고는 "밖으로 나갈까?"라고 했다. 잠깐 밤

바람 좀 쐬고 싶은데 괜찮을까? 나는 고개를 끄덕였다.

가게를 나와 누가 먼저라 할 것 없이 중학교 쪽으로 걷기 시작했다. 훈훈한 가을 밤바람이 어깻죽지를 지나 등 뒤로 빠져 나간다. 미후네는 내 속도에 맞추는지 천천히 걸음을 옮겼다. 큰 소리로 웃는 대학생처럼 보이는 일행과 불콰해진 볼로 떠드는 여자들이 스쳐 지나간다. 근처 술집거리에서 나온 사람들일 것이다. 그 사람들을 보내고 난 뒤 미후네에게 말했다.

"지금도 가끔 신기하단 생각이 들어. 내가 정말로 어른이 된 건가 하고."

출근을 하려고 화장할 때, 퇴근길에 들른 마트에서 채소를 집을 때 문득문득 어른이 된 스스로에게 놀란다. 내가 왜 이러고 있지? 어쩌면 이건 3학년 2반 교실 창가 자리에서 꾸는 꿈이 아닐까?

그건 부품 부족으로 생긴 오작동일 수도 있어. 그렇게 말한 사람은 몇 년 전에 사귄 남자였다. 미후네를 조금 닮은 듯도 하다. 다가가지도, 끊어 내지도 못하는 죽은 친구가 있다는 이야기를 들은 그는 이해가 간다는 식으로 고개를 끄덕이며 말했다.

넌 가끔가다 불쑥 소녀 같은 표정을 지어. 희한한 사람이라고 생각했는데 이제야 그 이유를 알겠어. 넌 그 친구가 죽었을 때 성장에 필요한 톱니바퀴를 하나 잃어버린 거야. 중요한 부품을 중학생 때 놓고 온 거지. 톱니바퀴가 부족하니까 가끔씩 오작동을 일으켜서 갑자기 옛날로 돌아가는 거야.

그때는 무슨 얼토당토않은 소리냐며 웃었지만 그의 말이 맞다. 나는 요코의 죽음과 함께 중요한 톱니바퀴를 잃었다. 그 부분을 채우고 싶어 집을 채웠다.

"요코와 똑바로 마주 보기. 그때 그걸 제대로 했었어야 했어."

요코의 비정상적인, 집착에 가까운 우정밖에 알지 못한다. 그 우정 뒤에 있었던 사정도 알지 못한다. 그래서 똑바로 마주 보고 사귀는 방법을 알지 못한다. 친구를 어떻게 사구어야 하는지, 무엇 하나 알지 못한 채 어른이 되었다.

"그렇구나, 오작동. 그건 나도 그래. 나도 이 나이가 된 나한테 놀랄 때가 있거든."

미후네가 밤하늘을 올려다보았다. 나도 따라 얼굴을 들었다. 어릴 적에는 별이 하늘을 예쁘게 수놓았던 것 같은데 지금은 드문드문하다. 달걀색 달만 은은하게 빛나고 있다.

"스오가 나한테 서먹서먹한 태도를 보이기 시작한 게 중학교 3학년 여름 무렵이었을 거야. 이상하다고 느끼긴 했지만 별일 아니라고 대수롭지 않게 넘겼어. 그게 분명 톱니바퀴였을 거야. 그때 제대로 확인했어야 했는데. 나는 늘 그래. 별일 아니라고 멋대로 단정 지어. 스오가 나에게 뭔가를 감추고 있다는 건 알고 있었어."

잃어버린 톱니바퀴. 그것만 있었으면 이런 미래는 오지 않았을까.

"가끔 감각이 흐려질 때가 있어. 대학생이 된 스오도 알고 있는데 중학생을 보면 어째서인지 스오가 겹쳐져 보여. 톱니바퀴가 없어서 그런가 봐."

"미후네도, 나도 아직 중학교 3학년 세계에 머물러 있나 봐. 어엿한 어른이 되려고 잃어버린 톱니바퀴를 찾아 헤매면서."

작은 공원을 통과해 파출소 앞을 지난다. 새로 오픈한 편의점 앞에서는 체육복 차림의 고등학생 몇몇이 주스를 마시며 서로 장난을 치고 있었다. 그 모습을 곁눈질하며 학교로 향했다.

"미후네, 편지 뜯어봤어?"

"아직. 사사모토는?"

고개를 저었다. 몇 번이고 뜯어보려고 했지만 결국 이 시간까지 뜯지 못했다. 요코의 편지에는 무엇이 쓰여 있을까. 죽어서도 용서하지 않겠다는 원한일까, 무슨 일이 있어도 곁을 떠나게 놔두지 않겠다는 분노일까. 어쩌면 끊어도 내가 끊겠다는 절교 선언일 수도 있다. 아직 받아들일 마음의 준비가 되어 있지 않았다.

하지만 그게 무엇이든 이제는 받아들여야 한다. 어정쩡하게 놓인 요코와의 문제를 어떤 형태로든지 매듭지어야 한다. 그렇게 하지 않는다면 평생 빈 톱니바퀴가 오작동을 되풀이 할 것이다.

"타임캡슐에 넣을 편지를 쓸 때만 해도 미래의 내 모습이 전혀 그려지지 않았어."

그때 서로 즐겁게 웃던 반 친구들을 둘러보며 미래에 대해 생각해 보았다. 10월은 졸업까지 아직 시간이 있었고, 몇 달 뒤면 다들 이 자리를 떠나 각자의 길을 간다는 사실조차 거짓말 같았다. 앞으로도 계속 여느 때와 다름없는 하루가 이어지지 않을까 하는 생각마저 들었다. 왠지 기분이 이상해, 라고 눈앞에 보이는 등을 향해 말을 걸 뻔해 허둥지둥 입을 다물었다. 요코는 열심히 쓰고 지우기를 반복했다. 뒤돌아보지 않는 등을 보자 왠지 버림받은 기분이 들었다. 먼저 거부한 사람은 나이면서. 조금씩 후회가 들기 시작했다. 나는 요코의 이야기를 더 들어 봤어야 하지 않을까. 가령 요코가 모모세 씨에게 사랑을 느꼈다면? 엄마의 애인을 좋아하게 된 나머지 머릿속이 복잡해 나에게 의논하지 못했을 수도 있다. 요코는 나를 무시한 게 아닐지도 모른다. 나는 요코와의 우정을 이런 형태로 끝내도 좋을까. 오른 손목이 욱신거리는 듯해 시선을 내렸다. 다행히 아무도 눈치채지 못한 단풍은 내 손목에 완전히 안착해 있었다. 타임캡슐을 개봉하는 성인식까지 앞으로 5년. 그 5년 후에도 이 단풍은 사라지지 않을 것이다. 증표였던 우정은 지금 사라지려 하는데.

미래의 나는 누구와 웃고 있을까. 이 단풍의 한쪽을 가진 아이와는 어떻게 될까. 우정은 끝나 있을까. 무엇 하나도 상상되지 않아서 지금 내가 있는 이 시간과 연결되어 있다고는 도저히 믿기지 않았다. 5년이란 세월은 중학생이었던 나에게는 정신이 아득해질 정도로 머나먼 미래였다.

"나도 못 뜯어보겠더라. 그리고 이런 미래가 기다리고 있을 줄은 생각도 못 했어."

"……응."

그 시절 우리 곁에 있던 사람이 없다. 그때는 손을 뻗으면 당연히 거기 있어서 미래에도 당연히 있을 줄 알았다.

"결국 여기로 왔네."

우리의 발이 멈춘 곳은 중학교 교문 앞이었다. 모든 교실에 불이 꺼져 있었고 쥐 죽은 듯 조용했다.

잠시 교문 앞에서 학교 건물을 올려다보는데 미후네가 "들어갈까?"라고 했다.

"운동장까지 가 보자."

말이 끝나기 무섭게 그는 교문에 손을 짚고 가뿐하게 몸을 들어 올렸다. 내 눈높이까지 오는 교문 위에 별 어려움 없이 걸터앉아 손을 내밀었다.

"치마가 아니라서 다행이다. 일단 가방 줘. 그리고 손. 올라올 수 있게 잡아 줄게."

"어? 이거 불법 침입 아닐까?"

안절부절못하며 주위를 둘러보았다. 인적은 없었지만 어딘가에서 수상쩍게 볼 수도 있다. 미후네가 천연덕스럽게 말했다.

"괜찮아. 깜빡 두고 온 물건을 찾으러 왔다고 하면 돼. 충분한 이유지?"

달빛을 등진 그가 순간 장난꾸러기처럼 웃었다. 우린 톱니바퀴를 잃어버렸으니까 거짓말은 아니잖아.

흡 하는 소리가 났다. 내 호흡이 멈춘 소리임을 조금 늦게 깨달았다. 지금 본 것은 옛날에 나를 설레게 한 그 얼굴이다. 미후네가 이런 표정을 지을 때면 항상 근사한 일이 벌어졌다. 역시 나는 중학교 3학년 세계에 아직 머물러 있나 보다. 눈을 감았다 뜨면 펄럭이는 커튼 너머로 여름의 흔적인 뭉게구름이 떠 있을 것 같다.

그러나 눈을 계속 깜박여 보아도 주변은 여전히 어둠에 둘러싸여 있었다. 옛날보다 성장한 미후네가 내 손을 가만히 기다리고 있다. 망설이다가 내민 손을 큼지막한 손바닥이 꽉 붙든다. 그 힘의 세기는 현실이었다.

"여기에 손을 짚어. 그렇지."

미후네처럼 가뿐하게 되지는 않았지만 그럭저럭 발을 걸쳤다. 그리고 어물어물 교문을 타고 넘었다. 어깨로 숨을 내쉬며 미후네를 보자 자, 하며 가방을 주었다.

"학교에 숨어드는 거 처음이야."

불쑥 나온 말소리가 들떠 있었다. 심장 박동이 빨라지고 볼이 약간 뜨겁다. 왠지 감각이 흐려졌다. 어른인 나와 중학생인 내가 뒤섞여 존재하는 듯한 이상한 느낌이다. 과거와 현재가 기묘하게 연결되어 있다. 이것도 오작동의 범주에 드는 걸까.

조금 전 미소는 잘못 본 게 아닐까 싶을 정도로 미후네는 태연한 얼굴로 "나도 그래"라고 했다. 그리고 낮에 모였던 운동장을 향해 걸어갔다. 그곳은 달빛 덕분에 어슴푸레 밝았다. 테니스 코트의 잔디가 빛을 내는 것처럼 보였다.

"다시 보니까 많이 바뀌었구나."

운동장 한가운데에서 미후네가 빙 둘러보며 말했다.

"옛날엔 더 넓었던 걸로 기억하는데 의외로 좁네. 건물도 이렇게 작았었나?"

"나는 옛날이랑 똑같아 보이는데."

낮에는 미후네와 같은 인상을 받았다. 하지만 지금은 다시 중학생으로 돌아왔다고 믿어도 될 만큼 눈앞의 풍경이 일상처럼 보였다. 그립다는 생각은 들지 않는다. 왜냐하면 내 마음은 줄곧 여기서 살아가고 있으니까. 한편으로 그것은 먼 기억이지 않느냐고 말하는 나도 있다. 오작동은 계속되고 있었다.

미후네 옆에 나란히 서서 학교 건물을 함께 쳐다보았다.

한참 동안 대화는 없었다.

미후네가 먼저 입을 열었다.

"편지, 여기서 읽지 않을래?"

"……그러자."

각자 흰 봉투를 꺼냈다. 나는 요코의 봉투를, 미후네는 스오의 봉투를 천천히 뜯었다. 긴장으로 손끝이 미세하게 떨렸다. 무엇이든 다 받아들이자고 마음먹었어도 요코의 분노와 대면하기는 역시나 무서웠다. 각오하고 왔잖아, 괜찮아. 그렇게 스스로를 다독이며 내용물을 조심스럽게 꺼냈다.

안봉투에는 '나에게'라고 쓰여 있었다. 요코는 자기 자신에게 편지를 썼다.

당연히 내 앞으로 보내는 편지일 거라고 믿어 의심치 않았기 때문에 깜짝 놀랐다. 그러다 곧바로 수긍이 갔다. 분노든 증오든 나중에 직접 전하면 될 일이다. 그때 요코에게는 미래로 가는 길이 당연하게 쭉 뻗어 있었다. 부정적인 생각을 굳이 미래로 넘길 필요가 없었다.

나도 참 바보야, 라며 작게 웃었다. 17년이나 이 편지를 기다렸다. 요코의 마지막 말을 들을 수 있으리라고 기대했다. 나에게 쓴 편지가 아니라면 읽지 않는 편이 좋을 것이다. 하지만 요코의 마지막을 접하고 싶어 봉투를 살살 뜯었다.

부드러운 달빛을 받아 요코의 글씨가 떠올랐다.

'나에게.

어른이 된다는 건 어때? 미래는 한 번도 생각해 본 적이 없어서, 그리고 아직은 되고 싶은 직업이나 꿈도 없어서 중학생인 나는 그저 미래의 내가 건강히 잘 있기만 하면 그걸로 충분해. 무슨 일이든 좋으니까 내가 번 돈으로 원하는 대로 살고 있다면 그게 최고이지 않으려나.

그래도 꼭 알고 싶은 게 있어. 미래의 내 옆에는 코베니가 있을까? 같이 어른이 되었을까? 그게 너무 궁금해. 미래의 나는 코베니를 소중히 아껴주고 있어? 친하게 잘 지내고 있어? 코베니에게 어리광 부리지 않고 코베니를 생각하고 있어? 지금 나는 전혀 그러지 못하고 있어. 미안하다고 하고 싶은데 말을 잘 못하겠어. 어쩌면 사과해도 이미 늦었는지 몰라. 코베니는 날 미워하고 있을 거야.

있지, 엄마 보석함 안에 있는 다이아 반지 말이야. 왜, 커다란 짝퉁 반지. 다이아 반지에 빛을 비추면 방 안 전체가 반짝여서 재미있었잖아. 그 놀이 기억해? 나한테는 코베니가 그 다이아야. 코베니가 좋아한다고 말해줄 때마다, 날 위해 무언가를 해 줄 때마다 세상이 빛나 보여. 내 세상이 이렇게나 멋지다고 감탄했어. 그래서 더 어리광을 부렸어. 코베니도 똑같이 반짝이는 빛을 보고 있다고 믿었는데 아무래도 내가 잘못 생각했나 봐. 코베니에게 너무 많은 상처를 줬어.

이제부터 용기 내 코베니와 얘기해 볼 생각이야. 말하기 싫었지만 엄마나 모모세 씨와의 관계를 다 얘기하려고. 지금보다 더 미움 받을까 봐 걱정도 되지만 코베니라면 분명 이해해 주리라 믿어. 모모세 씨와도 이제 정리할 생각이야(엄마와 모모세 씨는 미래에 어떻게 되었을까. 헤어지면 좋겠는데). 코베니가 계속 날 경멸스럽게 여기는 건 싫으니까.

아아, 미래는 한 번도 생각해 본 적이 없다고 했지만 이 편지를 미래의 나와 코베니가 함께 읽는 모습만은 상상하고 싶어. 둘이서 읽으면서 그때 그랬지, 하고 웃는 거야. 상상만 해도 가슴이 벅차. 그 옆에 스오와 미후네가 있어도 좋을 것 같아. 그래, 스오에게도 사과해야지. 스오도 나한테 예쁜 세상을 줬어. 그 감사 인사를 해야지.

중학생인 나는 여러 가지로 힘들긴 해도 힘을 낼 거야. 미래의 나도 힘내.'

아아, 하는 한숨이 나왔다. 발밑에서 폭풍 같은 떨림이 일어나 정수리로 빠져 나간다. 가슴속에 뜨거운 덩어리만 남았다.

이게 뭐야. 요코는 나를 미워하지 않았다. 화가 나 있지도 않았다. 오로지 내 생각만 하고 있었다. 이 아이는 그저 사람을 사랑하는 법을 몰랐을 뿐이다. 몰라서 자기 식대로 밀어붙였을 뿐이다. 이제야 그 사실을 알았다.

그날 우리에게는 아직 화해할 수 있는 미래가 있었다. 관계를 회복할 수 있는 기회가 있었다. 그런 잔인한 사건만 일어나지 않았다면 이 편지에 쓰인 미래가 있었을 것이다.

편지지를 가슴에 안았다. 요코, 우리 사이는 이제부터가 시작이었을 거야. 그 일은 우리가 부딪치고 이해해 나가는 첫 장애물이었어. 상대를 이해하는 것, 상대를 인정하는 것, 자신의 생각을 전달하는 것, 그 모든 것이 이제부터 시작이었어.

"미후네, 나……. 왜 그래?"

마음이 진정되기를 기다렸다가 옆에 서 있는 미후네를 올려다보았다. 그는 넋이 나간 얼굴로 편지를 쳐다보고 있었다.

"미후네? 스오는 누구한테 편지를 썼어?"

미후네가 말없이 나에게 편지를 주었다. 반듯한 글씨로 미후네에게, 라고 쓰여 있었다. 미후네의 손가락이 어느 한 곳을 가리켰다.

'어른이 되었을 때 혹 내가 널 떠났다면 그건 네 탓이 아니야. 내 멘탈이 약해서 그런 거니까 별 수 없지, 하고 웃으며 용서해 줘. 그리고 혹 함께 있다면 극복했구나, 하고 웃어주면 좋겠다.

쪽팔려서 이유는 말 안 할래. 네 입장에서 보면 겨우 그깟 일로 그러느냐고 하겠지만 나는 지금 엄청 머리 싸매고 고민하며 살고 있는 중이야. 지금의 나로선 달리 뾰족한 수가 없어서 미래의 나에게 기대를 걸고 있는 상황이랄까. 뭐, 아마 괜찮을 거야. 분명 함께 있겠지?'

"스오답네."

정말이지 스오답다. 그리운 필체를 손가락으로 더듬다가 미후네를 올려다보았다. 그는 굳은 얼굴로 "이상해"라고 했다.

"스오는 날 아주 많이 미워했어. 나만 없으면 행복했을 거라고 생각했다고. 이런 편지를 썼을 리가 없어."

"스오가 널 왜 미워해. 스오가 미워한 건 자기 자신이었어."

뭐? 하고 미후네가 나를 보았다. 울 것처럼 빨개진 눈으로 내 양 어깨를 붙잡았다. 무슨 말 하는 거야? 스오는 날 미워했어. 자신과 날 비교해서는 있지도 않은 차이를 느끼고 재만 없으면 좋겠다고 생각했다고. 날 죽이고 싶을 정도로 미워했잖아!

나는 그 서슬에 눌렸지만 미후네의 잘못된 생각을 바로 잡으려 아니라고 고개를 저었다.

"너야말로 무슨 말 하는 거야? 스오는 자신의 추악한 마음을 용서할 수 없어서, 그런 자신이 미워서 견딜 수 없었어. 재만 없으면 좋겠다고 생각하는 자기 자신을 스오는 죽인 거라고. 스오가 누굴 저주하고 그런 사람이 아니라는 거 너도 알잖아."

아플 정도로 어깨를 꽉 움켜쥐고 있던 손아귀의 힘이 갑자기 풀렸다. 그리고 그대로 툭 떨어졌다. 미후네는 그 자리에 힘없이 주저앉았다.

"아니야. 아닐 거야. 어란이 나한테 보여준 건 이게 아닌데……."

손가락으로 터트린 요코의 어란을 떠올렸다. 그때 내가 본 어란도 불길한 색을 띠고 있었다. 거무죽죽해서 증오와 원한으로 가득 차 있다는 생각밖에 들지 않았다. 그랬기에 터트렸다. 하지만 요코의 편지에는 나를 탓하는 말이 한마디도 없다. 어찌 된 일일까. 두 편지를 비교하며 생각한다.

"어란은 정말로 죽은 사람이 남기는 걸까?"

내가 불쑥 중얼거린 말에 미후네가 고개를 들었다. 나와 눈이 마주쳤다.

"무슨 말 하는 거야, 너는……."

두 통의 편지를 미후네에게 건넸다. 정신없이 읽어 내려가는 그를 내려다보면서 나는 확신했다. 어란은 죽은 사람이 남기는 것이 아니다. 왜냐하면 요코와 스오는 증오나 원한을 남기지 않았다. 여전히 편지를 응시하고 있는 미후네 앞에 쪼그리고 앉았다. 고개를 든 그의 눈이 불안하게 흔들리고 있었다.

"왜 이제 와서 타임캡슐이 나왔을까? 나는 요코를 잊고 사는 나에 대한 요코의 분노일 거라고 멋대로 단정 지었어. 하지만 이 편지를 읽고 아니라는 걸 알았어. 나한테는 잘 살라는 메시지로 보여. 앞을 보고 걸어 나가라고."

"그렇지만 나는 스오의 어란을……."

"어란의 정체는 모르겠어. 모르지만 한 가지 단언할 수 있는 건 스오는 너한테 절대 원한을 남기지 않아. 스오랑 헤어졌을 때 내가 말했어."

내가 네 안에 있는 요코를 전부 가져갈 테니까 이제 요코는 잊어. 그러면 반쯤 편안해질 수 있어. 그리고 미후네도 멀리하는 게 좋겠어. 떨어져 지내면 나머지 반도 편안해질 수 있어. 넌 옛날처럼 웃을 수 있을 거야. 그러니까 그렇게 해.

"스오는 뭐라고 그랬어?"

"난 그 녀석이 좋아. 힘닿는 데까지 내 나쁜 점을 고치려고 노력해 볼 거야. 그렇게 말하고 웃었어."

먹구름 사이로 청명한 하늘이 아주 잠깐 얼굴을 드러낸 듯한 미소였다. 분명 언젠가 먹구름은 걷힐 것이다. 그런 기분이 들어 나는 응원할게, 라고 말했다.

거짓말이야. 미후네의 입이 천천히 움직였다. 거짓말이야, 거짓말이라고. 나는 거짓말이 아니라고 했다. 거짓말이 아니야. 스오는 널 좋아했어. 미후네의 입에서 다른 말이 나올 때까지 거듭 반복했다.

"그럼, 그럼 내가 본 건 뭐였는데?"

한없이 이어지던 실랑이 끝에 그가 힘겹게 물었다. 어란은 대체 뭐야.

그때 무미건조한 전화벨이 울렸다. 깜짝 놀라서 보니 미후네의 휴대폰에서였다. 느릿느릿 주머니에서 휴대폰을 꺼낸 미후네가 "동생이야" 하고는 받지 않았다. 나중에 다시 걸 생각인가 보다. 한동안 울리다가 끊어진 전화는 재차 울리기 시작했다.

"급한 전화 아닐까? 받아 봐."

"그러네. 미안."

미후네가 숨을 깊게 내쉬고 호흡을 가다듬은 다음 통화 버튼을 눌렀다. 곧이어 토키! 하고 외치는 소리가 들렸다.

—엄마가 쓰러졌어! 머리를 세게 부딪쳤는데 지금 구급차 불렀으니까 빨리 와!

나에게까지 들릴 정도로 쩌렁쩌렁 울리는 목소리는 울먹이고 있었다. 어떡해. 얼굴이 창백해.

"진정해. 의식은 있어? 구토는? 구급차가 올 때까지 절대 건들면 안 돼."

자리에서 벌떡 일어선 미후네는 바로 전화를 끊었다. 택시 회사에 전화를 걸었는지 교문 앞으로 콜택시를 부르고는 나에게 미안하다고 사과했다.

"엄마가 쓰러지셔서 바로 가 봐야겠어. 바래다주고 싶은데 미안해."

"나도 들었어. 본가가 여기서 걸어가면 바로야. 거기서 자고 갈 예정이니까 나는 괜찮아. 그것보다 얼른 어머니와 동생한테 가 봐."

서둘러 교문으로 향했다. 요코의 편지를 돌려받은 뒤 함께 택시가 도착하기를 기다렸다.

"어머니는 어디 많이 편찮으셔?"

"1년 전쯤에 몸이 나빠지신 이후로 컨디션이 안 좋으셔. 생명에 지장이 있는 건 아니라고 들었는데 뭔 일이지?"

"여자들은 종종 빈혈로 쓰러지기도 해. 머리가 걱정이긴 한데 혹만 생기고 괜찮을 수도 있어."

내 이야기가 전혀 귀에 들어오지 않겠지만 조금이라도 미후네의 마음을 가라앉히려고 말을 걸었다. 그동안에도 동생에게서 잇달아 문자가 왔다. 구급차가 와서 이송할 병원이 정해졌다고 한다. 어머니는 의식이 또렷해서 구급대원이 묻는 말에도 또박또박 대답한다는 문자에 미후네는 안도의 숨을 크게 내쉬었다. 택시는 아직 오지 않았다. 큰길까지 가서 지나가는 빈 택시를 잡는 게 더 빠를 것 같다고 말하려던 그때 멀리서 헤드라이트의 불빛이 보였다. 미끄러지듯 교문 앞에서 정차한 택시에 올라타려던 미후네가 잠깐 동작을 멈추고 나를 보았다.

"알아볼게."

"어?"

"어란이 무엇인지. 네 말이 맞을지도 모르겠어. 나중에 연락할게."

미후네를 태운 택시는 바로 큰길 쪽으로 사라졌다. 그 모습을 지켜보다가 등 뒤의 교문을 돌아보았다.

—깜빡 두고 온 물건을 찾으러 왔다고 하면 돼.

조금 전 미후네가 한 말이 되살아났다. 내가 여기서 잃어버린 물건.

"톱니바퀴를 찾은 것 같아."

줄곧 찾고 있었던 것이 빠진 부분에 딱 맞게 끼워진 기분이 들었다. 나는 비로소 성장이 가능해졌다.

학교 건물 위에서 달이 부드러운 빛을 내리비추고 있었다. 그 모습을 잠시 바라보다가 본가로 발걸음을 옮겼다. 그러다 문득 생각이 나 가방 맨 아래에 처박힌 흰 봉투를 꺼냈다. 그러고 보니 나는 누구에게 편지를 썼지? 요코의 편지에만 온 신경이 집중되었던 터라 기억나지 않는다. 열어 보니 안봉투에 요코에게, 라고 쓰여 있었다.

나는 요코에게 썼구나. 그러나 내용이 전혀 생각나지 않아

봉투를 뜯었다.

'다시 처음부터 시작하자. 나랑 친구가 되어 줘.'

편지지 한가운데에 딱 한 줄이 쓰여 있었다.

"하하, 난 무슨 생각을 했던 거야."

미래를 상상하기가 힘들어서였을까. 눈앞의 문제가 너무 커서였을까. 어린 내가 혼신의 힘을 다해 쓴 편지다. 한바탕 웃고 나니 눈물이 흘렀다. 이 편지를 보며 함께 웃을 수 있는 미래가 그립다. 그냥 그립다. 너와 함께하는 미래를 원했다. 하늘을 올려다본다. 눈물 필터를 씌운 세상이 반짝반짝 빛나고 있었다. 어쩌면 이렇게 예쁠까.

"코베니."

이름을 부르는 소리가 들린 듯해 뒤를 돌아보았다. 손을 잡고 달려가는 여자애들이 눈에 보이는 것만 같다. 즐겁게 웃고 있는 아이들에게 작게 미소를 지어 보인다.

"요코, 고마워."

이제 나는 오작동을 일으키지 않을 거야. 잘 살아갈 수 있을 거야. 이게 다 네가 남겨준 톱니바퀴 덕분이야.

"스오도 미후네에게 톱니바퀴를 준 거겠지?"

방금 헤어진 미후네를 떠올렸다. 지금은 어머니 때문에 정신이 없겠지만 마음에 여유가 생겼을 때 편지를 다시 읽어 보면 좋겠다. 중학생인 스오가 미후네에게 남긴 마음을 받아 주면 좋겠다.

편지를 가방에 넣고 다시 걷기 시작했다.

내일 집에 가면 창문을 활짝 열어야지. 커튼이랑 이것저것 다 빨고 집 청소도 싹 해야지. 싱크대도, 화장실도, 욕실도 반질반질하게 닦아서 다시 처음부터 시작해 보는 거다.

분명 괜찮을 것이다. 나에게는 이제 톱니바퀴가 있으니까.

## ● 구슬 저편

엄마가 우는 모습을 본 적이 없다.

아예 없는 것은 아니다. 채소 껍질을 벗기다 필러에 왼손 엄지의 살점이 떨어져 나갔을 때나 어린아이 혹은 동물이 꿋꿋하게 살아가는 다큐멘터리를 볼 때면 대성통곡을 한다. 엉엉 소리 내 운다. 내가 하고 싶은 말은 그런 게 아니라 엄마가 당신을 위해 우는 모습을 본 적이 없다는 뜻이다.

이번에도 그랬다. 암이 온몸으로 전이되어 최초 발생 부위가 어디인지 알 수 없다는 의사의 설명을 듣고도 엄마는 "그래요?"라며 조금 애석하게 말할 뿐이었다.

"그래서 앞으로 어떻게 하면 되나요? 치료 방침을 말씀해 주세요."

옆에서 듣던 나는 그대로 넋이 나가 버렸다. 엄마가 갑자기 쓰러진 것이 지난달이다. 과로한 거 아니야? 일 좀 줄여. 그렇게 말했었는데 이런 큰 병이 숨어 있었다니. 도무지 믿을 수가 없다. 거짓말. 아닐거야. 똑같은 말만 반복해 떠오르는 머리로 의사의 설명을 겨우 따라가려고 하는데 갑자기 눈물이 왈칵 쏟아졌다. 머리보다 몸이 먼저 사실을 받아들이고 반응했는지도 모른다. 한 번 흐르기 시작한 눈물은 둑이 터진 듯 연신 흘러나왔다. 닦을 새도 없이 눈물방울이 뚝뚝 떨어지는 내 옆에서 엄마는 담담히 이야기를 이어 나갔다.

"치료는 할 수 있나요? 아, 호스피스요? 들어 본 적 있어요."

엄마가 수첩을 꺼내 메모한다. 펜 끝이 조금도 흔들리지 않는다.

"아아, 타이밍이 안 좋아. 지점장 자리까지 겨우 막 올라왔는데 말이야. 이제부터 내 시대가 펼쳐질 텐데 입원이라니. 퇴원은 할 수 있으려나."

진료 후 대기실에서 엄마는 진심으로 속상한 듯 말하더니 흐느끼는 내 등을 부드럽게 토닥였다.

"이제 그만 울어. 지금 당장 죽는 것도 아니잖아. 그리고 부모가 먼저 죽는 게 자연의 순리야."

나를 배려하듯 말하고 히쭉 입꼬리를 올린다. 어떻게 웃을 수 있지? 조금 전 길어야 반년 정도밖에 살지 못한다는 말을 직접 들어 놓고.

"엄만 당황스럽지도 않아? 엄마 나이 이제 쉰일곱인데."

"아주 이른 것도 아니지. 네 아빠는 서른여섯에 죽었잖아."

아빠는 내가 여섯 살 때 돌아가셨다. 원래도 몸이 허약했던 아빠는 그해 크게 유행한 독감에 걸렸다가 눈 깜짝할 사이에 증상이 악화되어 목숨을 잃었다. 너무 순식간이라 마음의 준비고 뭐고 할 겨를도 없었다. 일주일 전만 하더라도 툇마루에 나란히 앉아 왕만두를 입 안 가득 넣고 마당의 동백나무를 보았는데. 그때 부풀어 오른 꽃망울이 채 터지기도 전에 아빠가 먼저 눈을 감았다.

"아빠도 일찍 세상을 떠나고 이제 엄마까지 떠난다는데, 이게 '아, 그렇습니까?' 하고 바로 수긍할 수 있는 문제냐고! 엄마가 떠나면 나한테는 토키밖에 없는데!"

"어머, 잘됐잖아. 요즘 토키 보면 표정도 바뀌고 번듯해져서 안심이야."

10여 년을 니트족으로 살아온 오빠 토키가 장례업체에서 일한 지 1년 반쯤 되었다. 못 미덥고 불결하고 세상과 크게 동떨어진 자리에 오래 머물렀던 토키가 제대로 사회에 복귀할 수 있을지 심히 의심스러웠지만 의외로 성실하게 꾸준히 일하고 있다. 꽃미남이니, 왕자님이니, 하며 비교적 인기가 있었던 고등학생 때의 명성을 조금씩 찾고 있는 중이다. 그래도 듬직함과는 거리가 먼 데다 무엇보다 토키가 정신을 좀 차렸다고 해서 엄마가 떠나도 된다는 건 어불성설이다.

"안심하려면 아직 멀었어. 그리고 엄마가 곁에 없으면 어떻게 될지 몰라. 그 인간, 아직 정상이 아니야."

내가 단언하듯 내뱉었다.

토키가 니트족이 된 이유는 베프의 죽음을 목격하고 그 친구가 만들어 낸 어란을 먹었기 때문이라고 전에 본인에게서 들었다.

그러나 죽은 사람의 마지막 생각을 알 수 있다니, 그런 솔깃한 물건이 이 세상에 존재할 리 없다. 그런 물건이 있다면 미제 사건은 존재하지도 않을 테고, 죽은 사람이 나를 어떻게 생각할지를 놓고 평생을 고통스러워하지 않아도 된다. 결국 만화 속 이야기일 뿐이다.

하지만 토키는 그 어란 때문에 10년 넘게 괴로웠다고 했다. 사회에 복귀는 했지만 지금도 자기 방에 들어가면 여전히 컴퓨터 앞에 붙어 앉아 어란에 대해 조사하고 있다. 최근에는 누가 어란을 만들어 내는지를 알아보고 있다고 했다. 언제는 죽은 사람이 만든다며, 라고 내가 따지자 중학교 동창의 편지가 어쩌고저쩌고 침을 튀겨가며(여전히 이런 점이 불결하다) 설명했지만 솔직히 내 알 바 아니다. 토키는 언제까지, 어쩌면 죽을 때까지 어란에 집착하며 살 생각일까. 오래전에 죽은 사람 때문에, 그 사람이 죽은 이유 때문에 괴로워만 하다가 자기 삶을 마칠 생각일까. 그것이 과연 바람직할까.

"아, 배고프다. 하나코, 밥 먹으러 가자."

엄마 목소리에 정신이 번쩍 든 나는 아직 눈가에 맺혀 있는 눈물을 훔쳤다. "최근에 계속 입맛 없다고 하더니"라고 하니 엄마가 웃으며 고개를 끄덕였다.

"몸이 안 좋은 원인을 알아서 그런가? 왠지 배 터지게 먹고 싶어. 불고기랑 중식 중에 뭘 먹을까? 하나코는 뭐가 더 좋아?"

내 얼굴을 들여다보는 얼굴을 찬찬히 뜯어본다. 눈가 주름이 늘고 깊어졌다. 눈 밑의 다크서클은 진해지고, 볼 터치로 혈색을 속이고 있는 볼은 어느새 홀쭉해졌다. 며칠 전만 하더라도 건강하고 발랄한 엄마였는데 이제 와서 보니 왜 그동안 몰랐을까 속상할 정도로 야위어 있었다. 이 얼굴이 어떻게 50대란 말인가.

"엄마 먹고 싶은 걸로 먹자."

나도 모르게 목소리가 떨렸다. 나는 무엇을 보고 있었을까. 엄마는 영원히 늙지도, 죽지도 않는다고 믿은 걸까. 이렇게나 선명히 늙음이 깃들고 병에 잠식되고 있었는데.

"그럼 중식 먹을까. 근처에 잘하는 가게가 있거든. 샤오롱바오가 진짜 맛있어."

엄마가 앞서 걷기 시작한다. 그 뒷모습을 보자 다시 눈물이 나올 것 같았다. 나보다 먼저 발걸음을 서두르는 그 뒷모습이 낯익다. 초등학생 때, 아빠가 돌아가신 뒤였다. 남편 없이 자식 둘을 건사하게 된 엄마는 그동안 파트타임으로 일했던 홍보대행사의 배려로 정규직으로 전환했다. 자연스레 퇴근이 늦어졌고, 우리 남매는 방과 후 돌봄교실에 맡겨졌다. 우리는 항상 제일 마지막까지 남아 있는 학생이었다. 해가 지고 캄캄한 어둠 속을 정장 차림의 엄마가 뛰어온다. 직원에게 후다닥 인사하고는 가자! 하고 바삐 건물을 나선다. 엄마, 잠깐만. 혹 두고 가지 않을까 싶어 나는 항상 뛰어서 쫓아갔다. 두고 간 적은 한 번도 없었다. 엄마는 헐레벌떡 달려오는 나를 알아채고 황급히 걸음을 늦춰 주었다. 내 손을 잡고 미안하다며 웃었다.

—얼른 가서 저녁밥 차려줄 생각에 엄마가 마음이 급했네. 자, 가자.

엄마는 나를 두고 가지 않았다. 당연했다. 내가 커서도 그게 계속 당연할 줄만 알았는데.

—자, 너도. 손잡아야지.

내 손을 잡은 엄마가 비어 있는 다른 쪽 손을 내민다. 그 손을 두 손으로 꽉 움켜잡는 사람은 토키였다. 엄마 몸 너머로 보는 토키는 언제나 입술을 일그러뜨리고 울 듯한 표정이었다.

어릴 적 토키는 어리광쟁이였다. 무슨 일만 있으면 곧장 부모님 품에 뛰어들었고, 마음이 진정될 때까지 부모님이 등을 어루만져줘야 했다. 아빠가 돌아가셨을 때는 엄마에게 한시도 떨어지지 않았고, 잠깐이라도 엄마가 보이지 않으면 경기를 일으킬 것처럼 숨넘어가게 울었다. 아빠가 돌아가시고 한 일주일까지는 화장실 안에도 따라 들어갔지 싶다.

토키는 엄마가 시한부 선고를 받았다는 걸 알면 어떻게 나올까. 걸음을 멈추고 생각한다. 친구의 죽음으로 10년 넘게 괴로워한 토키가 엄마를 떠나보내야 한다는 걸 알면 어떻게 될까. 생각만으로도 무서워 발길이 떨어지지 않는다.

뭐해, 하고 엄마가 돌아보며 의아한 듯 외쳤다. 빨리 가자. 다시 등을 돌린 뒷모습이 한층 작아 보인다. 큰 소리로 터지려는 울음을 참으며 천천히 고개를 끄덕였다.

*

나나세 씨와는 우연히 알게 되었다. 나나세 씨가 좋아하는 사람이 엄마 옆 병실에 있었기 때문이다. 그분도 엄마와 같은 말기 암 환자로 암 치료와 완화 의료를 병행하고 있다고 한다. 문병 온 나나세 씨를 오다가다 곧잘 마주쳤고 가족용 휴게실에서 만난 것이 계기가 되어 이야기를 나누게 되었다. 나이와 처지가 비슷하다는 점 때문에 금세 마음이 맞았다. 지금은 오랜 세월 알고 지낸 친구처럼 서로 무엇이든 터놓는 사이가 되었다.

"오늘은 면회 사절이래. 열이 높은가 봐."

나나세 씨는 휴게실에서 차를 마시는 나를 보자마자 얼굴을 잔뜩 찌푸리며 고개를 숙였다. 오른손에는 과일과 젤리가

든 봉지가, 왼손에는 그분이 읽고 싶다고 했다는 화제의 소설이 든 종이봉투가 들려 있었다.

"독감이 유행하기 시작해서 원내 감염이나 그런 건 아니면 좋겠는데. 면역력도 떨어져서 걱정이야."

나나세 씨가 하도 자주 찾아와서 병상에 누운 사람이 남편이나 애인인 줄 알았는데 단순한 선후배 사이라고 한다. 나스 씨는 아마 내 마음을 알고 있을 거야, 라고 나나세 씨가 가르쳐주었다. 그야 그럴 것이다. 그냥 후배가 이렇게까지 지극정성으로 챙기지는 않을 테니까.

그리 멀지 않은 미래에 나나세 씨는 그와 헤어져야 한다. 그때 후회하지 않기 위해서라도 고백하는 게 좋지 않겠느냐고 하니 화장기 없는 귀여운 얼굴이 흐려졌다.

—나스 씨, 이혼남이야. 12년 전쯤에 헤어진 후로 연락이 두절돼서 지금 어디 살고 있는지도 모른대. 그런데도 그 사람은 헤어진 아내랑 딸을 여전히 잊지 못하는 것 같아.

내가 고백하면 그 사람이 불편해할 거야, 라고 나나세 씨는 죄를 고백하듯 나직하게 말했다.

친해졌다고는 하지만 나는 나나세 씨의 마음이 이해되지 않았다. 나라면 아내가 있든 자식이 있든 간에 좋아하는 사람을 내 것으로 만들고 싶고, 그 기회가 있다면 놓치지 않을 것이다. 이런 때에 만나러 오지도 않는 전처와 딸보다 내가 더 당신을 행복하게 해 줄 수 있으니까 나를 봐. 그렇게 말하고 다가갈 것이다. 배려하느라 후회하는 것은 어리석은 짓이다. 나나세 씨에게 그 말을 들었을 때 나스 씨를 생각해 묵묵히 간병만 하는 그녀가 애처로우면서도 조금 불만스러웠다.

지금도 "마음을 고백해야 한다니까" 같은 말을 겨우 삼켰다. 이 병원은 가까운 사이라면 짧은 시간이나마 입실을 허락해 준다. 면회 사절을 통보 받는 사람은 단순한 문병객뿐이다. 나스 씨와 연인 사이가 되면 얼굴을 보는 것 정도는 허락해 줄 텐데. 그러나 힘없이 어깨를 늘어뜨린 나나세 씨에게 그런 말을 할 수는 없었다.

"우리 엄마도 전에 열이 났는데 이틀 뒤에 떨어졌어. 지금은 상태가 좋으니까 나스 씨도 괜찮을 거야."

큰 위안이 되지 않으리라는 걸 알면서도 말했다. 엄마의 병을 알고 난 이후로는 거미줄처럼 가늘고 연약한 것이라도 희망으로 이어진다면 붙잡고 매달렸다. 종교에 빠지는 사람을 어리석게 여겼는데 지금은 엄마 몸에 둥지를 튼 암세포를 모조리 없애 주겠다고 하면 종교단체 가입이든 뭐든 다 할 수 있다. 나나세 씨도 내 말에 희미하게 웃어 보였다.

"맞아. 괜찮을 거야."

"그럼 괜찮고말고. 좀만 지나면 다시 면회할 수 있을 거야."

"고마워. 아, 미후네 씨는 어때? 그 후로 왔어?"

나나세 씨의 질문에 나는 고개를 저었다.

"아마 안 올 거야. 걘 인간 말종이라."

엄마가 말기 암이란 사실을 안 토키는 도망쳤다. 다시 방 안에 틀어박히고 말았다. 멀쩡히 잘 다니던 회사도 엄마 병을 이유로 휴직했다. 엄마가 입원한 지금도 문병 한 번을 오지 않는다. 말을 붙여 같이 병원에 가자고 몇 번이나 부탁했지만 대답도 없다. 모니터를 잡아먹을 듯이 컴퓨터 앞에 딱 붙어서 주야장천 어란만 조사하고 있다.

토키는 어란 때문에 10여 년을 허송세월로 날렸다. 니트족이 된 토키의 생활을 뒷바라지한 사람은 엄마다. 그 엄마가 죽음을 향해 가고 있다는데 왜 어란에 더 목을 맬까. 이제 그만 털어 버리고 엄마 곁에 있어 주면 좋으련만. 이대로 있다가는 엄마의 고생도 헛된 게 되고 만다.

"인간 말종이라니 그렇지 않아. 얼마나 착한 사람인데."

나나세 씨가 토키를 알고 있던 것도 우연이었다. 토키라고 멍청한 오빠가 있는데, 하고 푸념하는 나에게 나나세 씨가 아는 사람 같다며 미후네 토키 씨, 맞지? 하고 말한 것이다. 두 사람은 일 때문에 몇 번 얼굴을 본 적이 있는 모양이었다.

"착하기는 개뿔. 약해 빠졌어. 인간의 죽음에 아주 약해 빠졌다고."

고개를 절레절레 흔들고 그렇게 단언했다. 토키는 약해 빠졌다. 아득히 먼 옛날부터, 이 세상에 생명이 태어난 순간부터 죽음은 살아 있는 존재 옆에 있어 왔는데 죽음이 지닌 힘에 너무 매몰되어 있다.

안 슬픈 사람은 없어. 안 무서운 사람도 없고. 다들 똑같아. 다들 그걸 이겨내고 살아가는데 왜 혼자만 도망치려는 거야? 도망칠 수 있다고 믿는 거야?

몇 번이나 토키의 방 앞에서 소리쳤지만 토키는 일언반구도 없다. 문에 귀를 대 보았지만 키보드 두드리는 소리밖에 들리지 않았다.

"지금 이대로라면 틀림없이 후회할 거야. 토키도, 엄마도."

알면서도 어떻게 할 수가 없다. 이러고 있는 동안에도 엄마의 생명은 서서히 깎여 나가 함께할 수 있는 시간이 줄어들고 있다. 언제 눈을 감을지도 모르는데 토키는 왜 저렇게 생각이 없을까. 혼자 삭여 온 불평을 일단 내뱉자 감정을 주체하지 못하고 눈물이 또르르 떨어졌다.

"분명 미후네 씨도 알고 있을 거야. 계속 그러고 있지는 않을 거야."

나나세 씨가 등을 가만히 어루만져주었다. 자상한 손길이 천천히 오르내리자 마음이 다소 누그러졌다.

내가 오히려 위로받다니 한심해. 작게 중얼거리고 눈물을 훔쳤다. 내가 어색하게 웃어 보이자 그렇지 않아, 하고 나나세 씨가 부드러운 미소로 화답했다.

"오늘은 이만 가 볼까나. 아 참, 괜찮으면 이거 어머니랑 같이 먹어. 나스 씨에게 줄 수도 없고 도로 들고 가기도 좀 그러니까."

그렇게 말하고 비닐봉지를 나에게 건넸다. 사양했지만 나나세 씨는 기어코 봉지를 쥐여 주고 돌아갔다. 봉지 안을 보니 목 넘김이 좋을 것 같은 음식이 많이 들어 있었다. 환자 영양식 음료까지 있다. 식욕이 없어 아무것도 입에 대려고 하지 않는 엄마도 이거라면 먹을지 모른다.

마음 쓰이게 했다고 반성한다. 감정이 격해져 그만 눈물을 보이고 말았다. 나나세 씨도 울고 싶을 정도로 힘든 상황인데. 그러다 나나세 씨가 우는 모습을 본 적이 없다는 데 생각이 미쳤다. 나스 씨의 증세를 이야기할 때도, 어떻게 좋아하게 되었는지를 이야기할 때도 난처한 듯 눈썹 끝을 내리기만 하고 눈물은 보이지 않았다.

나나세 씨는 토키와 정반대로 강한 사람일 것이다. 요양원에서 일한 지도 제법 되었다고 들었다. 입소자의 죽음을 접할 때도 많다고. 그런 경험이 그녀를 강하게 만든 게 아닐까.

그렇다면 토키도 조금은 강해진 걸까. 어쨌든 장례업체에서 일하고 있으니까. 약간은 면역이 생긴 줄 알았더니 그 인간은 무엇 하나 달라지지 않았다.

한숨을 한 번 내쉬고 엄마가 있는 병실로 갔다.

*

엄마에게서 냄새가 난다. 부지런히 몸을 닦이고 양치질도 빠뜨리지 않고 하는데 온몸에서, 호흡에서 이상한 냄새가 난다. 먹고 있는 약의 부작용인지, 암이 몸의 무언가를 파괴해서인지 이유는 잘 모르겠다. 어딘가 썩는 듯한 불쾌한 냄새가 엄마의 본래 냄새에 미세하게 섞여 있다.

"엄마, 딸기 사 왔어. 내가 맛을 봤는데 엄청 달아."

향이 좋은 물건을 가지고 오면 냄새는 사라질 것이다. 그런 옅은 기대를 안고 새콤달콤한 딸기를 왕창 사 왔다. 그러나 냄새는 콧속 어딘가에 달라붙은 듯 사라지지 않았다. 의식해서인지 더 강해진 것 같기도 하다. 실망한 기색을 감추려고 억지웃음을 지었다.

침대에서 선잠을 자던 엄마는 내 얼굴과 딸기를 견주어 보며 애매하게 웃었다. 그 미소가 애처롭다. 매끄럽고 탄력 있는 피부가 자랑이었는데 이제는 윤기를 잃고 퍼석퍼석한 데다 흙빛을 띠고 있다. 입술은 립밤을 열심히 바르는데도 다 터서 껍질이 일었다. 환자복 소매 밖으로 나온 손은 뼈가 도드라져 보이고 손등은 거듭 맞는 링거 주사 때문에 검푸른 멍이 들었다.

조금이라도 호전될 수 있다면. 그렇게 기도하며 완화 의료만 하지 말고 암 치료도 받자고 엄마를 설득했다. 어쩌면 극적으로 항암제가 들을지도 모르잖아. 엄마, 할 수 있는 건 다 해 보자. 제발 부탁이야. 엄마는 순순히 고개를 끄덕여 주었다. 그러나 내 주장이 정답이었는지는 의문이 든다. 약 기운에 취해 괴로운 날들을 보내기보다 나다움을 간직하며 평온하게 사는 것이 엄마를 위한 길이지 않았을까. 그러나 그 말을 입 밖으로 낼 수는 없었다. 호전될 가능성을 손에서 놓지 않기를 바라니까.

"딸기가 크네. 작게 잘라 줄래? 한 알이면 돼."

활기가 넘치고 시원시원하던 목소리는 오래전에 사라졌다. 밖에서 부는 초겨울 바람보다도 가늘고 힘이 없다.

엄마는 날이 갈수록 생명의 불꽃이 작아지고 있다. 수명을 양초에 비유하곤 하는데, 만약 그렇다면 엄마의 양초는 이제 거의 남아 있지 않다. 녹아서 퍼진 파라핀 위에 작은 불꽃이 덧없이 남아 흔들리는 정도가 아닐까. 누군가의 한숨 한 번에 맥없이 꺼지고 마는.

가져다 놓은 도마 위에 딸기를 올리고 썰었다. 목구멍으로 넘기기 좋게 가급적 잘게. 작은 접시에 담아 엄마에게로 갔다. 거의 으깨진 상태가 된 딸기를 보고 엄마가 작게 웃었다.

"이유식 같네. 나이를 먹으면 다시 아기가 되나 봐."

"아무리 나이를 먹었어도 아직 아르다고 내가 했지."

딸기를 숟가락으로 떠서 엄마 입에 가져갔다. 천천히 삼킨 엄마가 "좋다"라고 했다.

"하나코도 이제 날 간병할 정도로 다 컸네. 네 아빠한테 자랑해야겠다. 약속대로 내가 잘 키웠다고."

"무슨 소리야. 아직 덜 큰 인간도 있잖아."

목소리가 울먹이려고 한다. 이런 일에 기뻐하면 어떡해. 더 바라는 게 없어?

딸기 맛있어. 엄마가 입을 작게 벌리는 모습을 보고 숟가락을 가져갔다. 맛을 음미하던 엄마는 토키라면 괜찮을 거야, 라고 했다.

"그 인간, 병원에도 안 오는 바보 멍청이야. 어딜 봐서 괜찮다는 거야?"

"걘 실수를 되풀이하지 않으니까. 시간이 걸릴 수는 있어도 괜찮아."

엄마는 토키에게 너무 무르다. 실수를 거듭한 결과가 지난 10년이다. 10년이나 시간이 걸렸으면 충분하다. 내가 가만히 있으니 엄마가 "그렇긴 해도 미안해"라며 사과했다.

"토키가 부족한 만큼 하나코에게 많은 부담을 지웠어. 혼자서 다 하려니 힘들지? 너 생각하면 엄마가 면목이 없어."

양가 할아버지와 할머니는 모두 불귀의 객이 되셨다. 기댈 수 있는 친척도 인근에는 없다. 그렇다 보니 엄마의 간병은 전적으로 내 몫이 되었다. 그러나 이런 일쯤은 아무것도 아니다. 어린아이 둘을 혼자서 키우는 고생에 비하면 껌이나 다름없다.

"부담 같은 거 없어. 유급 휴가가 많이 남아서 막 써도 괜찮아."

친척이 많으면 의견이 갈리고 분쟁이 생겨서 꼭 좋은 것만도 아니라고들 했다. 쓸데없는 참견을 하는 사람도 있다고 들었다. 이런 때에 불필요한 스트레스는 사양하고 싶다. 그리고 엄마 퇴직금도 있고 암 보험도 들어 두어서 금전상의 문제는 없다.

"토키가 거들어 줬어도 크게 보탬은 안 됐을 거야. 그 인간은 남의 뒷바라지나 받을 줄 알지, 지가 한 적은 없잖아."

내가 일부러 깔깔 웃어 보이자 엄마도 웃었다.

그 후 엄마의 눈꺼풀이 또다시 무겁게 내려오는 것을 보고 병실을 나왔다. 옆 병실을 보니 면회 사절 팻말이 사라졌다. 아무래도 나스 씨의 병세가 나아진 모양이다.

딸기는 지난번의 보답으로 나스 씨 것도 샀다. 나나세 씨를 볼 수 있을까 싶어 휴게실에 가려는데 때마침 나스 씨의 병실 미닫이문이 열렸다. 밖으로 나온 사람은 역시나 나나세 씨였다. 말을 걸려고 다가가다가 걸음을 멈췄다. 나와 눈이 마주친 나나세 씨가 울고 있었다. 울지 않는다고 생각한 사람의 눈에서 눈물이 뚝뚝 떨어지고 있다.

설마, 하고 새어 나온 목소리가 갈라지고 발끝이 떨리기 시작했다. 이곳에서는 최악의 상상이 당연하게 일어난다. 혹시, 하는 생각을 떨칠 수 없다. 눈물을 닦은 나나세 씨가 억지로 웃어 보이려고 했지만 실패했다. 문을 천천히 닫은 것과 동시에 내 어깨에 얼굴을 묻었다.

"하나코, 나……."

어쩌면 좋아. 나나세 씨는 온몸을 들썩이며 소리 죽여 울었다. 나스 씨에게 들키고 싶지 않으리라. 황급히 엄마 병실로 끌고 갔다.

엄마는 잠이 드신 모양이었다. 이불이 규칙적으로 위아래로 움직이고 있었다. 나는 나나세 씨에게 의자를 권하고 갑티슈를 건넸다. 그리고 마주 보고 앉았다.

아내랑 딸이 보고 싶대. 진정되기를 기다리는데 나나세 씨가 불쑥 입을 열었다.

"아까 자다 일어난 그 사람이 날 보고 활짝 웃더라. 그러더니 '아아, 왔네' 하는 거야. 자상한 목소리로. 그런 적이 처음이라 나는 그것만으로도 눈물이 날 만큼 행복했거든. 그런데 그 사람이 뭐라는 줄 알아? '마지막으로 한 번 보고 싶었어, 마키. 미사토는 어디 있어?'래."

나나세 씨의 이름은 료코다.

눈이 붉게 충혈된 나나세 씨의 입술이 떨린다. 여러 차례 망설이다가 말을 이었다.

"나도 알아. 그 사람이 한평생 마음을 준 여자니까 그리운 마음은 알겠다고. 그런데 마키라는 이름을 듣는 순간, 이렇게 많았었나 겁날 만큼 추한 감정이 폭발하는데 깜짝 놀랐어."

견딜 수가 없는지 나나세 씨는 두 손으로 얼굴을 가리고 다시 숨죽여 울기 시작했다. 가녀린 어깨가 작게 들썩였다.

"내가 계속 옆에 있는데, 이렇게 노력하고 있는데. 그런데도 이렇게 힘든 때에 아무것도 모른 채 태평하게 지내는 사람들이 더 소중한 거야. 내가 아니라 손가락 하나 까딱하지 않는 사람들이 사랑받다니 이상해. 내 생각은 눈곱만큼도 하지 않고 매정해. 나스 씨가 미워. 알지도 못하는 아내랑 딸이 미워. 하나코, 나 정말 못됐지? 나스 씨를 생각한다면 '연락할까요?' 하고 말해야 하는데. '내가 부탁해 볼게요' 해야 하는데. 많이 그리워하거든. 아마 이게 그 사람 마지막 소원일 텐데. 그래서 들어주고 싶은데, 나는 들어줄 수 있는데 내 안에 있는 미움 때문에 말 못 했어. 정신을 차려 보니까 그 사람한테서 도망치고 있었어."

흐느끼는 나나세 씨를 보며 반성한다. 나는 제대로 보지 못했다. 나나세 씨는 강한 게 아니었다. 그저 애쓰고 있었다. 나스 씨를 위해 할 수 있는 일을 하자고 이를 악물고 강해지려고 했을 뿐이었다.

"말 못 하는 게 당연해. 나나세 씨가 못되긴 뭐가 못돼?"

손을 뻗어 맞은편에 있는 나나세 씨의 어깨를 만졌다. 쓰다듬고 또 쓰다듬었다. 무료 봉사는 아름답고 숭고하겠지만 이상적인 모습에 지나지 않는다. 무의식적으로 어떤 대가를 기대하는 게 당연하다. 사랑까지는 아니더라도 마음속 소중한 곳에 내가 있길 바라는 마음이 왜 나쁜가.

"나나세 씨니까 나스 씨 앞에서 울지 않았잖아. 미운 마음이 들었어도 말하지 않았잖아. 그것만으로도 아주 장해. 잘했어."

나나세 씨가 거칠게 머리를 가로저었다. 그리고 여전히 얼굴을 가린 채 말했다. 나 분명 후회해. 이 일을 후회할 거야. 그런데 몸이 말을 듣지 않아. 해야 한다는 걸 알면서도 몸이 따라 주지 않아. 이제 시간이 얼마 없는데.

나스 씨에게 헤어진 처자식이 있다는 이야기를 전에 들었을 때 나나세 씨가 불쑥 이런 말을 했다.

—왜 헤어졌느냐고, 어떤 여자였느냐고 물어볼 날이 언젠가 올 줄 알았어. 나스 씨의 마음 한구석에 여전히 그 여자가 있다고 해도 그 모습까지 다 사랑할 수 있다고 말하는 내가 되고 싶었어. 그런데 그렇게 되기 위해 필요한 시간이 나한테는 남아 있지 않은 것 같아.

그때도 나는 할 말을 잃었다. 사랑하는 사람 곁에 있고 싶다. 소원은 그것뿐인데 이룰 수가 없다. 시간이라는 해결책이 절대적으로 부족했다.

말없이 나나세 씨의 어깨를 계속 쓰다듬었다. 그리고 생각했다. 지금 우리는 스스로 어떻게 해 볼 수 없는 흐름에 몸을 싣고 이별을 향해 가고 있다. 막을 수도, 늦출 수도 없는 흐름 앞에서 무엇을 할 수 있을까. 모든 것이 다 끝난 후에 일말의 후회도 없이 지난날을 돌아볼 수 있을까.

엄마가 몸을 뒤척이는 소리가 나서 등 뒤를 살폈다. 잠에서 깬 기색 없이 깊이 잠든 모습에 안도하다가 아까 엄마가 한 말이 문득 떠올랐다.

—약속대로 내가 잘 키웠다고.

아빠는 말 그대로 눈 깜짝할 새 돌아가셨다. 집에서 의식을 잃고 구급차로 병원에 이송된 지 이틀 만에 눈 한 번 뜨지 않고 그대로 숨을 거두었다. 아빠가 돌아가셨다는 소식을 듣고 사람이 그렇게 단박에 죽을 수는 없다고 믿지 않았던 것이 기억에 생생하다. 그만큼이나 갑작스러웠다.

엄마는 그런 아빠와 언제 약속을 했을까. 아빠가 몸이 허약했다고는 하지만 생명에 지장을 주는 중병을 앓지는 않았다. 본인도 이렇게 일찍 죽을 줄은 예견하지 못했을 것이다.

"미안해. 이제 일하러 가야 해서 그만 일어날게."

나나세 씨의 목소리에 정신이 번쩍 들었다. 괜찮으냐고 물으니 힘없이 고개를 끄덕인다.

"요양시설 일은 일손이 부족해서 어려움을 겪거든. 나스 씨는 지금도 자기가 빠진 공백을 걱정해. 나스 씨에게 걱정을 끼치지 않기 위해서라도 가야지."

눈물을 닦고 평소 잘 바르지 않는 파운데이션을 얼굴에 두드리며 나나세 씨가 웃었다. 눈물 자국을 지운 그녀의 미소가 언제나처럼 애처로웠다.

집으로 가 곧장 토키의 방으로 직행했다. 문을 세게 두드리며 열라고 해도 대답이 없다. 노상 있는 일이었다. 이번에는 발로 문을 걷어찼다.

"열어. 문 부수고 컴퓨터에 물 끼얹어 버리기 전에 지금 당장 열어."

잠시 틈을 두고 문이 빼꼼 열렸다. 그 사이로 얼굴을 절반만 내민 토키가 칙칙한 눈동자로 나를 보았다. 퀭한 눈에 내가 비쳤다.

"엄마가 의식 불명이야."

토키의 눈이 크게 벌어졌다. 나는 문을 힘껏 열어젖히고 우두커니 서 있는 토키의 가슴팍을 때렸다.

"먹은 거 다 토한 뒤로 의식이 없다고!"

처음에는 피를 토한 줄 알았다. 괴로운 듯 기침을 하던 엄마가 이상한 소리를 내며 붉은 덩어리를 토한 순간 엄마의 죽음을 각오했다. 소스라치게 놀라 간호사 호출벨을 눌렀을 때 달콤하게 번지는 향기로 알았다. 이건 좀 전에 먹은 딸기잖아. 딸기 뭐야, 진짜. 근처 간호사실에서 사람이 뛰어오는 기척을 느끼며 웃기지도 않는데 웃음이 터져 나왔다. 억지로 흘리던 웃음은 곧이어 오열로 바뀌었다. 무슨 눈물인지도 모르는 눈물을 흘리면서 생각했다. 나는 앞으로 두 번 다시 딸기를 먹지 못하겠구나.

"엄마가 이대로 돌아가실 수도 있다고! 그래도 괜찮아? 엄마 속만 썩이고 걱정만 끼쳐 놓고 돌아가시게 둘 거야?"

계속해서 토키의 가슴을 때렸다.

"너 때문에 엄마 수명이 줄어든 거잖아. 네가 고생만 시키고 걱정만 끼쳐서 엄마가 아픈 거라고. 사과해, 엄마한테 사과해!"

토키는 멍하니 선 채로 내 주먹을 맞고 있었다. 연지색 체육복 너머로 불빛이 새어 나오는 모니터가 보였다. 보나마나 또 그놈의 어란일 것이다.

"미안해."

"사과는 엄마한테 하라고! 무릎을 꿇든 뭘 하든 제대로 용서를 구해. 이대로는 엄마만 불쌍하니까."

얼마나 때렸을까. 갑자기 다리의 힘이 풀려 그 자리에 주저앉았다. 어깨로 숨을 몰아쉬는 내 앞에서 토키는 내내 서 있기만 했다.

조심스럽게 울리는 경적 소리를 듣고 그제야 밖에 택시를 대기시킨 사실이 떠올랐다. 느릿느릿 일어나 현관으로 향했다. 등 뒤에서 토키가 어디 가? 하고 물었다.

"몰라서 물어? 엄마한테 가는 거잖아. 너한테 계속 전화했는데 휴대폰 전원이 꺼져 있어서 할 수 없이 집에 온 거야."

"나도 갈게."

토키도 서둘러 따라왔다. 나란히 택시에 오르는데 토키에게서 냄새가 났다. 오래 방치되어 찌들고 묵은 냄새. 이 인간 몸에 몇 년이나 들러붙어 있던 냄새. 이렇게 냄새가 나는데, 불쾌감을 주는데 이 인간은 죽지 않는다. 살고 싶어도 그럴 수 없는 엄마의 냄새와 닮은 듯 다르다. 곁눈질하며 "냄새나" 하고 쏘아붙였다. 토키는 시선을 떨구며 "미안해" 하고 중얼거렸다. 그 후로 대화는 없었다.

많은 관에 연결된 엄마는 이미 생사의 경계가 불분명했다. 산소마스크 아래로 힘없이 벌어진 입술 끝에 구토의 흔적이 남아 있었다. 조심스럽게 엄마 얼굴을 들여다보던 토키가 "피가!" 하고 작게 외쳤다. 즉각 뺨을 올려붙였다.

"그거 딸기야."

아아, 하고 온몸으로 숨을 내쉰 토키가 엄마 옆에 있던 의자에 앉았다. 잠시 엄마 얼굴을 바라보던 토키가 "엄마" 하고 부른다. 대답이 돌아올 리 없다. 그런데도 토키는 "엄마" 하고 한 번 더 불렀다. 참기 힘든지 눈물을 뚝뚝 흘리기 시작한다. 양손으로 얼굴을 가리려는 것을 "피하지 말고 똑바로 봐" 라며 손목을 잡고 못 하게 했다.

"보고서 충격을 받든 말든 상관없어. 그렇지만 네가 고생시킨 엄마 모습에서 눈을 떼지는 마. 그 동태눈에 똑똑히 새겨 넣어. 네가 엄마를 이렇게 만들었으니까."

나를 보는 토키의 눈이 일그러졌다. 떨리는 입술 사이로 미안하다는 말이 나왔다.

"미안해, 미안해! 그 말만 하면 다야? 사과하면 용서받을 줄 알았어? 네 그 진정성 없는 사과에 엄마가 살아난대?"

토키가 입술을 깨물었다. 그리고 다시 천천히 입을 열려던 그때 병실 문이 열렸다. 안면이 있는 간호사가 조심스럽게 얼굴을 내밀었다.

"면회 시간이 지났어요. 위층 가족실이 비었으니까 거기를 이용하면 좋겠는데."

"네, 그럴게요."

토키의 말을 기다리지 않고 대답했다. 오물을 내던지듯 잡고 있던 손목을 놓았다. 그런 뒤 엄마 얼굴을 들여다보았다. 생기 없는 얼굴을 보며 포기하지 말라고 기도한다. 엄마, 제발 꼭 일어나. 토키는 그런 내 옆에서 고개를 숙이고 있었다.

잠 한숨 못 자고 아침을 맞았다.

병원에서 보내는 밤이 싫다. 두 번 정도 구급차의 사이렌 소리가 들렸고, 그때마다 심장이 꽉 조이듯 아팠다. 엄마에게 첫 이변이 있었던, 집에서 통증을 호소하며 쓰러진 날 밤이 생생하게 떠올랐기 때문이다. 시간을 그날 밤보다 더 과거로 돌릴 수 있다면 좋을 텐데.

"맛없어."

휴게실에서 주먹밥을 베어 물고는 얼굴을 찌푸렸다. 뭐라도 먹어 두지 않으면 보호자까지 쓰러진다는 간호사의 말에 입맛은 없지만 편의점에서 사 왔다. 모래를 씹는다는 게 이런 걸까. 멍하니 그런 생각을 하며 기계적으로 입을 움직였다. 맛도 없고 목구멍으로 잘 넘어가지도 않아서 반쯤 먹고는 도로 비닐봉지에 넣었다. 입 속에 남은 음식물은 자판기에서 뽑아 온 종이컵 커피로 대충 넘겼다.

입 안 구조가 완전히 바뀐 것 같다. 그러고 보니 엄마도 대식가였는데 언제부터인가 먹는 양이 줄었다. 암 때문에 먹지 못했다는 것을 이제야 깨닫는다.

"엄만 언제부터 몸이 안 좋았을까."

커피를 홀짝이며 혼잣말하듯 말한다. 파이프 의자 위에서 무릎을 끌어안고 있던 토키가 고개를 젓는 기미가 느껴졌다.

암 선고를 한 의사 말로는 1년도 더 전부터 건강이 좋지 않았을 거라고 했다. 견디기 힘든 통증이 있었을 거라고도. 하지만 엄마에게서 그런 기색은 전혀 찾아볼 수 없었다. 계속 함께 살았는데 왜 한마디 상의도 없었을까.

"분명 네가 못 미더워서야. 그래서 말을 못 한 거라고."

돌아오는 대답은 예의 그 '미안해'였다. 혀를 차고 다시 커피를 홀짝였다.

"야, 너 왜 다시 은둔형 외톨이로 돌아온 건데?"

"돌아온 게 아니야. 어란에 대해 조사하고 있었어."

양 무릎 사이로 토키가 얼굴을 파묻었다.

"계속 엄마 속만 썩였어. 네 말대로 내가 불필요한 고생을 시키는 바람에 이렇게 된 거야. 그래서 엄마한테 제대로 설명하고 싶었어. 내가 무엇 때문에 괴로웠고 그것의 정체가 뭐였는지. 지난번에 내 동창 얘기 했지? 그 친구의 말 한마디 덕분에 무언가 손에 잡힐 듯한데 그게 아직…….”

휴게실에서 파이프 의자가 우당탕 넘어지는 큰 소리가 났다. 내가 토키를 때려 의자째 날려 버렸다. 은둔형 외톨이의 얄팍한 몸은 손쉽게 날아가 다른 의자에 부딪히며 쓰러졌다.

“작작 좀 해!”

무슨 일이 일어났는지 모르는 듯한 어리둥절한 얼굴을 향해 소리쳤다.

“대체 언제까지 그놈의 어란 타령만 하고 있을래? 이렇게 엄마를 힘들게 하고, 몇 년을 허송세월로 날렸는데 아직도 성에 안 차? 넌 그냥 별것 아닌 환상에 사로잡혔을 뿐이야. 시신을 본 충격 때문에 머리가 혼란스러워서 있지도 않은 걸 봤을 뿐이라고. 그걸 인정하기 싫은 거잖아!”

토키의 코에서 피가 줄줄 흘렀다. 울화통이 터져서 내 눈에서는 눈물이 흘렀다. 왜 이런 때에도 이 인간은 되지도 않는 소리를 지껄일까. 더 중요한 일은 제쳐 두고 왜 그런 데 목을 맬까. 한심하고 답답해서 눈물이 멈추지 않았다.

“차라리 네가 죽어!”

근처에 있던 파이프 의자를 들어 올려 던지려고 했다. 코를 감싸 쥐고 있던 토키의 눈이 커졌다. 그 면상에다 의자를 집어 던지려는 나를 누군가가 뒤에서 양팔을 붙잡고 말렸다.
"누구야! 이거 안 놔!"
"그만해! 하나코, 안 돼!"
필사적으로 외친 사람은 나나세 씨였다.
"이런 데서 뭐 하는 거야. 안 돼. 그러면 안 돼. 일단 그거 내려놓자, 응?"
평소의 부드러운 목소리를 높여 나나세 씨는 내 손에서 의자를 빼앗았다. 근처 의자에 억지로 나를 앉히고는 내 손에 손수건을 쥐여 주었다. 그러고는 토키에게로 뛰어갔다. 휴대용 휴지를 건네며 "괜찮으세요?" 하고 얼굴을 들여다보았다.
"죄송합니다, 죄송합니다. 어? 나나세 씨? 저기, 소란을 피워 죄송합니다."
"일단 이걸로 코부터 닦으세요. 아, 피가 엄청난데."
주춤주춤 휴지를 둥글게 뭉치는 토키의 피투성이 얼굴을 나나세 씨가 물티슈로 닦기 시작했다. 저런 인간은 보살펴 줄 필요가 없는데.
"그만해, 나나세 씨. 저런 바보는 과다 출혈로 콱 죽어 버리게."
손수건에 얼굴을 묻었다. 손수건에서 나는 나나세 씨의 은은한 체취가 어딘지 엄마 냄새를 닮았다. 그리운 냄새를 맡으며 나는 계속 죽어 버리라고 소리를 질렀다.
"왜 그래, 하나코. 그런 말이 어디 있어?"

나나세 씨가 당황한 목소리로 말했다. 그 목소리를 덮듯 제 잘못이에요, 하나코는 아무런 잘못이 없습니다, 라고 웅얼거리는 토키의 소리가 들렸다. 다 제 잘못이에요.

"그래, 네 잘못이야!"

눈물이 멈추지 않았다. 울고 있는데 곁에서 인기척이 났다. 손수건 사이로 올려다보니 코에 휴지를 끼운 토키가 서 있었다. 주뼛주뼛 나를 보고 있다. 어린 시절, 엄마에게 혼이 났을 때와 똑같은 얼굴이다. 미안한, 그러면서도 해명이 하고 싶어 갈등이 서린 얼굴. 토키가 이런 얼굴을 하면 엄마는 아무리 화가 나도 어깨로 한숨을 내쉬고는 말하라고 했다. 들어줄 테니까 말하라고. 하지만 나는 엄마가 아니다. 어차피 토키가 할 이야기라고는 어란밖에 없으니 들은들 달라지는 건 없다.

"……토키, 제발 부탁이니까 이제 그만 어란은 잊어."

고함치고 악을 쓰느라 목이 쉬었다. 걸걸해진 목소리로 토키에게 말했다. 알고 있어? 엄마는 얼마 살지 못해. 우리만 남겨 두고 죽는다고.

토키의 몸이 움찔 떨렸다. 축 떨어뜨린 두 손이 주먹을 꽉 쥐었다.

"이제 시간이 얼마 없어. 네가 하는 건 자기만족에 지나지 않아. 나는 이렇게나 괴로웠다고 엄마한테 변명하려는 것뿐이라고."

토키가 입술을 깨물었다. 쥐어짜듯 "아니야"라는 소리가 새어 나와서 "뭐가 아닌데?"라고 되물었다.

"어란은 없어. 널 괴롭힌 그게 진짜로 존재한다면 어디 한번 보여줘 봐. 누가, 아, 엄마가 죽으면 나오는 거야? 그때는 내 눈앞에서 먹어 봐. 분명 원한과 괴로움이 담겨 있겠지. 이번에는 몇 년을 고통 속에 살 건데?"

토키는 아무 말이 없었다. 무슨 말을 할 수 있겠는가. 잠깐의 침묵 뒤에 토키가 코를 훌쩍였다. 그 소리에 또 뚜껑이 열렸다. 가장 가까이에 있던 의자를 토키 쪽으로 차올리자 큰 소리를 내며 의자가 토키의 다리에 맞았다.

"네가 뭔데 울어! 너 때문이니까 피해자 코스프레 하지 마. 그런 한심한 짓 할 바에는 차라리 죽어!"

무릎을 정통으로 맞은 토키가 웅크리고 앉았다. "그게 아니라 코피가……"라며 애처로운 목소리를 냈지만 내 알 바 아니다. 하나 더 차 주려고 주변을 두리번거리는데 "저기!"라며 나나세 씨가 목청을 높였다.

"저기, 대화 도중에 끼어들어서 미안한데."

"아, 가도 돼. 이제 여기는 괜찮으니까 신경 쓰지 마. 이런 못난 모습 보여서 미안해."

허둥지둥 사과했다. 나나세 씨에게는 정말로 볼 꼴 못 볼 꼴 다 보이고 말았다. 나나세 씨는 얼굴 앞에서 두 손을 내저으며 "아니, 그게 아니라"라고 했다.

"지금 대화 중에 나온 어란이 혹시 죽은 사람이 남긴다는 구슬을 말하는 거야?"

허를 찔렸다. 어째서 나나세 씨 입에서 그런 말이? 나도 모르게 입을 딱 벌리고 그녀를 보았다. 토키도 휘둥그레진 눈으로 쳐다보았다.

"나나세 씨가 그걸 어떻게 아십니까?"

토키의 목소리가 떨렸다. 얼굴색이 순식간에 나빠졌다. 나나세 씨는 그런 토키를 보고 "아아" 하고 이해가 간다는 듯 고개를 끄덕였다. 그리고 숨을 내쉬었다.

"……아, 그랬군요. 미후네 씨는 어란을 먹었던 거예요."

팔에 소름이 쫙 돋는 걸 알 수 있었다. 왜 나나세 씨가 그런 말을 하지? 놀라서 멍하니 쳐다보는데 나나세 씨가 토키를 향해 애매한 웃음을 띠며 말했다. 덴코샤에서 미후네 씨를 처음 보았을 때 어디선가 본 적 있는 눈빛이라고 생각했어요. 검은 감정에 마음이 잠식된, 보는 사람에게까지 불안을 옮기는 눈. 왜 저런 눈을 하고 있을까? 등골이 오싹했어요. 하지만 10년 넘도록 니트족 생활을 하다가 얻은 첫 직장이라는 말을 듣고 눈동자에 깃든 건 불안이나 두려움일 거라고 이해하려고 했죠. 하지만 그건 어란으로 고통받았기 때문이었어요.

"왜, 왜 그렇게 생각하십니까? 무슨 근거로 그런 판단을……."

토키가 얼굴을 빽빽 문질렀다. 거울이 있었다면 당장이라도 들여다보았을 것이다. 그런 토키에게 나나세 씨는 비슷한 사람을 본 적이 있거든요, 하고 말을 고르며 대답했다.

"저는 그것 때문에 고통받은 사람을 잘 알고 있어요. 그것에 이름을 붙인 사람을, 이라고도 할 수 있고요."

잡아먹을 듯이 토키가 나나세 씨를 응시했다.

"「어란」은 제 작은아버지가 그린 만화예요."

토키가 움직였다. 나나세 씨의 양 어깨를 세게 붙잡고서 "저기!" 하고 외쳤다. 그 위세에 나나세 씨가 작게 소리쳤다. 그런데도 토키는 아랑곳하지 않았다.

"자, 작가, 이시이 요시토시를 아십니까? 어, 그러니까, 저기, 아, 어."

놀람, 흥분 같은 감정이 뒤끓어 제어가 안 되는 모양이었다. 의미 없는 감탄사만 연발하는 토키에게 나나세 씨는 괜찮다고, 조급해하지 말라고 달래듯이 말했다.

"토키, 나나세 씨한테서 떨어져."

짧게 주의를 주자 토키가 얼른 손을 뗐다. 죄송하다고 머리를 숙이고 나서 "요즘은 어떻게 지내십니까?" 하고 겨우 완성된 문장의 질문을 던졌다. 그 말을 들은 나나세 씨의 얼굴이 약간 흐려졌다.

"작은아버지는 2년 전에 돌아가셨어요."

토키의 몸에서 힘이 쑥 빠졌다. 천천히 몸이 기울어졌다. 그러다가 "자살?" 하고 작게 흘리듯 물었다.

"심근경색이었어요. 하지만 자신을 전혀 챙기지 않았으니 자살이나 다름없었다고 보는 사람도 있어요."

어쩐지 섬뜩하게 느껴져 나도 모르게 "윽, 싫어" 하는 소리가 나왔다.

"몇 년이나 몸을 돌보지 않았기 때문인지, 아니면 정신적 문제 때문인지 그 원인은 잘 모르겠어요. 그저 작은아버지는 어느 날 아침 컴퓨터 책상 앞에 몸을 웅크린 상태로 숨져 계셨어요."

모니터에는 어란 검증 사이트가 띄워져 있었다는 말을 끝으로 나나세 씨는 입을 다물었다. 나는 내 몸을 꽉 끌어안았다. 컴퓨터 앞에 죽어 있는 토키의 모습이 머릿속에 선명하게 그려져 무서웠다. 그러한 마지막이 토키에게도 찾아오리라는 생각을 떨칠 수가 없었다.

긴 시간이 흐른 뒤 토키가 천천히 머리를 흔들었다.

"작가가 죽었을 거라는 소문은 있었어요. 그럼 이제 아무한테도 물어볼 수가 없네요."

"묻고 싶은 것이 어란의 정체인가요?"

나나세 씨의 물음에 토키가 힘없이 고개를 끄덕였다. 저는 알아야만 하거든요, 라고 대답하는 목소리가 가냘프다.

"그렇다면 제가 답을 알고 있는 사람을 알아요. 그 사람에게 같이 가실래요? 연락을 취할 수 있어요."

토키의 얼굴에 빛이 비친다. "꼭이요"라며 다시 나나세 씨의 어깨를 붙잡았다.

"가능하면 지금 바로 부탁드려도 되겠습니까? 엄마에게 말하고 싶습니다. 그 엄마가 지금……."

고개를 끄덕인 나나세 씨가 나를 보며 하나코, 하고 자상하게 불렀다.

"하나코도 갈래? 이야기를 들어 보면 이해되는 부분이 있을 수도 있잖아."

나나세 씨를 따라가면 토키가 말하는 어란에 대해 알 수 있다. 그러면 토키는 어란에서 자유로워질까.

"……갈게. 그런데 나까지 가도 돼?"

나나세 씨는 그런 거 신경 쓰지 말고 지금은 너만 생각해, 라고 말하고는 그리고 말이야, 라고 덧붙였다.

"이시이 요시토시는 본명이야. 덴코샤의 입관팀에서 일하는 이시이 하루코의 남편. 미후네 씨도 아는 사람이에요."

세상은 생각보다 훨씬 더 좁았다. 어린 시절에는 만화가가 아득히 먼 세상에 사는 사람인 줄 알았다. 그런데 「어란」을 그린 작가의 집이 한동네에 있었다. 게다가 사모님은 토키의 회사 사람이라고 한다.

"료코가 오래간만에 온다 해서 놀랐는데 미후네 씨도 같이 오고 이게 무슨 일이야? 미후네 씨는 지금 어머니가 많이 편찮으시죠? 그래서 일도 쉬고 있다고 들었는데 여기 와도 괜찮은가요? 동생분도 같이? 아, 안녕하세요. 오빠분과 한 직장에서 근무하고 있어요."

현관에서 우리를 맞아준 사람은 40대로 보이는 살가운 여자였다. 몸짓 하나하나에 기품이 있고 인상이 부드러웠다. 실례되는 말이지만 어란과 관련된 사람이라고 해서 나는 토키처럼 외모에 무관심한 만화 오타쿠를 연상했다. 이 사람이 정말로 어란에 대한 이야기를 들려줄까. 짧은 인사를 나누고 주변을 빙 둘러보았다. 부군은 돌아가셨다고 나나세 씨에게 들었는데 혼자서 사시나? 넓은 집에 다른 인기척은 없었다.

"여기 서서 얘기하긴 좀 그러니까 안으로 들어와요."

이시이 씨가 우리를 응접실로 안내했다. 넓은 다다미방 안쪽에 불단이 있고 위패가 두 개 놓여 있었다. 별생각 없이 시선을 돌렸다가 그만 깜짝 놀랐다. 방문 위쪽에 영정사진이 두 개 걸려 있었는데 그중 하나가 천진난만하게 웃고 있는 아이 사진이었다. 옆에 있는 나나세 씨의 얼굴을 쳐다보니 나나세 씨가 "나중에 작은어머니께 들어" 하고는 쓸쓸하게 사진을 올려다보았다.

허락을 구하고 토키와 나란히 불단에 향을 피워 올렸다. 분향을 마친 토키가 생뚱맞은 소리를 했다.

"굉장해. 이누이 요시 작품이 이렇게나 많다니. 절판된 데

뷔작까지 있어. 혹시 전작이 다 있습니까?"

불단 옆에 있는 서가에 만화책이 잔뜩 꽂혀 있었나 보다. 엄마가 위중한 이런 때에도 만화책을 보고 정신을 못 차린 토키가 엉거주춤 서가를 들여다보았다. 내가 그 등짝을 찰싹 때리자 나나세 씨가 "하나코, 괜찮아"라며 웃었다.

"미후네 씨, 만화에 대해 잘 아시네요. 그쪽이 작은아버지의 메인 필명이에요. 그림을 썩 잘 그리시는 편이 아니라서 원작자로 일하셨어요. 몇몇 작품이 애니메이션으로 만들어지기도 해서 이누이란 이름이 더 유명하죠."

"개그 만화 원작자……. 그래, 그랬던 거였어. 그동안 한 번도 본 적 없는 무명 만화가의 작품이 갑자기 댄보에 실려서 그 배경이 의문이었거든요. 저명인사가 취미로 그렸다, 만화가가 다른 필명으로 발표했다. 그런 설왕설래가 있었는데 설마하니 그 이누이 요시가 그렸을 줄이야!"

토키는 흥분해서 서가에 꽂힌 책등을 쳐다보았다. 당장이라도 빼서 펼쳐 볼 것 같아 마음이 조마조마했다. 이야기를 들어 보니 소중한 유품인데 제발 좀 얌전히 있었으면 좋겠다. 다행히 토키도 상식이 아예 없지는 않은 듯 아이처럼 눈을 반짝이며 보는 데 그쳤다.

"제가 만화를 정말 좋아합니다. 그런데 이건 예상하지 못했어요. 작풍이 너무 심하게 차이가 나서. 아, 그래도 칸을 나누는 특성은 확실히 남아 있는 것도 같고……."

굉장하다는 말을 잠꼬대처럼 연이어 중얼대던 토키가 서가 맨 끝에 꽂힌 책을 가리키며 고개를 갸웃거렸다. 그 책만은 책등의 분위기가 사뭇 달랐다.

"어? 이 책은……."

"음, 나한테 볼일이 있다고요? 그게 뭘까? 회사에서는 할 수 없는 얘기겠죠?"

괜찮다고 했지만 이시이 씨는 차를 내왔다. 이쪽에 와서 앉으라며 탁자로 이끌었다.

"미후네 씨가 어란을 먹었대."

이시이 씨의 옆, 우리 남매의 맞은편에 앉은 나나세 씨가 서론도 없이 불쑥 말을 꺼냈다. 이시이 씨가 "어머" 하고 놀란 듯 토키를 보았다. 그 무슨 바보 같은 소리야! 그렇게 말하고 일소에 부칠 줄 알았는데 이시이 씨는 한층 자상한 눈길로 토키를 보며 "많이 힘들었겠네요"라며 위로하듯 미소 지었다. 무릎을 꿇은 자세로 허리를 쭉 편 토키는 턱을 살짝 당기고 고개를 끄덕였다.

"친구의 시체에서 발견했습니다. 그리고 먹었습니다."

그러고는 언젠가 밤에 나에게 이야기해 준 것과 같은 내용을 더듬더듬 말했다. 10여 년 전에 절친한 사이라고 여긴 친구가 목을 매달고 자살했고 자신이 최초 발견자였다는 것. 고통으로 일그러진 친구의 손에서 어란을 발견하고 먹은 것. 그 어란으로 10년 넘게 괴로웠다는 것.

그러나 그 후에 이어지는 이야기는 내가 모르는 내용이었다.

"죽이고 싶을 만큼 밉다. 미후네만 없으면 난 죽지 않아도 되는데. 그런 생각이 제 몸속에서 부풀어 오르는데 거기에 눌려 제대로 숨을 쉴 수가 없었습니다. 제가 친구라고 믿고 지낸 몇 년이 그 친구에게는 그저 고통의 시간이었던 겁니다. 그 친구가 아니라 내가 죽을걸 그랬다, 지금도 늦지 않았으니까 목숨을 끊자, 그런데 그걸로 용서받을 수 있을까. 그 날로부터 10년 넘게 그런 생각을 하며 앞으로 나아가지 못하고 있었습니다."

이시이 씨와 나나세 씨는 가만히 귀를 기울였다. 나는 여전히 반신반의 상태였다. 내 의사와 상관없이 증오에 지배된다. 그런 물건을 사람이 정말 만들어 낼 수 있을까.

"가을에 그 친구가 중학생 때 남긴 편지를 볼 기회가 있었습니다. 편지에는 저에 대한 원한이나 증오가 한 줄도 쓰여 있지 않았습니다. 있는 것이라곤 자기혐오뿐이었어요. 그 친구를 잘 아는 다른 친구도 걔는 절대 저를 미워하지 않았다고 하고요."

토키의 이야기에 정신이 번쩍 들었다. 이시이 씨는 신중하게 단어를 고르며 말하는 토키를 잠자코 지켜보았다. 이야기를 마친 토키가 크게 한숨을 내쉬었다.

"이시이 씨는 어란의 정체를 알고 계신다고 나나세 씨에게 들었습니다. 부디 저에게 가르쳐주세요."

토키가 꽉 쥔 주먹을 무릎 위에 올리고 머리를 조아렸다.

"아시다시피 엄마에게 시간이 많지 않습니다. 어란으로 괴로워하는 저에게 이유도 묻지 않고 줄곧 묵묵히 지켜봐 주신 분입니다. 엄마에게 제대로 설명하고 싶습니다. 제가 괴로워한 것에 대해, 그리고 그 정체에 대해서요."

"그렇군요. 어머니를 안심시켜 드리고 싶은 거로군요."

이시이 씨가 눈가에 깊은 주름을 만들었다. 상체를 앞으로 조금 숙이고 토키의 얼굴을 들여다보았다.

"미후네 씨, 내 말을 잘 듣고 솔직하게 대답해 주세요. 당신은 그 친구를 좋아했죠?"

토키가 일말의 망설임도 없이 고개를 끄덕였다. 이시이 씨도 고개를 끄덕이고는 다시 질문했다.

"당신은 그 친구가 당신에게 열등감이나 패배감을 느끼고 갈등한 사실을 어란을 먹기 전부터 알고 있었죠?"

토키의 눈이 휘둥그레졌다. 무릎 위에 올린 주먹이 파르르 떨렸다. 여전히 부드러운 미소를 머금은 이시이 씨가 계속 질문을 던졌다.

"그 사실을 알고 있던 당신은 친구의 죽음을 보고 무슨 생각을 했나요? 최초 발견자였다고 했죠? 그렇다면 그 충격은 이루 말할 수 없었을 거예요. 친구의 시신은 어떤 상태였나요? 스스로 목숨을 끊은 친구의 모습을 보고 당신은 분명 엄청난 죄책감을…….”

“그런 이야기까지 해야 합니까!”

갑자기 토키가 무릎으로 서서 거칠게 언성을 높였다. 그 기세에 옆에 있던 나와 맞은편의 나나세 씨가 움찔했다.

“네, 알고 있었습니다. 이제 됐죠? 죽은 당시 상황까지 말씀드려야 하나요? 거기까지 들춰내지 않아도 되잖아요!”

그 모습은 대학을 자퇴하고 얼마 지나지 않았을 때의 토키와 많이 닮았다. 갑자기 왜 그럴까, 이시이 씨의 질문이 정곡을 찌른 걸까. 이시이 씨는 그런 토키에게 전혀 동요하지 않았다. 눈매를 더욱 누그러뜨리고 “본인이 알고 있으면 됐어요”라고 했다.

“미안해요. 재미삼아 물은 건 아니에요. 당신에게 당시 상황을 떠올리게 하려고 그런 거니까. 그럼 결론으로 넘어가죠.”

격앙된 모습을 보여 부끄러웠는지 토키가 다시 앉았다. 죄송합니다, 하고 입 속으로 중얼거린 토키에게 이시이 씨는 고개를 끄덕인 후 말을 이었다.

“어란은 당신이 만들어 낸 것이에요.”

토키의 목구멍에서 이상한 소리가 흘러나왔다.

“당신 스스로 만들었어요. 친구가 아니라 당신의 죄책감이 그 작은 구슬을 낳은 거죠.”

양손을 눈앞에 들고 토키가 “제 죄책감이라고요?”라고 중얼거렸다.

"미후네 씨, 덴코샤에 들어온 지 이제 1년 반 정도 되었죠? 그동안 여러 번 시신을 접했을 거예요. 그 시신들을 대할 때 숙연한 마음이 들지 않나요? 나는 들어요. 뒤집을 수 없는 현실을 눈으로 보면서 나와 이 사람이 함께 머물렀던 세계는 죽음으로 인해 완전히 단절되었음을 느껴요. 그러면 절망에 가까운 감정이 들어요. 누군가가 죽음을 맞이할 때마다 세계는 한 번씩 마침표를 찍죠. 나는 이 사람이 있던 세계에서 철저히 분리되고 말아요. 아주 숙연해져요."

대번 미나기 씨가 떠올랐다. 그랬다. 그때 내 세계는 한 번 죽었다. 그 사람이 있던 세계는 이제 영영 돌아오지 않는다.

"울부짖고 후회해도 원래대로 돌아가지 않아요. 몸을 쓰다듬고 말을 걸어도 전해지지 않고요. 그도 그럴 것이 이제 세계가 달라졌으니까요. 그런 어찌할 수 없는 죽음 앞에서 남겨진 사람은 상상 말고는 할 수 있는 게 없어요. 이렇게 하면 기뻐하겠지, 웃어주겠지. 이건 분명 화낼 거야, 슬퍼할 거야. 그 사람은 이런 생각을 할 게 틀림없어, 이렇게 하고 싶어 할 게 틀림없어."

토키의 손바닥이 떨렸다. 세게 꽉 쥐어 보아도 떨림은 멈추지 않았다.

"죽음 앞에서 남겨진 사람은 무력해요. 이랬으면 좋겠다, 이럴 게 틀림없다. 그런 바람이나 기도, 생각의 결정체가 어란이에요."

미나기 씨의 장례식장에 다녀온 날 밤 내가 본 빨간 구슬. 이시이 씨의 말처럼 그걸 만든 사람이 나라면, 먹었을 때 내가 미나기 씨에게 바란 사랑의 말들이 나에게 전해졌다는 뜻일까. 공교롭게도 토키가 입에 올린 것과 똑같은 달콤한 말들. 사랑해, 널 행복하게 해 주고 싶었어. 쭉 너와 있고 싶었어. 그 말들은 분명 너덜너덜해진 당시 내 마음을 어루단지고 위로해 주었을 것이다.

"미움받고 있다고 생각하는 사람은 증오, 화를 내고 있을 거라고 생각하는 사람은 분노, 사랑받고 있다고 생각하는 사람은 사랑의 어란을 만들어요. 그게 다예요."

"남겨진 사람이 만든다고요? 그럴, 그럴 수는 없어."

토키의 목소리가 또다시 사납게 바뀌었다. 이시이 씨의 이야기를 받아들이기 힘든지 거세게 머리를 흔들었다. 그런 말 믿을 수 없어. 무슨 근거로 그렇게 단정하는 거야.

"나는 아들을 잃었어요."

이시이 씨의 차분한 고백에 토키가 순간 멈칫했다. 자리에서 일어나 불단까지 간 이시이 씨는 그 옆에 있던 옻칠함을 가지고 돌아왔다. 안에는 영정사진 속 두 사람의 사진들로 가득했다. 수많은 사진 속에서 두 사람이 볼을 맞대고 웃고 있는 한 장을 꺼냈다.

"눈에 넣어도 아프지 않을 외동아들이었죠. 이 아이가 내 세계의 전부였어요. 그리고 이 아이는 어란을 두 개 만들었어요."

두 개라니 그런 소리는 들어 본 적 없어, 하고 작게 중얼거린 토키를 보며 이시이 씨가 이야기를 계속했다. 안타까운 사고였어요. 어쩌다 잠깐 남편이 한눈판 사이에 아이는 어린 목숨을 잃고 말았죠. 남편은 마유를 사랑했어요. 자신의 부주의로 자식을 죽게 했다는 사실에 남편의 비탄은 이루 말할 수가 없었어요. 그러다 마유의 손에서 첫 번째 어란을 발견했어요.

이시이 씨는 만면에 웃음을 띠고 이쪽을 보고 있는 남자아이의 얼굴을 사랑스럽게 어루만지며 웃어 보였다. 자상하면서도 슬픈 미소였다.

"남편은 그걸 먹었어요. 그리고 전해진 건 남편을 향한 마유의 분노였죠. 아빠, 왜 날 죽였어? 나는 날 죽인 아빠가 싫어. 차라리 아빠가 죽지 그랬어? 그런 생각에 지배된 남편은 실성했어요."

"그때의 작은아버지는 정말이지 무서웠어요."

지금껏 말없이 상황을 지켜보던 나나세 씨가 입을 열었다.

"쓰야가 있던 밤이었어요. 마유의 어란을 먹은 작은아버지가 갑자기 울면서 광분하셨어요. 그 애가 날 원망하고 있어. 한눈판 날 원망하고 있어. 그렇게 소리치면서 촛대를 잡으셨어요. 우리 부모님과 친척들이 서둘러 말리지 않았다면 그

촛대로 자기 목을 찔러 죽으려고 하셨을 거예요."

영정사진을 올려다보며 나나세 씨가 이야기를 계속했다. 온화하고 농담을 좋아하고, 언성을 높이는 모습은 한 번도 본 적이 없어요. 늦은 나이에 얻은 마유를 말도 못하게 예뻐하셨죠. 이 아이의 성장을 지켜볼 수 있는 건 신이 주신 선물이란 말을 늘 입에 달고 다니셨을 정도로요. 그랬기에 자신의 부주의를 더 용서할 수 없었던 것 같아요. 죽어서 마유에게 용서를 구하러 갈 거니까 이대로 죽게 해 달라고 계속 울부짖으셨어요.

이시이 씨가 한숨을 내쉬고 천천히 머리를 흔들었다.

"나는 당시 일이 잘 기억나지 않아요. 남편과 마찬가지로 충격이 너무 커서 머리가 제 기능을 하지 못했겠죠. 마유의 담임 선생님께 당신을 평생 용서하지 않겠다고 고함친 것만 기억해요."

가족의 갑작스러운 죽음 앞에 덤덤히 있을 수 있는 사람은 없을 것이다. 그 가족이 아직 어린 자식이라면 충격은 헤아리기조차 힘들다. 나도 아빠의 시신을 보았을 때 큰 소리로 울었다. 어린 마음에도 돌이킬 수 없다는 것을 알고 절망했던 기억이 난다.

"그러던 중 남편이 마유의 뒤를 따라 죽겠다고 하는 소리가 똑똑히 들렸어요. 그렇구나, 이 아이가 없는 세상을 사는 게 무슨 소용이 있을까. 있는 세상으로 우리가 가면 되지. 그렇게 생각한 순간 마음이 홀가분해지더라고요. 발인 전에 엄마랑 아빠도 조만간 꼭 뒤따라갈 테니 기다리라고 하고 볼에 뽀뽀를 했을 때 아이 입 안에서 작은 구슬을 발견했어요. 반짝반짝 아주 사랑스러운 색이었죠. 나는 그걸 먹었어요."

이시이 씨가 눈을 감고 온몸으로 숨을 내쉬었다. 입에는 미소가 살짝 걸려 있었다.

"마유와의 추억이 물밀듯 밀려왔어요. 태어나 죽은 그날까지의 모든 추억이. 엄마, 울지 마. 나는 엄마가 너무 좋아. 오래오래 사랑해. 아이는 내가 슬퍼할 때마다 항상 그렇게 말하며 작은 손을 내밀어 줬어요. 그 손의 온기가 이 손에 느껴졌죠. 내가 죽어도 이 아이는 기뻐하지 않겠구나. 이 아이를 위해서라도 따라 죽는 일은 관둬야겠다고 생각했어요."

사진을 향해 웃어 보인 이시이 씨가 자상한 엄마의 얼굴 그대로 토키에게 말했다.

"엄마에게는 사랑을, 아빠에게는 증오를 남기는 그런 아이가 아니에요. 그럼 이게 어찌 된 일일까. 심하게 자책하던 남편은 마유가 화가 났을 거라고 생각했고 나는 살아생전 마유가 준 사랑을 생각했어요. 그래서 두 개가 존재한 거예요. 그어란은 소중한 자식을 잃은 부모의 비정상적인 정신 상태가 만들어 낸 생각의 결정체예요."

토키의 눈의 초점이 흐려졌다. 무언가를 찾듯 눈동자가 허공을 헤맨다. 오랫동안 생각에 잠긴 토키가 별안간 눈꺼풀을 힘주어 내리깔았다.

"아니야!"

아니야, 아니라고. 그럴 리 없어. 토키가 고성을 지르며 그 말만 반복했다. 떼쓰는 아이 같은 말투에 놀란 내가 "토키?" 하고 어깨에 손을 얹었지만 토키가 바로 뿌리쳤다.

"그럴 리 없어. 그럼 지난 10년은 대체 뭐가 되는데? 저 혼자 만들어 낸 증오에 사로잡혀서 주변 사람들까지 힘들게 한 게 되잖아. 나는 내 죄책감만으로…… 죄책감만으로 살아왔다는 소리냐고!"

토키의 목소리가 떨리고 눈에서 눈물이 쏟아졌다. 온몸으로 믿고 싶지 않다고 외치는 듯했다. 처음으로 토키에게 기가 눌렸다. 어떻게 해야 할지 몰라 멍하니 보고만 있는데 갑자기 토키가 벌떡 일어나 "이만 가 보겠습니다"라고 내뱉고는 응접실을 뛰쳐나갔다.

"토키! 기다려."

허겁지겁 뒤를 쫓았다. 하지만 토키의 모습은 이미 어디에도 없었다.

"바보. 감정적이 되어서는……."

토키의 심정도 이해는 된다. 자신의 생각이 만들어 낸 것이라는 대답은 너무 잔인하다. 지난 10년은 길었고, 그 시간 끝에 놓인 지금을 생각하면 쉽사리 받아들이기 힘들 것이다.

나도 모르게 한숨이 나왔다. 등 뒤로 우리를 따라 뛰어나온 나나세 씨와 이시이 씨의 기척을 느끼고 황급히 뒤를 돌아보았다. 그리고 가쁜 숨을 내쉬는 두 사람에게 머리를 숙였다.

"나나세 씨, 여기까지 데리고 와 줬는데 미안해. 이시이 씨께도 정말 뭐라고 드릴 말씀이 없습니다."

이시이 씨가 아니라며 손을 내젓고 웃었다.

"괜찮아요. '어란은 자기 마음에서 비롯된 것이다'란 말을 듣고 순순히 받아들이는 사람이 오히려 더 적은걸요. 개중에는 발끈해서 한바탕 뒤엎는 사람도 있고."

작은아버지도 그중 한 사람이었어, 라며 나나세 씨가 내 등을 어루만졌다.

"전혀 귀담아듣지 않으셨어. 어쩔 수 없는 일이긴 해. 그만큼 괴로워하셨으니까."

두 사람의 다정함이 깊이 사무친다. 어란 때문에 고통받는 사람을 옆에서 지켜본 가족이라는 공통점 때문일까.

"저는 좀 더 말씀을 듣고 싶은데 그래도 될까요?"

엄마는 여기 없다. 토키를 지켜봐 줄 수 있는 사람은 현재 나밖에 없다.

이시이 씨는 싫어하는 기색 없이 고개를 끄덕였다.

"차를 다시 내오죠. 안으로 들어가요."

다시 응접실로 들어서기 무섭게 "오빠 같은 사람이 많은가요?" 하고 물었다.

"저도 그 만화를 봤지만 전 그냥 불쾌하다는 느낌밖에 받지 못했거든요. 강렬한 얘기였다고는 하지만 그렇게까지 영향을 줄 수 있나요?"

이시이 씨는 찻잔을 나와 나나세 씨에게 내밀며 "죽음에 대한 생각의 깊이가 달라서겠죠"라고 했다.

이시이 씨의 말에 따르면 어란을 먹은 부군은 장례식 이후로 폐인이 되다시피 해 몸져누웠다고 한다. 병원에도 가려 하지 않고, 일어났나 싶어서 보면 불단 앞에서 목이 메도록 울고, 때로는 슬픔을 견디기 힘든지 광분했다. 토키가 니트족 생활을 시작했을 무렵과 완전히 일치했다. 토키도 그랬다. 무기력하게 넋을 놓고 있나 싶으면 울면서 날뛰었다. 몸 안에서 휘몰아치는 폭풍우 같은 감정을 다스리지 못하는 모습이었다.

"남편이 괴로워하는 모습은 눈 뜨고 보기 힘들 정도였어요. 자신이 한 행동을 용서할 수 없어서 대신 마유의 분노를 받으려는 것처럼 보였어요. 마유가 벌주기를 바랐겠죠."

그런 부군이 어느 날 갑자기 정력적으로 움직이기 시작했다. 오래된 문헌과 경험담 등을 뒤지며 자신이 먹은 빨간 구슬의 존재를 밝히려고 했다. 이것도 토키와 똑같았다.

그리고 부군은 이렇다 할 이름이 없는, 가끔 죽은 사람의 몸에서 발견되는 빨간 구슬이 드물기는 하지만 옛날부터 존재했다는 사실에 도달했다.

“옛날이야기, 요즘 식으로 말하면 괴담과 비슷할까요. 죽은 사람에게 받은 빨간 구슬. 남편은 거기에 어란이란 이름을 붙였어요. 구슬은 지역마다 명칭이 다른 것 같고, 이쪽 장례업계에서는 ‘망자의 선물’이라고 불러요. 망자를 위해 성심을 다한 장례 담당자가 받을 수 있는 감사의 뜻이 담긴 구슬이라고 하더라고요. 눈앞에 놓인 죽음을 보고 어떤 결정체를 만들어 낼지는 저마다 다 다르겠죠.”

그러나 이것은 이시이 씨의 견해이고 부군은 달랐다.

“남편은 어란을 죽은 사람이 남기는 저주의 구슬로 보는 주장을 굽히지 않았어요. 어란을 먹고 고통에 빠진 얘기, 망자의 뒤를 따라 죽은 얘기, 그런 얘기들만 봤죠. 그렇게 조사를 거듭한 끝에 「어란」을 발표했어요. 그 만화는 남편이 만화가 생명과 집념을 쏟아부은 작품이라 그런지 예상 밖의 반향을 일으켰어요. 개중에는 장난삼아 보낸 사람도 있었겠지만 ‘나도 그 구슬로 인해 너무 괴롭다’는 편지가 오기도 하고.”

부군은 만화를 발표하는 데 그치지 않았다. 어란 연구에 점점 더 몰두했다고 한다. 어느새 생긴 어란 검증 사이트를 감시하듯 살피고는 중얼중얼 혼잣말을 반복했다. 봐, 나뿐만 아니라 다들 괴로워하고 있어. 다들 죽은 사람이 남긴 구슬 때문에 저주를 받았다고. 그건 무시무시한 저주의 구슬이야.

“……만화를 발표한 사실만 빼면 오빠의 행동과 거의 흡사

해요. 믿을 수가 없어요.”

피부에 돋은 소름이 당최 가라앉지 않는다. 팔을 계속해서 문질렀다. 이렇게 섬뜩한 이야기가 또 있을까. 그런 나에게 이시이 씨가 온화하게 말했다.

“마유의 또 다른 어란을 먹은 나도 당시에는 어란의 존재를 믿었어요. 자살을 생각하던 날 살려준 사랑이 담긴 구슬. 왜 나와 남편은 다른 걸 먹었을까. 부모인 우리를 똑같이 사랑해 준 마유가 목숨을 잃었다고는 해도 아빠한테만 저주를 보낼 리가 없는데. 그렇게 생각하고 남편이 모은 자료를 모두 훑어봤어요. 그랬더니 남편이 이건 아니라고 파기한 자료 중에 ‘행복을 준 구슬’이라는 게 있더라고요. 먼저 간 사람이 전해준 마음이 세상을 살아가는 힘이 되었다, 사랑을 다시금 일깨워준 덕분에 슬픔만 가득했던 상실을 이겨낼 수 있었다. 바로 내가 먹은 어란이었죠.”

이시이 씨와 부군의 견해는 오랫동안 대립했다. 증오 외에도 어란은 만들어진다. 어란은 죽음을 무서운 것으로 바꾸지만은 않는다. 슬프고 애틋한 것으로 바꾸기도 한다. 부인의 그런 견해를 부군은 전혀 받아들이지 않았다고 한다. 그럴 리가 없다고.

“평행선만 달리던 어느 날, 료코가 요즘 인터넷소설이 인기라고 알려줬어요. 어린 여학생부터 성인 여성까지 독자가 많다고.”

그렇지? 하고 이시이 씨가 동의를 구하자 나나세 씨가 고개를 끄덕였다.

"몇 년 전엔가 인터넷소설이 붐이었어요. 드라마나 만화로 만들어진 작품도 많고, 인터넷소설에서 유행이 시작된 문화도 있었고요. 어란은 기괴한 만화에서 퍼진 탓에 이미지가 처음부터 좋지 않다고 봤어요. 그래서 귀엽게 이름을 알로 바꾸고 로맨스 소설을 써서 존재를 알리면 어떨까. 여성 독자들 사이에서 알이 사랑의 메신저가 된다면 어란의 이미지도 달라지지 않을까. 그렇게 생각한 거죠."

이시이 씨는 정신없이 쓰기 시작했다. 소설 사이트에 연재를 시작하자 입소문을 타고 점점 인기를 얻더니 업로드를 손꼽아 기다리는 팬들까지 생겨났다고 한다.

불단 옆 서가에서 책 한 권과 낡은 수첩을 꺼낸 이시이 씨가 책을 내 앞에 놓았다. 그것은 서가를 보던 토키가 의아한 표정으로 가리킨 책이었다. 귀여운 글꼴로 '너에게 알을'이라고 크게 적힌 표지는 파스텔핑크를 바탕으로 삼았다. 어린 여학생을 타깃으로 한 듯한 디자인이었다. 토키는 이 책의 존재까지 알았던 걸까. 만약 그렇다면 이런 데까지 손길을 뻗친 집념에 경의를 표한다.

"내 예상보다 훨씬 높은 인기를 얻으면서 반응이 대단했어. 연재가 끝나자마자 바로 책으로 출간됐는데 TV 교양 프로그램에서도 크게 소개돼서 제법 붐을 일으켰어."

나나세 씨가 자기 일인 양 말하며 얼굴을 활짝 풀었다.

"와아, 그랬구나. 몰랐어."

나는 토키와 달리 책을 잘 읽지 않는다. 영상으로 제작된 원작 만화나 패션잡지를 가끔 구입하는 정도다. 인터넷소설은 그런 것이 있다는 정도밖에 알지 못했다.

"독자였던 어린 학생들은 알이 얼마나 사랑스러운 존재인지 알아줬어요. 앞으로 살아가다가 혹 그 구슬을 발견하더라도 고통에 빠지는 일은 없을 거예요. 만일 고통받는 사람을 만난다면 그 구슬이 비통하기만 한 건 아니라고 말해줄 거예요. 그것만으로도 난 대만족이었죠. 그래도 가끔 알 때문에 괴로워하며 나를 수소문해 찾아오는 학생들이 있었어요. 그러면 나는 안으로 들여 함께 얘기를 나누었죠."

책장을 팔랑팔랑 넘겼다. 문장이 간결하고 읽기 쉬워 이 정도면 나도 읽을 수 있을 것 같았다.

"한번은 친어머니의 알을 먹고 더 효도하지 못한 걸 후회하는 학생이 왔었어요. 그 학생과 함께 온 친구가 계속 이해가 가지 않는 표정을 지어서 왜 그러느냐고 물었더니 알의 존재 자체를 믿지 않는다고 하더군요."

그런 사람도 당연히 있을 것이다. 구슬은 존재할 리 없다고. 다만 그 친구는 이렇게 말을 이었다고 한다. 알은 편리한 아이템 같다는 생각이 들어요. 자기가 보고 싶은 것, 원하는 것을 그냥 만들어 내는 것 같달까.

말을 고르며 진지하게 자신의 의견을 피력하려던 그 친구의 말에 이시이 씨는 정신이 번쩍 들었다고 한다.

"그럴지도 모른다는 생각이 섬광처럼 내리꽂히더군요. 남편은 남편이 생각하는 것, 나는 내가 생각하는 것을 봤어요. 죄의식과 후회, 행복했던 추억. 그건 마유가 만든 게 아니라 남겨진 우리가 믿고 싶고, 바라는 것이었는지도 모른다고요. 그게 비록 죄의식이나 후회라 하더라도 말이죠."

이시이 씨는 자료를 다시 처음부터 훑어보았다. 그리고 확신했다. 바로 부군에게 그 이야기를 했지만 이해는커녕 신경만 돋우고 말았다.

"부군은 돌아가시기 전까지 어란으로 괴로워하셨나요?"

책에서 얼굴을 들고 물었다. 토키와 유사한 길을 걸은 사람의 마지막이 알고 싶었다.

"그분은 어란을 자신이 만들었다는 사실을 끝까지 인정하지 않고 돌아가셨나요?"

만나고 처음으로 이시이 씨의 얼굴에 그늘이 졌다.

"내 의견은 끝끝내 받아주지 않았어요. 가능성의 하나로는 여겼지만 믿지는 않았죠."

이번에는 수첩을 펼쳐서 보여주었다. 아무래도 부군의 물건 같았다. 수첩은 남자다운 각진 필체로 빼곡히 채워져 있었다. '바람', '기도', '욕구' 같은 단어가 적혀 있고 '하루코의 고찰은 듣기 좋은 허황된 얘기에 지나지 않는다', '희망 강요'

라고 일축해 놓은 부분이 보였다. 편하게 보아도 된다고 해서 수첩의 페이지를 넘겼다. 도호쿠의 산간 지방에서 전해 내려오는 이야기부터 인터넷상에 떠돌아다닐 법한 이야기까지 꼼꼼하게 기록되어 있었다. 그러다 마지막 페이지에서 연필로 작게 쓴 글씨가 눈에 띄었다.

'몰랐던 정보를 얻었다.'

앞뒤로 이어지는 문장이나 내용이 전혀 없다. 덩그러니 놓인 그 한 문장이 유독 눈길을 끌었다. 무슨 뜻일까. 고개를 갸웃거린 것과 거의 동시에 이시이 씨가 입을 열었다.

"시간이 좀 더 있었더라면 좋았을 거예요. 남의 말을 하기 좋아하는 사람은 자살이나 진배없다고 하지만 그건 아닐 거라고 나는 믿어요. 남편은 긴 시간에 걸쳐 자기 나름의 답을 찾아 이겨내려고 하는 중이었거든요."

결국 「어란」의 작가도 답까지는 도달하지 못했다. 그는 미스터리로 남은 어란에 여전히 괴로워하며 생을 마감했다.

"오빠분도 괴로워한 기간이 길었던 만큼 받아들이기까지 시간이 필요하겠죠. 하지만 언젠가는 이해해 줄 거예요. 그러니 믿어 봐요."

이시이 씨의 말이 가슴을 무겁게 짓눌렀다. 나는 힘없이 고개를 저었다.

"저도 그러고 싶어요. 그렇지만 저희에게는 시간이 없어요."

엄마를 안심시켜 드리고 싶다, 이해시켜 드리고 싶다. 토키의 마음은 공감할 수 있었다. 어란이 무엇인지 명확한 답을 알 수만 있다면 토키는 오랜 괴로움에서 해방될 것이다. 엄마도 그런 토키를 보면 기뻐하며 안도할 것이다.

하지만 그러려면 아직 시간이 더 필요하다. 토키와 비슷한 길을 걸은 이시이 씨 부군의 일생을 생각하면 아주 먼 훗날이거나 어쩌면 같은 결말을 맞을 가능성도 있었다.

걱정스럽게 나를 쳐다보는 두 사람의 시선을 느꼈다. 황급히 미소를 지으며 "오늘 여러 가지로 감사했습니다" 하고 머리를 숙였다.

"오빠랑은 좀 더 대화해 볼게요. 오늘 말씀을 들을 수 있어서 좋았어요. 나나세 씨도 귀한 시간 내 줘서 고마워."

우리에게 시간이 없듯이 그녀에게도 시간이 없다. 그런데도 우리 일에 발 벗고 나서 주었다. 나는 이제 그만 가려고 자리에서 일어섰다.

"감사는 뭘요. 아 참, 하나코 씨."

가려는 나를 이시이 씨가 불러 세웠다.

"친구분의 마지막을 물었을 때 미후네 씨의 안색이 확 바뀌었어요. 미후네 씨의 죄책감은 거기에 있지 않을까요?"

토키 친구의 마지막. 그러고 보니 자세히 물어본 적이 없다. 기회를 봐서 물어보겠다고 대답한 나는 이번에야말로 이시이 씨 댁을 뒤로했다.

*

엄마의 의식이 돌아온 것은 그로부터 닷새 뒤였다. 쉬고만 있을 수도 없어 출근한 날 오후에 병원에서 전화가 왔다. 현재는 안정을 찾았습니다, 라는 사무적인 말에도 눈물 나게 기뻤다. 휴대폰을 쥐고서 몇 번이나 감사하다고 말했다. 그리고 악착같이 일을 끝내고 서둘러 병원으로 향했다. 조금이라도 빨리 엄마 얼굴이 보고 싶었다. 그러나 이 병원은 매번 엘리베이터를 기다리는 것이 일이다. 초조한 마음으로 층수 표시기를 올려다보다가 계단이 더 빠를 수도 있겠다는 생각에 고개를 돌린 순간 로비 구석에 있는 토키가 눈에 들어왔다. 회사에서 나오기 전 토키의 휴대폰에 문자를 보내 놓은 터였다(지난번 일도 있어서 전원은 절대 꺼 놓지 말라고 신신당부했다). 엄마의 용태를 보러 가라고 한 문자를 확인하고 온 모양이다.

이시이 씨 댁을 도망치듯 나간 토키는 다시 방에 틀어박혔고 이번에는 갖은 협박과 호통에도 굳게 문을 걸어 잠갔다. 문을 열기는커녕 그냥 내버려두라고 버럭 소리만 질러댔다. 그랬기에 병원에 오리라고는 사실 기대하지 않았다.

마음이 놓이는 한편, 왔으면 얼른 병실로 가 상태가 어떤지 확인할 것이지 여기서 뭐하나 싶어 속이 부글부글 끓었다. 토키에게로 가니 옆에 웬 여자가 고개를 숙이고 있었는데 자세히 보니 손수건으로 눈을 가린 나나세 씨였다.

"어? 뭐야? 왜 그래? 무슨 일 있어?"

놀라서 목소리가 갈라졌다. 나나세 씨가 얼굴을 드는 것보다 한발 앞서 토키가 입을 열었다.

"나스 씨 상태가 좋지 않아. 의식이 혼미한 모양이야."

가족에게 연락하라고 의사 선생님이 그러셨어. 고개를 숙인 채 나나세 씨가 말했다. 길어야 이삼일이라고.

나스 씨의 가족이라고는 시코쿠의 외딴섬으로 시집간 여동생과 고향인 규슈에 사는 먼 친척이 다였다. 그 사람들에게는 나나세 씨의 상사가 모두 연락했다고 한다.

"이제 남은 사람은 헤어진 아내랑 딸뿐이야."

나나세 씨는 괴로운 듯 말했다. 헤어진 아내한테 연락해야 하는데. 이번이 마지막 기회인데. 이 기회를 놓치면 나스 씨의 바람은 이제 영영 이룰 수가 없어. 그걸 알면서도 몸이 말을 듣지 않아. 내가 연락해야 하는데 못 하겠어.

평소 보는 나나세 씨가 아니었다. 헛소리처럼 못 하겠다는 말만 반복했다. 어떻게 된 일이냐고 토키를 쳐다보니 오늘도 고교 시절 체육복 차림인 토키는 늘어난 바지 무릎에 시선을 고정하고 있었다. 토키도 나처럼 생각에 빠진 줄 알았는데 "나나세 씨" 하고 진중한 목소리로 입을 열었다.

"이야기를 듣는 동안 의문이 생겼습니다."

나나세 씨가 손수건에서 얼굴을 살짝 들었다.

"저는 나스 씨도 잘 알고 있습니다. 나스 씨의 전 부인이 10여 년 전에 어린 자식을 데리고 바람피운 남자에게로 도망쳤다는 이야기도 들은 적이 있습니다."

그런 내막이 있었다니. 눈이 휘둥그레진 나는 아랑곳하지 않고 토키가 말을 이었다.

"나스 씨는 부인과 자식을 많이 사랑했다고 합니다. 어른들 사정에 휘둘리는 자식이 가여워 그쪽에서 일방적으로 보낸 이혼 서류에도 말없이 도장을 찍어 제출했고요. 얼굴은 비치지도 않은 채 필요할 때만 들이미는 전 부인의 요구를 나스 씨는 그저 다 들어주기만 한다고, 사람이 너무 착해서 탈이라고 부장님은 지금도 분통을 터트리세요."

"그게 왜요?"

토키가 혀로 입술을 축였다. 잠시 고민하는 듯 입을 다물었다가 "주제넘은 개입일 수 있지만" 하고 서두를 놓은 뒤 이야기를 계속했다.

"나나세 씨는 아까부터 연락해야 하는데 못 하겠다고 하십니다. 행방을 감춘 전 부인의 연락처를, 아는 사람이 없는 그 연락처를 나나세 씨는 어떻게 알고 계십니까?"

나나세 씨의 눈이 크게 벌어졌다. 손수건 아래에서 "아" 하는 소리가 새어 나왔다.

그러고 보니 그녀는 전에도 말했었다. 나는 들어줄 수 있다고. 그게 그런 것이었나.

나나세 씨의 눈에서 굵은 눈물방울이 떨어졌다. 아아, 하고 쉰 목소리를 간간이 흘리며 조용히 울기 시작했다. 토키는 여전히 무릎만 쳐다보며 움직이지 않았다. 긴 시간이 흐르고 나나세 씨가 입을 열었다.

"2년 전쯤에 회사로 전화가 걸려 왔어요. 제가 그 전화를 받았고요."

나스 아키마사 씨는 아직 거기서 근무하시나요? 우편물이 반송되어 온 바람에 연락을 취할 방법이 없어서 지금 좀 난처하거든요. 저는 저기, 구가모리라고 하면 알 거예요. 전화를 받은 나나세 씨는 그 사람이 바로 전처임을 알았다.

"헤어진 아내는 성씨가 특이했고 나스 씨의 현재 상황도 모르는 듯 보여서 틀림없다고 생각했어요. 나스 씨는 그 전화가 있기 얼마 전에 이사를 했으니까 우편물이 반송된 건 전입신고를 하기 전이었을 거예요."

분명 또 당치도 않는 소리를 해서 그 사람을 곤란하게 만들 게 뻔하다. 더 이상 그 사람을 괴롭히지 않았으면 좋겠다. 무엇보다도 더는 그 사람과 엮이지 않았으면 좋겠다. 나나세 씨는 반사적으로 거짓말을 했다.

"퇴직했다고, 규슈로 내려간다고 하는 것 같더라고 스스로도 깜짝 놀랐을 만큼 거짓말이 술술 나왔어요. 그 여자가 낙담한 듯 '그래요?' 하고 한숨 쉬는 걸 들었을 때는 기뻤어요.

이제 그 사람이 헤어진 아내 때문에 힘들어할 일은 없겠다고 생각했어요. 이제 나도 지저분한 질투심에…… 사로잡히지 않아도 된다고."

전화를 끊은 후 나나세 씨는 혹시 몰라 착신 이력으로 남은 전화번호를 메모해 두었다. 그 메모는 지금도 가지고 있었다.

"일이 이렇게 될 줄은 몰랐어요. 그래서 아무에게도 말 못 했어요. 제가 연락을 취하면 그때 거짓말한 게 다 드러날 거예요."

나나세 씨가 한 일을 탓할 수는 없었다. 가슴이 아릴 만큼 그 심정을 이해할 수 있었다. 나스 씨를 향한 마음과 약간의 독점욕으로 저지른 일을 어떻게 나무랄 수 있겠는가.

"분명 후회하겠죠. 이대로라면 뼈저리게 후회하며 살 거예요. 아는데, 아는데……."

나나세 씨 옆에 앉아 무릎에 손을 올렸다. 줄곧 힘들었을 것이다. 병상에 누운 그의 마지막 소원과 자신의 자아 사이에 끼어 괴로웠을 것이다. 이렇게 하는 게 좋겠다, 저렇게 해야 한다 같은 말은 할 수 없었다. 어떤 선택을 하든 나는 그녀를 있는 그대로 받아들일 뿐이다.

그러나 토키는 달랐다. 이제야 눈을 드는가 싶더니 연락해야 한다고 단호하게 말했다.

"후회하리라고 알고 있는데 뭘 고민하십니까? 연락해야

합니다. 설령 자신이 힘들더라도요."

"토키! 너 나나세 씨 생각은 안 해?"

"저는 그것 때문에 10년 넘게 고통 속에 살았습니다."

숨을 훅 삼켰다. 나를 쳐다보는 토키의 눈이 새빨갰다.

"내가 소중해서, 내가 상처받기 싫어서 눈을 돌렸습니다. 그 때문에 줄곧 괴로웠습니다."

나는 굳어 버렸고, 토키가 로비를 둘러보았다. 진료 시간도 이미 끝나 접수창구에 있는 여자들이 이쪽을 보고 있었다. 자리 옮기자는 말에 함께 휴게실로 이동했다.

계속해서 눈물을 흘리는 나나세 씨에게 따뜻한 코코아를 건네고 옆에 앉았다. 우리 정면에 앉은 토키가 천천히 고백을 시작했다. 그것은 처음 듣는 이야기였다.

"스오라는 친구가 자살한 건 7월 초였습니다. 장마는 아직 끝나지 않았지만 기온은 점점 여름으로 바뀌어 마치 찜질방에 있는 듯 무더운 날씨가 계속되었습니다. 제가 스오를 발견한 그날은 장마도 이제 끝났겠다 싶을 만큼 하늘이 맑아서 그해 처음으로 뭉게구름을 본 사실까지 똑똑히 기억하고 있습니다."

몇 번이나 떠올렸을 것이다. 토키는 눈앞에 그날의 파란 하늘이 펼쳐져 있는 듯 이야기했다.

"스오가 불러서 그 친구 기숙사 방을 찾았습니다. 부른 이유는 알고 있었는데 내키지가 않아서 이런저런 이유를 대고 미루다가 약속한 날짜에서 일주일이 지나 찾아갔습니다. 스오 방 앞에 가니까 관리인이 있더라고요. 무슨 일이냐고 그러니까 이상한 냄새가 난다고 민원이 들어왔다고 했습니다."

남학생 혼자 살다 보면 쓰레기장이 되어 버린 집에서 나는 냄새로 시끄러울 때가 드물지만 있다. 대학 기숙사 관리인은 친구라고 밝힌 토키에게 못마땅한 얼굴로 투덜거렸다고 한다.

"제가 다닌 학교가 스오 기숙사와 가깝다 보니 저한테 여벌 열쇠가 있었습니다. 거기서 자고 등교할 때도 가끔 있어서. 매사에 꼼꼼한 스오가 웬일일까 의아해하면서 관리인에게 사과하고 방문을 열었습니다. 그랬더니…… 스오가 있었습니다. 다락 난간에 묶인 끈에 목을 매달고요."

연일 계속된 무더위 탓에 시체는 부패가 진행되었고, 방문을 열자 구토를 부르는 악취와 초파리가 한꺼번에 덮쳤다. 어서 내려야 한다는 생각에 허둥지둥 달려가 친구의 팔을 붙든 토키가 비명을 질렀다. 썩어서 체내에 가스가 찬 몸은 부풀어 올랐고 피부는 철퍽철퍽 불쾌한 소리를 내며 떨어졌다. 매달린 발밑에는 구정물처럼 거무스름한 액체가 고여 구더기가 우글거렸다.

"이건 스오가 아니다, 틀림없이 다른 사람일 것이다. 그런 생각을 하며 얼굴을 보았는데 영락없는 스오였습니다. 부풀어 오른 얼굴에 눈은 녹아서 흘러내렸습니다. 그런데 입술 왼쪽 끝에 있는 점만은 존재를 과시하듯 사라지지 않고 있는데……."

담담히 묘사되는 그날의 처참한 광경에 귀를 틀어막고 싶었다. 그냥 발견했다고만 들었다. 그런 상황인 줄은 꿈에도 몰랐다.

"관리인의 신고를 받고 온 경찰이 죽은 지 닷새는 지났다고 했습니다. 제가 약속 날짜에 제때만 갔었어도 스오는 죽지 않았을 겁니다."

테이블 위에서 깍지 낀 토키의 손이 덜덜 떨렸다. 말할 때마다 고통스러운 듯 숨을 몰아쉬었고 이마에는 식은땀이 송골송골 맺혔다.

토키가 오랫동안 감추어 온 진실이 이것인가. 친구를 한눈에도 끔찍한 모습으로 바꾼 죄.

"왜 만나러 안 갔어?"

솔직히 묻기 싫었다. 하지만 토키를 위해서는 물어야 한다고 생각했다. 토키는 눈을 감고 한숨을 쉬었다. 이대로 사라져 버리지 않을까 싶을 만큼 깊고 긴 한숨이었다.

"……스오는 제1지망 학교에 떨어졌어. 내가 다닌 그 대학교야. 집안 형편이 좋지 않다는 걸 안 스오는 재수하지 않고 제2지망 학교에 진학했어. 자신은 그냥 다 받아들였다고 하는데 마음 한구석에는 아쉬움이 남았을 거야. 나에 대한 라

이별 의식과 푸념이 늘어나고 점점 원망하는 눈초리로 날 봤어."

처음에는 미안함을 느꼈다. 그래서 네가 다니는 대학도 좋은 곳이다, 불만스러울 것은 아무것도 없다며 격려했다. 네가 다니는 대학에 들어가려고 재수하는 사람들도 널렸어. 그렇게 말하며 웃어넘겨도 보았다. 하지만 그는 생각을 바꾸기는커녕 더욱 나빠지기만 했다.

"넌 좋겠다. 스오는 툭하면 그렇게 말했고 나는 갈수록 부담스러워졌어. 나도 죽어라 공부해서 붙은 거야. 결코 거저 얻은 게 아니야. 결국 참다못해 스오한테 말했어. 날 의식하면서 사는 게 즐겁냐고. 네 인생을 평생 나만 부러워하다가 끝낼 거냐고. 그게 무슨 의미가 있느냐고."

토키의 손톱이 손등을 파고든다. 어렴풋이 피가 밴다. 그런데도 토키는 고백을 멈추지 않았다.

"스오는 울 것 같은 얼굴로 웃었어. 그러네, 미안하다. 말은 그렇게 했지만 미안한 감정은 조금도 실려 있지 않았어. 말실수를 했구나 싶었지. 하지만 이걸로 스오가 정신을 차리면 됐다는 생각이 더 컸어."

그리고 며칠 뒤 문자를 받았다. 지난번에는 미안했다. 너한테 내 마음을 털어놓고 싶어. 싫겠지만 그래도 들어주면 좋겠다. 시간 좀 내 줘.

"또 같은 얘기를 하려나 싶어 답장도 하기 싫더라고. 이날

시간이 괜찮다고 문자가 왔길래 그럼 내가 기숙사로 가겠다고 답장하고는 안 갔어."

피가 천천히 손등을 타고 흐른다. 울보인 토키가 이토록 힘겨운 고백을 하면서 눈물 한 방울 보이지 않는다. 검붉은 피가 토키의 눈물처럼 보였다.

"가야 한다고 생각했어. 스오가 정서적으로 불안정하다는 것도 알았고, 상처받았다는 것도 알았어. 지금 스오와 대화를 나누지 않는다면 스오라는 친구를 잃을 수 있다는 것도 알았어. 그런데 더는 싫었어. 나는 욱해서 또 스오에게 상처를 줄 테고, 그러면 양심에 가책을 느끼겠지. 친구한테 상처나 주는 나는 나쁜 놈이다. 그런 생각은 하기 싫었어. 나는 스오보다 내가 더 소중했던 거야."

그때 부패 가스로 부푼 시체의 손 사이에서 빨간 구슬을 발견했다. 시체의 발밑에 고인 거무스름한 액체를 굳혀 만든 듯한 검붉은 구슬을 보자 먹어야 한다는 생각이 들었다. 옛날에 푹 빠져 읽었던 어란이다. 이걸 먹지 않으면 안 된다.

"이게 그 결과야. 스오의 고통에 지배되고 죄의식에 시달리면서 내 시간은 멈춰 버렸어."

기나긴 고백이 끝났다. 토키는 가만히 귀를 기울이고 있던 나나세 씨에게 말했다. 저와 당신은 사정이 많이 다릅니다. 하지만 당신은 저처럼 후회하리라는 걸 알고 있습니다. 어떻게 해야 하는지 답은 이미 나와 있어요. 그런데도 자신이 상처받기 싫어서 행동하지 않고 있어요. 그건 위험합니다. 나중에 분명 괴로울 거예요. 그때 왜 그랬을까 후회하면서 반드시 괴로울 겁니다. 나스 씨 몸에서 어란이 나오지 않더라도요.

나나세 씨는 식어 버린 코코아 수면을 뚫어지게 바라볼 뿐 움직이지 않았다. 그리고 한참이 흐른 뒤에 메마른 입술을 조심스럽게 벌렸다.

나나세 씨가 떠나고 휴게실에 남은 우리는 멍하니 앉아 있었다. 엄마에게 가 봐야 한다고 생각하면서도 일어설 수가 없었다. 토키의 충격적인 고백이 내 마음을 마비시켰다.

"너 그런 말 왜 이제 와서 하는 건데? 지금껏 말 못 하고 있어 놓고."

혼잣말처럼 묻자 나나세 씨를 존경했다는 대답이 돌아왔다. 전에 나나세 씨가 근무하는 요양원 어르신이 돌아가셨어. 일가친척이 하나도 없던 그분은 무빈소 장례였는데 누구의 배웅도 받지 못하고 쓸쓸히 떠나셔야 할 상황이었어. 그때 나나세 씨가 고인의 소원을 들어드리고 싶다고 하더라고. 입소자와 직원 그 이상도 이하도 아니었을 텐데. 그리고 그 소원을 들어드린 후에 고맙다고 했어. 다시 한 번 이어질 수 있게 해 줘서 고맙다고.

토키의 목소리가 한층 부드러워졌다. 나는 나나세 씨가 할 법한 말이라고 생각하며 들었다. 착한 나나세 씨라면 마지막 소원을 들어줄 수 있는 가능성을 찾았을 게 뻔하다. 그랬기에 나스 씨의 소원을 들어줄 수 없는 자신 때문에 더 힘들어 했다.

"나도 나나세 씨처럼 스오를 대했다면 좋았을 텐데. 나나세 씨가 그냥 한없이 눈부셨어. 그래서 나나세 씨가 나랑 같은 고민을 하며 괴로워하는 모습을 보고 싶지 않았어. 말해서 다행이야. 내 죄가 아주 조금은 나나세 씨에게 도움이 된 것 같으니까."

토키가 작게 웃었다. 몇 년 만일까. 이제 웃음 따위 잊은 줄 알았는데. 나나세 씨를 위한다는 일념으로 이를 악물고 고백함으로써 토키의 안에 있던 무언가가 바뀌었다. 그런 생각이 들었다.

"저번에 이시이 씨가 한 얘기 말이야."

지금이라면 토키와 마주하고 이야기할 수 있다. 그렇게 믿으며 말을 꺼냈다. 토키의 표정이 단번에 평소대로 돌아왔다.

"나는 그 후에도 얘기를 들었어. 어란 같은 거 난 믿지 않지만, 그래도 믿어 보려고. 넌 어때? 이시이 씨의 말을 믿을 수 있어?"

침묵 끝에 토키가 천천히 고개를 저었다.

"그럴 줄 알았어."

“인정하고 싶지 않았을 뿐이야. 스오는 자신을 죽음으로까지 몰고 간 나를 미워하며 죽었다, 그 증오를 어떻게 받아들이고 어떻게 속죄하며 살아야 할까. 나는 그동안 그것만 자문하며 살아왔어. 그런데 그마저도 도망치는 것이었다는 말을 들은 기분이었어. 그러자 피가 거꾸로 솟더라고. 쉽게 받아들이기가 힘들어. 죄책감의 이유마저 스오에게 떠넘기고 내가 한 짓을 계속 외면하고 있었다니, 어떻게 인정할 수 있겠어? 나는 괴로웠던 것 같은데 실은 어딘가에서 조금이라도 편안해질 수 있는 도주로를 마련하고 있었다는 뜻이잖아. 내가 그렇게까지 한심하다니, 믿기 싫었어.”

너도 너 나름대로 힘들었잖아. 그렇게 말하자 토키가 부드럽게 고개를 저었다. 됐어, 내가 알아. 목소리가 차분했다.

“하나코, 그동안 미안했어. 용서하기 힘들다는 거 알아. 나는 이렇게 한심한 이유로 너와 엄마까지 고생시켰어. 가족에게 기대 편안하게 산 놈이 죄를 짊어지긴 뭘 짊어졌다고. 내가 아무리 빌어도 부족할 거야. 마음껏 욕하고 때려. 네 분이 조금이라도 풀릴 때까지.”

토키가 머리를 숙였다. 어째서인지 눈물이 나왔다. 그동안 토키가 사과하기를 바랐다. 사과한다고 쉽사리 용서할 수 있는 문제도 아니지만 그럼에도 이마를 땅에 대고 사과하기를 바랐다. 엎드린 머리통에다 대고 퍼부을 말이라면 얼마든지 있었다.

"내가 작정하고 때리면 너 죽어."

그런데도 할 수 있는 말은 그게 다였다. 머리를 숙인 토키에게서 애잔한 웃음소리가 흘러나왔다. 그렇구나. 그래도 상관없지만 네 손을 더럽히지 마.

"나는 됐으니까 엄마한테 가자."

"……응."

토키가 일어나 병실로 향했다. 그 뒤를 따라 갔다. 얄팍하고 처량한 등이 조금은 커진 듯 보였다.

의식을 되찾았다고는 하지만 엄마의 정신은 아직 또렷하지 않았다. 수면과 각성의 중간쯤에 있는 듯 눈이 몽롱했다. 그런데도 눈물이 날 만큼 기뻤다. 몸은 여전히 수많은 관에 연결되어 있었다. 그러나 얼굴을 덮고 있던 커다란 산소마스크에서 산소 투여용 튜브로 바뀐 것이 약간이나마 상태가 호전되었다고 말해주는 듯해 한시름 덜었다.

"엄마, 잘 잤어?"

조심스럽게 말을 걸자 엄마가 눈동자만 움직여 나를 확인했다. 눈을 가늘게 뜨며 반응했다.

"있지, 토키가 왔어."

내 뒤에 우두커니 선 토키를 앞으로 밀었다. 엄마의 눈이 크게 벌어졌다가 다시 부드러운 곡선을 그린다. 엄마가 입술을 움직인다. 귀를 기울이지 않으면 들리지도 않을 정도로 틈새 바람 같은 목소리로 토키의 이름을 부른다. 토키의 몸이 움찔 떨렸다. 의자를 가져와 토키를 앉혔다. 그 뒤에 서서 두 사람을 지켜보았다.

“엄마한테 할 얘기가 있어.”

겉옷 밖으로 나온 마른나무 같은 손을 잡고 토키가 말했다. 엄마는 눈을 한 번 깜박이는 것으로 대답을 대신했다.

토키의 긴 고백을 엄마는 이따금씩 눈을 감거나 여러 번 깜박이면서 들었다. 목이 메고 머뭇거리면서도 끝까지 이야기를 마친 토키가 머리를 깊이 숙였다.

“아무리 잘못을 빌어도 돌이킬 수 없는 일을 저질렀습니다. 죄송합니다. 그리고 이런 못난 아들을 몇 년이나 뒷바라지해 주셔서 감사합니다.”

토키의 어깨가 떨렸다. 눈물을 참고 있겠지만 신음하는 듯한 울음소리가 들린다. 엄마의 손이 움직였다. 잡고 있던 토키의 손을 놓고 허공을 천천히 가른다. 힘없는 손바닥이 토키의 머리 위에 살포시 떨어졌다.

“해냈네.”

가냘프지만 또렷하게 엄마가 말했다. 토키가 얼굴을 들었다. 엄마는 굳은 입꼬리를 어색하게 올리며 웃었다.

“고마워. 답을 들려줘서.”

뜻 모를 소리에 내가 “뭐?” 하고 물었다. 토키가 작은 목소리로 “약속이었거든”이라고 대답했다.

“내가 집에 틀어박히고 몇 년 지나서였나? 엄마가 나한테 그랬어. 얼마든지 뒷바라지해 줄 테니까 내 나름대로 이겨낼 방법을 찾아보라고. 그리고 나중에 무엇 때문에 괴로웠고 무슨 생각을 했는지 알려 달라고."

몰랐다. 엄마는 토키와 언제 그런 약속을 했을까.

"엄마가 납득할 만한 답은 아닐 거야. 죄송해요. 죄송, 합니다."

계속해서 용서를 구하는 토키의 머리를 엄마의 손이 천천히 쓰다듬는다.

"잘했어. 애썼네."

손이 머리를 휘젓듯 부드럽게 움직인다. 그것은 엄마의 버릇이었다. 고등학교 입시에 합격했을 때, 체육대회에서 활약했을 때 엄마는 우리가 아무리 창피해해도 꽉 붙잡아 누르면서까지 머리를 마구 쓰다듬었다. 그때와 같은 힘은 이제 남아 있지 않지만 부드러운 손바닥은 변함없었다.

토키가 꺼이꺼이 소리 내 울었다. 엄마, 왜, 이렇게까지, 나는, 나는…….

나는 목구멍으로 치미는 감정을 누르고 토키의 등 너머로 엄마를 보았다. 나는 평생 엄마를 이기지 못할 것이다. 엄마는 토키의 고백을 전부 받아주고 용서하고 고통을 순식간에 지워 없앴다.

"앞으로도 노력하는 거야. 겨우 답 하나 얻고 끝나는 문제가 아니잖아. 고민하고 또 고민하면서 살아."

갑자기 엄마가 심하게 콜록거렸다. 말을 너무 많이 했나 보다. 허둥지둥 뛰어가 침대에 떠 있는 등에 손을 받쳤다. 간호사 호출벨을 누르려는 나를 기침하던 엄마가 말렸다.

"괜찮아. 고맙다, 하나코. 토키, 강해지려고 애쓸 필요 없어. 약해도 괜찮아. 어떻게 하든 일어서기만 하면 돼."

"그래도 돼?"

"노력하면 결과는 따라와."

괜찮다고 말한 엄마가 별안간 눈을 감았다. 토키가 작게 비명을 질렀다.

"안 죽었어. 마음이 놓여서 그래."

후후, 하고 엄마가 웃었다. 그리고 말을 이었다.

"그거 이름이 어란이구나. 알았으면 조금이긴 해도 가르쳐 줄 수 있었는데."

무슨 말이야? 토키가 몸을 앞으로 내밀었다.

"나도 본 적이 있거든. 발인 전날 밤에 너희 아빠가 가지고 있었어. 너무 예뻐서 손에 꼭 쥐고 잠들었는데 어느새 사라지고 없더라."

"쥐고 있었다고? 먹은 게 아니라?"

엄마가 고개를 끄덕였다. 그날 밤에 기적처럼 꿈을 꿨어. 너희 아빠랑 많은 얘기를 했는데. 그동안 있었던 일이며 앞으로의 일. 나는 너희를 반드시 잘 키우겠다고 약속했어.

아아, 꿈이구나. 아빠의 갑작스러운 죽음에 엄마도 정신적으로 충격이 컸을 것이다. 그래서 어란을 손에 쥐고 꿈을 꾸었을 것이다. 토키와 이시이 씨는 먹는 것이라고 입이 닳도록 말했다. 손에 쥐기만 해서는 아무것도 전해지지 않으리라. 더군다나 꿈속에서는 제대로 된 대화를 나눌 수 없다. 토키도 나와 비슷한 생각을 했는지 그랬구나, 하고 짧게 대답했다.

"정말로 신기했어. 꿈속에서 너희 아빠가 보험 든 사실을 가르쳐주는 거야. 비상금 개념으로 계속 들었던 보험이 있다고. 책장에 증서랑 통장이 끼워져 있으니까 생활에 보태 쓰라더라. 반신반의하면서 찾아봤는데 진짜 있는 거야."

어? 나도 모르게 튀어나온 말이 토키와 겹쳤다. 사실이라면 기적이나 다름없다. 말도 안 돼. 그렇게 말하려다가 불현듯 머리 한구석에서 턱 걸리는 무언가가 있었다. 뭐지, 하고 기억을 더듬다가 마침내 생각이 났다.

"이시이 요시토시의 수첩."

내 말에 토키가 돌아보았다. 토키에게 얼른 설명했다.

"그분 수첩을 보여주셨거든. 마지막 페이지에 '몰랐던 정보를 얻었다'라고 적혀 있었어. 밑도 끝도 없는 말이라고 생각했는데 혹 이런 걸 말한 건 아닐까?"

토키의 얼굴색이 바뀐다. 무슨 소리야, 라고 중얼거린다. 무슨 소리긴, 엄마처럼 죽은 사람만 아는 정보를 어란을 통해 얻은 사람이 그 외에도 있었다는 뜻 아닐까. 그분은 그걸 조사하던 중에 목숨을 잃으신 게 아닐까. 얼굴을 마주 보자 엄마가 웃는다.

"뭘 그렇게 놀라? 기적이나 영험한 힘이 깃든 건 본래 다양한 얼굴을 가지고 있어. 신이랑 똑같이. 인자한 부처님이나 무서운 염라대왕이나 실은 다 같은 존재야. 엄만 그 구슬에서 살아갈 힘을 얻었어. 토키는 평생을 두고 풀어야 할 숙제를 받았고. 그것뿐이야."

토키는 당황했지만 지금은 그럴 때가 아니라고 생각을 고쳐먹었는지 엄마의 손을 잡았다.

"엄만 실은 기뻤어. 네가 장례업체에 들어가서. 같은 고통을 짊어진 사람을 만나 도움을 주고받으며 살아가겠구나 싶어서. 네가 택한 길은 틀리지 않았어. 괜찮아."

그 말을 남기고 엄마는 다시 의식을 내려놓았다. 깊이 가라앉은 의식은 떠오르지 않았고 다음 날 아침, 우리가 부르는 소리에도 반응하지 않고 조용히 영면에 들었다.

토키는 장례 준비를 위해 회사로 향했고 나는 일단 집으로 갔다. 엄마 방에서 연락처가 적힌 수첩을 찾아 엄마의 친구와 신세 진 분들께 연락했다. 병으로 야윈 모습을 보이기 싫다며 엄마는 아무에게도 암에 걸린 사실을 알리지 않았고, 그렇다 보니 다들 말을 잇지 못했다. 거짓말이죠? 아직 젊은데, 아직 앞날이 창창한데. 개중에는 수화기에 대고 울먹이는 사람도 있어 이따금씩 함께 눈시울을 훔치며 얼추 연락을 다 돌렸다.

그러고 나서 엄마 방을 둘러보았다. 원래도 짐이 많지 않긴 했지만 모든 것이 너무 말끔히 정리되어 있었다. 엄마는 응급으로 입원해서 한 번도 집에 오지 못했다. 이제 못 돌아오리라고 예견한 걸까.

"마음의 준비가 너무 철저한 거 아니야?"

잘 정돈된 방은 눈물을 보이지 않는 엄마를 보는 듯했다. 남편 없이 혼자서 우리를 키운 엄마도 힘들고 슬플 때가 있었을 텐데 전혀 내색하지 않았다. 우리 앞에서 엄마는 잠깐이라도 편안했을까. 어깨의 짐을 내려놓고 한 인간으로서 숨을 돌렸을까. 만약 아니라면 많이 슬플 것 같다.

조금이나마 답이 될 만한 것을 찾으려고 실내를 둘러보았다. 작은 서가에 아빠의 유품인 책과 수첩이 꽂혀 있는 것이 눈에 띄었다. 별생각 없이 가까이 가니 표지가 새빨간 얇은 책자가 유독 앞으로 툭 튀어나와 있다. 빼서 보니 금색 글씨로 '엔딩노트'라고 쓰여 있었다. 이전에 토키가 엄마에게 주었던 사실이 생각났다. 엄마는 당혹스러운 표정을 지었고, 나는 아직 죽음과는 거리가 먼 사람한테 어디 재수 없는 이상한 물건을 주느냐고 구박했다. 틀림없이 버린 줄 알았는데 아직 가지고 있었던 모양이다.

페이지를 넘기자 거짓말, 하는 소리가 절로 나왔다. 거기에는 엄마 글씨로 빼곡하게 사후 지시가 적혀 있었다. 장례

규모와 생화 색깔, 재를 올릴지 그 여부까지도 다 있었다.

"언제 썼데?"

즐겨 착용하던 목걸이를 양도할 곳이나 취미로 모으던 빈티지 그릇을 처리하는 방법까지 있어 갑자기 생각나 적은 것으로는 보이지 않았다. 떨리는 손으로 페이지를 넘기며 재빨리 눈으로 훑었다.

구체적인 지시가 끝나자 추억과 기록으로 내용이 넘어갔다. 결혼기념일이나 토키와 내가 태어난 날에 대한 것도 적혀 있었다. 아빠가 돌아가신 그날 일까지.

'아이들이 있어 얼마나 감사한지 모른다. 아무리 힘든 순간이 찾아와도 아이들의 웃음만 있으면 힘을 낼 수 있었다. 웃을 수 있었다. 그 사람은 언제나 그렇게 말했다. 헤어지는 꿈속에서까지도. 나도 그 말을 가슴에 새기고 살기로 다짐했다. 그 사람을 위해, 아이들을 위해.'

페이지가 눈물로 흐려진다. 엄마는 정말로 꿈에서 아빠와 마지막 대화를 나누었던 것이다. 그때 한 약속을 지키며 살아왔던 것이다.

마지막 페이지에는 우리에게 남기는 메시지가 있었다.

'때로는 누군가의 어깨에 기대서, 또 때로는 어깨를 내어주면서 그렇게 도움을 주고받고 웃으며 살아가렴. 너희는 할 수 있어.'

눈물이 종이 위로 떨어진다. 황급히 눈물을 닦고 토키에게 전화를 걸었다. 신호음이 몇 번 울리고 전화가 연결되었다.

―하나코, 엄마 장례식 말인데 내가 담당하고 싶어. 회사에도 말씀드렸어. 유족으로서 해야 할 일은 너한테 부탁해도 될까?

내가 입을 열기도 전에 토키가 먼저 용건을 말했다.

"그렇게 해. 그게 좋겠어. 있잖아, 엄마가 엔딩노트라고 하나? 거기에 적어서 남겨줬어. 장례 관련 내용까지 빼곡하게 적어서. 이게 있으니까 괜찮을 거야."

수화기 너머에서 토키가 순간 말이 없다. 그러고는 가져다 달라고 했다. 후회 없는 장례를 치를 거야. 그러니 바로 가져다줘.

노트를 가슴에 끌어안고 고개를 끄덕였다.

*

화창한 2월 중순의 어느 날, 마당에 있는 매화나무에 꽃망울이 부풀어 오르기 시작했다. 꽃망울은 며칠만 있으면 터질 것 같았다. 그런 가운데 엄마의 사십구재를 텐코샤에서 무사히 마쳤다.

엄마의 유골은 엔딩노트에 적힌 대로 아빠와 같은 묘에 매장하기로 했다. 3주기 법회가 끝나면 집안 위패를 모신 절에 관리를 위임하라고도 적혀 있었다. 그 이후의 법회는 일절 필요 없다고도.일본에서는 고인의 1주기, 3주기, 7주기, 13주기, 17주기 순으로 재를 올리는 법회를 연다 정말이지 똑 부러지는 엄마다. 자식들을 쓸데없이 고생시키기 싫어. 그런 목소리가 들리는 듯했다.

"나나세 씨, 여기까지 와 줘서 고마워."

사십구재에 참석해 준 나나세 씨에게 감사 인사를 했다. 그녀는 아니라며 손사래를 치고는 "장례식 때 못 가서 미안해"라고 했다.

"그야 어쩔 수 없었잖아. 나나세 씨도 경황이 없었을 테니까."

엄마가 돌아가시고 닷새 뒤에 나스 씨 역시도 짧은 생애를 마쳤다. 모두가 지켜보는 가운데 숨을 거두었다고 한다.

"전에 입소자 할아버지가 그런 말씀을 하셨거든. 모두에게 작별 인사를 하고 생을 마감할 수 있는 사람은 행복하다고. 나스 씨도 그랬어. 행복해 보였어."

나나세 씨가 미소 지었다. 그 얼굴은 어딘지 홀가분해 보였다.

토키는 사무실에 얼굴을 비치고 오겠다며 사라졌고, 다른 참석자들은 모두 돌아갔다. 아무도 없는 방에서 나나세 씨와 마주 보고 앉았다. 대접용 다기를 사용해 두 사람이 마실 차를 끓이고 천천히 홀짝였다.

"그래서인지 나 지금 마음이 아주 차분해. 그 사람이 떠나면 정신을 놓고 살 줄 알았는데 담담해. 아마도 미련이 없어서 그런가 봐."

나나세 씨는 결국 연락을 취했다. 지금 목숨이 경각에 달려 있는 나스 씨가 두 사람을 보고 싶어 한다고 전했다. 부탁드립니다. 꼭 와 주세요. 마지막 소원을 들어주고 싶어요. 떨리는 목소리로 머리를 숙이며 수화기에 대고 계속 부탁했다. "갈게요"라는 말이 나올 때까지 몇 번이나.

"두 사람이 왔는데도 나스 씨의 의식은 돌아오지 않았어. 내가 연락을 망설이는 바람에 이렇게 됐다는 생각 때문에 미칠 것 같더라고. 그런데 죽음의 문턱에서 잠깐 의식이 돌아왔어."

나나세 씨가 그때 일을 떠올리는 듯 눈웃음을 지었다.

"마침 그 사람을 위해 다들 모여 있었거든."

누군가가 눈을 떴다고 소리쳤고 사람들이 나스 씨 주위를 에워쌌다. 천천히 눈꺼풀을 들어 올린 나스 씨가 아아, 하고 짧게 신음했다. 아마도 자신이 처한 상황을 파악하지 못했던 듯하다. 몽롱한 눈으로 주변을 둘러보더니 자신을 쳐다보는 사람들의 숫자에 놀란 듯 눈썹을 추켜올렸다. 눈을 여러 차례 깜박인 그는 가장 가까운 곳에 있던 두 사람의 모습을 알아보고 눈을 약간 크게 떴다. 어떻게 말을 걸어야 할지 몰라서 그저 바라만 보는 두 사람을 어쩌면 또 헛것이라고 여겼는지도 모른다. 갈라진 입술이 움직였다. 창문 너머로 부는 초겨울 바람보다도 미약한 소리였지만 마키, 라고 똑똑히 들렸다. 그녀는 깜짝 놀라면서도 어, 하고 대답했다. 그가 다시 한 번 숨을 내쉬었다. 그리고 전처 옆에 서 있는, 10여 년 만에 다시 만난 딸에게 눈웃음을 지었다. 입술 모양이 이름을 따라 바뀌었다. 우두커니 서 있던 딸의 몸이 크게 떨렸다.

누가 부르러 갔었는지 의사와 간호사가 들어왔다. 그들이 몸에 연결된 관과 기계를 만질 동안에도 그는 두 사람만 줄곧 쳐다보았다.

—나스, 알아보겠어?

전처의 반대쪽에 있던 부장님이 말을 걸었다. 시선을 돌린 그는 눈을 깜박여 대답했다.

—다들 자네 보려고 왔어. 자, 보게.

그의 시선이 움직였다. 한 사람 한 사람에게 목례를 하듯 거듭 눈을 깜박이면서. 그리고 발치에 있던 나나세 씨와 시선이 마주쳤다. 천천히 눈을 깜박였고, 나나세 씨도 거기에 응하듯 머리를 숙였다. 시선은 또 움직였고 다시 전처와 딸이 있는 곳으로 돌아왔다. 세 사람의 시선이 뒤섞이고 전처는 울음을 삼키는 듯 붉어진 눈시울로 미안해, 고마워, 라고 말했다. 딸은 그저 기억이 희미한 아빠를 보고만 있었다.

눈을 감고 나스 씨가 한숨을 쉬었다. 이걸로 충분해. 그렇게 말하는 듯한 평온함이 있었다. 그러다 문득 무슨 생각이 난 사람처럼 눈을 떴다. 느릿느릿 시선을 옮겼다.

그의 눈이 나나세 씨에게로 향했다.

"날 보고는 다시 옆에 있는 두 사람을 보더니 대뜸 깊게 숨을 내쉬더라고. 휘둥그레진 눈으로. 그러고는 다시 날 봤어. 그리고 웃는 거야. 가냘프긴 해도 입꼬리를 힘껏 올리고 웃어줬어. 그건 내가 사랑한 그 사람 미소였어."

발끝에서 전율이 일었다. 지금 그와의 사이에 한 가닥의 실이 이어졌다. 그런 생각이 들었다.

나나세 씨는 무척 행복한 얼굴로 눈을 감고 말했다.

"시간은 걸렸지만 나는 나스 씨의 바람을 들어줬어. 그걸 알고 그 사람이 웃어준 거야. 그 순간 그 사람과 말이 필요 없는 유대감을 느꼈어. 더는 바라는 게 없어. 다행이라고 진심으로 생각했으니까. 그때 행동해서 정말 다행이야."

"나나세 씨가 웃으니까 나도 너무 좋아."

"다 미후네 씨 덕분이야. 그때 미후네 씨가 행동하라고 내 등을 밀어주지 않았다면 어땠을까 상상하면 가슴이 서늘해져. 후회와 자기혐오로 점철됐겠지. 미후네 씨가 있어 다행이야. 진심으로 감사하고 있어."

엄마에게 이 말을 들려주고 싶다. 토키는 그때 나나세 씨에게 도움이 되었다. 토키의 괴로움이 형체를 바꾸었다.

"엄마 유언이 도움을 주고받으며 살아가라는 거였어. 그러니까 토키도 나나세 씨의 말에 도움을 받았을 거야. 고마워."

내가 감사를 표하자 나나세 씨가 "훌륭한 어머니셨네" 하고 감탄하며 말했다.

"그래서 두 사람이 착한가 봐. 아, 작은어머니께 들었어. 미후네 씨가 멋있었다고."

내가 장례 시행을 담당하겠다. 그렇게 말한 토키는 마치 새사람이 된 듯 일했다. 엄마가 남긴 엔딩노트대로 했다고는 하지만 교육 담당자라는 여자 상사가 꼭 딴사람 같잖아, 라며 놀란 토끼눈을 했을 만큼 세심한 부분까지 챙겼다. 그 덕분에 엄마다움이 느껴지는 소박하면서도 따스한 장례식을 순조롭게 잘 치를 수 있었다. 이렇게 자식들이 번듯하게 잘 커줘서 어머니도 안심할 거예요. 그렇게 말해준 조문객들도 꽤 있었다.

"하면 잘하는 게 싫어 화딱지가 날 정도였다니까. 그동안 일부러 나 몰라라 하고 있었던 거 아니냐는 말이 절로 나오더라고."

그때를 떠올리고 웃었다. 따져 묻는 나에게 토키는 진지한 얼굴로 대답했다. 노트에 적힌 내용을 하나씩 들어드릴 때마다 엄마의 존재를 느꼈어. 이건 나나세 씨가 한 말인데 '돌아가신 분이 남기신 소원을 들어드린 순간만큼은 다시 이어질 수 있다. 염원을 이루어 드리는 것. 거기에는 반드시 한 가닥의 실이 지나고 있다'라고. 진짜 그런 생각이 들었어.

"작은어머니가 그러셨어. 미후네 씨는 좋은 장의사가 될 거라고."

인간의 힘으로 어쩌지 못하는 죽음을 마주했을 때 사람은 죽은 사람과 다시 어떻게 이어질 수 없을까 고뇌한다. 죽은 사람과의 연결고리나 기억이 살아갈 힘을 줄 때도 물론 있다. 하지만 절망의 늪 안까지 들어와서 손을 붙잡고 다시 일어서게 해 주는 건 언제나 같은 세계에 살고 있는 인간이다. 나나세 씨는 이시이 씨가 한 말을 들려주며 덧붙였다. 미후네 씨는 언젠가 그 일을 할 수 있는 장의사가 될 거야.

"그런 말 본인에게 하면 우쭐해져서 안 돼. 비밀로 해 둬."

"괜찮을 것 같은데."

이제 일하러 가야 한다는 나나세 씨를 배웅하려고 덴코샤 밖으로 나왔다. 포근한 햇살이 부드럽게 우리를 내리비추었다. 둘이서 하늘을 올려다보며 하늘이 이렇게 예뻤었나? 하고 함께 웃었다.

"나나세 씨! 일부러 여기까지 찾아와 주셨는데 감사하다는 인사도 못 드렸네요. 죄송합니다!"

갑자기 목소리가 들려 돌아보니 토키가 뛰어오는 중이었다.

"미후네 씨, 왠지 분위기가 바뀌셨네요. 뭔가 단단해진 느낌이에요."

나나세 씨의 말에 토키가 쑥스러운 듯 볼을 긁적였다. 그 모습을 흐뭇하게 바라보던 나나세 씨가 말을 이었다.

"그때 친구분 이야기 들려주셔서 감사했습니다. 평생 가슴에 새기고 꺼내 봐야 한다고 느꼈어요. 그나저나 이제 어란에 현혹될 일은 없으시겠어요."

"아, 아니에요. 그것 또한 평생을 두고 고민해 보려고 합니다."

토키가 단호하게 말하자 나나세 씨가 고개를 갸웃거린다. 왜요? 라며 의아하게 중얼거렸다.

"아직도 작은어머니 얘기를 믿지 않으세요?"

"아니요, 그렇지 않습니다. 하나의 의견으로 일리가 있으니 그 말씀이 맞을 수도 있습니다. 다만……."

토키는 엄마가 본, 아빠가 가지고 있던 구슬 이야기를 했다. 이시이 요시토시의 수첩에 비슷한 글이 있었다는 것도.

"그리고 저희가 봤거든요, 엄마의 어란을."

발인 전, 마지막으로 엄마와 함께 셋이 있는 시간을 가졌다. 몸을 씻고 예쁘게 화장한 엄마는 살아생전 모습 그대로 평온하게 잠들어 있었다.

—엄마, 그동안 고마웠어.

가슴에 올려진 손으로 손을 가져갔다. 말할 것도 없이 토키와 한 손씩 나눠 잡았다. 내가 오른손, 토키가 왼손. 평생 잡을 수 있을 줄 알았던 손을 이제 놓을 때가 왔다. 주저하면서 천천히 놓았다. 그때였다. 엄마 가슴에서 빨간 구슬을 보았다.

설마. 엉겁결에 소리를 지르며 토키를 보자 토키도 같은 곳을 쳐다보고 있었다. 같은 것을 보고 있음을 바로 알아차렸다.

—이게 어란이지? 그렇지? 맞지?

흰 수의 위에 놓인 작은 구슬 하나. 어란은 틀림없이 존재했다. 환상이 아니었다.

—두 사람이 같은 걸 보면 어떻게 해야 하는 거야? 아무나 먹어도 돼?

이것은 나와 토키 중 누구의 생각이 모인 결정체일까. 아니면 아빠가 남긴 구슬과 같은 것일까. 모르겠다. 토키가 떨리는 손으로 어란을 집어 눈높이까지 들어 올렸다. 구슬은 빛을 받아 붉게 반짝였다.

—예쁘다…….

나도 모르게 시선을 빼앗겼다. 손끝의 구슬은 아리따운 빨강을 띠고 있었다. 깊은 듯 투명해서 이보다 더 맑은 빨강은 없으리라는 생각마저 들었다. 둘이서 넋을 놓고 보는데 구슬 속에서 엄마의 웃는 얼굴을 본 듯한 기분이 들었다. 앞으로도 힘내서 잘 살아. 그런 말도 들리는 듯했다.

응, 엄마. 걱정하지 마. 그렇게 마음속으로 중얼거린 순간 구슬이 사라졌다. 공기에 녹듯이 흔적도 없이.

"결국 어란이 무엇인지 잘 모르겠습니다. 그래서 평생을 두고 마주해 볼 생각입니다. 사람과 어떻게 관계를 맺고 살아갈 것인가. 그건 죽을 때까지 숙제입니다."

방 안에서 웅크리고 있던 오빠는 이제 없다. 그 사실이 무엇보다 기쁘고 자랑스러웠다. 이제 괜찮다. 그런 생각이 들었다.

토키의 이야기를 고개를 끄덕이며 듣던 나나세 씨가 저도 그래요, 라며 웃었다. 앞으로도 연결고리를 찾으며 살아갈 거예요.

그럼 전 가 볼게요. 목례를 하고 나나세 씨가 덴코샤를 뒤로했다. 토키도 다시 일하러 간다며 뛰어갔다.

홀로 남은 나는 한 번 더 하늘을 올려다보았다. 나도 내 나름의 답을 찾으며 살아가야지.

멀리서 새가 날고 있다. 완만한 곡선을 그리는 새를 가만히 올려다보는데 부리 끝이 빨갛게 반짝 빛나는 듯했다. 누구의 어란일까. 보드라운 빛을 입에 문 새는 하늘과 하나가 되어 사라졌다.

## ● 빨강은 앞으로도

언니의 전화를 딱히 이유도 없이 무시한 지 나흘이 지나 언니의 부고를 접했다.

"처제? 카야가 죽었어."

연락한 사람은 언니의 남편인 카즈시였다. 갑작스러운 소식에 머리가 멍한 나에게 "진정하고 들어"라며 말을 이었다. 언니는 8개월 전쯤부터 유행하기 시작한 신종 코로나바이러스감염증, 일명 코로나19에 걸렸다가 증상이 악화되어 사망했다고 한다. 나흘 전 열이 나서 병원을 찾았는데 중증 진단을 받고 바로 그 자리에서 입원했다. 그리고 사망하기까지 정말 순식간이었다고 말하는 형부의 목이 메었다.

"코로나라고요?"

관련 뉴스가 매일 지겨울 정도로 보도되었고 세상은 폐쇄적으로 바뀌었다.

내가 일하는 네일숍도 임시 휴업을 할 수밖에 없었다. 영업을 재개하려고 해도 마스크 착용은 물론이고 소독용 알코올과 공기청정기, 플라스틱 투명 가림막 등 다양한 대책이 필요했는데 그런 물품들이 죄다 품귀 현상을 빚어 상황이 여의치 않았다. 간신히 가게 문을 다시 열긴 했지만 손님들 발길이 예전 같지 않았다. 언제나 꽉 찼던 예약은 연일 한산한 데다 몸이 좋지 않다며 당일 취소도 많았다. 손님들은 하나같이 어딘지 죄 지은 사람처럼 가게를 방문했고, 네일 미용을 받는 동안 나누던 대화도 이전보다 확 줄었다. 그러한 가운데 가끔씩 '오빠가 다니는 회사에서 확진자가 나온 것 같다', '친척 아는 사람이 코로나로 죽었다더라' 같은 가까운 듯 먼 곳의 소식을 넌지시 전하는 손님들이 있었다.

하지만 내가 아는 내 주변 사람들은 모두 건강했다. 그랬기에 외출 자제 같은 말에 조금 넌더리를 내는 사람이 많았고, 나도 그중 한 명이었다. 누구에게 말은 안 했지만 답답하고 울적했다. 손꼽아 기다리던 행사는 취소되고 좋아하는 아티스트는 우울해졌다며 활동을 중단했다. 자주 가는 술집은 계속 휴업 상태고 친한 친구는 남편이 재택근무를 하게 되어 온종일 집에 있다는 푸념만 늘어놓았다.

그렇다고 진심으로 우려한 것도 아니었다. 나에게만 닥친 재앙이 아니다. 감염병이라는 폭풍우 속에서 모두가 가만히 숨죽이고 있다. 그리고 세계 곳곳에서 의료 종사자들이 용전분투하고 있다. 간호사인 친구의 SNS를 보면 그 격전의 현장을 알 수 있었다. 분명 많은 사람이 폭풍우를 몰아내 줄 것이고 그때 좀 힘들었지, 같은 이야기를 할 날이 올 것이다. 그렇게 막연히 믿고 있었다.

“나흘 전 검사에서 양성이란 말을 듣고 가슴이 철렁 내려앉더라고. 그래도 카야는 말할 기운도 있었고 텔레비전에 나오는 위중한 상태처럼은 안 보였거든. 그래서 입원하라는 말은 들었어도 나는 그냥 가볍게 앓고 지나가겠니 했어. 아마 카야도 그렇게 생각했을 거야. 그래도 혹시 모른다고 카야가 처제한테 전화했는데.”

“아, 그때 마침 일하는 중이어서 못 받았어요.”

가슴이 뜨끔했다. 사실은 쉬는 날이라 낮잠을 자고 있었다. 언니 전화는 거의 잔소리였고, 그게 아니면 별 재미도 없는 시답잖은 이야기라 귀찮아서 받지 않았다.

“응, 그럴 거라고 둘이서 얘기했어. 처제도 바쁘지? 아, 아까 얘기 계속하면 입원한 다음 날도 문자로 연락을 주고받았거든. 내가 처제한테 연락할까 했더니 괜히 걱정만 한다고 하지 말라고 하더라고.”

정말 갑작스러웠어, 라고 형부가 말했다. 의식이 혼미해서 위험한 상태라고 병원에서 느닷없이 연락이 왔는데 나도 밀접 접촉자라 집 밖으로는 못 나가고, 가도 어차피 만나게 해 주질 않잖아. 우왕좌왕하는 사이에 사망했다는 전화가…….

이거 혹시 꿈 아닐까 생각했다. 몹시 피곤한 날 밤에 꾸는,

유난히 선명하고 현실성 있는 꺼림칙한 꿈. 그래서 "실화인가요?" 하고 물었다.

"악몽이나 뭐 그런 거 아니고요?"

하하, 하고 형부가 메마른 목소리를 냈다.

"그러면 얼마나 좋겠어. 카야는 수술 후에 체력이랑 면역력이 떨어져서 혹시라도 코로나에 걸리면 위중할 수 있다는 얘기는 했었잖아. 그래서 우리도 조심했거든. 정말로 조심히 생활했다고 생각했는데……."

언니는 유방암에 걸려 두 달 전에 오른쪽 유방 전체를 절제했다. 수술 후 경과가 좋아서 조만간 별 문제없이 일상생활을 할 수 있을 거라는 말을 들은 터였다.

—가슴 한쪽이 없어졌지만 재건 수술을 고려하고 있으니까 괜찮아. 그것보다 미야, 너도 유방암 검진 받으러 가 봐.

입원 중에는 한 번도 병문안을 가지 못했다. 방역 대책으로 입원 병동 출입이 금지되었기 때문이다. 퇴원 후에도 감염병 예방 차원에서 만날 수 없다고 했다. 그래서 언니가 퇴원하고 영상 통화를 했는데 언니는 얼굴은 조금 수척해졌지만 강하고 단호한 눈빛으로 말했다. 조기 발견이 중요해. 내 나이 이제 서른하난데 괜찮겠지 하고서 방심하고 검진 안 받았다가 이렇게 된 거잖아. 선생님이 그러는데 가족 중에 유방암에 걸린 사람이 있으면 암에 걸릴 위험이 높아진대. 그러니까 검진이 중요하다고, 검진이.

—알았어, 검진 받을게. 걱정하지 마. 그것보다 뭐 먹고 싶은 거 없어? 만나기 뭣하면 택배로 보내줄게. 형부가 받으면 되잖아. 퇴원 축하 선물 겸 비싼 거 말해도 돼.

—그것보다 검진 받으러 가.

—알겠다고. 그래서 뭐가 좋아? 이제 슬슬 감이랑 포도 나올 때 되지 않았어? 언니 과일 좋아하잖아.

—역 앞에 있는 구라타병원 좋아. 거기 선생님이 친절하고 잘 보더라. 아, 검진 예약 그냥 내가 잡아 줄까?

—아, 진짜. 그놈의 검진, 검진. 고장 난 알렉사아마존에서 개발한 인공지능 플랫폼냐고.

자기가 암 걸렸다고 걱정을 아주 사서 하네, 라며 나는 넌더리를 내고 서둘러 전화를 끊어 버렸다. 검진은 아직도 받으러 가지 않았다.

"어, 일단 제가 그쪽으로 갈게요."

쉭쉭 하는 소리가 들려 천천히 고개를 돌리자 주방에서 김이 나고 있었다. 컵라면을 먹으려고 물을 끓이던 참이었다. 오늘은 쉬는 날이고 별다른 약속도 없어서 오후까지 침대에서 뒹굴며 휴대폰만 보다가 배는 고픈데 밥하기는 싫어서 찬장에서 유통기한이 열흘 지난 컵라면을 찾아냈다. 미소라멘보다 돈코쓰라멘이 좋은데 어쩔 수 없지, 라고 생각한 것이 불과 몇 분 전인데 아득히 멀게만 느껴졌다. 너저분하게 뚜껑을 뜯어 놓은 컵라면을 곁눈질하며 가스레인지의 불을 껐다.

"오지 마. 나 밀접 접촉자야. 증상은 딱히 없지만 혹시 모르잖아."

형부가 딱 잘라 말했다.

"네? 아, 그런가요? 그럼 장례는 형부 자가 격리가 끝나기를 기다렸다가 해야겠네요. 저기, 저는 뭘 할까요? 제가 그런 쪽은 하나도 몰라서."

우리 자매는 홀아버지 밑에서 자랐고, 아빠는 내가 고등학교 1학년 때 지주막하출혈로 돌아가셨다. 어떤 사정이 있었는지는 모르지만 우리를 낳아준 엄마의 행방도 모르고 친척과도 왕래가 아예 없었기 때문에 아빠 장례와 관련한 일들은 당시 이미 사회인이었던 언니가 혼자 도맡았다. 나는 아빠의 갑작스러운 죽음에 놀라서 슬퍼하다가 언니와 장례업체 사람들의 지시에 그저 따르기만 했다.

"아, 장례업체 사람들이 가르쳐주겠죠? 일단 언니를 데리러 가야겠네요. 형부가 밀접 접촉자니까 집은 안 될 거고. 장례업체 쪽 장례식장을 빌리면 되려나요?"

해야 할 다른 말이 더 있다는 건 알았지만 무슨 말을 어떻게 꺼내야 할지 모르겠다. 뒤죽박죽이 된 서랍에서 필요한 물건을 찾지 못해 손에 잡히는 대로 꺼내는 기분이다. 마음이 동요하고 있다는 사실만은 알 수 있었다.

수화기 너머로 형부가 "그게……"라며 말을 우물거려서 별일이라고 생각했다. 고등학교에서 체육 교사로 있는 형부는 항상 쾌활한 말투로 이야기했다. 형부는 나와 열세 살 차이가 나니까 서른일곱 살이다. 나이 차가 많이 나다 보니 나를 만나면 어린 학생들을 대할 때처럼 긴장하게 된다는 말을 한 적도 있다.

아니다, 아내의 갑작스러운 비보를 들었으니 마음이 심란할 것이다.

"카야는 화장장으로 바로 보내질 거야. 유골로 돌아와."

우스울 것도 없는데 푸핫, 하고 웃음이 터졌다. 그게 뭐야. 악질 농담인가?

"무슨 말이에요?"

"코로나로 죽은 사람은 감염 확산을 막으려고 관에 넣어서 바로 화장장에 보내진대. 화장 후에는 장례업체 사람이 유골을 집까지 가져다준다나 봐. 왜, 초봄에 연예인이 죽은 거 기억 안 나? 집 앞에서 유족들이 유골함을 받는 장면이 텔레비전에 나왔잖아."

형부의 떨리는 목소리에 나도 생각났다. 그러고 보니 병원에서 죽은 뒤 유골이 될 때까지 한 번도 대면할 수 없었다는 보도가 있었다. 두 팔에 쏙 들어가는 함을 안고 울먹이던 유족의 모습은 적잖이 충격적이었다. 아빠가 돌아가셨을 때 나는 시신을 끌어안고 오열했고 발인 전날 밤에는 언니와 셋이서 같은 방에서 잠들었다. 발인 직전에는 아빠의 볼을 어루만지며 계속 고맙다고 말했다. 그런 당연한 이별을 할 수 없다니 새삼 감염병이 얼마나 무자비한지를 실감했다.

텔레비전에서 보던 무서운 이별이 지금 나와 언니에게도 놓여 있다는 것인가.

"그 말은 언니를 볼 수 없다는 뜻이에요?"

말하면서도 믿을 수가 없다. 그래도 될 리가 없다. 하지만 형부는 나지막하게 "응" 하고 대답했다.

"카야가 가는 화장장은 유족 참관을 허용하지 않는대. 그래서 모레 아침 10시에 카야 혼자 화장장에 가. 오후에나 집으로 올 거야."

머리가 띵하다. 통증은 점점 더 심해진다. 다리가 부들부들 떨려 그 자리에 주저앉았다.

"그래서 장례 의식은 치를 수가 없어. 조촐하게 추모 자리를 마련할까도 생각했는데 시국이 시국이니만큼 모일 수 있는 상황이 아니잖아. 카야는 남들 신경 쓰이게 하는 걸 싫어하기도 했고."

형부가 코를 훌쩍이는 소리가 들렸다.

"좌우지간 모레 집에서 카야가 오길 기다리려고. 나 자가 격리가 끝나면 올래? 카야 친구인 아카네 씨한테도 연락할 생각이야."

"……알겠어요."

약속 날짜를 잡고 전화를 끊었다.

주저앉은 바닥이 따뜻하다. 구석에 쌓여 있는 먼지가 눈에 들어왔다. 언젠가 먹은 과자 봉지 쪼가리도 떨어져 있었다.

깔끔한 성격에 청소가 취미인 언니와 달리 나는 칠칠치 못하고 대충대충 하는 탓에 조금만 방심하면 금세 집이 지저분해진다. 언니가 이 집에 언제 마지막으로 왔더라? 아, 그래, 4월 석가탄신일이다.일본은 양력 4월 8일이 석가탄신일이다 초등학생이었던 내가 세상에서 제일 맛있다고 한 '양과자 다카기'의 초코타르트를 들고서 왔다.

—초코타르트, 내가 달다고 몇 번이나 말했잖아.

옛날에는 진한 단맛과 타르트의 바삭한 식감에 황홀함을 느꼈지만 술을 마시게 된 이후로는 단것을 먹으면 속이 니글거렸다. 게다가 다카기의 케이크는 좀 촌스럽다. 1980년대에서 센스가 멈춰 버렸다고나 할까. 윤기가 흐르는 초코크림에 듬뿍 뿌려진 은색 식용 알갱이는 당시에는 근사하다는 소리를 들었을지 몰라도 식감을 해칠 뿐이라는 사실을 이제는 알았으면 좋겠다.

그런데 언니는 아는 게 그것밖에 없는 사람처럼 노상 초코타르트만 사 온다. 그것도 꼭 홀whole로. 초코타르트는 5호 사이즈밖에 없어서 둘이서 먹기에는 너무 크다.

—어머. 어른이 되면 혼자 다 먹을 거라고 할 땐 언제고.

—초등학생 때 얘기잖아. 이 나이가 되면 그냥 더부룩하다니까.

—또 그런 소리 한다.

내 집 주방인데 마치 자기 집인 양 행동하며 언니는 타르트와 커피를 준비한다. 사등분으로 자른 타르트 한 조각과 블랙커피가 식탁에 앉은 내 앞에 놓였다. 맞은편 언니 자리에는 같은 크기의 타르트와 카페오레가 있다. 언니는 단것을 좋아한다. 이 타르트도 그저 언니가 먹고 싶어서 사 왔을 것이다.

—너무 커.

—크긴 뭐가 커.

언니는 큰 입으로 타르트를 먹고 카페오레를 들이켠다. 다섯 입 만에 타르트가 사라졌다. 김이 나던 카페오레도 순식간에 없어졌다. 나는 그 모습을 보고 누가 고래 아니랄까 봐, 라고 작게 혼잣말했다.

언니는 늘 식사를 후딱 해치운다. 매번 고래처럼 커다란 입으로 눈 깜짝할 사이에 다 먹어 버린다.

초등학생이던 무렵, 너무 빨리 먹는 언니에게 질려서 맛은 제대로 느끼면서 먹는 거냐고 물은 적이 있다. 내가 꼭꼭 씹어 맛을 음미하는 닭튀김이나 햄버그스테이크를 언니는 별 감흥도 없이 흡입하는 것처럼 보였기 때문이다. 언니는 느끼면서 먹는데? 하고 의아해하며 대답했다. 혹시 오늘 된장국이 짜? 나 간 제대로 봤는데.

그런 말이 아니잖아. 기가 막혀서 입을 다문 나에게 아빠는 언니도 맛을 음미하면서 먹어, 라며 웃었다. 맛있으니까 빨리 먹고 싶어서 그래.

—언니 보면 꼭 고래가 밥 먹는 거 같아.

며칠 전 NHK 특집 방송을 보고 언니라고 생각했다. 입을 쩍 벌리고 일단 입 안으로 들어온 것을 죄다 들이마시는 느낌이 비슷했다. 아빠는 심한데, 라며 웃었고 언니는 고래도 미식가일 거야, 라며 발끈했지만 나는 그 이후로 가끔 언니를 '고래'라고 부른다.

—뭐? 너 뭐라고 했어?

중얼거리는 소리를 들은 언니가 가볍게 흘겨봐서 별말 안 했어, 라고 대꾸했다.

—여전히 참 빨리도 먹는다고 감탄한 게 다야.

—흥, 넌 느긋하게 천천히 먹어라.

그러고 나서 언니는 맘대로 집 안 청소를 시작했다. 이것도 늘 있는 일이다.

타르트 위의 은색 알갱이를 포크로 콕콕 찌르는 나를 곁눈질하며 언니는 재바르게 움직인다. 창문을 닦고, 바닥을 걸레질한다. 그러면서 냉장고 안을 좀 더 부지런히 치우라든가 세탁기 뒤에서 양말이 세 켤레나 나왔다는 잔소리도 잊지 않는다. 이래 가지고 결혼은 어떻게 할 거냐고도. 언니는 수다쟁이기도 하다. 말하는 로봇 청소기라고 했다가 된통 혼난 사람이 형부였던가.

그러나 이 로봇 청소기가 언제나 기분이 좋은 것만은 또 아니었다. 대개는 나의 칠칠치 못함에 울화통이 터져 화를 내기 시작한다. 이날도 대뜸 좀 야무지게 살면 어디 덧나느냐면서 야단쳤다. 손에 시든 당근을 여럿 들고 있었으니 그게 방아쇠가 된 모양이었다.

—이렇게 칠칠치 못해서 결혼이랑 육아는 어떻게 하려고 그래? 내가 진짜 못 살아!

—안 할 건데 뭔 상관이야.

나는 결혼 생각이 없다. 누군가와 함께 산다는 게 갑갑하게 느껴진다. 몇 번 애인도 만들고 동거 비슷한 생활도 해 보았지만 연애로 얻을 수 있는 행복보다 혼자 지내는 편안함이 나에게는 더 소중했다. 팔베개보다 4만 엔을 주고 주문 제작한 베개가 훨씬 아늑한 잠을 청할 수 있다.

그리고 사회생활은 잘하고 있으니 된 것 아닌가. 근무 태도는 스스로 생각하기에도 성실하고, 내 오리지널 디자인이 좋아서 걸음을 하는 단골손님도 많다. 네일 사진을 꾸준히 올리고 있는 인스타그램의 팔로워도 적지 않다. 월급이 많다고는 할 수 없지만 혼자 생활하기에는 충분한 수입이라 머지않아 내 가게를 열려고 돈도 모으고 있다. 집만 해도 그렇다. 언니는 더럽다고 난리지만 흔히 말하는 돼지우리 수준까지는 아니다. 이상한 냄새가 나는 것도 아니고, 쓰레기가 넘쳐나지도 않는다. 남들에게 민폐를 끼치지도 않는다.

—나는 현재 생활에 만족해. 누군가랑 사는 편리함보다 혼

자 있는 불편함을 즐기면 돼.

헤헷, 하고 웃으니 언니가 호통쳤다.

—야, 이 맹추야! 나중에 가서 후회하면 늦다고!

손에 들고 있던 걸레를 바닥에 패대기치고는 딱 잘라 말했다. 결혼 안 하겠다는 건 아이를 낳을 마음도 없다는 거지? 너 그러다 언젠가 외로워져. 불행해진다는 걸 왜 몰라! 그런 언니가 지긋지긋했다. 언니는 여자의 행복이 결혼해서 아이 낳고 가정을 지키며 사는 데 있다고 믿었다. 한 부모 가정에서 자라다 보니 가족에 대한 로망이 커서 그럴 것이다. 하지만 나는 아니다. 누군가와 혼인 관계를 맺고 함께 살아서 불행해졌다는 사람은 이 세상에 얼마든지 있다. 이것은 내 억지 주장이 아니다. 이혼율을 한번 보라. 그리고 우리 아빠만 해도 더는 결혼 같은 거 할 생각 없다고 하지 않았던가. 물론 그 뒤에 '너희가 태어나 준 것만으로도 결혼은 이제 됐다'라는 말이 이어졌기 때문에 섣불리 근거로 제시했다가는 제 무덤을 파기 십상이라 입 밖으로 꺼내지는 않지만.

—언니, 그만 가. 그런 점이 짜증난다고. 짜증 유발 대마왕이야. 내 나이도 스물넷이거든. 언제까지 내 부모 노릇할 거야? 나한테 신경 끄고 이제 언니 가정만 챙겨. 정 그러면 언니가 애를 낳든가. 그 애 뒤치다꺼리나 실컷 해. 그때 되면 나는 안중에도 없을걸. 얼른 그렇게 해라. 진심 짜증나니까.

이것도 늘 있는 대화 패턴이다. 언니가 성질을 내면 이어서 내가 발끈해 성질을 낸다.

집에 엄마가 없었기에 언니는 엄마의 빈자리를 대신하며 나에게 최선을 다했다. 아빠가 무엇이든 능히 해내는 만능인이기도 해서 한 부모 가정의 불편함은 딱히 느끼지 못했다. 다른 엄마들보다 단연 젊은 언니가 자랑스러울 때도 있었다.

하지만 언니는 언니일 뿐 엄마가 아니다. 부모도 아니면서, 라고 투덜대며 어느샌가 언니를 귀찮게 여기게 되었다. 원래 언니는 지나치게 간섭하는 면이 있었다. 아빠가 돌아가신 후로 더 심해져서 고등학교를 졸업할 때까지 내 통금 시간은 저녁 7시였다. 통금 시간이 넘으면 언니에게서 전화와 문자가 끊임없이 왔고 집에 가면 족히 1시간은 잔소리를 늘어놓으며 눈물을 보였다. 고등학교 졸업을 계기로 내가 독립을 하자 일주일에 몇 번이나 찾아와서는 치다꺼리를 했다. 남자친구가 생기면 반드시 소개해야 했고, 동거는 언니의 허락을 받아야 했기 때문에 동거인 듯 동거 아닌 생활을 했다. 머리가 굵어질수록 언니를 향한 지긋지긋한 감정도 커져 갔다.

언니가 과장되게 눈썹을 내려뜨렸다.

—그런 섭섭한 말이 어디 있어. 혹 자식이 생기더라도 지금이랑 달라지는 건 없어.

—거짓말. 내 배 아파 낳은 자식이 더 소중하지. 나는 그 편이 더 좋아.

타르트를 덥석 베어 물었다가 달달함에 얼굴을 찡그렸다. 블랙커피로 억지로 넘기고 나는 지금처럼 사는 게 좋아, 라고 말했다.

—후회해도 괜찮아. 그 정도 각오는 하고 지금 삶을 선택했으니까. 짜증 유발 대마왕은 이제 가. 아, 남은 타르트도 다 싸서 가고.

그랬다. 살아 있는 언니와 얼굴을 마주한 것은 그날이 마지막이었다. 싸우고 헤어진 후로 줄곧 보지 않고 있다가 언니가 입원과 수술을 했고 병문안을 갈 수도 없었다.

"후회……."

무의식적으로 그 말이 입에서 흘러나왔다. 이런 후회는 각오하지 않았다. 언니와 껄끄러운 상태에서 영원한 이별이 찾아올 줄 어떻게 상상할 수 있었겠는가.

얼마나 그러고 있었을까. 휴대폰 진동에 정신이 번쩍 들었다. 보니까 아카네 언니에게 걸려 온 전화였다. 전화를 받으니 언니는 이미 흐느끼고 있었다.

"미야, 카야가!"

"응, 들었어."

아카네 언니는 언니가 중학교 시절부터 사귄 친구다. 아빠가 돌아가셨을 때는 제일 먼저 달려왔고, 언니의 결혼식에서는 누구보다도 울면서 축복해 주었다. 언니의 유방암 소식을 들은 아카네 언니는 코로나 시국에도 유방암에 특히 효험이 있다는 신사까지 가서 참배했다고 한다.

우리 집에 자주 놀러 오다 보니 나는 아카네 언니를 지금도 '또 다른 언니'라 여기며 좋아하고, 외동인 아카네 언니도 나를 친동생처럼 대한다.

"얼굴도 못 본다니 왜? 나는 코로나에 걸려도 상관없으니까 카야 만날래! 만나서 안아줄래!"

울음소리가 엉엉 울린다.

아카네 언니의 비통한 목소리를 나는 어딘지 먼, 마치 텔레비전 화면 속 슬픔처럼 느꼈다. 마음이 아무래도 어디 고장 난 것 같다. 아빠가 돌아가셨을 때도 그랬다. 잠든 아빠가 정교한 인형처럼 보여서 도무지 죽음이 실감 나지 않았다. 그런 내가 죽음을 받아들일 수 있었던 것은 언니 덕분이었다. 언니가 하염없이 흘리는 눈물이 눈물샘을 자극해 내 눈에서도 눈물이 흘렀던 것이다. 그런데 그 언니가 이제 없다.

"믿을 수가 없어. 믿고 싶지도 않고. 작별 인사도 못 하고 카야를 이대로 혼자 보낸다고? 마지막 가는 길인데 카야를 아는 많은 사람의 배웅을 받아야지. 그러지 못한다는 게 말이나 돼?"

나도 말이 안 된다고 생각한다. 언니의 육체는 아직 이 세상에 있고 코로나에 걸리지 않았다면 제대로 배웅받았을 텐데, 왜 홀로 떠나지 않으면 안 될까. 왜 지금 이 순간도 홀로 있어야만 할까.

그러나 우리가 어떻게 손써 볼 수도 없다.

자꾸 우는 아카네 언니와 소용없는 이야기만 되풀이하다가 전화를 끊었다. 주전자의 물은 완전히 식어 있었다.

*

다음 날, 평소처럼 네일숍에 출근한 내가 나도 믿기지 않는다.

하지만 쉰다고 해서 내가 무얼 할 수 있는 것도 아니다. 언니의 죽음과 관련한 후속 조치는 형부와 장례업체가 한다고 했고, 언니 곁을 지키는 것도 불가능하다. 집에서 넋 놓고 있을 바에는 일이라도 하는 편이 훨씬 낫다.

아니, 사실은 평소와 다름없이 생활하면 언니가 죽지 않은 게 될 것 같다. 언니의 죽음을 모르는 척하면 언니의 죽음도 없던 일이 되리라는 생각마저 들었다. 그럴 리 없는데도.

감사하게도 예약이 아침부터 드물게 꽉 찼다. 재택근무로 바뀌고 화장할 필요가 사라져 손만이라도 예쁘게 꾸미고 싶다는 직장인, 학교도 아르바이트도 가지 못해 기분 전환을 하고 싶다는 대학생. 손님들 모두 하다못해 손톱만이라도 예쁘게 만들고 싶다고 말했다. 집에만 갇혀 있으니 손톱 끝부터 칙칙해지는 것 같다고.

손님들이 하는 말을 이해할 수 있었다. 손톱은 본인 신체

중에서 가장 눈에 띄는 곳에 있다. 키보드를 두드릴 때, 처소를 썰 때, 쿠키를 집거나 컵을 들어 올릴 때 가장 먼저 시야에 들어온다. 그렇기에 손톱만 예뻐도 마음에 여유가 생긴다. 나는 네일이 기분을 북돋우는 수호신이라고 생각한다.

나에게 네일을 가르쳐준 사람은 언니였다. 중학교 1학년 때 기강을 잡는다는 명목으로 동아리에서 선배들에게 괴롭힘을 당하고 의기소침하게 있던 나에게 언니가 새빨간 매니큐어를 발에 발라 주었다.

—이거 샤넬이야. 그래서 좀 비싸지만 예쁘지?

나는 선명한 빨강과 브랜드 이름에 흠칫했지만 언니는 앞으로 어떤 심한 말을 들어도 '내 발은 샤넬이야'라고 생각해, 라며 주문을 걸듯 말했다.

—'너희 발이랑은 다르게 난 샤넬을 발랐어'라고. 그러면 상대방이 하나도 안 무서워.

말 같지도 않은 소리라고 치부했지만 다음 날 선배들 앞에서 허리를 쭉 편 나를 발견했다. 언니가 정성껏 발라 준 발톱이 신발과 양말 아래서 반짝이고 있다. 이 자리에 있는 누구보다도 예쁜 발을 하고 있다고 생각하자 웃음까지 터져 나왔다. 그동안은 위축되어 말도 제대로 못 하던 내가 가슴을 펴고 있는 모습을 의아하게 여긴 선배들이 비방과 욕설을 퍼부었지만 나는 아무렇지도 않았다. 왜냐하면 내 발은 너희랑 다르게 샤넬이거든.

그날부터 네일은 내 수호신이 되었다.

"말해도 되나요?"

세 번째 손님이 조심스레 내 얼굴을 살폈을 때 "에?" 하고 얼빠진 소리가 나왔다. 그러고는 화들짝 놀랐다. 언니에 대해 생각하지 않으려고 했는데 나도 모르게 떠올리고 말았다.

"죄, 죄송합니다, 오쿠다 님. 손에 집중하느라 못 들었어요. 무슨 말씀을 하셨죠?"

"그게 요즘은 불필요한 대화는 자제하자는 분위기잖아요? 이 가게에서는 말을 해도 되나 싶어서."

오쿠다 씨는 신규 손님이었다. 지역 생활 정보지에 실린 광고를 보고 예약하셨다는 이야기를 점장님에게 들었다. 나이는 사십 안팎으로 보인다. 하지만 어딘지 젊은 분위기에 마스크를 썼어도 이목구비가 화려하다는 것을 알 수 있었다.

"네, 지금은 다른 손님도 안 계시니까 괜찮아요."

내가 일하는 네일숍은 점장님을 포함해 네일 아티스트가 세 명인데 두 사람은 다음 예약 손님을 기다리며 지금 사무실에 있었다. 가게 안에는 우리뿐이니 문제없다.

오쿠다 씨는 "그래요? 다행이다"라며 흡족하게 고개를 끄덕인 후 "실은 말이죠, 내가 엄청난 경험을 했어요" 하고 투명 칸막이 너머에서 속삭이듯 말했다.

"아, 엄청난 경험이요."

"네일 아티스트분, 그러니까 노자와 씨는 영적인 얘기 좋아해요?"

"그런 경험은 전혀 해 본 적이 없어서 믿지 않아요."

점쟁이의 점괘가 맞았다든가 혼령을 만났다든가 그런 종류의 이야기일까. 가끔씩 그런 손님이 있다. 일을 시작한 지 얼마 되지 않았을 무렵에는 어떻게 호응해야 할지 갈피를 잡지 못하다가 건강팔찌를 강매할 뻔해서 그 이후로는 관심이 없다는 의사를 분명히 밝히고 있다. 그리고 그 편이 의외로 말썽이 없다.

그런 나에게 오쿠다 씨는 "알아요. 얼마 전까지 나도 그랬거든요"라며 고개를 크게 끄덕였다.

"실제로 누가 믿겠어요. 그런데 난 봤어요, 어란을."

"어란요?"

연어알 이야기? 연어 귀신이라도 보았다는 뜻일까? 손을 멈춘 나에게 오쿠다 씨는 "지금 연어알 상상했죠?"라며 웃었다.

"뭐, 그래도 반은 맞았어요. 연어알처럼 생겼거든요. 그렇긴 해도 먹는 건 좀 아닌 듯해요. 배탈이 날 것 같다고나 할까, 음식 같은 느낌은 아니어서."

응응, 하며 오쿠다 씨는 저 혼자 수긍했고 나는 이야기의 줄기를 전혀 따라가지 못했다.

"무슨 말씀이시죠?"

"어란은 말이죠, 죽은 사람의 마지막 소원을 가르쳐줘요."

몸을 앞으로 바짝 붙여 오쿠다 씨가 말했다. 눈가 주름이 또렷하게 보였다.

"마지막 소원이라고요?"

"왜, 사람은 죽기 전에 이랬더라면, 저랬더라면 하고 지난 삶을 돌아본다고 하잖아요. 죽음 직전의 그런 소원이 빨간 구슬이 되는 거예요. 연어알처럼 이 정도 크기의 빨간 구슬이. 그걸 어란이라고 해요."

비어 있는 다른 쪽 손을 사용해 오쿠다 씨가 설명했다. 시신의 몸 어딘가에 있어요. 손이나 입 속에. 그래서 어란을 발견하면 반드시 손에 쥐어야 해요. 먹는 게 제일 좋다고 하는데, 그러면 그 사람의 마지막 소원을 손에 잡힐 듯 선명히 알 수 있다는 거죠.

손톱에 올리려던 빨간 장식품이 툭 떨어졌다.

"그런 얘기…… 처음 들어요."

"그렇죠? 나도 그래요. 나도 그랬다고요."

오쿠다 씨가 몇 번이나 고개를 주억거리고는 "그런데 내가 그걸 봤어요"라며 엄숙히 선언했다.

"어떤 분의 것을요?"

"엄마요. 엄마랑 나는 사이가 무척 좋았어요. 날 가장 이해해 주는 사람이 엄마거든요. 딸아이가 태어났을 때도 계속 곁에 있어 주고 육아도 거들어 주고. 우리 딸은 엄마를 할머니가 아니라 왕엄마라고 불러요. 또 다른 엄마라면서."

문득 눈빛이 아련해진 오쿠다 씨의 목소리가 부드러워졌다.

"딸아이도 소중하죠. 그 애가 없었다면 엄마를 따라 자살했을 거예요. 그 정도로 둘도 없이 소중한 사람이었어요. 그런 엄마의 귀에 빨간 구슬이 있었어요."

오쿠다 씨는 그게 무엇인지 처음에는 몰랐다고 한다. 그저 막연히 아주 귀한 물건이라는 인상만 받았다.

"시신을 씻기고 입관까지 마친 상태라 그런 물건이 나올 수가 없단 말이죠. 그런데도 엄마가 몰래 숨겨둔 것처럼 귀여기 움푹 들어간 데에 있었어요. 이게 뭘까, 이걸 어떻게 해야 할까 생각하는데 우리 딸이 '엄마, 왜 그래?' 하며 오는 거예요. 아, 그 앤 이제 네 살이에요."

황급히 구슬을 손에 쥐고 숨기려 했지만 이미 봐 버린 딸이 자기한테 달라며 조르기 시작했다. 응석받이로 자라서 제멋대로인 딸이 한번 고집을 부렸다 하면 아무도 말릴 수가 없다고 오쿠다 씨가 말했다.

"나이 먹고 힘들게 얻은 아이라 나랑 엄마, 남편까지 아무튼 주변 사람들 모두가 오냐오냐하거든요. 그래서 좀 난폭한 공주예요. 이건 귀한 물건이어서 안 된다고 해도 듣지도 않고 울고불고하는데 내가 죽겠더라고요. 손녀한테 주는 거면 엄마도 싫어하지는 않겠지 하고…… 참 이상하죠? 평소 같으면 그런 정체불명의 물건 절대 주지 않았을 텐데 줬어요.

그런데 아이 손바닥에 올리자마자 그게 뿅 사라지는 거예요."

공기에 녹듯이 구슬이 사라진 것과 동시에 딸이 불에 덴 듯 울기 시작했다. 큰일 날 물건을 줬나 싶어 사색이 된 오쿠다 씨에게 딸이 울면서 이야기했다.

"가족 모두 사이좋게 지내야 한다. 엄마는 외로움을 많이 타니까 앞으로는 네가 왕엄마 대신 곁에 계속 있어 주렴. 왕엄마가 그렇게 말했다면서 우는 거예요. 우리 딸은 아직 죽음을 이해하지 못해서 왕엄마는 그냥 자고 있다고 여기는 눈치였거든요. 내가 대성통곡을 해도 멀뚱히 있었으니까. 그래서 그렇게 울 리가 없단 말이죠. 그 빨간 구슬은 엄마 마음의 일부였을 거예요. 아이는 분명 엄마의 마음을 받은 거라고요."

"그게, 그게 가능한가요?"

가슴이 복잡하게 일렁였다.

믿을 수가 없어요. 죽은 사람의 유지遺旨를 알 수 있다는 얘기는 들어 본 적이 없어요. 그렇게 말하니 오쿠다 씨가 "그렇죠, 알아요"라며 동의했다.

"하지만 실제로 있었던 일이에요. 찾아보니까 비슷한 경험을 한 사람들이 나 말고도 있더라고요. 검증 사이트까지 있어서 거기서 어란이란 명칭으로 불린다는 걸 알았어요."

오쿠다 씨는 한 손으로 능숙하게 휴대폰을 조작하더니 "봐요, 여기"라며 화면을 보여주었다. 언제 적 사이트인지 아주 심플한 화면에 '어란 검증 게시판'이라고 대문짝만하게 홈페이지 이름이 쓰여 있었다.

"아, 아직도 이런 사이트가 있네요."

예전에 자취를 감춘 줄 알았다.

"조금 황당하죠? 그렇지만 현재도 운영되고 있어요, 이 게시판. 내가 글을 올리니까 답변이 바로 달리더라고요. 지금도 조사하는 사람이 있어요."

오쿠다 씨는 자신 있게 말했지만 판타지에나 나올 법한 그런 물건이 현실에 존재할 리 없다. 딸은 그저 죽음을 늦게 이해했을 뿐이며, 오쿠다 씨는 딸이 죽음을 깨달은 순간에 우연히 함께 있었던 데 지나지 않는다. 빨간 구슬은 가까운 사람이 죽고 불안정해진 마음이 만들어 낸 환상이다.

그렇게 생각하면서도 어쩌면, 하고 마음이 움직인 것은 언니의 죽음이 있었기 때문일 것이다.

아무런 마음의 준비도 하지 못했을 텐데 갑자기 죽은 언니. 미련이 많을 것이다. 언니는 어란을 남겼을까. 나나 형부, 아카네 언니를 향한 마음의 일부를 지금도 몸 어딘가에 가지고 있을까. 에이, 설마.

"그 사이트 재미있어 보여요."

짐짓 태연한 얼굴로 말하니 오쿠다 씨는 "그죠? 이거 재미있어요. 한번 읽어 볼 만해요"라며 화면을 쓱 내밀었다.

"나도 말도 안 되는 얘기 한다는 거 알아요. 친구가 이런 얘길 꺼냈으면 제정신이 아니라고 거리를 뒀을걸요. 하지만 사실이에요. 아주 먼 옛날부터 어란을 발견한 사람이 있었어요. 하지만 직접 보지 않으면 믿기 힘드니까 소문으로만 머물렀겠죠. 나도 딸아이의 변화를 보지 않았다면 절대 믿지 않았을 거예요. 아이는 지금 나한테 딱 붙어서 껌딱지가 따로 없어요. 엄마의 마음이 진짜 전해진 거라고요."

눈은 곡선을 그리고 있었지만 눈동자에는 이상한 광채가 번득였다. 목소리도 전혀 웃음을 띠지 않았다. 이 사람은 누군가에게 이야기가 하고 싶었으리라. 이야기함으로써 사실이라고 믿고 싶은지도 모른다. 하지만 본인도 말했듯이 지인에게는 섣불리 털어놓기 힘든 내용이다. 그래서 이야기를 꺼내도 무방한, 한 번도 방문한 적 없는 네일숍을 찾아왔다.

"메모 좀 해도 될까요?"

앞치마 주머니에 들어 있는 수첩과 펜을 꺼내 사이트 주소를 옮겨 적었다. "노자와 씨, 말이 통하는 분이네요"라며 흡족해하는 오쿠다 씨에게 영업용 미소를 지었지만 펜 끝은 떨리고 있었다.

집에 오자마자 곧바로 오쿠다 씨가 알려준 사이트에 접속했다.

"우와, 대단하……."

나도 모르게 중얼거렸다. 게시물의 양이 방대했다. 오쿠다 씨의 말대로 현재도 열심히 조사하는 사람이 있었고, 페이지를 뒤로 넘기자 오쿠다 씨가 쓴 것으로 보이는 글도 있었다. 놀랍게도 몇몇 사람이 의견을 교환하고 있었다.

"토키라는 사람 글이 많네."

이름은 기본적으로 '나그네'라고 표시되는 모양인데 몇 명은 고정 닉네임이 있었다. 그중에서 토키라는 닉네임이 가장 눈에 띄었다. 무려 이틀 전에도 '중국 일부 지역에서 '축수祝壽 구슬'이라 불리는, 죽은 사람이 가져다주는 보석에 관한 이야기가 전해 내려온다는 정보를 입수했다. 중국 문화에 대해 잘 아는 사람 없을까? 이쪽도 이어서 검증을 계속해야겠다'라는 글이 있었다.

어제 결국 먹지 않고 놓아둔 컵라면에 뜨거운 물을 붓고 과거 게시물을 더듬어 나갔다. 좌우지간 그 양이 어마어마했다. 너무 많아서 중간중간 건너뛰며 읽었다. 그러다 3분이 훌쩍 지난 사실을 뒤늦게 깨닫고 라면을 입에 가져갔다.

중요해 보이는 글만 골라 대강 살폈다. 어란은 기본적으로 먹는 것이다. 손으로 터트리면 죽은 사람의 유지를 제대로 헤아리지 못할 수 있다. 하지만 쥐고만 있었는데도 생생히 전해졌다는 사람도 있다. 지역에 따라 다양한 명칭으로 불리며, 어란을 소재로 한 만화가 잡지에 실리기도 했다. 작가는 어란을 실제로 먹은 적이 있으며 그 경험을 바탕으로 만화를 그렸다. 글을 읽으면 읽을수록 말도 안 된다는 생각이 들었다. 그렇게 쉽게 생각이 전해진다고? 그것이 혹 사실이라면 미국 등지에서 오래 전부터 연구되고 있다 해도 전혀 이상하지 않다. 그게 아니더라도 고인의 마음을 알 수 있는 방법 따위를 올린 유튜버가 있지 않을까. 곧바로 검색해 보았다. 연어알 간장 절임 만드는 법 정도만이 높은 조회수를 보여서 다시 게시판으로 돌아왔다.

"뭐?"

맛있다고 느낀 건 아니지만 관성적으로 입에 넣던 불은 라면이 돌연 맛을 상실했다. 흙을 입에 물고 있는 듯한 착각이 들었다.

'강한 증오를 가슴에 품고 죽은 사람의 어란을 먹으면 그 사람의 고통이나 부정적인 감정에 지배되는 경우가 있다.'

토키가 작성한 글이었다.

'나는 친구가 남긴 증오의 어란을 먹었다. 친구가 나를 얼마나 미워하고 원망하며 죽어 갔는지가 손에 잡힐 듯 눈에 선명하게 보여서 죽고 싶었다. 친구를 고통 속에 살게 하고 결국 죽음을 선택하게 만든 장본인인 나야말로 죽어야 했던 것이다.'

날짜를 보니 몇 년도 더 전에 쓴 글이었다. 하지만 대체 누가 이런 불확실한 것에 대해 이야기하는 사이트를 만들었을까. 이제껏 관리자가 남긴 코멘트는 한 번도 보지 못했지만 사이트는 분명히 운영되고 있었다. 거기서 집착 비슷한 광기가 느껴져 소름이 돋았다. 이 집요함이야말로 어란이 존재한다는 증거를 보여주는 듯했다.

그 후로 토키가 쓴 글만 찾아 다시 읽었다. 토키는 자신이 먹은 증오의 어란 때문에 오랫동안 힘든 시간을 보낸 모양이었다. 토키 다음으로 글을 많이 쓴 카르마라는 사람은 '저주'라고 불렀다. 토키와 카르마, 여기에 가끔 다른 사람들이 합세해 진지하게 저주에 대해 이야기했다. 사실인지 어떤지는 몰라도 원한의 어란을 먹고 죄책감을 견디지 못해 자살한다는 글도 발견했다. 모두가 열심히 말렸지만 그 닉네임은 두 번 다시 등장하지 않았다.

점점 더 오싹한 기분이 든 나는 휴대폰을 침대에 던졌다. 바닥에 벌렁 누워 천장을 올려다보았다.

언니는 나를 원망하고 있을까.

원망하고 있을지 모른다.

딱 한 번 언니에게 맞은 적이 있다.

꽉 쥔 주먹에 온 힘을 실어 내 머리를 때렸다. 언니가 때리려고 손을 올린 적이 한 번도 없었던지라 나는 완전히 방심하고 있다가 그 힘에 내동댕이쳐지듯 바닥에 나가곤드라졌다. 무슨 일이 벌어진지 모른 채 그저 심하게 울리는 머리와 차가운 콘크리트의 감촉을 느꼈다.

언니가 몇 년을 짝사랑하다가 마침내 사귀게 된 첫 남자친구를 나는 내 마음에 들지 않는다는 이유로 둘 사이를 인정하지 않았다. 거기서 그치지 않고 파국으로까지 몰고 갔다.

그 사람은 좌우지간 촌스러웠다. 남색 플란넬 셔츠와 낡은 청바지를 교복처럼 입고 다녔다. 헤어스타일에도 관심이 없어 머리를 치렁치렁하게 기르다가 마음이 울적해졌다며 갑자기 삭발을 하고 나타났다. 매번 두서가 없어서 한번은 내가 약간 진지한 이야기를 하고 있는데 대뜸 요즘 유행에 대해 어떻게 생각하느냐고 이야기의 방향을 돌렸다. 질문의 의도를 몰라서 그냥 고대 메소포타미아로 날아간 여고생이 그곳에서 활약하는 만화가 재미있어서 요즘 빠져 있다고 했다가 다음에 만났을 때 『수메르 문화의 발생』, 『바빌로니아 대전략』처럼 두꺼운 책들을 선물로 받았다. 어디 대학원에서 무슨 연구를 하며 촉망 받는 인재라는데 언니는 엄청 똑똑한 사람이라고 자랑스럽게 말했지만 나는 당최 종잡을 수가 없어 꺼림칙하게 여겼다.

그 당시 나는 단순하고 무식한 데다 세상이 나를 중심으로 돌아간다고 믿은 중학교 2학년이었던지라 이해 불가능한 남자는 세상의 버그로만 보았다. 그런 버그에게 언니가 홀딱 빠져 있는 꼴은 용납할 수 없었다. 절망에 가까운 심정이었다. 내 언니라면 내가 자랑스러워할 만한 남자와 사귀기를 바랐다.

지금 와 생각하면 나는 상대가 누구였든지 간에 결점을 찾아내 들먹이며 반대했을 것이다. 나는 엄마 대신인 언니에게서 '여자'를 느끼고 싶지 않았을 뿐이다. 나에게 남자친구를 소개한 언니는 상기된 얼굴로 요염하게 웃고 있었다. 그게 용서할 수 없었다. 중학생이 된 이후로 언니의 지나친 간섭에 슬슬 짜증을 내기 시작했으면서 언니에게는 성모가 되기를 요구한 셈이었다. 이기주의자가 따로 없다.

자신의 오만함은 눈곱만큼도 깨닫지 못한 나는 언니의 남자친구에게 폭행이라도 당해 피해자가 되면 분란을 일으킬 수 있다고 믿었다. 이런 더러운 짓거리 하는 사람이랑은 당장 헤어져! 라고 할 수 있다. 이별을 요구할 수 있는 정당한 사유였고, 틀림없이 언니도 정신이 번쩍 들 것이다. 집에 가끔 놀러 오는 남자친구와 둘만 있는 타이밍을 노려 추근대며 접근해 보았다. 아주 잠깐이라도 나에게 관심을 보인다면 그걸 기회로 잡으면 된다. 대학원생에게 당했다고 울며불며 난리를 치면 승산은 힘없는 중학생인 나에게 있었다.

결론적으로 나는 졌다. 그 사람은 나를 길가 쓰레기 보는 듯한 눈으로 보며 되바라진 아이네, 라고 했다. 그리고 언니에게 미안하지만 동생을 저렇게 키운 너한테 실망이야, 라는 말을 남기고 나가 버렸다. 언니는 네 사람이 먹을 음식을 만들다 말고 앞치마 차림으로 남자친구를 쫓아갔지만 그는 언니 손을 매몰차게 뿌리쳤다. 뒤따라간 나는 눈물을 흘리는 언니에게 저 인간은 쓰레기야, 라며 분개해 보였다.

—날 유혹하려고 했어. 가슴 만지려고 다가오는 걸 안 된다고 하니까 막 화내는 거 있지. 헤어지길 잘했어.

그 순간 주먹이 날아왔다. 쓰러져 바닥에 엎드린 나에게 언니가 말했다.

—저 사람은 너랑 동갑인 여동생을 병으로 잃었어.

누군가가 심장을 움켜잡고 터트리는 듯했다. 움직이지 못하고 그대로 굳어 있는데 위에서 목소리가 떨어졌다. 명랑한 널 보면 동생과 겹쳐 보여서 환영이라도 좋다고 그랬던 사람이야.

언니가 천천히 집으로 발길을 돌렸다. 나는 자리에서 일어나 그 뒤를 따라갔지만 무슨 말을 해야 할지 몰라서 그냥 걷기만 했다. 머리가 아프다. 바닥에 쓸린 볼이 아프다. 잘못했다고 말하고 싶었지만 어설프게 사과해서 될 문제가 아닌 것 같아, 또 이렇다 할 말도 떠오르지 않아 입을 다물었다.

결국 나는 그때 일을 사과하지 않았다. 한 달 정도를 뻘쭘하게 지내다가 어느 날 불쑥 언니가 먼저 손을 내밀었다. 내가 좋아하는 치킨그라탱과 새우튀김을 만들어 주었고 내가 고맙다고 말하면서 은근슬쩍 평소대로 돌아왔다.

그러나 그 후로 언니는 좀처럼 남자친구를 만들려고 하지 않았다. 언니에게 호감을 표시하는 남자도 있었고 아카네 언니를 비롯한 친구들이 다시 연애하라고 부추겼지만 언니는 어물쩍 피하기만 했다. 어쩌면 수면 아래로는 누가 있었을 수도 있지만 나는 알지 못한다.

이 사람과 사귀고 있다며 소개해 준 것은 내가 고등학교를 졸업한 해였다. 졸업을 계기로 독립한 내가 원룸으로 짐을 옮기고 있을 때였다. 언니는 차분한 얼굴이었고, 체육 교사를 하고 있다고 자신을 소개한 남자는 듬직한 체구에 활달해 보였다. 언뜻 머릿속을 스친 인물을 모르는 척하며 나는 진심에서 우러난 축하 인사를 건넸다.

남자친구만이 아니다. 언니는 나 때문에 많은 것을 포기하고 내려놓았다.

공부도 무척 잘했고, 가고 싶은 대학교도 있었는데 내가 있다는 이유로 집에서 통학할 수 있는 대학교에 진학했다. 도쿄에 본사를 둔 대기업에 취직을 희망했지만 내가 걱정이라며 역시 집에서 통근할 수 있는 작은 회사에 취직했다. 아빠가 돌아가신 후에는 집에 나 혼자만 둘 수 없다며 1박 2일의 짧은 여행도 마다했다. 언니는 간사한 짓을 꾸며 남자친구와 잔인하게 헤어지게 한 동생에게 언제나 헌신적이었다.

그런데도 나는 언니를 짐짝으로 여겼다. 성가시고 귀찮아하다가도 필요할 때는 의지했다. 언니의 마지막 전화조차 받지 않았다.

바로 코앞까지 다가온 죽음을 느끼며 언니는 마지막 순간에 나를 원망했을지 모른다. 내가 없었다면 손에 넣을 수 있었던 모든 것을 떠올리며 걔만 없었으면, 하고 원통해했을지 모른다.

그렇다면 어란은 내가 먹어야 마땅하다. 만약 그런 것이 이 세상에 있다면, 그리고 언니가 그것을 만들었다면 그 증오는 내가 받아야 한다.

그러나 언니는 내일 누구도, 나도 만나지 않고 화장된다. 죄다 불에 타 사라진다.

몸을 일으켜 이불에 파묻힌 휴대폰을 집었다. 조금 전까지 보던 게시판을 응시했다.

'어란이 유골에서도 발견될 수 있을까요?'

오랜 고민 끝에 글을 올렸다. 새로고침을 누르자 내 글이 상단에 자리했다.

"바보 같아."

피식 웃으며 머리를 흔들었다. 나는 정상 궤도를 벗어나 있었다.

그런데 다음 날, 별 기대 없이 게시판을 보니 답변이 달려 있었다. 토키였다.

'현재로서는 유골에서 발견되었다는 사례는 접하지 못했습니다. 육체 소멸과 동시에 어란도 사라진다는 것이 통설입니다. 이건 제 개인적 견해입니다만, 육체라는 형태를 잃음으로써 마음(정신이라고 해도 무방하겠습니다) 역시도 눈에 보이지 않는 형태로 승화하는 것이 아닐까요. 우리의 육체와 마음은 생을 부여받은 순간부터 밀접하게 연결됩니다. 두 개가 연동되어 있다고 봤을 때 한 쪽이 소멸하면 다른 한 쪽도 형태를 잃는다고 보는 것이 자연스럽습니다. 그러나 이는 유골이나 유품에서 어란이 발견되었다는 사례가 없어 드리는 말씀입니다. 그런 사례가 있다면 꼭 알려주시기 바랍니다.'

"와."

엉겁결에 감탄사가 흘러나왔다. 이렇게 정성스러운 답변이 달리다니.

몸을 일으킨 나는 침대에서 기어 나와 커튼을 걷어 젖혔다. 오늘은 날이 화창할 것 같다. 내가 사는 아파트의 입구는 함께 모여 등교하는 인근 아이들의 집합 장소라서 아래를 내려다보니 몇몇 아이들이 벌써 나와 있었다. 책가방을 멘 아이들은 하나같이 얼굴 절반을 가린 마스크를 쓰고 있었다. 초등학교 1학년인 아이가 반 친구들의 얼굴을 알아보지 못한다는 이야기를 해 준 손님이 떠올랐다. 왠지 짠해요, 라며 한숨을 쉬는 모습을 보고 아이들도 힘들겠다고 생각했다. 대체 언제까지 계속될까. 하지만 생명을 지키기 위해서인걸. 아무와도 만나지 못한 채 이 세상을 떠나야 하는 감염병에서 벗어나기 위해서인걸. 아이들이 나란히 등교하는 뒷모습을 가만히 지켜보았다.

커피를 내려 소파에 앉았다. 두 모금 정도 마시고 발아래에 머그컵을 놓았다. 그러고는 휴대폰으로 글을 작성했다.

'어란을 남겼는지 꼭 알고 싶은 사람이 있습니다. 만약 남졌다면 제가 먹어야 해요. 유지를 알고 싶어요. 하지만 그 사람은 코로나로 세상을 떠나서 만날 수가 없습니다. 오늘 유골이 되어 집에 오는데 유골에는 정말 어란이 없을까요? 전 어떻게 하면 좋을까요?'

바로 답변이 달리리라고는 기대하지 않았다. 그런데도 화면만 뚫어지게 쳐다보았다.

머그컵에 담긴 커피를 거의 다 마셨을 즈음 댓글이 달렸다. 카르마였다.

'단념해. 애초에 발견하는 것만으로도 기적인 물건이니까.'

반사적으로 댓글을 달았다.

'그 기적을 바라는 거라고요. 속만 썩인 절 분명 원망하며 죽었을 거예요. 그러니까 손에 넣고 싶습니다. 알고 싶습니다.'

'원망이란 말이지? 알면 어떻게 할 건데? 울면서 뉘우치려고? 무덤 앞에서 사죄하게? 그런 거라면 지금 이 순간에도 얼마든지 할 수 있을 텐데? 원망을 샀다면 댁도 짚이는 데가 있으니까 그런 생각을 하는 거 아냐? 그걸 참회하면 될 문제 아닌가?'

'뭘 원망하는지 알고 싶다고요. 그걸 모르는데 사과를 어떻게 해요?'

'바보야? 가끔 댁 같은 사람이 있는데 말이야, 사과할 이유를 상처 준 사람의 입에서 끌어내려고 하지 마. 그렇게 알아내서 사과한들 그건 상대가 바라는 사죄가 아냐. 사과만 했다 뿐이지 상대가 어떤 심정이었는지는 1도 몰라. 기왕 이렇게 된 김에 내가 장담하는데 댁한테는 어란 따위 남기지 않았어.'

'그건 모르는 일이잖아요. 우리가 어떤 사이인지도 모르면서.'

'알아. 피해자한테 자신의 죄책감까지 씻어 주고 가라는 거잖아. 정신머리가 썩어 빠진 그런 인간한테 누가 마음을 남기겠어?'

분해서 입술을 깨물었다. 내가 왜 이런 시비조를 들어야 하지?

'두 분 모두 진정하세요. 제 견해입니다만, 어란은 남겨진 쪽에서 강하게 바랄 때 생겨나기 쉽습니다. 그러니 나그네 님도 지금 고인을 대면할 수 있다면 어란을 손에 넣을지 모릅니다.'

다음 댓글을 아직 다 못 썼는데 토키가 나타났다.

'그러나 그 어란은 고인이 아니라 남겨진 쪽이 멋대로 만들어 낸 환상일 가능성이 높습니다. 자신의 입맛에 맞게, 이랬으면 좋겠다는 바람이 낳은 가짜인 거죠. 그것은 고인의 진심을 왜곡하고 고인에 대한 모독입니다. 나그네 님은 고인에게 미움받고 싶다고 바라고 계신 건 아닌지요? 그렇게 해서 내 안에 있는 죄책감이나 받아들이기 힘든 죽음을 다루기

쉬운 형태로 바꾸려고 하시는 건 아닌지요?'

휴대폰을 쥔 손에 힘이 들어갔다. 천천히 '그건 아니에요'라고 써서 올렸다.

'저는 소중한 사람의 죽음을 제 입맛에 맞게 오리고 붙일 의도는 없습니다.'

'그렇다면 다행입니다. 하지만 노파심에 드리는 말씀입니다. 카르마 님 말씀처럼 진짜 어란은 기적입니다. 그리고 이 부분이 중요한데, 진짜든 가짜든 거기서 행복한 결과를 얻은 사례는 드뭅니다. 대부분은 당황합니다. 괴로워합니다. 처음에는 행복을 느꼈다 해도 언젠가 무거운 짐이 된 사례도 있습니다.'

'무거운 짐이란 게 무슨 말인가요? 알고 싶은 걸 손에 넣었으면 좋은 거 아닌가요?'

'기적처럼 얻은, 소중한 사람의 유지입니다. 고대하던 것입니다. 그걸 쉽게 버릴 수 있을까요? 유지를 지키려다가 그 유지에 휘둘리는 때도 있습니다. 카르마 님의 표현을 빌리면 '저주'입니다. 기적 뒤에 저주가 숨어 있는 것이죠.'

문득 오쿠다 씨가 떠올랐다. 왕엄마 대신 엄마 곁에 계속 있어 주라는 말을 들었을 때 섬뜩함과는 별개로 찝찝함을 느꼈다. 아주 작은 거부감. 그때 나는 네 살 된 딸에게, 오쿠다 씨에게 그 말이 두 사람을 속박하는 굴레가 되지 않을까 생각했던 것이다. 언젠가 몸을 옥죌, 느슨한 로프에 묶인 게 아닐까 하고.

오쿠다 씨가 발견한 어란은 가짜일까, 진짜일까. 오쿠다 씨와 그녀의 딸이 유지를 어떻게 받아들이고 어떻게 살아갈지는 알 수 없다. 하지만…….

'결국 어란이 나타나기를 바라지 않는 게 좋다는 말씀인가요?'

댓글 창에 글을 쓰고 등록 버튼을 누른다.

'저는 미움받아도 괜찮은데.'

깨물고 있던 입술에서 툭 소리가 났다. 이어 쇠맛이 느껴졌다.

미움받고 있다 해도 괜찮다. 상관없다. 귀찮아하며 밀어낸 언니가, 언니의 모습이 이제 잠시 뒤면 이 세상에서 사라진다는데 내가 할 수 있는 일은 아무것도 없다. 언니를 아프게 하고 힘들게 한 기억밖에 떠오르지 않는다. 사실은 잘못을 아주 많이 빌었어야 했는데 이제 그럴 수도 없다.

그러니 저주라도 상관없으니까 기적이 있으면 좋겠다. 그러면 내 죄책감은 형체를 바꾼다. 막연하게 추측한 언니의 고통이 내 것이 되고, 고통 준 사실을 후회한다고 말할 수 있다. 언니와 다시 이어질 수 있다.

아니다. 그런 건 아무래도 상관없다. 지금 어떻게 하면 좋을까? 이 고문 같은 시간을 어떻게 보내면 좋을까? 언니는 이제 곧 사라지는데.

아아, 오늘도 출근할걸 그랬다. 아무래도 오늘은 평정을 유지하기 힘들 듯해 휴가를 냈는데 차라리 일이라도 하고 있었으면 이렇게 괴로움에 몸부림치지 않아도 되었을 것이다.

'우리 집사람은 아마 이 세상에 없을 거야.'

카르마였다.

'행방불명된 지 10년이 되어 가. 별것도 아닌 일로 부부싸움을 하고 내가 집에서 내쫓았어. 나는 그런 졸렬한 짓을 서슴지 않았던 인간이야. 기가 센 집사람은 이번 기회에 여행이나 다녀와야겠다며 얄밉게 말하고 집을 나갔지. 그리고 사흘 뒤에 동일본에 지진이 발생했어.'

화면에 뜬 글자가 선명히 도드라져 보였다. 빠른 속도로 올라오던 토키의 댓글이 멈췄다. 그리고 나도.

'석 달이 지났을 무렵에 면허증이 든 지갑이 흙투성이 상태로 발견됐다고 경찰에게서 연락이 왔지. 있었구나, 그때, 그곳에. 하지만 지금도 집사람을 찾지 못했어. 그 면상 다시는 내 눈에 띄지 말라고 쫓아낸 그날이 내가 본 집사람의 마지막 모습이었어.'

창문 너머로 아이의 울음소리가 들린다. "엄마, 잠깐만" 하고 울먹이는 소리에 이어 "엄마 여기 있어" 하고 자상하면서도 단단한 소리가 들렸다. 얼른 와. 손잡자.

'어쩌다 이 게시판에 흘러든 뒤로 줄곧 내 나름대로 고찰을 반복했어. 토키 말대로 손에 넣어서 좋을 물건이 아냐. 그 말엔 나도 찬성이야. 하지만 토키와 나는 생각이 다른 지점이 한 군데 있어. 나는 어란은 소중한 사람을 알아본 인간만이 손에 넣을 수 있는 호사라고 생각해. 호사를 누리는 인간들이 어란에 휘둘리는 꼴을 보며 멍청하다고 비웃고 있지. 가난한 사람이 부자를 꼬아서 보고 침을 뱉는 거랑 같아. 멍청하다고 비웃고 있지만 실은 나도 갖고 싶어. 지금도 매일 밤 해진 지갑을 손에 쥐고 자. 언젠가 어란이 나타나지 않을까 하고서. 그래서 이게 다 당신 때문이라고 책망해 주지 않을까 싶어서.'

카르마의 글을 반복해 다시 읽었다. 처음에는 왜 저렇게 말을 삐딱하게 하나 싶었는데 그것은 본인에게 하는 말이기도 했을 것이다.

'하지만 사실은 알고 있어. 이 게시판에서는 이제 진부한 말이고 나도 매번 뭐라도 된 양 우쭐대며 말했지만, 죄의 어란을 바라는 인간은 모두 상대가 살아 있을 때 잘못을 빌어야 했어. 그러지 못한 걸 이제는 후회하며 살 수밖에 없어. 돌이킬 수 없는 짓을 저지른 자신과 타협하며 살 수밖에 없다고. 너무 늦었어.'

"너무 늦었어."

카르마의 말을 소리 내 읽었다.

다양한 사람이 다양한 사정으로 소중한 사람을 상실한 슬픔을 견디고 있다. 죄책감에 시달리면서도 어떻게든 마음을 전하고 싶어 몸부림치고 있다.

'죄송합니다. 제가 경솔했습니다.'

띄엄띄엄 댓글을 썼다. 언니에게 어리광이나 부리고 살면서 못되게 굴었던 지난날, 언니가 평생 곁에 있을 줄로만 알았던 막연한 믿음, 갑작스럽게 찾아온 이별과 얼굴도 보지 못하고 보내야 한다는 사실에 마냥 무섭고 허전했던 마음을 모두 썼다.

아빠가 돌아가셨을 때는 언니가 줄곧 곁에 있어 주었다. 셋이서 같이 잔 마지막 밤, 언니는 흐느껴 우는 나를 자기 이불로 불러 손을 꽉 잡아 주었다. 괜찮아. 언니가 있으니까 괜찮아. 아빠도 안심하실 거야. 우리 둘이라면 틀림없이 괜찮을 거라고 여기실 거야.

그때는 언니가 있어 괜찮다고 믿을 수 있었다. 잡은 손의 온기는 지금도 생생하다.

나는 언니의 죽음과 어떻게 할 수 없는 현실에 동요해 혼자 몸부림치고 있었을 뿐이었다.

'행복했던 기억을 떠올리는 것이 좋습니다.'

토키다. 사람은 어째서인지 마음의 빚이 있으면 슬픈 기억이나 괴로운 기억, 죄의식 등을 떠올립니다. 하지만 행복했던 기억을 떠올려 보세요. 함께 즐겁게 웃었던 일이나 별것 아닌 것에 들떴던 일. 그리고 그 사람의 좋았던 점도요. 독특하게 웃었다든가 술을 마시면 말이 많아졌다든가. 나는 진심으로 화가 났는데 대수롭지 않게 여겨 부아가 치밀었다는 것도 좋습니다. 그런 소소한 일들을 그려 보세요. 머릿속에서 소중한 사람이 웃어줄 때까지 몇 번이고 그려 보세요.

문득 시계를 올려다보니 10시가 되려 하고 있었다. 언니는 지금쯤 화장장에 가고 있는 중일까. 아니면 벌써 도착했을까.

—시간관념이 없으면 안 돼. 약속 장소에는 5분 일찍 도착하는 게 상식이야.

불현듯 언니가 한 말이 떠오른다. 언니는 고지식했다. 5분 일찍이라고 하면서 실제로는 항상 10분 일찍 약속 장소에 나가 있었다. 반면 나는 5분 늦게 도착하는 인간이었다. 결론적으로 언니는 15분을 기다린 셈이어서 대체 얼마나 기다리게 할 거냐고 화를 내곤 했다. 그러면 나는 순 제멋대로라고 화를 내며 맞받아쳤다.

오른쪽 유방 절제술을 받으려고 입원할 때는 전날부터 만반의 준비를 갖추었다고 형부에게 들었다. 마치 여행이라도 가는 사람처럼 바리바리 짐을 싸길래 '힘이 남아도네'라고 무심코 한마디 했다가 잔소리 들었잖아. 아무리 내키지 않는 일이라도 제대로 하지 않으면 다른 사람한테 피해 준다면서. 카야는 고등학생들보다도 에너지가 넘쳐. 그렇게 말하고 웃었던가.

오늘은 어떨까. 언니는 남에게 피해 주기 싫어서 늘 채비를 서두른다. 늦으면 틀림없이 안달을 낼 테니 화장장에 일찍 도착하면 좋겠다.

휴대폰을 손에서 놓고 눈을 감았다.

이 집 이곳저곳을 돌아다니던 언니를 그린다. 야, 미야, 여기 먼지 뭐야? 이러다 너 병 걸려. 야, 미야, 이 머그컵 샀어? 쓸데없는 데 돈 쓰지 말라니까. 미야, 세제 산 거 여기에 둔다. 미야, 내 말 듣고 있어?

형부에게서 언니가 집에 왔다는 연락이 올 때까지 나는 하염없이 언니를 떠올리고 또 떠올렸다. 수많은 언니가 내 안을 스쳐 지나갔지만 언니는 한 번도 웃지 않았다.

*

형부의 자가 격리 기간이 끝나기를 기다려 아카네 언니와 함께 형부 집을 찾았다. 언니와 형부는 아빠가 남긴 단독주택에 살고 있어서 나에게는 본가이기도 했다.

"여기 와도 이제 카야는 없네."

현관 앞에 선 아카네 언니가 차마 앞을 똑바로 보지 못하고 고개를 숙였다. 여기 오기 전 약속 장소에서 만났을 때부터 아카네 언니는 울어서 얼굴이 퉁퉁 부어 있었다. 일터인 꽃가게에서 직접 만들어 왔다는 꽃다발을 한 손에 안고 있다. 언니가 좋아하는 백합의 진한 향이 옆에 있는 나에게까지 전해졌다.

안으로 들어가자 아빠의 영정사진이 지켜보는 다다미방에 간이 제단이 마련되어 있었다. 작년 설에 찍은 사진이 언니의 영정사진으로 쓰였다.

"어? 이거 내가 찍어 준 사진이네."

아카네 언니가 말했다. 잘려 나갔지만, 만면에 웃음을 띠고 있는 언니 양옆에는 형부와 선웃음을 짓고 있는 내가 있다. 민낯이라 사진 찍기 싫다는 나에게 언니가 이럴 때 아니면 언제 찍느냐며 투덜거렸었다.

—세뱃돈 줄 테니까 같이 찍자, 응? 제발.

양손을 모으고 애원하는 언니에게 뭘 또 그렇게까지 하느냐며 마지못해 고개를 끄덕였다. 다음부터는 내가 화장했을 때 사진 찍자고 해.

그때까지만 해도 세상이 크게 달라질 줄은 꿈에도 생각하지 못했다. 언니가 없을 거라는 생각은 더더욱 하지 못했다.

향냄새가 코끝을 간질인다. 제단을 둘러보니 여러 물건이 올려져 있었다. 화려한 꽃바구니와 인형. 결혼식 때 사진이 있는가 하면 아카네 언니와 둘이 찍은 사진도 있다. 형부가 언니 주변을 화사하게 꾸미려고 열심히 애쓴 흔적이 보였다.

젯밥 옆에는 은색 알갱이가 뿌려진 초코타르트도 있었다. 큼지막하게 자른 타르트는 오늘 아침에 올렸는지 표면에 윤기가 반지르르했다.

"이렇게 제단까지 만들어 뒀는데도 전혀 현실감이 없어."

소리가 들려 돌아보니 유리로 된 다기를 쟁반에 받쳐 든 형부가 서 있었다.

"이런 말은 좀 그렇지만 꼭 소꿉놀이라도 하는 것 같아. 아, 두 사람 다 여기로 와서 앉아. 차라도 한잔 마시자."

형부가 불단 맞은편을 가리켜 그쪽으로 이동했다. 아빠가 마음에 들어 한 흑단 테이블에 형부와 마주 앉았다. 형부의 등 뒤로 언니가 보였다. 옆에 앉은 아카네 언니가 휴지를 꺼내 코를 풀었다.

"먹어."

체구가 큰 사람이 부쩍 작고 왜소해 보였다. 우리 앞에 냉차와 초코타르트 한 조각씩을 놓았다.

"소꿉놀이하는 것 같으면서 미아가 된 기분도 들어. 카야는 사실 어딘가에 있는데 내가 카야를 놓친 것 같아. 내가 비정상적인가 싶고."

"그 맘 알아요. 저도 카야가 불쑥 놀러 올 것 같은 기분이 들어서 견딜 수가 없어요. 그럴 리가 없는데."

두 사람의 애끓는 대화를 들으며 나도 고개를 끄덕였다.

지금도 현관 미닫이가 드르륵 열리는 소리와 함께 "나 왔어" 하는 언니의 목소리가 들릴 것만 같다. 어머, 미야랑 아카네가 와 있었네. 저녁 먹고 가. 괜찮으면 하룻밤 자고 가든지. 미야랑 아카네는 한방 써도 되지? 같은 말을 하며 들어왔다가 이 제단을 보고 “장난치는 것도 정도가 있지!”라며 얼굴을 찌푸리는 것이다.

“저번에 처제가 이거 꿈 아니냐고 나한테 물었잖아. 그 말 뭔지 잘 알아. 한밤중에 자다 깨서 지금 엄청 무서운 꿈을 꿨다고, 당신이 죽었는데 꿈이라도 너무 심하지 않느냐고 옆에 말을 걸었다가 철렁했어. 꿈이 아니구나 싶어서.”

바보 같지? 라며 힘없이 웃는 형부에게 “아니에요” 하고 말했다.

“저는 라인 알림이 오면 ‘언닌가?’ 하는 생각이 드는걸요. 얼마 전에는 길에서 언니를 본 것 같아 쫓아가기까지 했어요. 당연히 아니었지만.”

작별 인사도 없이 헤어짐을 맞이하다 보니 머리가 현실을 따라가지 못한다. 세상에서 분리된 사람은 사실은 내가 아닐까 하는 생각이 든다.

“자, 어서들 먹어.”

형부가 언니 같은 말투로 타르트를 가리킨다.

“이거 제단에도 올리셨던데요.”

언니가 떠난 후에도 이 타르트를 먹는구나. 작게 웃으며 포크로 잘라 입으로 가져가자 익숙한 달달함이 입 안에 퍼져나갔다.

“이 타르트 좋아했으니까. 카야가 사 와서 나도 꽤 여러 번 같이 먹었어.”

“우리 집에 올 때도 항상 이것만 사 왔어요. 그러면서 내가 좋아해서 샀다는 핑계나 대고.”

역시 언니가 좋아한 음식이었다. 작게 웃는데 아카네 언니가 “어? 아니야”라고 했다.

“이거 미야가 처음으로 카야한테 선물한 타르트잖아.”

아카네 언니의 말에 타르트를 두 입째 먹던 내 입에서 “응?” 하는 소리가 새어 나왔다. 고개를 갸웃거리는 나를 아카네 언니는 “기억 안 나?” 하고 어처구니없다는 얼굴로 쳐다보았다.

“네가 초등학교 6학년일 때 열아홉 살 카야 생일 선물로 사 왔잖아. 세상에서 제일 맛있는 타르트, 아무도 주지 말고 언니 혼자만 먹으라고 했다면서 카야가 얼마나 기뻐했는데. 나한테 그때 사진도 몇 번이나 보여줬어.”

기억났다. 언니가 성인이 되기 전에 세상에서 제일 맛있는 타르트를 혼자만 먹게 해 주고 싶었던 나는 용돈을 모아 초코타르트를 사려고 했다. 하지만 600엔가량이 부족해서 아빠가 몰래 돈을 보태 주었다. 나이 수만큼 양초가 꽂힌 타르트를 소중히 안고 집으로 갔다. 저녁 식사 후 아빠와 협심해 노래를 부르며 타르트를 꺼냈다. 언니가 놀라길 바랐지만 정작 언니는 어안이 벙벙할 정도로 꺼이꺼이 울었다. 불을 붙인 양초가 다 녹아내리지 않을까 걱정이 들 만큼 한참을 울었다. 부은 눈을 깜박이며 홀 타르트를 먹는 언니에게 나는 몇 번이나 맛있어? 하고 물었다. 언니는 엄청 맛있다고 대답했다. 나도 세상에서 제일 맛있는 타르트 같아, 미야. 그 얼굴이 무척 다정하고 예뻐서 나는 싱글벙글 웃었다.

아아, 그래. 그랬었구나.

내가 새까맣게 잊고 지낸 일을 언니는 줄곧 소중하게 간직하고 있었다.

처음으로 눈물이 나왔다.

지금껏 눈에 맺히지도 않았던 눈물이 주르륵 흘렀다.

왜 잊고 있었을까. 왜 말하지 않았을까. 초코타르트, 언니가 좋아하는 거잖아. 말은 내가 좋아해서라고 하지만 사실은 자기가 먹고 싶은 거면서. 그때 기억만 상기시켜 줬어도 무언가가 달라졌을 텐데. 이렇게 알게 되지는 않았을 텐데.

"카야는 처제라면 껌뻑 죽었으니까."

형부의 말에 아카네 언니가 "제 말이요"라며 맞장구쳤다. 아버지 돌아가시고 절망에 빠졌을 때 미야가 꼭 붙어 있어 줘서 기운을 차릴 수 있었다고 하더라고요. 미야가 있어 힘을 낼 수 있다면서. 난 형제가 없으니까 그게 무지 부러웠어. 서로 싸워도 행복해 보이는 두 사람을 보는 게 너무 좋았어.

양손으로 얼굴을 가리고 눈에서 쏟아지는 대로 눈물을 흘린다. 언니, 언니. 세상에 하나뿐인 우리 언니. 사랑했는데. 옆에 있는 게 당연해서 말하지 않아도 괜찮을 줄 알았어. 그런데 아니었어. 미안해. 정말 미안해.

울면서 초코타르트를 먹는다. 은색 알갱이가 사각사각 씹힌다. 진하고 달달하다. 하지만 특별한 맛이 났다.

다 먹고 내 눈물이 진정되었을 무렵에 형부가 "유골함 열어 보지 않을래?"라고 제안했다.

"카야가 떠난 실감이 날지 어떨지는 모르겠지만 그래도 확인하고 싶어. 기왕이면 처제랑 아카네 씨와 함께 보면 좋을 것 같아서."

아카네 언니의 몸이 굳어졌다. 망설이듯이 나를 보았다.

"……볼래요."

아빠를 떠나보냈을 때 발인 전에는 사지가 찢기는 듯 고통스러웠지만 수골收骨할 때는 이상하게도 마음이 평온했다. 아빠가 더는 이 세상에 없다는 사실이 피부에 확연히 와 닿은 것이다. 그때처럼 뼈를 보면 언니의 죽음을 순순히 받아들일 수 있을까.

조임끈이 있는 새하얀 주머니를 열자 연분홍색에 매화 문양이 박힌 예쁜 유골함이 들어 있었다.

"귀여운 거 좋아하는 카야한테 딱이네."

아카네 언니의 말에 고개를 끄덕였다. 주머니에서 조심스레 유골함을 꺼낸 형부가 나와의 중간에 놓았다.

"연다."

"네."

나와 아카네 언니는 무의식중에 두 손을 모으고 합장하고 있었다. 작게 달그락하는 소리가 나고 뚜껑이 열렸다.

뼈가 든 유골함은 휑했다.

"카야가 이렇게 작은 함에 들어가다니."

뼈 하나를 집어 올린 형부의 목소리가 떨렸다. 아카네 언니가 얼굴을 가렸다.

"따뜻하지도 차갑지도 않아. 역시 못 믿겠어."

나는 유골함 안을 보았다. 형부가 꺼낸 뼈 아래에 부드러운 곡선 모양의 뼈가 있었다.

"빨간, 색?"

그 뼈는 희미하게 빨간색으로 물이 들어 있었다.

"어? 정말이네. 핑크색인가? 유골에 물이 드는 경우가 가끔 있나 보더라고. 우리 할머니 뼈는 일부가 초록색이어서 진짜 깜짝 놀랐거든. 약을 복용했거나 관에 함께 넣는 부장품끼리 화학 반응을 일으키거나 해서 물이 든대."

그 뼈를 꺼내서 바라보았다. 형부는 핑크색이라고 했지만 나는 빨간색처럼 보였다.

"어란."

작게 중얼거렸다.

어란이 아니라는 건 알고 있다. 왜냐하면 이렇게 들고 있어도 무언가 전해지는 느낌이 없으니까. 유지가 몸으로 세차게 흘러 들어오는 기적은 일어나지 않는다. 하지만 이것은 언니가 나에게 남긴 어란이다. 언니는 나에게 남길 어란을 가지고 세상을 떠났다. 그리고 거기에는 자상한 유지가 담겨 있었던 게 틀림없다. 왜냐하면 지금 내 손 안의 빨강은 아주 은은한 빛을 띠고 있으니까. 이런 빨강에 미움이 있을 리 없다.

저 좋을 대로 하는 상상이라는 건 알고 있다. 그래도 괜찮다. 언니가 보낸 마지막 선물이라고 내가 생각하면 그만이다.

"나, 언닐 많이 사랑했어. 사랑하는 우리 언니."

빨강을 손으로 감싸며 중얼거리자 아카네 언니가 참지 못하고 소리 내 울었다. 얼굴을 계속 훔치며 "그건 카야가 제일 잘 알고 있어"라고 했다. 형부는 "카야도 마찬가지야"라며 웃었다.

영정사진 안에서, 그리고 내 안에서 언니가 웃고 있다.

*

'지난번 나그네입니다. 카르마 님, 토키 님, 안녕하세요.

그날 이후에 언니의 유골과 만났습니다. 결론부터 말씀드리면 어란은 유골함 안에 없었습니다. 다만 언니를 잘 아는 사람들과 이야기를 나누다가 제가 모르는 언니에 대해 알았습니다. 언니에게 많은 사랑을 받았다는 사실을 알게 되어 마음이 놓였습니다.'

'안 그래도 소식이 궁금했습니다. 잘되었네요. 앞으로도 언니분과의 추억을 잘 간직하시길 바라겠습니다.'

'토키 님, 감사합니다.

카르마 님께.

저에게 기적은 일어나지 않았지만 언니를 아는 사람들을 통해 언니의 마음이 전해졌습니다.

소중한 사람은 떠났어도 그 사람을 아는 사람, 그 사람의 기억을 간직한 사람이 있습니다. 먼 길을 돌아가는 것일 수도 있겠지만 돌고 돌다 보면 돌아가신 분에게 다다를 수 있다고 저는 생각해요. 잘난 척해서 죄송합니다. 자기가 잘 풀려서 으쓱댄다고 여기실지도 모르겠어요. 하지만 역시 말씀드리고 싶어요. 카르마 님 부인분의 마음은 반드시 어딘가에 남아 있어요. 카르마 님에게 전해질 날을 기다리면서. 저는 그렇게 믿습니다.'

댓글을 달고 게시판 창을 닫았다.

몇 년 뒤, 나는 무사히 목표한 금액을 모아 내 가게를 차렸다. 개업하는 날은 손톱과 발톱에 샤넬 매니큐어를 발랐다.

이제 잠시 뒤면 정식 개업이다. 기합을 넣고 가게 안을 둘러본다. 축하 선물로 많은 사람이 꽃을 보내주었는데 그중 다섯 촉짜리 호접란 화분을 가장 눈에 띄는 곳에 두었다. 화분을 보낸 사람은 언니로 되어 있다. 형부와 아카네 언니의 배려이자 센스다.

"열심히 할게."

꽃을 향해 말하며 그동안의 일을 회상한다. 때로는 먼 길을 돌기도 하고 제자리걸음도 했지만 무사히 여기까지 올 수 있었다. 다다를 수 있었다. 그런 생각을 하다가 문득 그 게시판이 떠올랐다. 감사 인사를 남긴 후로는 한 번도 들어가지 않았다.

아직도 있을까 싶어 검색해 보니 있었다. 그때보다도 활동하는 사람은 더 줄어든 듯하다. 토키 이외의 닉네임은 보이지 않고 거의 토키 혼자서 활동을 이어가고 있었다.

"어라, 카르마 님은 이제 안 계시나?"

스크롤을 내리던 손가락이 멈췄다.

'그때 그 나그네, 고맙다. 위안을 찾았어.'

날짜가 1년 전이다. 카르마 님이 남긴 마지막 글이었다.

아, 다행이다. 마음이 따뜻해진 나는 휴대폰을 터치해 화면을 닫았다.

내 손끝에서 빨강이 빛나고 있다.

# 어란

**초판 1쇄 펴낸날** 2025년 11월 21일

**지은이** 마치다 소노코
**옮긴이** 전화영
**펴낸이** 이동훈

**표지 그림·디자인** 김선미

**펴낸곳** 도서출판 직선과곡선
**출판등록** 2016년 9월 28일 제2016-000280호
**주소** [06153] 서울특별시 강남구 봉은사로 418, 5층
**전화** 02) 555-8105 **팩스** 02) 564-0757
**이메일** snc-p@naver.com

**ISBN** 979-11-90187-55-8 03830

※ 책 값은 뒤표지에 있습니다.
※ 잘못 만들어진 책은 구입하신 곳에서 교환해 드립니다.